万物的叶尖

中国创意写作2022

肖 水 / 主编
汪雨萌 谢尚发 / 副主编

山西出版传媒集团
北岳文艺出版社 ·太原

图书在版编目（CIP）数据

万物的叶尖：中国创意写作：2022 / 肖水主编；汪雨萌，谢尚发副主编 . —太原：北岳文艺出版社，2023.1

ISBN 978-7-5378-6624-8

Ⅰ . ①万… Ⅱ . ①肖… ②汪… ③谢… Ⅲ . ①中国文学－当代文学－作品综合集 Ⅳ . ① I217.1

中国版本图书馆 CIP 数据核字（2022）第 163811 号

万物的叶尖

中国创意写作 2022

肖　水 / 主编
汪雨萌　谢尚发 / 副主编

出品人
郭文礼

选题策划
刘文飞

责任编辑
刘文飞

助理编辑
马媛慧

书籍设计
张永文

印装监制
郭勇

出版发行：山西出版传媒集团 · 北岳文艺出版社
地址：山西省太原市并州南路 57 号　邮编：030012
电话：0351-5628696（发行部）　0351-5628688（总编室）
传真：0351-5628680
E-mail：bywycbs@163.com
经销商：新华书店
印刷装订：山西人民印刷有限责任公司

开本：787mm × 1092mm　1/16
字数：430 千字
印张：25.5
版次：2023 年 1 月第 1 版
印次：2023 年 1 月山西第 1 次印刷
书号：ISBN　978-7-5378-6624-8
定价：78.00 元

目录

辑 I　虚构编

辑 II　非虚构编

辑Ⅲ 诗歌编

辑 I

虚构编

雪夜

/　信世杰

一

冬豆就是在那个大雪之夜变哑的。

天刚擦黑，就开始落雪，雪花越落越大。夜里，冬豆听见了落雪的簌簌声，从炕上爬起来，见院子里已经是明晃晃的一片了。

冬豆喜欢冬天，他就是冬天生的。他也喜欢下雪，雪盖住大地，到处都光亮。爷爷把炕烧得很暖和，冬豆就这么趴在炕上看落雪，想着爸妈那里有没有下雪。

落雪的簌簌声里杂了别的响动，是老鼠。冬豆不讨厌老鼠，要是往常，听见老鼠嗑门角，他准会上牙磕下牙，跟它们逗着玩。

上月，冬豆正磕着牙“咯咯”响，一只下门牙就掉了下来。那颗牙瘦瘦的，边上不怎么齐，毛毛糙糙，跟了冬豆七年，替他嚼碎了不少硬东西。冬豆恭敬地捧着那颗瘦牙，用力扔到了房顶。上牙掉了要埋土里，下牙掉了要扔房顶，这样新牙才能长得齐。这是妈妈出门前告诉他的。

不过眼下，冬豆可没工夫跟老鼠逗着玩，柳叶快要生了，在外屋灶间。

柳叶是一头大黄牛，还小的时候，冬豆牵着黄牛出门，她总爱吃柳叶。冬豆揪着她的耳朵说：“别吃柳叶啊，吃草，要不可拉肚子。”她也不听，就爱吃柳叶，拉了肚子还吃。冬豆就叫她柳叶。

柳叶小时候眉清目秀，柔柔弱弱，可越长越壮实，越来越名不副实。不过，冬豆也叫习惯了，不管长成啥样，她都是柳叶，当了牛妈妈也还是柳叶。

怕老鼠去惹柳叶，冬豆穿好棉裤棉袄，悄声下床。不能吵到爷爷，眼下冬月里成婚的多，爷爷每天忙着给人打家具，起得早，睡得迟。

柳叶趴在铺好的软麦秸上，喘着粗气，见冬豆来了，朝他眯了眯眼。外屋不冷，爷爷睡前烧过灶，留了火，封住了。

冬豆蹲下身，摸摸柳叶的头，把一根麦秸递到她嘴里："别害怕，过了今晚，明天就好了。有事你就叫，我在里屋听得着。"

冬豆走到屋门前，雪还在下，不过没有风。地上、房上、树上、天上，凡是能看见的地方，都是白的。等明天雪停了，应该能堆出个不小的雪人，不，要堆个雪牛。对，柳叶的牛宝宝就叫雪牛，就这么定了。

冬豆就要回去睡了，却发现一只橘色的身影在院子的雪地上踏过。

他见过黄鼬，去年小舅打过一只，拴在院子里。冬豆见它缩在墙角，小身子颤颤的，就把绳一解，偷偷给它放了。为这，小舅气了冬豆好几个月，他本来要卖掉换件皮夹克的。

如果不偷鸡，冬豆并不觉得它坏，小鼻子小眼睛，样子蛮可爱。可是鸡更要紧，公鸡打鸣，母鸡下蛋，哪个都缺不了。

冬豆盯着那只黄鼬，它在雪夜里格外突出，像灶里的火。他发现，黄鼬并不往鸡笼那走，而是东游西晃，嗅来嗅去，像是在找什么。

冬豆觉得好玩，想靠得更近一些。他轻轻地拉开门，可是门太老了，吱扭一声，在雪夜里传出去很远。

听见声，黄鼬转过头，与冬豆四目相对。只这一眼，就让冬豆从头到脚打了个大寒战，随后晕倒过去。

幸亏柳叶奋力吼了一嗓子，叫醒了睡梦中依旧疲惫的爷爷。而那只黄鼬，早已没了踪影。

二

爸妈是在麦子种下后出门的。

没办法，地太薄了，打粮食够吃，但剩不下啥。出门找找活路，农忙时再回来。

那是个雾气很大的早晨，爸妈扛着麻袋走出村子，再搭顺路的三轮车到镇上，到县里，到市里……冬豆无数次想象爸妈离开的场景，可是一想到到镇上就断了。他只到过镇上，还是爷爷卖苹果时带他去的。爷爷卖了苹果，给他买了肉包，肉丸缩成一团，结结实实。

爸妈走后，冬豆夜里总哭。哭声绵延不断，像一场场秋雨。

冬豆把爷爷哭得没办法，爷爷说："小孩的哭声会招来马虎，专门抓小孩的马虎。"冬豆慢慢才止住哭声，问："什么是马虎？"

爷爷说："说是长得像黄鼬，但脸是人脸。前年后村被抓走一个小孩，就是因为好哭。"

"抓小孩去干啥？"冬豆用被子把自己裹紧。

"有的说是吃了，有的说是当徒弟，反正没见回来。"

"黄鼬那么小，怎么抓得了小孩？"

"黄鼬只能抓得了鸡，但马虎不是黄鼬，马虎力气大过老虎。"爷爷伸手抹掉冬豆脸上的泪，"马虎只抓好哭的小孩，不哭就没事了。"

爷爷做木工活儿的老手，把冬豆脸抹得生疼。从那晚起，冬豆没再哭出声来。

渐渐也就习惯了，还有那么多事要做。

有木工活儿的时候，冬豆跟爷爷去做活儿。爷爷把铅笔夹在耳朵后面，用刨子刨出一朵朵木花。木花是卷的，冬豆按平，它又卷起，按平，又卷起，像弹簧。

有时候，看冬豆在木花堆里快睡着了，爷爷也喊他来帮忙，一起锯木头。一只木锯，一人一头，冬豆两只小手握着木把，锯得认真。可他的劲儿老是用不对，力气用歪了，锯子总偏，爷爷就会说："看看，锯得像个哨子。"冬豆就笑。

冬豆有个哨子，钢的，闪闪亮，爸爸之前去县城给他买回来的，后来坏了，再也吹不响。他一直想让爸爸再买一个，还没来得及说，他们就走了。有了钢哨，他就能站在街上指挥交通，像个神气的小交警，跟电视里一样。不过，村里没有马路，也没有红绿灯，他最多指挥过路的牛车、马车，也能指挥柳叶吃草。

收了工，爷爷会让冬豆装一袋木花，回家烧火用。爷爷做饭，冬豆烧火，木花引火，最容易点着，木头不多会儿就都烧红了。

映着灶膛里的火，冬豆又会想爸妈。想也没用，他就拿个小树枝，烧红，然后吹灭，在展平的木花上写字。冬豆还没上学，字没学几个，拼音也不会，但他会自己造字。他把心里想说的话，都写在木花上，勾勾叉叉，像小鸡在沙地里留下的脚印。

写好了，他还会对着木花吹一口气，像贴一张邮票似的，然后任木花再卷起，丢进灶膛，看它冒出一阵青烟，飘出一阵香味。

冬豆相信，爸妈一定收到了。

三

冬豆晕倒后，第二天下午才醒。

前一天的那个雪夜，爷爷真是奔忙。他先是在睡梦中听见柳叶的吼叫，起身看见倒地的冬豆。他把冬豆抱到床上，盖好被子暖着，可怎么都喊不醒。爷爷吓住了，他抱起冬豆，准备出门，刚穿好衣服，就听见了柳叶粗大的喘息声，她的身体在发抖，像是要生了。爷爷顾不上柳叶，踏雪把冬豆抱去了村里的老医生家。老医生家有电话，爷爷把冬豆抱给医生，给冬豆爸妈去了电话。

老医生没办法，让冬豆爸妈赶紧回来，带去大医院看。爸妈连夜赶回，接走了冬豆，爷爷回家继续照料柳叶。

冬豆醒来后，发现自己躺在了铺着白床单的铁架床上，夕阳从窗户里斜照进来，爸妈围坐在床前，握着他的手。冬豆记得昨晚柳叶生下一头小牛，头上顶着雪花样的一块白，一落地就冲他哞哞叫。他不确定是真的，还是在梦里。

已经几个月没见爸妈了，冬豆想喊他们，可是他却不记得该怎么发出声音，只能呆呆地望着。

爸妈怕了，他们带冬豆从县里到市里，再到更大的城市，一家家医院去看，都没办法。他们不能接受，好端端一个孩子，怎么突然就哑了？他们从东走到西，从南走到北，试了各种方法，都没用。

冬豆不想总在外面跑，虽然他想和爸妈在一起。他想爸妈在自己身边，不是自己跟着爸妈到处跑。不过，冬豆还是懂事的，除了说不了话，一切如常。

夜里，冬豆在睡梦中听见妈妈低声说："存下的早用完了，能借的都借了……"爸爸说："能打听到的地方都去了……"接着是一声轻叹和泪珠滑落的啪嗒声。

外面跑了一年，他们还是回来了。

冬豆走进家门，爷爷正在铡草料。柳叶又长大一岁，身边的小牛也快赶上她的身量了。小牛头顶有雪花样的一块白，跟冬豆记忆中一样。看见冬豆，雪牛哞哞叫了两声。

爷爷站起身，一双眼睛浑浊如木色，把跑过来的冬豆抱进怀里。

那个雪夜，爷爷一直忙到清晨，天大亮后，他才看见院子里留下的爪印，是黄鼬。是黄鼬吓坏了冬豆。

爷爷一年来都在后悔，后悔编马虎的故事来吓冬豆。爷爷知道，没有马虎，都是大人们编来吓小孩的。吓的目的不一样，编的内容也就不一样。

不几天，爸妈又走了，这次冬豆听见了动静，但没跟出去。还是一个雾气很大的早晨，爷爷站在院子里，一脸愧色，看一双身影消失在雾中。

前一天晚上，冬豆在睡梦中听见了他们在外屋的对话。自从说不出话后，他听声音格外仔细。

爸爸说："爹，我俩再去半年，麦收时回来，攒下钱，再带冬豆去治。治好了才能上学。"爷爷没说话，回到里屋，掏钥匙开了小抽屉。每回做完了一家的活儿，爷爷会把带回来的钱放进小抽屉。

"再不行，就把两头牛……"爷爷的话说了一半，冬豆又听见了妈妈的轻叹和泪珠滑落的啪嗒声。

冬豆并不觉得不能说话是什么天大的事，跟父母待了一年，回家能跟爷爷一起，还有柳叶和雪牛，他的世界够丰富了。回家后，他一直黏着雪牛，看着他的大眼睛，摸着他头顶的雪花白。雪牛也格外温顺，像是旧相识。

四

又是一个大雪之夜。

爷爷比往常接的活儿更多，也睡得更沉了。只有冬豆能听见落雪的簌簌声。

跟上一个雪夜一样，冬豆睡不着，趴在炕上看了半天雪，磕着门牙，跟老鼠逗乐。在簌簌的落雪声，嚓嚓的嗑门角声和咯咯的磕牙声中，渐渐混入了嗒嗒声，那声音不算清脆，像早晨卖豆腐敲的梆子。冬豆一听就知道，雪牛也醒着，正用两只前蹄跟他合奏。

冬豆穿好衣服，去到外屋，雪牛卧在柳叶身旁，很小心地朝他摇了摇尾巴。冬豆摸了摸雪牛头顶的雪花白，才想起来，从上个雪夜到这个雪夜，雪牛应该算是一岁了。

一年前的雪夜，他想着等天明堆个雪牛，后来发生了什么，他忘了，只记得雪牛没堆成。看着门外渐小的雪，冬豆想，今年一定要堆个雪牛，送给雪牛。

跟雪牛摇摇手，冬豆准备回去睡了，要养足力气，明天才能堆出跟雪牛一样大的雪牛。刚要转身走，他看见院子雪地里有一个橘色的小身影，像一团火光。冬豆的头忽然有些疼，想记起点什么，但脑袋里那块地方像雪地一样白。

冬豆知道黄鼬的样子，他还放走过一只。不过，眼前这只黄鼬却戴着枯杨树叶做的面具，立在雪地中，与他对望。

冬豆觉得好玩，想靠得更近些。他轻轻拉开门，走到院子里，雪牛也站起来，跟在他身后。

见他们出来，戴面具的黄鼬立起身往院外走，走得不快，边走边回望。

雪渐渐停了，冬豆和雪牛跟在戴面具的黄鼬身后，走出了院子，走出了巷子，走出了村子。这是冬豆第一次在夜晚走向田野，雪牛当然也是，他们并肩走在一起，并不觉得怕什么。

戴面具的黄鼬在前面走走停停，一点儿不急，引着他俩走向更开阔处。雪停后，月亮冒出来，大而圆，挂在深蓝的天上，把雪夜照得更亮。

走到了广阔的田野，冬豆看见圆月之下一群熟悉的身影：

黑驴在雪地里飞奔，蹄子甩起层层雪花，跟在后面的是几只黄狗。猫和兔子追着玩，鸡鸭们也掺和进去凑热闹。大白鹅站在雪地里几乎可以隐身，对着几只不太爱动的猪伸长脖子。除了在地上跑着的，还有天上飞的，猫头鹰、麻雀以及蝙蝠，在那群欢快跑动的家伙们头上绕来绕去。

而这一切都是无声进行的，像是在刻意保持安静。

冬豆看呆了，他想不到这些邻居家的小家伙们是怎么跑出来的，约好了一样，到这撒欢儿。而他身边的雪牛，正踢踏着蹄子，眼里闪着光。冬豆看明白了，笑着摸摸他的头，让雪牛加入了狂欢的队伍。

目送雪牛走去，冬豆才又想起戴面具的黄鼬。黄鼬看了冬豆一眼，继续往前走，冬豆跟在后面。

五

他们跨过一条结着厚冰的小河，来到一个秫秸垛前。秫秸垛是成捆儿玉米秆堆成的，像个倒扣的漏斗。

戴面具的黄鼬在秫秸垛上扒开一条缝，钻了进去。冬豆站在外面，听里面传来一个声音：进来吧。

那声音有些尖、细，像个小男孩。声音又不像是传到他耳朵里，而是心里。

冬豆把秫秸垛上的缝扒大，弓着身子钻了进去。

秫秸垛里面很大，曲曲折折，像个迷宫。里面没有灯，没有火，但并不暗，也暖和，还有一股玉米的甜香味儿。

戴面具的黄鼬引路，冬豆紧跟着。走到最深处，是一块大空地，有冬豆和爷爷睡得炕那么大，另一只更小的黄鼬背身对着他们。戴面具的黄鼬跺跺脚，那只小黄鼬才把手边枯杨树叶做的面具慢吞吞地戴到头上，看样子有些不情愿。

"冬豆。"这次传到冬豆心里的，是个小女孩的声音。"喝碗马虎汤吧。"

大黄鼬又跺了跺脚，小黄鼬改口："喝碗热汤吧。"

冬豆听到了"马虎"两个字，想起爷爷讲过的故事。可是，爷爷后来又告诉他，世界上只有黄鼬，没有马虎，都是大人编的。眼前这两只小黄鼬看起来不坏，况且，他这一年里也没哭过。

冬豆接过木汤碗，闻到玉米的香味，一口气喝下，身子暖了，嘴角扬起笑容。

小黄鼬见冬豆笑了，得意地一蹦一跳："我熬的马虎汤，是世上最好喝的马虎汤！"

大黄鼬没有再跺脚，只是对着小黄鼬叹了口气。

"冬豆，我就是去年雪夜里你碰见的那个，马虎。这是我妹妹。"冬豆现在分得清了，这是来自大黄鼬的小男孩声音。"去年吓到了你，我一直难过。"

冬豆摇摇头，然后又皱起眉头指指自己。马虎忙说："不不，我们不是人们编的那样，我们怎么会抓小孩！那天晚上，妈妈出去借东西，一直没回来……"

"人们总是想办法抓我们！"小马虎很生气地插嘴。

"妈妈没回来，我出门找她，刚好找到你家，碰到你，结果……"顺着马虎的话，冬豆渐渐想起那晚的事。

"ma—ma—"冬豆艰难地发出了这两个简单的音节。

马虎笑了："不过还好，妈妈在那天晚上回来了，带伤背回来借的东西。"

"借——"冬豆努力发音，表达自己的疑惑。

"是的冬豆，借东西。我们马虎只能在每年雪下得最大的那个夜里出门。

长大的出门借东西，还小的出门玩，像你刚才看到的那样，跟大家在雪地里一起玩。”

小马虎在面具后对哥哥翻了个白眼。哥哥的安排，让她在这晚没法出去玩。

“借——东——西？”冬豆显然还是对这个话题更感兴趣。

“借东西，就是把人们家里的东西借来用，用好了再还回去。针线、锤头、镜子、棉花、面条……什么都借。我还借过你的玻璃球，妹妹借过你邻居女孩的布娃娃。因为每年只能出一次门，有时候就让兔子、老鼠或者麻雀帮着借和还。有时候借的东西不好还，就换个别的还。比方说，借个大饼，还两根萝卜。如果你家里什么东西找不着，过两天又有了，多半是被我们借走又还回来的。”

“鸡？”冬豆想起来家里鸡被偷走的事。

“那可不是我们！黄鼬偷鸡，马虎不偷鸡，我们只借粮食吃。”马虎说得有些激动，跟黄鼬撇开关系。

冬豆笑了，发出咯咯的声音。小马虎又端来一碗热乎乎、甜滋滋的马虎汤。

“你不怕我们了？”马虎问。

冬豆点点头。

“摘下面具也不怕？”

“不怕！”冬豆发出的声音很清楚，很坚定。

马虎把头上戴的枯杨树叶面具慢慢褪下，一点点露出一张男孩的脸，很清秀，跟冬豆一样。小马虎也摘下面具，露出一张小巧的女孩脸，比村子里最好看的女孩还要好看。

冬豆一点儿不觉得怕，像是看着两个熟悉的伙伴。

喝完了小马虎端来的第三碗马虎汤后，冬豆暖暖地睡了过去。

六

冬豆醒来时，已经是第二天早晨，躺在自家炕上。

爷爷在院子里扫雪，自己感叹着：“好雪啊，准是个丰年！”

冬豆从床上爬起来，高喊了一声：“爷——爷——！”声音大到震下了屋檐上的雪。

爷爷手里的扫帚掉了，慢慢回过头，木色的眼睛里转动着莹光，像月夜的雪地一样。

冬豆又喊了一声，爷爷高声应着：“哎！哎！”柳叶和雪牛也应和着，先是浑厚的一声“哞”，然后是轻快的一声“哞”，都扬着调子。

“我，我去打电话！”爷爷拍着沾在身上的雪，快步走出院子。他要尽快把这个好消息告诉冬豆父母。

冬豆穿好衣服，想着昨夜的梦，一步步走到了田野里。梦里狂欢的家伙们都没了踪影，也没有印记，但冬豆远远地看见了一个用雪堆起的牛。

雪牛从他身后跑来，跑到了那只雪堆成的牛旁边。冬豆快步跟上去，发现两个雪牛，除了颜色，其他一模一样！

柳叶也跟来了，贴着冬豆和雪牛站住。天地近乎全白，只有他们站在雪地里，相互靠着。

冬豆想，这到底是不是一个梦呢？这个梦又做了多久？

要弄清楚这些，得等到下一个雪夜了。

信世杰

1991 年生，山东滨州人，现为上海大学文学院创意写作专业博士研究生。在报刊发表文学作品、学术论文和评论十余篇，有文章被《新华文摘》全文转载。曾获第六届万松浦文学新人提名奖、“澎湃·镜相”榜单作者、“新青年非虚构写作大赛”（2018 年）优秀作品奖、“故乡纪事·爱故乡非虚构写作大赛”（2019 年）优秀作品奖、全国大学生小小说大赛一等奖。

灰烬

/　龚然

“二三二一年二月三日，西藏自治区组织召开海平面上升人口转移紧急会议，各族人民万众一心、众志成城，切实配合做好各项工作，一定能够夺取这场救灾阻击战的伟大胜利……”桑吉搅拌青稞面和酥油茶的手停了下来，他盯着墙上的投屏，给它下达了关闭的指令。智能眼镜的消息提示在桑吉的眼前弹出，他连续眨了三下右眼，打开了未读的新闻：今晨八点二十四分，海平面已上升至五千米。桑吉闭上眼睛，五秒钟后，眼镜内屏幕一阵闪动，红色的滚动警示文字渐渐隐没，再次归于沉寂。桑吉睁眼，继续揉搓着手中已经成型的糌粑，窗外传来重物下坠时的闷响。

“我先下楼了……”

“别急，这里还有一包！”

楼上一定没有关窗。桑吉向窗外望去，窗户正下方物品传输带上一个挨着一个地堆放着行李箱，以及巨大的蛇皮袋装的包裹。一个包裹从眼前经过，桑吉看见袋子的侧面被捅开了一个大口，露出里面尖锐的收纳盒的角、一只毛绒熊的下半身以及放入压缩袋但依然看起来厚实的棉被，像是被剖开的腹部一般，桑吉看见其中不加修饰的原生的内脏。在一楼传输带的末端，被设定以居民区到缆车等待区为路线的机器人在接过包裹后立刻九十度转向，一个接着一个，就像一队纪律严明的士兵。比包裹早下楼的人们，有的等候在机器人的身边，护送自己那些仅剩的珍贵财产。但更多的人则在行李下楼之前早早地奔跑下楼梯，径直前往缆车等候区，参与一场混乱的推搡。

机器人的齿轮在泥土上碾压，冰屑与泥和在一起，在它们经过的残留雪地上留下两道灰色的疤痕，发出碎裂时的脆响。桑吉向更远的山望去，这些运送着五颜六色包裹的机器人在遥远的雪山上排成两队，远远看着，就像一群把饼干屑搬回巢穴的工蚁，保持着紧凑且稳定的间距。机器人拟牦牛形，它们的身体两侧都固定着包裹，桑吉想，设计者在制造这些机器人时甚至模拟了牦牛的速度，但他们忘记今日的珠穆朗玛峰地表已非昔日冰川，冰已融去大半，机器人在山路上行走可以如履平地。焦灼的人们在缆车入口排起了长队，对于队伍顺序的争吵持续进行着，说话呼出的水蒸气让入口变成了一个大蒸笼，闷哭了一个被抱在怀里的婴儿。

桑吉所住的集装箱式房屋隔层不厚，可以听见楼上来回走动和不断掷物的重响。风在集装箱的间隙游走，把桑吉额前斑白的碎发吹起，他把糌粑丢进嘴里，关上了窗，在房间里踱步。

这间二十平方米的集装箱房几乎花光了他前半生的积蓄，以及自己家族积累了几辈的人脉。五十年前，当新闻第一次将海平面上升的紧急情况公之于众时，正在举杯庆贺成功登顶珠峰的客户和向导们在电视前突然停住了手，纷纷转头看向电视。新闻画面中，洪水向民居涌去，越来越多的人向更高处迁徙，还有一只当所在冰川最后一块冰融化时掉入冰水的北极熊。餐桌上的酒杯距离触碰还有一厘米，桑吉是当时的向导之一。

客户们面面相觑，陷入了两秒钟的沉默。“海平面上升……这个名词提了有几百年了吧？也没见有什么实实在在的影响。在电视上这么一播出，就是制造恐慌了！”这群客户中显然地位最高、最有影响力的一位坐在餐桌外圈的中心位置，背对着电视屏幕做出如此评价，他将酒杯重又举起，“诸位，庆祝我们的珠峰登顶！也期待我们企业未来站在新的峰顶大展宏图！”他向众人挥了挥酒杯进行示意，其他人如同从禁令中得到赦免一般，将所有的情绪尽数抛却，重新堆起了笑容。桑吉连续喝了五碗青稞酒。

集装箱房的墙上挂着一九九四年西藏登山学校第一代学员的合影，站在照片正中的是桑吉的祖先格勒。从登山学校毕业的学生，他们的工作是为国内外渴望从西藏自治区北坡登上珠穆朗玛峰的客户提供向导、烹饪和医疗服务，每年接待登山者三百余人。格勒的儿子贡布继承父业，他在一次雪崩之中罹难，尸骨覆盖在冰下，在三百年后冰层融化时才被挖出，埋葬在罹难者纪念区。桑吉的家族几百年来都在做同一件事：带着不同的人，一遍又一遍地登上珠穆朗玛峰。重复本身是乏味的，但桑吉却享受着在珠峰的重复，同时也在见证珠峰的变化。珠穆朗玛峰的向导们是切实感受到全球变暖的人，除了肉眼可见的雪山融化，更触目惊心的是冰块的滑动、裂纹，以及如海啸般倾倒得让人毫无反击之力的雪崩。虽然雪崩的隐患存在，但是气温不再那么寒冷，随着海平面上升，大气层下垫面抬高，空气中含氧量增加，登顶难度大大降低，冰层的消失也减少了攀登的障碍。于是，想要征服自然的人越来越多，桑吉的工作频率从每年两次，上升至三次甚至四次。越来越多的人揭开了珠穆朗玛峰的面纱，他们发现由于冰层的融化，珠穆朗玛峰不再雪白圣洁，这是一块埋着粪便、血液和颅骨的土地，神秘感的消亡令许多人流露出对珠穆朗玛峰的失望。

海平面上升是一个人尽皆知的秘密，可是当它被正式公告时，依然搅乱了人类的秩序。和桑吉一样的珠峰向导，一生只把精力献给这一座山，虽然知道危险，但更多的是从决定入学西藏登山学校那天起将一切交给宿命的平静。桑吉的祖先们一辈子都没想过走出这片山，几百年来他们依靠着这片山脉生存，血液与珠穆朗玛峰的融水一起流动，更没想过利用珠穆朗玛峰发家致富。桑吉的家坐落于高原上原始森林旁的村庄，这份平静在三十年前被一阵敲门声打破。

开门时，桑吉的眼前站着一个三十多岁的瘦削的青年人。那人喘得上气不接下气，由于缺氧，嘴唇已成绛紫色。桑吉开门后，那人自觉地走进了桑吉的家中，虽然虚弱无力，双眼却不住地向房子四周墙壁张望。桑吉以为对方是迷路的旅客，扶他在沙发上休息，熟练地拿出氧气瓶给对方吸氧。对方的呼吸在半小时后恢复稳定，桑吉喂他喝下的百分之五十浓度的葡萄糖已经空瓶。他向桑吉表达了感谢，在沙发上小憩片刻，那人睁开双眼，用亢奋到发光的眼睛紧紧攫住身边的桑吉。他激动地握住桑吉的双手："哥们儿，您这房子卖吗？我给您这个数……"他抖了抖伸出的四根手指。桑吉有些摸不着头脑："你弄错了，我们家不卖房。"桑吉掂量着四百万的数字，心想这人出手倒是豪爽。"四千万，我买您七十平方米的屋，您绝对亏不了本儿……"桑吉瞪大了眼睛，本要说出的拒绝之辞被堵在嗓子眼。这是西藏一个高海拔地区的房子，没有便利的交通，没有热闹的街区，甚至没有什么人烟，只有茫茫广袤的草地、草地上进食的牦牛和远处高大肃穆的雪山。眼前的人却给出了一个他一辈子没见过的数字。"这是我的联系方式，您考虑好打电话给我就成。"那人拿出一张有纹路的名片。他叫章明，是北京一家名曰"征服"的房地产公司的销售部经理，桑吉默念。

章明接过了桑吉递来的一瓶新的葡萄糖。

“你们的工作挺辛苦啊，现在炒房已经炒到西藏了吗？好像没有听说咱们这里的房子涨到这个价格。”桑吉将章明的名片塞进了上衣的口袋。

“您怎么称呼？”章明拿出一盒香烟，熟练地递了一根给桑吉，桑吉摆了摆手，章明便点了火，自顾自地抽了起来。

“叫我桑吉就行。”

“桑吉大哥，这您就不懂把握商机了。现在的热点是什么？海平面上升！几十年以后，平原都被淹没了，哪儿还有什么北京、上海、深圳的位置。下个一百年，咱们西藏可要成为世界中心了……您如果把房子卖给我……”在缭绕的烟雾中，桑吉咳嗽了两声。

桑吉没有卖房。房子里供奉着祖上几代人的像，他们在珠穆朗玛峰暴风雪中的艰难前进，换来了一个家族的庇护所。每次出发前，桑吉都会在这些已经逝去的先祖们的面前久久伫立，思考已经发生的和未来将会到来的死亡。桑吉觉得自己有一天也会成为这些相片之一，他要留在这里。

越来越多的城市人开始来到他们的小村庄，而平时常来他们粮仓拜访的藏猕猴却被这些陌生访客吓得再不来了。桑吉听说有几户人家已经把房子卖出，他路过村庄里聚集的人群，听到他们的议论：海平面上升，阿尔卑斯—喜马拉雅山系会成为最后的幸存者。要搬到更高的地方去求生。

桑吉仍保持着昔日的生活，攀登珠穆朗玛峰的客户们情绪比早些年轻松许多，人们对自然已不再恐惧。对这些客户而言，在二三二一年攀登珠峰与在三百年前攀登黄山一样，只是一次常规的旅行。桑吉看过昔日的影片，几百年前，当人类超越身体的极限和自然的力量站在珠穆朗玛峰的峰顶时，伴随他们的，是天空与雪峰无尽的沉默，人类眺望，然后失语。而现在，桑吉的客户们在珠穆朗玛峰峰顶欢呼雀跃，他们拍照、录像，配上音乐、节奏，生成一段可以被复制一百份的影片。在峰顶上，人们说着空洞的誓言，却不曾凝望天空之“空”。珠穆朗玛峰用它的融水，发出簌簌的低鸣。

桑吉出发前依然要深吸一口气，在佛前磕头祈祷，任由经幡在天空下飘荡。缤纷如虹的经幡，蔚蓝深广的天，千疮百孔的雪山，经幡上扬时向珠穆朗玛峰送去桑吉虔诚的呼唤，下坠时带回神明的回应。他把祈福的青稞粒洒向珠穆朗玛广袤的土地，冰面迸出一丝裂纹，融水滴落，有鹰在上空盘旋。

“桑吉老师？桑吉老师！明天上午八点就轮到我们撤退了，您怎么还没收拾？抓紧时间，这次不走就没机会了。” 年轻人洛桑敲打着集装箱房的窗户，让桑吉重新听到嘈杂的现实，“我们一家人先下山，方舟停在珠峰大本营，飞船票我已经转发给您了，您记得在手机上查看。”桑吉打开窗户，对洛桑说：“去看看其他人，我下山经验丰富，就是不坐缆车也走得很快，不用担心我。我有东西给你。” 他从房间里取出了师父当年赠予自己的哈达，双手捧着，绕在洛桑的脖子上，他和这个下一代登山队的领袖郑重地握了握手，洛桑的手晒得黝黑且粗糙，却十分有力，盯着桑吉的眼眸清澈而明亮，像森林里的鹿。

洛桑的脚步声在集装箱外的走廊渐渐淡去。楼上的脚步也停了，他们把行李向传送带上一丢，下楼时急匆匆地路过桑吉的窗外，向桑吉点头致意。那是一对颇有勇气的中年夫妇，在政府组织集体迁居时，选择了海拔八千米的集装箱房。平原人口数量巨大，西藏高原土地有限，桑吉那不愿卖出的房子终于还是被征收，改造成新的建筑，全国人口居住地被进行了重新分配，但迁居完成后的人口调查显示：只来了一亿人，其余人不知所终。

人们将易于移动的集装箱房运上了珠穆朗玛峰，一间间垒高，像桑吉小时候搭的积木。珠穆朗玛峰在冰层融化后几乎与普通的山无异，为了争取更大的住房面积，人们砍伐了山脚的原始森林，将河填成平地，在山上修起了路。西藏的房价随着海平面的上涨与日俱增，寸土寸金。海拔三千米至六千米是最抢手的宝地，人们一只口袋装着付款码，一只口袋装着摇号牌，桑吉想起那个人出价的四千万，现在意识到光有四千万没有运气，也不能挽救生命。如果不是自己被征收的家在西藏，大约桑吉会成为那消失的十几亿分之一。海拔六千米向上，离海平面更远，但是离恐惧更近，人类对高峰的敬畏或许早在远古先民时就已经植入集体无意识之中。从前想要征服海拔 8868 米峰顶的人类，面临着物种身体极限的死亡威胁，而今尽管峰顶的生活条件已经改善到可以供人居住，每间集装箱内都配有可持续供应的氧气传输线，像自来水一样通向每一个人的家，但是人类对高地依然不寒而栗，中庸之道是永恒的真理。桑吉不怕高，他生在高地，也为高度而生，对珠穆朗玛峰地形了如指掌的他在集装箱房的运送指挥中发挥了很大的作用，这是他祖祖辈辈为他积累的能力，在二十四世纪以海拔八千米的一间低价集装箱房的形式馈赠给他。

“距离方舟发射还有十八小时，请乘坐ZH8688次方舟的乘客就近前往位于海拔七千七百九十米的三号营地、海拔七千零二十八米的北坳营地和海拔六千五百米的前进营地等候。在等候时，请先检查自己的车票，注意工作人员及广播通知，按时检票进入，过期不候。”广播的声音像策马的扬鞭，催促着每一个还没到达等候营地的人。登时，缆车口响起更加激烈的争执，缆车运人的速度远远慢于前排塞人的速度，在生命面前，每个人都争先恐后。后排的人意识到即使熬到晚上也不会轮到自己时，拖家带口向山下冲去，山路中途有快速捷运，那是他们最后的生命线。曾经在冰下等待了三百年的贡布一定不曾想过，珠穆朗玛峰会有如此热闹的一天。

桑吉简单收拾了一个小包裹，把衣物和生活用品搁置在外，轻轻地关上了集装箱房的门。他经过喧嚷的人群，踏过浸透着冰水的松软的土地，望着远方黑白相间的喜马拉雅山脉的斑秃，一个人向山下走去。海拔六千五百米的前进营地距离珠峰大本营最近，可以望见远处方舟的白色尖顶，营地里站满了想要第一批进入方舟的人。入口处人们踮脚向内张望，却被前方汗水湿透的后脑勺遮挡住视线，桑吉站在人群之后，被推着向前走。队伍里，有一个小女孩被抱在母亲的怀中，趴在肩上，正对着桑吉的脸。她的母亲东张西望后突然高举一只手向远处摇晃，远方传来回应的高呼。女孩眨巴着眼睛对桑吉做了个鬼脸，桑吉回以她一个皱巴的笑。

桑吉临时做了一个决定，他从等候营地前拥挤的人群中钻了出来，朝着人越来越少的相反方向走去。迎面而来的人们奔跑着做紧张的冲锋，从桑吉的身边擦肩而过，桑吉的脚步却越发缓慢了。

夜幕降临时，他走到了海拔五千八百米处的绒布寺。身后的珠穆朗玛峰，像一座黑色的尖顶佛塔，暗流下涌动着腐烂的生命。桑吉抬头，白色的方舟耸入云端，他看不到方舟的顶，那是通往另一个世界的巴别塔。所谓方舟，看上去像桑吉曾经在新闻中见过的火箭，只是更有末日逃亡的味道。向山下望去，又是冰山融水汇聚成的真正奔涌的洋流。

绒布寺是明亮的，烛火围绕着佛像，那是莲花生大士钦定的珠穆朗玛峰守护神。桑吉在佛像前跪下，双手合十，念诵三宝护佑经，进行着古往今来每一位珠峰挑战者必经的祈福仪式。这些仪式祈愿踏入珠穆朗玛峰的人们平安归来，送走一批批朝圣者或野心家，活着或死亡。身着棕红长袍的僧人诵读佛经，每诵一句，念珠向下拨动一颗。风过时，屋檐下铃铛空灵的声音穿过海拔五千八百米的土地，向珠穆朗玛峰带去佛祖普度众生的箴言。

桑吉从包裹里取出走出集装箱房前带上的哈达与护身符，这是他第一次登珠穆朗玛峰时，父母从寺庙求得佛祖加持的信物。人类面临未知的大自然总是心怀畏惧，幸而还有神灵。僧人接过哈达与护身符，在佛像前喃喃祷告，为圣物镀上另一层护佑的烛光。窗外是喧哗的人声，绒布寺内却是一个沉寂的夜晚，仿佛一切静止了，甚至从未发生。桑吉就这样重新迈入了珠穆朗玛峰的黑暗之中。

二三二一年二月四日八点整，人类的历史被涂抹了浓墨重彩的一笔，驶往月球的方舟起飞，标志着人类生存的新转折。珠峰大本营的地表被方舟喷出的火焰烧成黑色，珠穆朗玛峰的最后一块冰在高温下融化，海拔五千至六千米的集装箱尽数被毁，罹难者纪念区的碑林化为灰烬，绒布寺无影无踪。人类的勇敢以灰烬的形态终结，又以速度的形式重新开始。最后一个挤上方舟的人将自己夹在门缝中的布料剪去，人们为这次死里逃生舒了一口气。当工作人员开始清点人数时，发现方舟二号厢空了一个座位。

座位的主人正坐在海拔八千米的集装箱房里喝着酥油茶。地面剧烈抖动，碗里的酥油茶泼洒在桌上，桑吉扶着碗的手也跟着颤抖。他要求电视将声音调大，听到新闻播报："太平洋彼岸的科迪勒拉山脉将在二月四日六点组织全员撤离。"这一条新闻被反复循环，成为该频道的绝唱。珠穆朗玛峰又恢复了千百年前的沉寂，电视中女主播沉稳的声音在广袤的群山间就像掷入大海里的一枚石子。

忽然，敲门声响起，这使桑吉想起了三十年前一个毫无防备的下午，有个人把四千万的字眼砸在他的眼前，倘若此刻他踏入这道门，把四千万再次递给他，他依然不知这个数字在当下的意义。桑吉开门，发现是一只藏猕猴。人类离开了，忘了他们昔日在高原的朋友。藏猕猴完全没有料到人类的突然出现，它立刻上蹿下跳离开桑吉的视线。桑吉的祖父曾经用独特的口哨声呼唤过一群觅食的藏猕猴，山脚下有一片桃花林，春天时，小藏猕猴出生，祖父用水果和花生款待它们。珠穆朗玛峰承载着无数有灵的生命。

桑吉把屋里储存着剩下的青稞倾倒在走廊上，留给藏猕猴们饱餐。他锁上集装箱的门，离开了这间屋子。

他攀爬至海拔八千八百四十八米的珠穆朗玛峰峰顶，眺望这座圣山。祖先贡布的罹难是珠穆朗玛峰开放攀登后最大的一次事故，那场雪崩埋葬了十六个人的生命。这场事故有着一个闹剧一样的开端：一位登山者预备在登上峰顶后，以滑翔的方式下山，登山者准备好了滑翔的器具，新闻频道的摄影团队和记者在基地营等待转播这次史无前例的下山，最后却用摄影机记录了灾难的发生。珠穆朗玛峰会惩罚每一个蔑视它的人。

这一次，桑吉也准备好了装备，比那时更可靠的装备。他抚摸着手中的护身符，张开双臂时像一只黑色的鹰，在山峰间翱翔。从方舟向下望去，又变成了点缀珠穆朗玛峰的一粒灰烬。绒布寺在黑夜降临时没入了墨水一样的大海中，在海拔五千八百米的某一片水域里，有气泡上浮的声音，鱼群裹住冰冷的身体，缠绕着飘动的经幡，面对着倾倒的佛像的微笑。

龚然

1999 年生，现为上海大学文学院 2021 级硕士研究生。

初恋

/　张小燕

一

天将黑未黑的时候，方生正在帐篷外一声不吭地洗衣服。借着一点光亮，他细细地搓洗已经有些褪色的暗绿色军服，拧干，再把衣服抻平整，搭在帐篷之间拉起的挂绳上。不一会儿，天暗下来，墨蓝色天幕上，繁星在潮湿的空气里闪闪发亮，仿佛古代工匠消失在古城地下之前，将他手握的壶里的黏稠东西倾倒出来。营地里也开始热闹起来。有人打牌；有的擦枪；有的正就着馒头下酒；还有抽烟的，倚靠在篷子外，吞云吐雾。

方生就在帐篷旁坐着，朝着落日坠下的方向望去。

远处的青山连绵起伏，在夜色和余晖的映照下明灭可见。山和山之间的缝隙把天幕分出一小段留白，像极了倒悬而幽深的杯子，里面斟满了飘着往事气味的酒，方生总是平静而克制地啜饮。

抬头注视着漫天的繁星，突然之间他看到一颗星星闪动，像是对他眨了眨眼。他的心不禁也动了一下：不知大哥和大嫂现在过得怎么样了。

平日里没这么清闲。他早早地当了兵，跟着现在这个团，一路打，一路歇。平静的日子和兵荒马乱的日子总是此起彼伏，军营里平日也都是些干不完的琐事。方生很年轻。他像一棵白杨，挺拔、青翠、真挚、沉默，撑起军营里的一小方天地。

白天的时候，团长突然把他叫过去对他说：“你家离这个孩子的家乡近，路你熟。你送她回家去吧。”那孩子叫小英，十二三岁，本来是随着父母从浙江去湘西投奔祖父母，然而战火纷纷，女孩父母在途中不幸身亡了，女孩孤身一人无依无靠。团长可怜她，说什么也要把女孩送回家。因女孩和方生的家乡都在湘西，女孩家那一处地方离方生家只隔了几里，护送人选便定了方生。

看着闪烁的漫天繁星，方生都不想进帐篷里睡觉了。这么多的星星，这么亮，和家乡一样。也是在这样明亮的夜晚，在家的时候，在还没入军营的时候，他，大哥、大嫂会坐在院子里乘凉。他喜欢在院子里仰着头数星星。自从进了军营之后就很少再数了。

一想到明天要离开军营，方生就睡不着。他心里突然胆怯了起来。那么大的炮火，那么响的枪声都没吓倒过他，可如今他心里实在是有点怕了。大哥大嫂他们过得还好吗？方生又想，睡不着就收拾东西吧。其实也没什么好收拾的，除了兵服，他就只有一个包袱。包是方生刚当兵时带来的，他很爱惜，水蓝色的包袱因久经水洗而微微泛白。包里还有一支用竹子制成的短笛，是学艺的师傅赠他的。

这便是在这世上活过的证据了，他心想。

方生今年十七岁出头，当兵已经三年了。

二

方生的家在湘西最南边的一个边城小镇。父母早亡，长他十几岁的兄嫂便像父母一样待他。童稚时，他上过几年学。读了两年书便不读了，临走之前，先生叮嘱他以后勿忘写字。

不读书了，后来就跟着当地一位姓蓝的匠人学吹笛。蓝师傅不只会吹笛，唢呐、花锣鼓、丝弦锣鼓、竹簧也都能奏上几曲。当地人爱乐曲，重情义，无论哪家哪户，每逢红白之事，都得请艺人传声。传声的日子里，吊脚楼院落里外都会围满人。

蓝师傅教徒弟严格，很少当面夸他，只有当方生的大嫂挎着竹篮来看方生，给蓝师傅送上一杯竹筒酒，蓝师傅才会带着醉意忍不住夸方生悟性好。为什么说方生悟性好呢？蓝师傅说，方生有一副悲天悯人的好心肠。只有能悲他人之悲，喜他人之喜，才能把曲子吹好。曲子吹出的是人生的悲喜，曲儿声里，是哀是乐，是悲是喜，鲜有人知。你以为是喜乐，可走近了细听才知是悲的。

后来，村子里有军队来招兵了。

为什么会去当兵，方生已经不记得了。是因为不想再看到兄长每天昼起夜归，为一家子的生计操心，还是因为不忍心让嫂子熬几个晚上，只为了给自己缝一双新鞋？

总之，就这样，书也不读了，手艺也不学了，方生别了亲人和师傅，阴差阳错地来到了卫团长的军营。去当兵带不走什么，临走时只在包袱里装了兄嫂准备的东西和师傅赠的短竹笛。军营的生活又苦又累，有事得空了，方生就摩挲着蓝师傅给他的竹笛。那竹笛又细又短，吹出的是乡音。

三

快到半夜了，方生终于有了困意。睡下不久，天刚亮，他就醒了。扣好腰带，穿好军装，抹把脸，提着包袱，方生踩着军靴绕过一个又一个七七八八歪斜扎着的篷子，来到了团长营帐前。一个红着眼圈、怯生生、梳着两个羊角辫的小姑娘已在那儿等他。

时值仲夏，归途上，炎炎暑气将方生和小英的脸都蒸得红红的。小姑娘一路上沉默着，不曾露出一丝笑容。女孩蹙起的眉就像湘西的青山，茫然又悲伤的眼神就像是方生记忆里顺流而下、清澈惆怅的湘水。

停下歇息的时候，两人相顾无言。

方生打破沉默，问女孩："想听曲儿吗？"女孩愣了愣，然后点点头。

方生就从包里拿出笛子，对着女孩腼腆地笑了笑，说："只会这个。"

说完，他面朝着山谷，闭着眼睛，吹奏起来。仿佛是要把这曲子献给山谷。可这分明又是吹给女孩听的。笛声是乡村里最通透的声音，如怨如慕，如泣如诉，似要宣泄，又似抚平。吹的是怀乡曲，这是他吹得最熟悉的一支曲子。这是方生的一个小秘密。每当闭上眼睛吹这首曲子，他就好像又见到了兄长、嫂子，还有师傅。

一曲终了。等方生睁开眼，小英已经注视着他好一会儿了。女孩看着方生，方生这才仔细瞧了女孩的长相。她的眉终于舒展了，眼睛睁得大大的，又明亮又湿润，嘴角好似恬静的弯月，柔软的头发在阳光下泛着光泽。他想，真秀气。果然是我们那儿的孩子。他觉得很亲切，就像是在看自己的妹妹一样。

如果我也有一个妹妹的话，可能就是这个模样吧！方生想着想着，便对女孩笑起来。女孩看着方生，然后也低下头笑了。

这一路上，方生又为女孩吹了许多首曲子。小英和方生熟悉起来之后，便像一只活泼的云雀围着沉默的大树，总是有说不完的话。小英出生在湘西，但从小在浙江的鱼米之乡中长大，她问方生湘西是什么样的。方生和小英说起自己的故乡：讲湘水，讲龙舟，讲新娘哭嫁，讲师傅的严厉、兄嫂的疼爱；也讲别离，讲战火，讲军队琐事，讲团长的帮扶、队友的照顾。

小英解放了活泼的天性，不似之前那般忧愁。赶路途中，在午后休息时，她还会赤脚蹚入溪水里，和鱼儿玩耍，暑气将她的脸蒸得泛红。紫丁香花开得正盛，袅袅香味像是无言的歌声。方生则靠在青石上，闭上眼，听着仲夏的蝉鸣，任记忆将他带回家乡的一个热闹节日里。

有时候方生不吹笛，也不讲故事，小英就央方生唱歌。方生一边回想家乡种种，一边唱这样一首歌谣：

我离湘水去，
湘水舍不得我。
雕着龙的船儿翻了，
出嫁新娘的帕子哭湿了。

我离湘水去，
乡人舍不得我。
老师傅的背脊弯了，
亲人的双眼望穿了，
碧溪边的竹笛吹断了。

我离湘水去，
大地舍不得我。
高崖上的月亮落了，
巫神的歌谣唱尽了，

虎耳草花在一夜之间开遍了。

——湘水啊，留不住我！

四

临湘西越近，方生的心就越是跳得厉害。战士最终不辱使命。穿过几座山，渡过几条河，他带着小英来到了目的地——一幢虽旧但看着体面的老房。他把她交给了一位眼神里透着精明和警惕的老太太——这便是小英的奶奶。

小英一看到她，便紧张地抓住方生那褪了色的军衣外套。

“不打紧的。”方生低声对小英说，“这是你的家人。”

小英抓着方生的衣袖不松口，方生狠了狠心，扶着她的肩膀，把她推到对面去，低低地说：“去吧。”

他笑着跟小英挥了挥手，然后转身走了。

送完小英，方生倒有点不知所措了。本来应该是要立刻回团里的。

现在天色还很早。这里离家只有几里，再走上不到半天，他怎么都能到家。但是到家，然后呢？离家太近了，这路短得让他害怕。

方生走了。尽管他有点后悔。后悔什么呢？是后悔没跟小英说，如果你不愿意回去，就到我家去吧。还是后悔没回家看一眼？他没回家，也不敢回去。他必须回团里，而且是立刻马上回去。只有这样，这颗跳个不停、跳得他慌乱的心，才能安定下来。于是，后悔与害怕的心情伴随着他一路返回。但他的包囊里，多了一枝他途中摘下的紫色丁香花。

回程的那夜他做了许多梦：梦见夏日的吊脚楼外，他跟着师傅学艺，嫂子给他和师傅送来了剥好的橙子；画面一转，潺潺的溪水边，小英在嬉戏玩水，阳光穿过树梢，照在青石上，如同碎汞一样。

等方生回营，仗又打起来了。又过了一两年，在一场仗里，方生为了救队友，伤了半张脸和一条腿。那场仗里，卫团长牺牲了。团里的人，死的死，伤的伤。团就这么遣散了。

等方生卸下一身戎装，模样已经和一两年前大不一样了。可他不在乎，因为他终于自由了！他的神志就像河流里那些生生不息的鱼，它们循着一个方向，逆流而上，誓要回到出生的地方。揣着装有信物的包，方生的脑海里只存着一个念头——他要回家！回到他日思夜想、魂牵梦绕的地方。

五

回乡之初，方生才知道这几年发生了太多变故：大哥不知道从谁那里听到方生战死了，悲痛恍惚，在一次渡河中出了意外；嫂子在安葬大哥后，就一个人离开了这里；教他曲艺的蓝师傅也不在了，去了其他地方。

方生少小离乡，这些年也无甚积蓄。大哥因他而死，他心中愧疚，更无面目与乡人相认。于是只以一个外乡人的身份，在家乡落脚。方生没法干力气活，为了生计，当起了货郎，偶尔在艺人缺帮手的时候，给办喜丧事的人家吹吹曲儿。没人知道他从哪里来，也不知道他为何会吹曲儿。除了做生意之外，他平日里独来独往。乡人见他性格孤僻、面容可怖，但买卖东西价格公道，除和他做买卖外，互不打扰。没人再叫他“方生”，从此，他的名字叫“货郎”。

方生还不到三十，看着却很沧桑、虚弱。他在外当兵闯荡也才几年光景，却好似一生的精力都耗完了。方生睡觉时常常会做梦，梦里有他至亲之人。有父母、大哥、蓝师傅和曲儿声，也有溪水、竹笛和蝉鸣，以及那个女孩小英。有时候梦里的画面一转，俯冲的枪弹以炽热的恐怖之焰划破天空，炮火连天的战场上无处可躲，遍地都是哭喊声。方生瞬间从梦中惊醒。屋子里只他一人。

方生的笛子断成了两截，因为战乱。他把断成两截的笛子和当初摘下的那枝紫丁香，都小心地收在木盒子里。收进盒里的，还有那段记忆。仲夏的蝉鸣、清冽的溪水、通透的笛声、紫色的丁香花。

在湘西，这种花又叫作初恋之花。

小英在哪儿呢？

方生一想到他和小英分别的场景，便有些遗憾。如果再给他一次机会，他会笑着摸摸她的头发，告诉她别害怕。他还会对她说，他的故乡就在湘西最南边的一个小镇，家里有哥哥、嫂子，都是很好的人。如果她愿意，她可以和他们一起生活。

六

人活一辈子，遂人意的事情能有几件？

方生真的和小英重逢了，却以一种不遂人意的方式。

那天他依旧是干着货郎的本行，上街兜售旧货。迎面遇到一位穿着考究、年轻漂亮的小姐。他慌忙避开，一是怕弄脏人家的衣裳，二是怕可怖面目吓到她。

谁知，那个年轻女人却惊喜地叫住他："你是方生哥哥吗？"

方生一愣，下意识地点点头，女人立刻上前紧紧抱住了他。"方生哥哥，果然是你！我是小英呀！"

小英抱着方生哭了起来："你的脸……是怎么回事？"

方生身体一下子僵住了，小英变得多么漂亮呀。他不知所措地安慰着小英，他想抱抱她，可是他的手粗糙皲裂，是那么不相称；他的衣服又破又旧，仿佛只要挨到，小英的衣裳都会变脏。

小英和方生找了个地方叙旧。小英告诉他，她是来这里探亲的——她马上要结婚了，对象是一个年轻的官员，姓杜，不仅前途无量，而且对她很好。小英又提起方生当初跟她说过，湘西的新娘子嫁人时总会哭湿了衣裳。她说："我才不会哭呢，我要笑着嫁人。"

方生注意到，她的穿着和湘西这儿土生土长的女孩完全不一样，手上佩戴着贵气的珠宝；羊角辫变成了卷发，头上不再系着鹅黄色的发带，取而代之的是闪着光芒的金饰；她的脸上写满了朝气和得意，早已看不出她当年遇到他时脸上的忧郁。

"方生哥，等过几天，我就要走了，你也别在这地方待了，不如跟着我未婚夫，我定让他给你找个好差事。"眼前的贵气妇人呷了一口茶，无论如何都没法和当年那个忧愁的女孩的身影重合。

方生看着小英，一个念头突然降临到方生的心头：眼前的女人，只有名字是和小英一样的。除了名字，哪儿都不一样。可如果她不是小英，那真正的小英又去哪里了呢？

但是，这也不重要了。

一切都不重要了。方生觉得心里像落下了一块石头，像是一首一直没吹完的曲子，终于结束了。多好呀，小英过得如此幸福。他总是很愧疚当时没带小英回家，很怕她后来过得不好。还好，小英过得很好。太好了。他觉得自己已无任何挂念。他口中对小英说了些话，打发了他们夫妻二人，便自顾自地走了。他身体轻飘飘的，两只脚像踩在棉花上一样，以从未有过的轻快步伐飘回了家。

小英走了，方生却大病一场。

方生自不当兵以来，身体便不是很健康。可这次实在是病得厉害了，为何而病呢？整整两天，他不出街，也不收货，只躺在屋子里。

有人可怜他，找了郎中来瞧他。到了第四天，他的意识终于恢复清明，往昔的记忆如同月光照在水面上一样。接下来的几天，货郎的屋子里，总是传来阵阵笛声。什么曲子都有。悠扬的声音涤荡着村子的每一个角落。

货郎走了。在小英结婚的前十天。是之前的郎中放心不下来看他时发现的。他的屋子狭小而整洁，除了一些收来的旧货还未来得及出手，就剩一支笛子、一个木盒。木盒没人打开，没人知道里面装着什么。

在他死的第二天，一个气派的男人和一个年轻的女人带着人把货郎葬了。邻里之间一通议论，大家议论完，又四散开来、各做各事了。不过，你一言我一语，倒拼凑出了几个缘由：有人说那货郎平日里就看着病恹恹的，大约是病死了；有人说他自杀；也有人说他是为了女人死了，那个来葬他的年轻女人，据说是他的初恋。

入夜了，这座坐落在湘西南边未被战火侵扰的小镇，在璀璨繁星的注视下，也陷入沉睡。一切都静悄悄的，仿佛什么都没有发生过。只有方生房里被人遗忘的木盒知道，其实那吊脚楼外阵阵笛声，那碧溪边的虎耳草，那千方百计、欲留住他脚步的湘水，那一天仲夏的蝉鸣、紫色的丁香花，才是他真正的初恋。

张小燕

1999 年生，现为上海大学文学院创意写作专业 2021 级硕士研究生。喜欢小说和诗歌创作，曾有文章发表于《文艺报》。

一只蓝边碗

/　琚若冰

宜城的天很晴，街上只有几个行人来往。

我趴在公交车的玻璃上注视着外界的一切，据说归家的游子每到故乡的某处，脑海便会涌出它曾经的面貌和相应的故事，而我只记得父亲讲的蓝边碗的故事。

那是正月里的一天，也是这趟公交车。车忽然停了，一个瘦小的老人神思恍惚地走上来。“江五，好久不见，怎么坐公交车回家？”车上认识他的人热情地和他打着招呼。江五叹了口气，摆摆手坐下来，原来前不久他出了场车祸，膝盖受伤，不能再骑车。

三岔路口是江五每天回家的必经之地，那天早上雾气很重，他看得不是很清楚，骑得很谨慎，但他还是被一股外力冲击，连人带车一块倒下。开三轮车的小老头儿慌里慌张地跑过来，不安地搓搓手，不知如何是好。

江五躺在地上，往上扫了眼老头儿磨得不成样子的袖口和裤脚，再看那破破烂烂的车子，大概也知道了老头儿的家境。他尽量起身，但腿疼得厉害，只能坐在地上道：“这位老弟，你给我叫辆救护车，我去检查一下，要没什么大事，也不找你赔偿，你看怎么样？”

老头忙点头说：“检查是应该的，应该的，我这就叫救护车。”

江五本来只准备做个头部和腿部的检查，但老头儿却坚持让他做个全身检查。这一查不得了，医生发现江五的肺部存有积水，家里人知道了，忙督促江五把烟戒了。江五觉得还得感谢骑三轮车的老头儿，便打听了他家的地址，带了点水果去看他。

老头儿的家是老房子，三列平房铺着黑瓦，装着老式的木窗和木门，屋子里漆黑一片。江五在门外高声喊道：“有人吗？”过了一会儿，老头儿才从后面出来，看见是江五，眼里闪过一丝诧异和慌张：“你怎么来了？身体还好吗？”

江五将手上的水果递过去，握住老头儿的手，诚恳地说：“这还得感谢你，上次检查发现肺部有积水，这不，连烟都戒了。”

“哦，哦，你里面坐，我给你倒杯茶。”老头儿稍稍放松了一些，拿出一个掉漆的罐子和纸杯，给江五泡茶喝。

茶是前年的陈茶了，颜色不如新茶清亮，江五抿了口茶，打量着四周，发现壁龛里摆着一个粗瓷蓝边碗。

江五的注意力全被这蓝边碗吸引了。蓝边碗是二十世纪家家户户常用的，碗身大部分为灰白色，离碗口一厘米处环绕着蓝色的条纹。因为时代的原因，现在早没人用蓝边碗了，江五不禁感到一丝好奇和怀念，他向老头儿提出请求，看看这只碗。

老头儿同意了。

江五取出蓝边碗，仔细地摸着碗身。他的记忆里也有这样一只碗。那碗是母亲的嫁妆，碗底有母亲的名字。母亲一向很珍视它，结果江五有次吃饭时，手没拿稳，不小心把碗打碎了。他飞快地瞟了一眼母亲，默默低头等待责骂，但母亲只是把碎片收好。等到第二年春天锔碗匠来时，那碗又被重新锔补好，只是那裂缝仍然存在。

他回想着过去，碗也随着记忆转动。忽然那记忆里的碗和眼前这只碗重合了，江五不可置信地揉揉眼睛，看见了那熟悉的裂缝。他赶忙将碗底翻转过来，上面刻着张小花三个字，这是母亲的闺名！

“这碗！这碗儿你是怎么来的？”江五竭力平复着呼吸。

“这是我妈留下的。”老头儿望着江五手上的蓝边碗，陷入了悠远的回忆，“当年她带我去讨饭，那个人家生不出儿子，要把我买下来。我妈哭啊，但实在是太穷了，太饿了，就把我卖给了那人家，就留下这一个碗给我做念想。”

那些沉淀在脑海里的往事再度向江五袭来，他激动地抱住老头儿道：“六弟！”待江五将原委一一道来，老头儿也忍不住热泪盈眶：“我以前也找过，都说人没了，没想到今天还能见到家里人。”

“所以我说要感谢你，如果你没撞我，我怎么会认识你？”江五鼻头红红的，开着玩笑。

“不，不，是哥哥你仁义。要是你没来我家看我，又怎么会晓得呢？”老头儿摇着头，眼睛也红红的。

……

我那时候还小，便缠着爸爸问：“然后呢？”

“然后啊，这老头儿便跟着江五回家了，他就是你小爷爷，那江五就是你爷爷，这碗就是你刚刚打碎的这个。”

“啊，那爸爸我应该怎么办？爷爷和小爷爷会怪我吗？”我有些后怕地问。

“只要你以后也善良地对待别人，爷爷和小爷爷就不会怪你的。但你仍然要去和爷爷、小爷爷道个歉，请求他们的原谅。”

我笑了。

车还在往前，我好像看见家家的门前都有一只蓝边碗。

琚若冰

2001年生，合肥市作协会员，首届安徽大学大自然文学协同创新中心作家班成员。在《江淮晨报》《太原晚报》《安徽青年报》《演讲与口才》《中国青年作家报》等报刊发表文章近百篇。

忧郁的乌鸦

/　李慧文

一

在城郊西有一座叫“净空寺”的寺庙，在寺庙的后院里有一棵千年乌鸦树，院子占地两亩，乌鸦树的树干和前殿的许愿池几乎一般大小，得要十个左右的壮汉方能围得住，树枝分叉出的无数树梢早已延伸到屋檐上方百米开外。整座寺庙都被这棵乌鸦树的枝叶所笼罩，阳光透过枝丫间的空隙泻到房顶上，院落地面的大理石上，就像一个个游弋的光圈。乌鸦树的正前方放置着一个大香炉，香炉里的香火从未断过。寺庙的住持释道法师三十年前从西域辗转至此地，而后再也没有离开过，住持来时还是一个三十来岁的壮年人，而今已年过六旬，但容貌未有任何衰老之势。

释道法师来的时候，寺里原来的住持玄一法师已经病入膏肓，却迟迟不愿圆寂而去。他嘴唇干裂，不说任何话，只是干瞪着眼珠子，看着窗外的千年乌鸦树。树上停着一只漆黑的乌鸦，朝着玄一法师的方向啼叫，乌鸦沙哑的声音让玄一法师门下的僧人们感到悲凉，他们知道这是乌鸦神的召唤。在玄一法师生病期间，几个高僧来探望过他，他们看到他这副姿态，便明白这是遗愿未了。但是作为僧人早已看破红尘，心无一物，何来的遗愿。等到释道法师来此，在玄一法师的榻前叩了三个响头，玄一法师便圆寂了。这三个响头之后，释道法师便拜入玄一法师门下了。

释道住持每日都会带领一众弟子做早课。这日，他们做早课的时候，忽然听到乌鸦沙哑的啼叫声，其中一个叫“净普”的小弟子总忍不住朝窗外瞧这只乌鸦。净普方才十岁，净普在婴儿时被人弃到寺庙门口，释道法师看其面相与佛有缘，便留其在寺里。释道法师破例给净普找了个奶妈，周岁之前都寄养在奶妈家里。而断奶之后，净普就和释道法师住在一间，释道法师亲自教其经书奥秘，净普的悟性极高，周岁便能念诵经书，五岁不足便把《无量寿经》《地藏三经》等倒背如流。只是净普生性好玩，常常往地里跑，往山里钻。这日，净普看早课迟迟未结束，便托辞肚子疼，先行溜了出来。他绕到后院的乌鸦树下，偷偷爬上屋檐，又沿着屋檐上延伸的树枝爬到树上去。乌鸦似乎并不怕生，继续发出悲鸣。净普渐渐靠近乌鸦，在离乌鸦最近的树枝上盘腿坐着，乌鸦树的树枝比净普的腰还要粗一些，所以净普觉得坐在这儿比在殿里还要舒服。乌鸦斜眼看了下他，掀起两侧的羽翼挠了挠身子，并没有离开的意思。

关于这棵乌鸦树流传着众多的传说，哪一种都让他觉得惊奇，但是他的师父释道住持并没有告诉他真相，还有这只乌鸦的来历。兴许这只乌鸦能够给他答案，但是让一只乌鸦说话，简直是天方夜谭。净普托着腮帮子盯着乌鸦许久，在这个寺庙里，除了他，都是一些年长的僧人，没有人同他亲近。这会儿，他倒是觉得乌鸦可爱起来，他尝试着和它说话，比如："你好，我的僧名叫净普。至于不是僧名的其他名字倒是不知道了。""乌鸦，你几岁了？""我和你说每天的早课无聊极了。"但是回应净普的只是乌鸦的几声低沉的哑哑声，突然乌鸦的叫声激烈起来，嘶哑的声音最后在苍茫的天际晃荡开来。净普感到刺耳，捂住了耳朵，只见乌鸦的眼角有两颗圆滚滚的泪液，像是两颗水晶般凝固在那里。净普呆呆地看着那两滴泪珠，心里惊讶。就在这时，树下传来师兄的喊声："净普，你怎么跑到树上了，快下来，师傅圆寂了。"

净普的身体往后一倒，好在双手撑在了树枝上，并没有摔下去。他嘴里大喊着"你骗人"，浑身哆嗦着，顺着树枝往下爬，有几次险些从光滑的树干上摔落下去。他没有回头看那只乌鸦，也没有意识到自己光着脚，一落地便撒腿往殿里跑去。屋檐上，一双小布鞋窝在瓦片的凹槽里，一阵风吹过，其中一只被吹得在空中打起旋来，另一只则卡在瓦片底下。殿里传来男孩的哭声，乌鸦仰头发出几声悲凉的嘶叫，随后扑打着翅膀，叼走那只还在打旋的布鞋，朝后山飞去。哑哑声戛然而止，殿里也没了声音，整座寺庙陷入一片沉寂，只有乌鸦树上的叶子被风吹得呜呜响，好似从遥远时空传来的回音。

二

后山的一棵树上，乌鸦停在那里，遥望山腰上的寺庙，还有那棵硕大的乌鸦树。这只刚刚完成使命的乌鸦叫无忧，无忧身后站着另一只有些衰老的乌鸦，它的身子歪斜着，左脚的关节处保持弯曲。它看了看树梢上挂着的白布鞋，又看了看无忧的背影，它不知道该如何让无忧知晓生死是世间的常态，其实它也曾经历过这样的一个阶段。那是三十年前，它站在那棵乌鸦树上嘶哑地叫了三天三夜，玄一方丈就那么瞧了它三天三夜，他的神情宁和又略显疲倦。直到他最后圆寂的一刻，它都没有看清楚是宁和多一些还是疲倦多一些。那天在飞往后山的途中，它的脑海中不停地闪现玄一法师的神情，以至于撞上了一棵树，左脚的伤便是那时遗留下来的。这些都是无忧所不知道的。

“长老，我们为什么生来要有这么痛苦的使命？我们的叫声那么悲凉，没有人欢迎我们，他们敬奉我们，是因为害怕我们，除了那个叫净普的小和尚。可是就连他，现在估计也要恨我了。”无忧看了看树梢上挂着的白布鞋，垂下了脑袋。

“我们选择不了自己的出身，就像寺庙里的高僧们，他们日日诵经超度众生，难道他们全都不迷惘吗？他们全都不怕死亡吗？他们每天接触到那些前来烧香祈福的人们，看到人群熙熙攘攘的，他们就不想念尘世吗？或许这些念头都是有的，只是他们知道自己的本分。”

本分，无忧恨这个词，这个词让它被族里选中，远离父母，到此守卫着这棵乌鸦树。它原来在南边的一处森林中栖息，和它的家族一起，它的梦想是成为一位诗人，就像族里的阿木大哥一样。它的诗歌总是充满朝气，每到族里的节日，阿木总会被请去演讲，它吟咏阳光、大地、草木，还有父母的爱。无忧这个名字也是阿木给它取的，一个无忧无虑的诗人，那才是它。

“长老，你知道阿木的诗吗？”

“我听过他的吟咏，那是让人心怀温暖的诗歌。”

“他的诗歌里没有死亡的气息。”无忧说道。

“或许诗人不止一种，还有忧郁的诗人，它们的诗歌讲述人生悲悯，讲述生死，讲述痛苦中的生存，或许这也很伟大。”长老展开一只翅膀，护住无忧的肩膀，它知道自己的时日已经所剩无几，到时候便只有无忧独自守护着乌鸦树。想到这儿，它便有几分不忍。可千年以来，被乌鸦神选中的乌鸦都是如此，这是一个家族的荣光，对于被选中的乌鸦而言却意味着孤独，必须在生死之间保持淡然，就像曾经的乌鸦神一样。在千年以前，这里的村落遭到了瘟疫，县长收到上级命令，为了控制瘟疫外传，下令将这个村落隔绝。一只乌鸦当时从南方飞来，嗅到了糜烂的气息，它在夜里飞入百姓家，将得瘟疫之人的毒吸干净。一开始人们以为是乌鸦的食肉之举，便在夜里设下陷阱袭击乌鸦，乌鸦在吸干净最后一人的瘟疫毒之后落入陷阱而死，后来人们发现那些中瘟疫之人渐渐好了，才知道是乌鸦的功劳。后悔之余将乌鸦葬到后山腰上，没想到不久那里就长出了参天大树，人们便将这只乌鸦奉为乌鸦神，将这棵树奉为乌鸦树。

“忧郁的诗人？”无忧问道。

“不，是更为伟大的诗人。”长老回答。

这天夜里，无忧乘着月光，嘴里叼着那只布鞋往寺庙飞去。在院子的一处厢房里，还有幽幽的烛光，它从开着的窗户间隙飞了进去。它看到桌台上小净普趴着睡着了，两只眼睛肿肿的，桌上铺满了抄写的经文。它看到床底下摆着另一只布鞋，便将嘴里的那一只紧挨着放了下去。这一切结束之后，它又从窗口飞了出去，它并没有感到释怀，它知道自己或许永远也释怀不了，永远也回不到以前无忧的生活中。它无法把释道法师还给净普，但是它可以把缺少的那只布鞋补全。

那一夜，无忧停在乌鸦树上没有离去，它静静地看着净普从睡梦中惊醒，跑进殿里，将那些经文在释道法师遗体前的香炉里一一烧尽。他跪坐着，没有了颤抖，像他的师父曾经那样，双手贴着额头，朝遗体叩了三个响头。

李慧文

1995年生，毕业于北京大学中文系，创意写作硕士。重庆写作协会会员，目前在重庆移通学院教授创意写作相关课程。写诗和小说，诗作入选《青年诗歌年鉴（2019年卷）》等。

塔克拉玛干沙漠里的游吟诗人

/ 左拉娜娜

当我打开门，发现站在门外的人是韦女士时，一种巨大的悲凉就攫住了我——我当时第一个想法居然是把门关上，把韦女士重新隔在门外，就像近来无常的世事把很多人隔开那样——当然，我当时并没有那样做；我后来经常想起那个瞬间：我站在门里，韦女士站在门外，那种悲凉是如此之深，我几乎用尽了全身的力去控制自己不将它展现在韦女士面前，以至再也没有多余的力去关掉我和韦女士之间的那扇门了。那时巴依阿吉已经逝去一年了，作为这位诗人的朋友，我依然没有缓过来；何况韦女士是他深爱的恋人。我把韦女士让进来，那段时间我正在画那幅后来使我声名鹊起的《十二木卡姆》，当时那幅未完成的画就铺在客厅的桌上——是的，当时在偌大的新疆，我还籍籍无名，没有一间属于自己的画室。

“汉族朋友这时候喜欢喝点什么，”我尽力把自己控制住，并尽量显得幽默些，当时是晚上九点，新疆正在日落，“茶吗？”

“酒。”韦女士坐在客厅的桌前。从她坐的地方看，我的那幅《十二木卡姆》是倒过来的。我去拿酒时，看到她正在看我那幅倒过来的画，窗外的日落点亮了画面中的一把喀什热瓦普——一种拨弦鸣乐器；但她已经不再看那把乐器了。我看到她的目光停在了画面中的一块空白上。

“这里你要画什么？”韦女士问我。

“噢，这里？”我给她倒上酒，“这里还没想好。”我坐回自己的位子——面对韦女士的位子——也给自己倒了一杯。我给自己倒酒时叹了口气，酒汩汩地流到杯里，掩过了我的叹息声。我骗了韦女士：人物和乐器已经留够地方了，我想把那块空白画成一片沙漠，借以表现画面中的人是在沙漠里弹唱十二木卡姆的——可是，那么大一块空白全画成沙漠，又有点可惜；但不管怎样，绝不能让韦女士知道我当时有画沙漠的念头——毕竟巴依阿吉一年前就是在塔克拉玛干沙漠里死去的。不过，显然我当时高估了沙漠一词对韦女士的冲击力，或者说，显然我当时低估了女性对夺走她们挚爱的事物的容忍度——因为韦女士长长地喝了一口酒，慢慢地咽下去，随即轻轻地放下杯子，然后她的目光越过桌子，越过桌上那幅画，最终定格在我的脸上。她说："你可以画沙漠。"

她的语调里听不出悲凉的感觉，可是听到她这样说，我之前的悲凉又被唤醒了，我从面前昏黄的灯晕里、从她复杂的目光里转过身来，看着窗外昏黄的、简单的日落。

"你可以画沙漠。"她又念叨了一遍，好像念叨"沙漠"这个词，就可以召回在里面迷失的灵魂。她的声音也像含着一把沙子："你知道吗，这次他们从沙漠里发现了他的东西，"我依然看着窗外的日落，"好吧，疑似他的东西；他们不能给我，但给了我照片；我就是为这个来的。"

"什么照片？"我从日落中回过神来。

"一块布，上面有字，"她看我依然没有转过身来面对她，于是又加了一句，"是他的字。"但她好像又不确定，于是她又说："我觉得是。"

"你需要我做什么？"我的左肩微微抽搐了一下。

"是维文，不是汉字！你也是维吾尔人，你看得懂。虽然我从没见过他写的维文，但我觉得这就是他的字，我第一眼看到这张照片就这样觉得。"

韦女士说完，房间又重新变得寂静。我转过身来，低头看着我的画。那时我心里有一股愤怒。

我要告诉你为什么我当时会感到愤怒。韦女士和巴依阿吉在一起三年，但巴依阿吉有一次跟我坦白，他从没试图教韦女士维吾尔语，哪怕是一些简单的、日常的维吾尔语——当然，巴依阿吉的汉语很好，倒也不用韦女士特地学习维吾尔语和他进行交流——但刚刚从韦女士的话里，我无比诧异地发现，她居然在"从没见过他写的维吾尔文"的情况下，就"觉得"那块布上的维吾尔文是巴依阿吉留下的——她甚至看不懂那块布上维吾尔文的意思——要知道，塔克拉玛干沙漠很大，发现写着维吾尔文的布条根本不是件稀奇事。我尽力压抑着自己的怒气，抬起头，问她："如果不是他的呢？"我在挑战女性的想象力。

“我觉得就是他的。”韦女士用她的想象力反击我。

“好吧，让我看看。”我揉了揉刚刚被日落晒干的眼睛——西沉的太阳依然是太阳，照样能把人的眼睛晒伤。她没动我倒给她的酒，从我对面的位子上站起身，踱涉过来，从包里取出一张照片递给我，坐在我身边的椅子上，坐进我面前的光晕里。我接过照片，把它也伸进面前的光晕里——照片里是一张暗红色的布条，写着字的地方被刻意照亮了，但你依然可以从那些没被照亮的地方看出它是暗红色的。我看到了布条上的维吾尔文：

رىېش رىب اڭام ۇئ ,مىدلاق پۇتۇرچۇئ ىنرىئاش ەراييەس رىب اتقۇلمۇق
ڭىنىرىب تەقەپ ,ۇتپاق ەدمىسىئ الىسارسىم رىب تەقەپ ;ىدرەب پۇقوئ
نەمىلىق تۈمۈئ ىنىشىلىب ىنىم ىقىقەھ

我承认在那一刻我被韦女士的想象力俘获了。因为这真是巴依阿吉的字迹。我把照片拿得更近些，虽然我一眼就确定那是他的字迹——我们在同一个双语学校待了三年——但我也好久没看过他写的维吾尔文了——巴依阿吉很少写维吾尔文诗，他发表的那些诗歌也都是用汉字写的，他和我还有其他维吾尔朋友在一起时，也很少主动讲维吾尔语。事实上，我开始画画以后，身边的汉族朋友也要比维吾尔朋友多很多——所以连我自己现在也很少在生活里写维吾尔文，讲维吾尔语了。布条上的字不知道是用什么写上去的，已经有些模糊了，我看着照片上的维吾尔文，好像又回到了和巴依阿吉在双语学校的日子。

“你看出来他写了什么吗？”韦女士似乎也从我的表情上得到印证，知道我已经断定这是巴依阿吉的字迹了。

“这大概也是他在塔克拉玛干沙漠里，在这个世上，留下的最后的东西了。”我瞥了她一眼，她双手托腮，看着我手里被灯晕笼罩的照片。

我把照片上的维吾尔文译给她。“我在沙漠里看到了一个游吟诗人，”我说，“他对我念了一首诗；我只记得其中一句：‘但愿有人知我本色。’”

韦女士又让我念一遍译文，我照做了。

韦女士默默点点头，双手依然托着腮。我依然看着被光晕笼罩的照片。

“他为什么不用汉字写呢？”良久，韦女士问。她当时一定在心里揣摩着巴依阿吉话里的意思，像我一样；不过，她的神态不像在问我，倒像直接在问沙漠里的巴依阿吉。我感到，如果是那样，我有必要替他回答，于是我说：“维吾尔语毕竟是他的母语，”我摸着照片上的维吾尔文，像在摸盲文一样，“一个人死前，如果他想说话，大概率会说他的母语吧，如果他想写字，大概率也会用他的语言来写吧。”

韦女士点点头，“你觉得，”她把目光从我手里的照片转向我的侧颜，“他真的在沙漠里看到了一个游吟诗人吗？”

“你觉得圣·埃克絮佩里真在沙漠里看到了小王子吗？”我反诘她，我当时又开始对刚刚信任的女人的想象力失望了。

“我不是这个意思！”她的声音坚强了许多，促使我朝她那边转过去，看着她。她直视着我的眼睛，“我是说，真的有那样一首维吾尔语诗吗？那首诗里有他记得的那一句‘但愿有人知我本色’？你们民族真的有一个写过那样一句诗的游吟诗人吗？”

“我不知道，”我说，“我不知道有没有这样一句。”

“我相信有的，一定有的，一定有这样一个游吟诗人，一定写过这样一句。”她的声音斩钉截铁。

“这重要吗？”我把照片放在桌子上，“也许是他已经意识不清了，”我看着她的眼睛、她的头发，“他幻想他看到了一个游吟诗人，然后顺手写下他幻听到的东西——”

“——顺手？你是说他顺手？”韦女士突然怒了，她的脸离开灯晕，陷入黑暗里，“他妈的他写这些字时已经在沙漠里快死了，你觉得他会这么容易，这么顺手写这些字？你他妈知不知道很多死在塔克拉玛干沙漠里的人都是在什么东西上写的字？可能是他们生前的衣物——内衣、内裤——他们可能是他妈的在用他们的血，我看到过——”

我听韦女士发泄完，默默起来，拿了一个新杯子回来——她原先那个杯子还在桌子的另一端，我给她重新倒了一杯酒，我把酒端给她。她没接，我站着，把酒一饮而尽，我看着她——现在已经看不清了，因为她已经离开灯晕，而且日落已经快结束了。

“你以为，”我说，“你以为我不在乎他，那你就错了，他是我兄弟；

而且他很爱你。”我终于说出了这句撒手锏：“他很爱很爱你！”我看着她，“他一定不希望你像现在这样，在那件事发生一年后还想着他，他不会真正安息的。如果你的心做不到真正放下他——如果你觉得这件事对你很重要，我可以帮你查是不是真的有这样一个诗人——”她没说话，“我不确定巴依阿吉会不会喜欢我们这样做，但如果这是你想要我做的，”我看着她，虽然我看不清她，“我可以帮你查一下是不是真的有这样一个，呃，游吟诗人。”

韦女士从我的灯晕笼罩不到的黑暗里站起来，径直朝门口走去，出门后也一点儿没犹豫，重重地把门摔上了。先前那种巨大的悲凉又重新攫住了我。我当时以为，韦女士再也不会来找我了，也好。我站着，看着我那幅未完成的《十二木卡姆》，看着画面中的那块空白，我又坐下来，给自己倒了一杯酒。

大概过了两周，韦女士给我发来一条短信——这条短信还够长的，我抄录如下：

“上次的事是我不对。当你太早爱上一个人，又碰巧爱得够深，你就会变成一盘被过早刻录的唱片，永远播放着在别人看来过时的曲子；也许我在你们眼里，也开始像一盘播放着过时曲子的唱片了。别误会，我之所以找你说上次的事，是因为你是巴依阿吉为数不多的维吾尔朋友——或者说，为数不多的朋友，因为我实在不知道还有谁能告诉我这几句维吾尔语的意思，我甚至看不清它们在哪里停顿。我身边也有一些懂维语的汉族朋友，但我一直不想在他们面前谈起巴依阿吉，尤其是在他走了以后——我更不想和他们谈起他，我觉得他们不会懂，但你是画画的，又和巴依阿吉认识那么久，所以我觉得你会懂，即使你上次说了很多我不喜欢的话，我现在依然觉得，你会懂。我打算去一次塔克拉玛干，如果你愿意陪我去，我将不胜感激，如果你不愿意陪我去，我觉得我也不可能去塔克拉玛干——因为我一个人始终没办法面对那里，如果我们两个爱他的人一起去那里，我想我会开始面对的。是的，我私心希望你不要拒绝我，但如果你拒绝了，我想我也会接受的。毕竟，自从巴依阿吉离开以后，没有什么事是我接受不了的。PS，如果你依然觉得我那个“巴依阿吉在死前真的见到了一个游吟诗人”的念头无足轻重，我将不再在塔克拉玛干和你主动谈起它（当然，前提是你要先陪我去塔克拉玛干）。韦。”

我看韦女士的这条短信时，正在吃一份抓饭，我特别喜欢吃那家抓饭里的黄萝卜，它被羊油恰到好处地滋润了，又吸足了香辛料的味道，口感又比红萝卜绵密。当我看到韦女士邀我一同前往塔克拉玛干时，我刚搛起一块这样的黄萝卜，我慢慢咀嚼它，又想起自己那幅未完成的《十二木卡姆》——是的，当时那幅画完成度已经接近百分之八十了，只是那块巨大的空白依然可怖，依然触目惊心——因为我依然在犹疑，在那里画沙漠是不是一个好主意，会不会有更好的主意，所以迟迟没有下笔。我当时不知道该不该接受韦女士的邀请，也不知道和韦女士一同前往塔克拉玛干会不会影响到最终我对画面里那块空白的处理——事实上，最终我那幅《十二木卡姆》最为人称道的一笔就是在我和韦女士那次去塔克拉玛干回来后画的——所以最终我的确和韦女士去了塔克拉玛干。

想到这里时，那种悲凉的感觉又回到了我的笔下，或者那种悲凉的感觉自始至终都没有离开过我们。毕竟，巴依阿吉离开我们已经一年了。我承认，那次和韦女士去塔克拉玛干，有一半的原因，或者说一大半的原因是我想快点画完那幅《十二木卡姆》，所以韦女士的沙漠之邀，在某种程度上也帮助我最终下定了决心——把那块空白画成沙漠。当然，画成一片孤零零的沙漠也是万万不可的，我当时有想过在沙漠上画一片红柳，或者画几棵胡杨，但这些想法最终都没被采纳——我要承认，《十二木卡姆》使我真正声名鹊起，要归功于之前被我轻视了的、韦女士的想象中的那个游吟诗人的形象。

韦女士摔门离开之后的几天里，我对巴依阿吉的追思和对韦女士歇斯底里的爆发感到的同情驱使我去省图找了好几次维吾尔语诗人的作品。巴依阿吉的诗几乎都是用汉字写的，而且每一首我都看过，所以我知道“但愿有人知我本色”这一句，不是他的诗。于是，那几天，我搁下了画笔，天天往省图跑，把自己扎进维吾尔语诗人的作品堆里——其实现在回忆起来，那几天也确实是令人快乐的一段时光，维吾尔语渐渐在我舌头上，在我心里活络过来，我想起了不少自己小时候和父母、祖父祖母在一起时说过的只言片语，心里泛起幸福的感觉——尤其是我最后去省图那一天，当我翻到麦吾拉·艾伯都拉·鲁菲提的一首没有标题的诗——我十分清楚地记得，我的祖母就曾把我温柔地揽在怀里，在我耳边对我轻轻吟唱过那首诗里的句子。我当时就在祖母遥远的歌声里翻完了那本看起来像威化饼干一样易碎的诗集，期待“但愿有人知我本色”这样一句维吾尔语突然映入我的眼帘，就像祖母遥远的歌声突然响彻我的脑海一样——可惜的是，鲁菲提的诗集里并没有那样一句。但我最后还是借走了那本诗集。

那一天我翻着鲁菲提的诗集，心里差不多已经了然“但愿有人知我本色”这句维吾尔语大概不是出自一个真实的维吾尔语游吟诗人的作品了，这句诗大概就是巴依阿吉在死前的绝笔，或者像我之前告诉韦女士的那样：“是他幻想他看到了一个游吟诗人，然后顺手写下他幻听到的东西。”在我看到韦女士的短信以后，在我决定陪韦女士一同前往塔克拉玛干以后，我当时觉得还是不跟她主动谈起“游吟诗人”为好，免得又惹怒她。事实上，最终是我破的戒——韦女士恪守了她的承诺，就像她在短信里说的那样，她没有和我在塔克拉玛干主动谈起“游吟诗人”，是我主动的。

去塔克拉玛干是韦女士给我发短信一个月以后的事，事实上，我在看完她短信后的第二天就给她打了电话，同意了此事。此后一个月，我们开始准备装备，规划线路，当时我驾驶的那辆越野车现在已经报废了——后来我还去了好几次沙漠——但当时就是它带我们第一次驶入塔克拉玛干的。我不仅带了纸笔，准备画一些沙漠的速写，还带上了那本从省图借来的鲁提菲的诗集，虽然我可能不会在沙漠里读它，而且为了带上它我不得不去省图续借了一个月，但我还是在冥冥之中觉得，我应该带上它。

一路上，韦女士看起来都精神不振，直到她拍了拍我的右肩——她坐在副驾驶——我问她怎么了。

“小解。”

“小姐？我什么人都没看见。”

“我要尿尿！”韦女士又气又笑。

我很无奈地停了车，让韦女士下车小解。

韦女士回来以后，心情变好了许多，我甚至瞥见她在和着车载音乐微微点头。

“这什么歌，这么好听。”韦女士一边点头，一边问我。

“何力，一个维吾尔族歌手。”韦女士还在点头，我知道她听不懂。我继续开车。周围辽阔极了——一种令人战栗的辽阔。

韦女士也注意到了，她说：“你能想象吗？巴依阿吉这么辽阔的一个人，死在了这么辽阔的一个地方。”

“辽阔能形容人吗？不过，”我瞥了韦女士一眼，“他确实挺辽阔的。”

“他是诗人，诗人什么词都能用。”我瞥见韦女士在看窗外的沙漠，“你知道吗？他觉得你画的所有画都不如他的一行诗。”我听见韦女士笑了一下，“别会错意，他没坏意思，他只是更喜欢诗。”

我也笑了一下：“这家伙，我也觉得他所有诗都不如我的一幅画。”我又瞥了韦女士一眼，确信她也没会错意，但她已经把脸重新对着窗外的沙漠了。

“你说，”过了很久，韦女士重新开口，“巴依阿吉知道我们来了吗？”韦女士的声音比刚刚镇静、肃穆多了，“来塔克拉玛干。”

“知道。”我说，巴依阿吉的遗骸现在都没有找到，他依然在塔克拉玛干沙漠里。我已经感受到我说话时喉部的沉重了，我想把话题引开，我对她说：“你见过塔里木河吗？这时候可漂亮了，我去那里写过生。”

“见过，我那时二十一岁，巴依阿吉二十五岁，而我现在二十五岁了。”韦女士说。她的声音像窗外的景色一样，没有改变。

“你在塔里木河见到了什么？”我问韦女士。

“羊群、胡杨、白云，哦，对，还有一只雪鸽。”韦女士看着窗外的景色，“那时天差不多黑了，我还把那只雪鸽看成了乌鸦，”韦女士叹了口气，“但巴依阿吉告诉我，那是只洁白的雪鸽。”

我当时听韦女士这样说，心里涌起一股无法抑制的悲伤，爱。爱一个人的感觉，就像在塔克拉玛干沙漠里回忆塔里木河一样吧。韦女士打破了我的悲伤：“我现在觉得自己就像克里奥佩特拉。”

“谁？”车载音乐让我难受，我把它关了。

“埃及艳后！我感觉我现在拥有整座沙漠。”韦女士戴上了墨镜。

“没有人可以拥有整座沙漠。”我笑了一下。

“我突然不恨塔克拉玛干沙漠了，我觉得巴依阿吉留在这里，也挺好的，比留在外面好。你知道的，他的维吾尔朋友们，除了你，都不喜欢他，他也没有多少汉族朋友。”我瞥见韦女士正了正墨镜，“我是说，他写汉诗，维吾尔朋友觉得他装×，而且汉族诗人那么多——可怜的巴依阿吉，如果他留在这里，而我是塔克拉玛干艳后，拥有这座沙漠，我就可以永远和他在一起。”

我不知道该说什么，默默地开车。

我们下车后，开始准备扎营。我给韦女士支好了帐篷，在离她不远的地方开始给我自己支。

太阳开始落了。

“真美啊，”韦女士张开双臂，“巴依阿吉的新家，真美啊！”她高呼着。我看着她跑向一座小小的沙丘，她小跑着，然后突然绊倒了；我以为她会自己爬起来，可她就那样匍匐在沙地上，一动不动，我离开自己没有搭好的帐篷，向她跑去。

等我离她够近，我才发现，韦女士并不是一动不动——她匍匐在沙地上，正在哭——她的头发被光晒成了金色，又被风揉进了沙子，简直就像一把沙子揉进了一把金子一样——她的手在愤恨地捶打着她身下不断流逝的沙子，但这样的捶打是徒劳的，因为沙子依然在松松垮垮地流逝着，像岁月一样。有些沙子已经流进她的衣领里了，我试图把她搀起来。

“别拉我！别拉我！”韦女士依然在哭，“别拉我！”她的声音失去了往日的坚强，在日落映衬下，听起来令人神伤。“他妈的臭沙漠，”她咒骂着，“他妈的，”她哭着，“他妈的沙漠居然还敢把我绊倒，”她的声音像含着一把沙子，“我没把你铲平就不错了，你居然还敢把我绊倒。”

我把韦女士拉起来，搀着她回到她的帐篷，她一路上都在哭。“别哭了，别哭了，”我安慰她，“别哭了。”

“我的眼泪可能是附近几公里唯一的水源，要是我当时在巴依阿吉身边，我可以哭给他足够活命的水。”韦女士还在哭，她好像被她这句话勾起伤心事，哭得更厉害了。“他在甜水海当过兵，你知道吗？甜水海，听起来那么美。”韦女士还在哭，好像甜水海是个名副其实的地方，但我知道甜水海是个名不副实的地方。

入夜，我们裹紧大衣，我在点篝火，韦女士坐着，抬头看着月亮，

“没进过沙漠的人一定不知道，月亮可以这么大，”韦女士看着月亮，“巴依阿吉喜欢希罗多德，要是巴依阿吉在，我会让他给我们读一段《历史》——

里面有句写月亮的诗，谢谢。”她接过我借刚点着的篝火点的烟，烟的前端已经被火舌舔焦了。

“我一直觉得，巴依阿吉会是个越长越帅的男人，”韦女士抽了一口烟，喷出的烟气像有形的灵魂一样腾起，又散掉了，“可惜见不到他变成个老帅哥的样子了，”韦女士的眼睛红了，可能是被篝火熏到了，“他一定也见过这样的夜，月亮这么大，星星又多。”韦女士把烟扔到篝火里，突然站起来，大声喊：“巴依阿吉！巴依阿吉！我来看你了！”她每喊几个字就要猛吸一口气，“是我啊！是我啊！”

韦小姐一开始就喊破声了，把巴依阿吉的名字喊得像“啊——咿——啊——咿——”，她的声音又哽咽了。

我拿起膝上的毛毯，站起来，把它披在韦小姐的背上，她转过身来看着我，眼神被火光、月光和泪光一起映亮。她披着毛毯，一点点靠近我怀里，我将她抱住，她又哭了。

“我好想你，好想你！”韦小姐哭着。

我拍着她的肩膀——确切地说，是拍着她肩膀上的毛毯，我们站了很久，然后我搀着她回到她的帐篷。把韦小姐送回她的帐篷里，我又出来抽了几支烟，看了会儿星星，用沙子盖灭了篝火，然后回到自己的帐篷里，过了一个难忘的夜晚。

也就是在那个夜晚，我有了一个好主意。我后来经常觉得，那个主意是巴依阿吉的灵魂在那个夜晚，听到了韦女士的呼唤，知道我们来了，跋涉了整个塔克拉玛干沙漠，找到了我，赐给我的：一个让韦女士得到慰藉、得到勇气、继续生活下去的好主意——当然，我并没有说是巴依阿吉给我托了梦，亲自告诉了我——但我觉得这个好主意一定是他这么个诗人才想得出来的——既然韦女士真的相信“一定有这样一个游吟诗人”，相信这个游吟诗人一定写过这样一句“但愿有人知我本色”，那么，我为什么不杜撰这样一首诗呢，反正韦女士也看不懂我们的维吾尔文：我大可从鲁提菲的诗集里（这可能就是冥冥中我把它带到沙漠里的原因！）找出我祖母哼唱的那首无名诗，把它背下来，背给韦女士（反正韦女士也听不懂维吾尔语），告诉她：“对，我找到了，这就是巴依阿吉生前看到的游吟诗人念给他的那首诗。”然后，我只需要再编一首有“但愿有人知我本色”这一句的中文诗交给她，告诉她这是那首诗的中文版，就可以了。这样，韦女士至少会放下对巴依阿吉死前留下的布条上的那个“游吟诗人”的执念——谁知道呢，也许她从此会渐渐放下对巴依阿吉的死的执念。我兴奋地打开鲁提菲的诗集，翻出了我祖母哼唱的那首无名诗，那个晚上我的维吾尔语恢复到最高水平，我很快背过了那首诗，我甚至想起了巴依阿吉布条上的那些维语：

رىئىش رىب اڭام ۇئ ,مىدلاق پۈتۈرچۈئ ىنرىئاش ەراييەس رىب اتقۇلمۇق ڭىنىرىب تەقەپ ,ۇتپاق ەدمىسىئ ىسىلارسىم رىب تەقەپ ;ىدرەب پۇقوئ نەمىلىق تۈمۈئ ىنىشىلىب ىنىم ىيققەھ

麻烦的是编中文诗，我走出帐篷，在星星下面抽烟，脑海中反复念叨那句“但愿有人知我本色”——作为一个画画的，我从来没写过诗，更别提写一首中文诗了。正当我愁容满面，望着月光洒在辽阔的塔克拉玛干沙漠上，望着洁白的月色和洁白的沙子，我突然想到了白天韦女士在车里提到的她和巴依阿吉在塔里木河看见的那只洁白的雪鸽——那时韦女士二十一岁，巴依阿吉二十五岁，我感觉我猛然被一道闪电击中了——我撂了烟，转身回帐篷里找纸笔，当时我的牙齿还在打颤。

第二天我走出帐篷时，韦女士正站在昨夜熄灭的篝火前，望着初升的太阳。我心虚地走到她跟前，她的头发蓬乱在风里。

“昨晚，”我揉揉眼睛，“我突然想起来——”

“奥登有一首诗，”韦女士侧过身来看见我，“《要事优先》，巴依阿吉特别喜欢，最后一句是，‘很多人无须爱也可苟活，但没有水则万事皆休’，”她对我笑了一下，“看我的头发，已经乱成这样了，水真是重要啊。”

“我也要告诉你一首诗，”我看着她蓬乱在风里的头发，“我昨晚突然想起来一首诗——就是巴依阿吉布条上那个游吟诗人的诗，”我看着她的眼睛，我有点心虚，“我昨晚突然想起来的。”我的声音小了些。

为了回避她诧异的目光，我望着初升的太阳，开始背那首我祖母在我小时吟唱给我的维吾尔语诗。我开始有点紧张，背错了几句，但很快就不紧张了，塔克拉玛干沙漠就在我的脚下支撑着我，支持着我，我的维吾尔语被风吹进沙砾中，吹进天空里。我感觉巴依阿吉也在塔克拉玛干沙漠某处谛听着我的声音、谛听着我祖母的声音、鲁菲提的声音，那个沙漠里的游吟诗人的声音。

韦女士没有出声，我从兜里掏出昨晚写的那首中文诗——它被我折成了一个小方块——我把小方块展开，展成一张纸，递给她。纸上写着：

那次沿塔里木河散步，
我二十一你二十五；
我们坐上一截胡杨木，
任羊群在河边踱步。

你低头寻找芒达勒西，
我抬头数天上的云；
良久我从你肩上醒来，
脸上泛起一抹红晕。

羊群依然在河边吃草，
它们的倒影像棉絮；
天上的云也映在河里，
就像棉絮缠绕云影。

那天我们散步到月出，
夜色中我突然瞥见：
一只鸟掠过无名小湖，
羽色都被夜色浸染。

虽然被夜色浸染成墨，
但我知道它是雪鸽；
如果一天我也被浸染，
但愿有人知我本色。

从塔克拉玛干沙漠回来以后，我很快就画完了那幅《十二木卡姆》——这幅画也很快使我声名鹊起，有了自己的画室，让我之前沉寂在地下室的几件作品得以在省美术馆长久供人瞻仰——但正如我先前告诉过你的那样，我认为这幅画真正使我声名鹊起的，就是那个之前被我轻视了的、韦女士想象中的、巴依阿吉布条上的、沙漠上的游吟诗人的形象——是的，我最终还是把那块空白画成了一片沙漠——但我在沙漠上画上了一位游吟诗人，他披着一件我记忆中的、祖母的旧毯子，手上拿着一本鲁提菲的诗集，脸是巴依阿吉的样子——如果这个画面有声音的话，你大概可以听见我那天在塔克拉玛干沙漠里背的维吾尔语诗。我和韦女士后来只见过两次，最后一次见她时，她正和乌市的一个汉族诗人谈恋爱。我听说她最近过得不错。

左拉娜娜

本名王子健，1999 年生，现为湖南师范大学文学院创意写作专业硕士生。

慢生十二式

/ 徐威

一

“鸭子不能太小，小了还没长开，没劲儿，也不能太老，老了炒不开，嚼不动。”

“那得怎么写，正当青年鸭？”

“你老师教了你这种鸭？”

“那到底怎么写？”

“仔鸭。”

“哦，仔鸭。然后呢？”

“半只就够了。不能太瘦，瘦了不香，也不能太肥，肥了起腻。最好是家里养的，肉好。剁开之后，肉色红亮，但不艳，有黏手的感觉最好。现在市场买的，太水，哪能好吃。不说这个，鸭子关键是得剁小块，指甲盖那么大就行。”

“哪个指甲盖？大拇指、中指还是小拇指？”

“大拇指。”

赖希于是在文档上敲下第一句话：“仔鸭半只，肥瘦兼半，洗净沥干，剁指甲盖大小。”

“剁了可千万不能过水。直接加红薯粉、盐巴、酱油，抓匀了，揉一揉，放十分钟。”

“放多少？”

“适量。”

“适量是多少？”

“自己看着办！”

赖希敲下第二句话：“置入碗中，加红薯粉、盐巴、酱油适量，抓拌均匀，生腌十分钟。”

“然后呢？”

“抓两把黄豆，泡水里。再切配料。”

“配料不就是葱姜蒜辣椒嘛。”

“嘿，这里可大有诀窍。姜得两种，老姜一小块，要拍，拍碎，吃的时候看不着，但味道霸。还得一大块嫩姜，切丝，越细越好。蒜头要大个，干瘪瘪不行，别切片，也得拍。青蒜苗只用头那段，叶子千万不要往里扔。青辣椒斜刀切，重点是辣椒干，必须得用晒干的小米椒，老家的，皱巴巴那种，切细剁碎，量要大，至少抓一把。这鸭子辣得过瘾才好吃。”

“然后呢？”

“放油炸黄豆。泡了水，黄豆不容易煳。火要小，这会儿就考真功夫了。”

“为什么？”

“要耐得住，也得拎得起。火大心急得煳，炸过头了也得煳，捞早了又不透，那就不香，没有嚼劲，这道菜味道也就丢了一大半了。”

“那怎么看？”

“不仅要看，关键得听。你看到豆子在锅里都变成金黄色起皱了，捞起来就快煳了。你得琢磨，快到金黄色了，但还没到。铲一把，落在锅边，叮叮脆响的时候，那就得起了。”

“我该怎么写，这么复杂。”

“你是读中文的大学生，你问我？”

“我才上了一年，老师也没教我像写武功秘籍一样写你的菜谱啊。”

“然后就要炒鸭子了。放点儿鸭子的肥油，把鸭油逼出来可以提香。记住，这菜油要多，必须要烧热才放鸭肉。火必须要猛，这得爆炒。火没力，这鸭子就出水，一出水，这菜直接废了。”

“不会焦？”

“所以油得多，手得快。鸭肉金黄金黄了，放老姜、蒜头、干辣椒，炒香。炒到看起来快要焦了的时候，放嫩姜丝。”

“青辣椒蒜苗也放？”

“可不能。这会儿得放酒。”

“料酒？”

“可不能。必须得是黄酒，你老娭毑最会酿这酒了。不要多，一两就够了，锅边洒一圈。”

“现在哪里去找这种黄酒嘛。”

“所以外面的菜都没那味儿了嘛。你别说话，这会儿鸭子可香。”

“哦。”

“酒香炒出来了，放黄豆，放青辣椒，加盐，加生抽，再加那么一点点老抽提色，别多，不然发黑。一小撮胡椒粉下去，焖两三分钟，香味全钻豆子里去了。可不能焖久了，黄豆煮软了，味道就不玄了。”

“什么是玄？”

“你别说话。这时候锅里汤汁也差不多了，下最后一个，青蒜苗。翻五六下，别拖久，也就那么几秒钟，起锅，嘿，这菜，成了。”

“完了？”

“完了。”

“这菜叫什么？”

“黄豆炒鸭子。”

“这么土？”

“挺好。”

“阿公，我太难了。”

二

前几年，店里不时还有人来点个小炒的时候，东望觉得深圳这日子和杨镇其实也差不多，不过是得讲蹩脚的普通话，不过是见人就不自觉憨笑到自己都觉得尴尬后又赶忙收住，不过是买不到家养的鸭鹅，不过是没有称手的各种小料，不过是炒菜时候不能再大手一抓肆意放辣椒，不过是不能再光着膀子在门口抽烟，不过是晚上没人一起喝上两碗划个拳，再打上两把拖拉机。短短几年光景，从杨镇大厨到小店厨子，从擦桌、洗地到坐在店里无所事事，东望再一次感觉到世界的变化确实很快。这让他不得不在各种时候，比如淘米、打包、看电视、打盹儿甚至是洗澡的时候，反复想起他的福来酒楼。

东望和儿子传建说了多次想回去，都被传建否决了。传建说：“爸，你都六十多了，折腾了一辈子，该歇歇了。再说，你一个人回去我们哪能放心啊。”东望哼了一声说：“我一个人在家也没摔胳膊断腿。”传建说：“那时你还正当年，现在可没法比。”第二次再提，传建又说：“爸，你可别想着再开咱那小酒楼了，今时不同往日了。”这话一出，东望点了根烟，没再接话。这心思，只是暂时地被堵了回去，不多时又将熊熊燃烧起来。第三次，传建喝了一句：“你回去做什么呢？你炒一个月赚的还不如我两天多。”东望横了他一眼，想起当时就是被这句话给半劝、半哄、半求、半骗来了深圳，火气霎时就激起来了。东望说：“欲多伤神，财多伤心，老子要那么多钱搞什么！”传建哼了一身，转身嘟囔了一句：“说得好像很有钱一样，谁嫌钱多啊。”

往前十五年，东望对儿子传建还是满意的。尽管他读书时候也成天东晃西晃、打架闹事，但好歹读完了初中，成了家，生了子。更重要的是，传建没有像其他人那样出去打工，而是跟着他在福来酒楼，切起了菜，颠起了勺。学了七八年，手艺不敢说青出于蓝，但好歹得到了几分真传。偶尔他喝一整夜的大酒，第二天呼呼大睡，酒楼也能照常开门。五十而知天命那年夏天的一个傍晚，一大片火烧云笼罩在杨镇的天空上，东望在福来酒楼门口的摇椅上嚼着炒花生喝下三碗黄酒，望着三十而立的传建在柜台、后厨与饭桌间来回穿梭，那时刚满五岁的赖希跟在后头有样学样。两间店面，拢共八张台子。起初的八仙桌也与时俱进换成圆桌了。进门左手边立着一个柜台，暗红色的油漆已经掉落了七七八八。柜台面上摆着一把巨大无比的老算盘和一台手掌大小的灰色计算器，两本蓬起的学生用的草稿本上放着一支蓝色圆珠笔，两条抹布软绵绵地趴在柜台边缘，感觉随时要掉下来。一摞红色塑料凳和十几箱老珠江啤酒贴墙而起。墙上，一个简易的烟屉里挂着十来包香烟，品种并不多，不外是赣州桥、白沙、红玫、百顺和红双喜。烟屉再往上，一座老式挂钟到点依然顽强地响起。一阵热风吹过，东望眯着眼睛咧嘴一笑，仿佛看到杨镇最早的酒楼从一根扁担、两只木桶到小摊小铺，又从一家店面到两家店面，虽关关停停了几次，但终将在他手上代代相传，在不久远的将来晋升为百年老店。

在后来的许多瞬间，东望都对那个傍晚的许愿感觉到悔恨。东望好几夜睡不好，终于得出一个结论——事情一旦想得太美，就得坏。转年之后，传建说要走，说赖希还是得去城里上学。东望有些不知所措，想拦，但张不开嘴。有什么事能大过孩子读书呢？他这辈子只读过半本《增广贤文》，但也知道，这世上还是考状元最好。万般皆下品，唯有读书高嘛。传建又说："爸，你放心，我到城里也开一间福来酒楼，咱家的手艺没断。"东望这才点点头。茫茫四海人无数，哪个男儿是丈夫，儿子有心去闯更大的天地，得支持。传建说："爸，你和我们一起下城吧，没你的手艺，这脚跟不好站，起不稳。"

东望有些意动。

他年轻那会儿从父亲手里接过这店的时候，也曾意气风发地想过要让福来酒楼开遍方圆百里。他不止一次地想象那种"天下谁人不识君"的风光。一九八九年，他三十三，在杨镇大桥头租了间矮屋。他在门口泥墙上用红色油漆笨拙地描出"福来酒楼"四个大小不一、高低不齐的字，算是再一次挂出了招牌。那会儿，上店里吃饭的人不多，酒楼只逢一、四、七圩日中午炒菜、煮粉。客人多是那些从四面八方的村寨跑来赴圩的人——大多是男人，好面子，好喝两口，好凑一起呼天喊地，好以嗓门的高亮与粗犷证明自己的日子过得还挺滋润。那些额头披着冬帕的嫂子、老太并不舍得花钱，哪怕过午了事没办完，也硬挺着回家，一碗热水泡饭，加一勺辣椒酱或者白糖，也就将就过去了。一九九四年，店子从杨镇桥头迁回了香菇行。二十世纪九十年代初，杨镇的香菇不知怎的仿佛在一夜间就名扬天下了。杨镇地处粤赣交界，紧靠105国道，那时已经撤乡设镇，有"江西南大门第一镇"之称。在杨镇边上，就是横跨两省的九连山脉，也就是九连山原始森林保护区。数不尽的外地人，尤其是一山之隔的广东人，跑到杨镇来收香菇。那几年，镇政府的人常常在他店里喝得满面红光，大声呼喊，杨村香菇市场已经是中国南方最大的香菇交易市场啦，每年来采购香菇的商人已经十万人啦，香菇交易总量已经突破三百万公斤啦，杨镇香菇成交额突破一个亿啦。这些话，东望半信半疑。相比之下，他更相信那些广东佬儿。他们酒足饭饱后说："赖老板啊，你们这儿的山货，好！香菇灵芝，好！你炒的鸭子，好！你家的黄酒，好！"说到这儿，他们竖起的大拇指就放了下来，食指继而挺起，指着桥头的矮屋说："就是这店，太破！"然后再拍拍鼓囊囊的腰包说："有钱！"

东望决定搬。一来，吆三喝五的赴圩人已经不再是主客，那些腰缠万贯的外地佬儿才是。他们一有钱，就挑，就要排场，这矮屋实在配不上他们的钞票。二来，香菇市场转眼成了杨镇的中心，往来皆是客。他家旧宅正好在香菇市场正对面，搬回去不仅省了租金，更重要的是扎在了人堆里。时隔五十年，福来酒楼再一次在家门口挂出了招牌。五十年前的门口小摊变成了打通的两间店面，"福来酒楼”四个字从迎风飘扬的布条上爬到了墙面上。酒楼开张的那天，七十四岁的老爷子撑着一根长棍摇晃而来，在店门口浑身战栗，放声大哭。

六张桌，八张桌，十张桌，直到门口也摆上一排。那会儿，东望感受到一种前所未有的充实，浑身的每一根骨骼、每一处毛发都在燃烧，仿佛比那土灶里的熊熊烈焰还要有力量。镇政府接待客商，在福来酒楼；广东老板谈生意，在福来酒楼；香菇商赚了钱请客显摆，在福来酒楼；就连在大山里搞山货的人，好不容易出山了，也来福来酒楼改善伙食。红火的日子持续了三四年，东望从一百零五斤长到了一百七十斤。一九九七年的除夕，东望亲自下厨，烧了一桌大菜。黄豆炒鸭子、鸭杂炒乌粉、酥肉、糖醋鱼、香菇炖鸡、红薯圆子焖鹅、腊猪肝腊香肠腊牛肉……东望给自己倒了一满碗黄酒，站起来给老爷子老太太敬酒，又和儿子传建、老婆招娣碰了碰，而后指着这一桌杨镇特色菜，大手一挥，说：“明年，传建你成个家，我下城里再开一间福来酒楼。”大家笑，都说好，而后饮下碗中金黄色的辉煌。

老爷子这会儿已不大能喝，但也干了一大口。他抹了抹嘴，说：“东望，你把店开大了，好。”又说：“在家千日好，出门处处难，你想清楚。”

东望说：“我晓得。”老爷子摇了摇头，沉吟了半晌，说：“你不晓得。”老爷子给自己又倒了小半碗，喝完后起身便要走。他晃晃悠悠扶着桌子站起来，又说了一句：“顺风顺水当然好，就怕牛鬼蛇神闹。人哪，都是命水，知足就好。”大家都愣住。东望只当老爷子醉了酒，没往心里去，便喊传建扶着老爷子回屋睡觉。

三

“阿公，你炒了一世的菜，都没有菜谱？”

“那多正常，心里记着呢。”

“咱们原来店里也没有菜单？”

“又不识字，写给谁看。”

“那怎么点菜？”

“你说你想吃什么，我说我有什么。”

“太原始了吧，搁现在早就被淘汰了。”

“菜单写那么多没意义。菜单越多，水平越值得怀疑。”

“那最难做的菜是什么？”

“炒青菜。”

“炒青菜？怎么可能！我都会。”

“最简单的就是最难的。”

四

传建见东望只抽烟，不作声，就再次问：“爸，怎么样，一起下城吧？”东望仿佛突然醒来，眼神迷离了一阵，摇头说：“不去，这牌子不能再摘了。”

下城去，这个念想在东望脑中已经盘旋多年。一九九八年的春天，曾经人山人海、南来北往的香菇市场逐渐萧瑟。东望原先想着让传建、招娣带着本房子侄坐守杨镇，自己带着小舅子到县城再开一间福来酒楼分店。可如今风向陡然一变，谁也看不清接下来如何，东望不敢把盘子整得太大。那些在杨镇做香菇生意、钨矿生意的老板，钱越来越多，生意也越做越大，大多都下城去了。他们不时回来，回到福来酒楼，跟东望说：“其他都好，就是难得再吃上你的酒菜。”他们说：“走吧，下城去，城里这么多杨镇人，都念着你家这口味道。”他们说：“说起你家的菜，大家口水都哗哗的，城里没有哪家酒楼比得上你家。”他们还说：“待在杨镇，不好搞钱啦。”一个人说，两个人说，越来越多的人跟传建说着类似的话。

东望也不单是为了搞钱。十八岁那年，他背着两袋红薯干，从杨镇出发，经桥头、山下到放牛坑，过九河洞进大丘田，沿坳背跨九岭，翻过九连山脉最高峰黄牛石顶，又顺五洞、上寨而行，越过扶犁坑，在两天两夜后终于到了邻县的大吉山矿场，找到了父亲，第一次见识到了什么叫作酒楼。父亲给他做了一盘韭菜炒鸡蛋，饥肠辘辘的东望扒了两大碗饭后才品出韭菜的香来。父亲说：“好吃吗？”东望点点头。父亲指了指屋子，又问：“气派吗？”酒楼不大，但有两层，总共摆了十余张八仙桌。东望从未见过带木楼梯的店，于是再次点头。父亲又说：“家有良田万顷，不如薄艺在身，更何况咱们现在什么都没有。”父亲叹了口气，说：“懂我意思了吗？”东望刚要点头，又回过神来，最后摇了摇头。父亲说：“我跟老板说过了，明天你就跟着在后厨吧。”扫地擦桌洗碗，洗菜切菜烧火，割草喂猪种菜，东望待了两个多月后，跟父亲说：“阿爸，以后我要开一家比这儿还气派的酒楼。”

从杨镇桥头的矮屋到香菇市场的酒楼，东望感觉到自己年轻时候的梦想正一点一点成形。这两间店面，已然是祖辈开店以来最为辉煌的巅峰了。是固守，还是再搏一搏，东望罕见地踟蹰了起来。那晚，东望翻了十几次身，仍睡不着。他再一次想起除夕夜老爷子在饭桌上的话，莫名生起一股烦躁之意。知足知足，那么知足，还搞什么生产？在这暗暗愤怒的一瞬间，东望知道自己终于找到了一个恰如其分的理由。

新的福来酒楼开在了城里龙泉大道与人民大道路口，紧挨着 105 国道。沿着人民大道往东四百米，拐个弯就是金钩批发市场，县里各个乡镇的批发商行、小超市基本都在这边进货；顺着龙泉大道往北两百来米，是城里的车站，往广东、杨镇方向的中巴、小巴、小货车都在那儿拉客。这地方是那些香菇商帮着他寻的，位置确实极好。东望赞同他们的说法，要搞就搞神气些，越上档次越来钱。酒楼有相连的店面三间，一楼是散桌，能摆十来桌。二楼隔出了六个包间，传建给取了六个名字，分别是发财房、行运房、高升房、富贵房、如意房、吉祥房。一九九八年秋，东望找先生选了个良辰吉日，福来酒楼便容光焕发地在城里矗立起来了。金闪闪的四个大字贴在墙上，大字下面又贴着“杨镇风味”“二楼雅间”“包席宴请”“小炒快餐”“客家黄酒”一排小字。那天，四十二岁的东望扶着七十八岁的老爷子站在门口，望着这酒楼，久久没有说话。直到二十二岁的传建出来喊他们，东望才在老爷子耳边大声说了一句：“阿爸，比大吉山那家酒楼气派吧！”老爷子那会儿耳朵已经时好时坏，也不知道听没听清。他甩了甩手，在子孙的搀扶下缓缓走了进去。

酒楼开张后，生意好得一塌糊涂。每隔两天，一辆蓝色五十铃小货车载着家养的鸡鸭鹅、陂坑水库野生的雄鱼鲤鱼鲢鱼、山溪里野生的鱼仔虾米石螺、自酿的黄酒、刚摘下的各类青菜以及一袋袋杨镇香菇、乌粉、红薯粉等山货，从杨镇快马加鞭地驶出，在 105 国道上奔驰五十多公里，刮起一阵又一阵黄沙，最后风尘仆仆地停在福来酒楼门口。每天中午，到金钩市场进货的杨镇人，从广州、深圳、东莞、佛山、南昌、赣州或者更远地方回来的杨镇人，别着腰包，或是扛着蛇皮袋，自觉地在福来酒楼聚集，点两个炒菜，或是简单煮一碗米粉。每天晚上，那些做香菇生意的、搞钨矿的、弄沙石的、批发果蔬的老板开着车纷至沓来，那些赢了钱的赌鬼最是大方，那些闻名而来的城里人则最爱挑挑拣拣，做出一副高高在上的姿态。鸡鸭鹅吃遍了，不少老板让东望在店里搞点儿野味。东望笑着拒绝，说：“我就炒个菜，挺好。”一次两次无所谓，说得多了，那些老板也不再强求，只是常常自己带货来，定要东望亲自操刀掌厨。东望起初不愿做，尤其是那些罕见的，一来是怕出事，二来觉得这孽太重，但终究熬不住那些老板的软磨硬泡，也觉得从杨镇到城里，自己也好，福来酒楼也好，确实得了他们不少帮衬，最后只好又盘下隔壁一间房子，并不开门，专门用来处理这些山货。

人红是非多，财溢祸事来。在千禧年即将来临之际，一伙人勾肩搭背进了门，进来后一人坐了一桌，一人点一碗三块钱的汤米粉。他们抽烟、喝酒、吐痰、大声吹牛、哈哈大笑。他们并不吃粉，也不让别人吃。传建一个叫传福的堂弟让他们拼个桌，换来了一个大耳光子。传福转身就要进厨房拎刀砍人，传建拉住了他。传建先是到柜台取了两条烟拆开，一人发了一包，又开了一瓶酒，给领头的那个光头佬儿倒上，说：“哥，今天这阵仗有点儿大，怪吓人的。”光头佬儿不说话。传建说：“兄弟要是哪儿有得罪，你开个口。”光头佬儿不说话。传建皱了皱眉头，又笑着说：“今天大伙随便点，算我的。”光头佬儿双臂往胸前一拢，叉着手闭上了眼睛。传建等了一会儿，见他仍在装睡，转身到柜台，打了“110”。警察来了，光头佬儿拿筷子搅了搅已经结成团的米粉，说：“吃饭也犯法？”又过了会儿，一个姓任的老板走了进来，对光头佬儿说：“毛蛇，你在这搞卵？”光头佬儿终于站起身，冲他哈哈一笑，还鞠了个躬。光头佬儿说：“任哥，我也是没办法，您千万别生气。”

晚上，东望终于从邻县回来。他约上那几个相熟的老板，问：“这是谁要敲竹杠？”任姓老板摇了摇头说：“东望，这次搞事的挺猛。”东望问：“城里的？我斩了他！”任姓老板摇了摇头，说：“姓赖。”杨镇另一个做钨矿、沙石生意的老板，也姓赖，大家都喊定哥。他说：“我下午打听了一下，估计是他，他娘的，也算个亲戚。”随后又劝道：“东望，他吃带毒的滚刀肉，不要命的，你可不要跟他拼。”东望叹了叹气，说：“我没得罪他。”定哥说：“你这赚钱，赚钱就得罪了。说白了，就是眼热。”东望沉默了许久，说：“各位阿哥，再帮我打听打听，他要什么数？”第二天，刚过十点，这伙人又勾肩搭背来了，同样是一人一桌，一桌一碗汤米粉。这次倒是一个个吃得热火朝天。吃完了，传建让人收碗，这伙人不让，说没吃完，再一次骂骂咧咧。昨天挨了一巴掌的传福这时从后厨举着一把菜刀大叫着冲了出来，直奔光头佬儿，径直往肩上砍去。光头佬儿吓了一跳，身子往边上一倒，跌了下来。菜刀砍在椅背上，入木三分，传福想要再斩光头佬儿，硬是没拔出来。械斗随即开始。

传建、传福和本家几位叔侄都被带走了，只留下一地的玻璃碴、东倒西歪的桌子、断腿凳子和一众女人的哭啼。定哥说："东望，昨晚我劝了劝，他说五万完事。现在闹这么一出，这事不好收了。"东望没说话。东望老婆招娣这会儿抹了抹眼泪，冲一个梳着背头的男子说："廖叔，这也太欺负人了，你一定一定要帮忙。"廖叔五十来岁，杨镇人，在派出所待了二十多年，和招娣娘家有着一丝半缕的亲戚关系——他是招娣外婆的妹妹的儿子的房亲。这关系转了好几个弯，几近于无，但并不影响他们在这几年里迅速亲近起来。他抽了口烟，说："不好办，毛蛇现在一口咬定传福拿刀砍他，他是被迫正当防卫。"招娣说着又哭起来，说："防卫个鬼，传建、传福他们都被摁在地上，大拳头打在身上直响，一脸血啊！"廖叔说："毛蛇说他也被传福打破头了。"招娣啐了一口："说，冤枉哦，明明是他看你们派出所的人来了，自己拿酒瓶子往头上砸的！"任老板这时插了一句，说："嫂子，事情大家都清楚，只是现在被他捏住了，确实是不好整。"一个年轻的这时吼了一嗓子："干！我现在就打电话回家喊人过来，大不了同归于尽！屌毛，看是他不怕死还是我不怕死！"东望这时站起身来，身形仿佛瞬间佝偻了许多。他说："归根到底还是要钱。廖叔、定哥，你们帮我问问，多少钱能调解，先把人放出来再说吧。"顿了顿，东望又说："马上都年三十了。"

凑了十万，换回伤痕累累的传建、传福六个人。东望缓口气，以为这个坎儿终于挺过去了的时候，又有话带过来了。年二十那夜，定哥顶着呼啸北风而来。定哥说："坏事了。"东望惊了一下，张嘴想问，又黯然闭上。定哥说："你家出鬼了，招娣她弟弟，对，就你那个死赌滥赌的小舅子，把这个月你在隔壁搞的山货野味都拍了照录了像。他娘的，偏偏就是这个月，这绝对是有预谋的。"停了一会儿，定哥又说："那恶死鬼现在说，要么把店一万块转给他，要么你进里面蹲十年。"

东望从包间下来，望了望四周，径直走到小舅子面前，盯着他，良久，终于甩出一巴掌，而后说："滚。"那一夜，东望蜷缩在被窝里，感觉到一种刺骨的寒意。他不断地回想，试图弄清这一切究竟是如何发生的。然而并没有用。东望在心里背诵他只学了半本的《增广贤文》，试图再一次寻找答案、寻找方向。什么“得忍且忍，得耐且耐，不忍不耐，小事成灾”，什么“八字衙门向南开，有理无钱莫进来”，什么“为人何必争高低，一旦无命万事休”，什么“只有和气去迎人，哪有相打得太平”，什么“万事不由人计较，一生都是命安排”，什么“莫怨天来莫怨人，五行八字命生成”，一对一对地从记忆深处飘然而出，不断盘旋。然而并没有用。东望隐约感觉他好像直至今日才真正读懂了一点儿，而正是意识到这一点，他才愈加感觉到悲从中来。悲至深处，东望又想起一句“人争一口气，佛争一炷香”来。东望咬了咬牙，大不了就搏命，十八年后又是一条好汉。可转眼一想自家房亲的人丁和那恶人庞大的家族，这口好不容易提起的气又迅速泄了出去。

千禧年的除夕夜，举世都在庆贺。零点，新世纪来临的那一刻，镇政府在香菇市场安排了杨镇前所未有的盛大烟花。绚烂的焰火腾空而起，照亮了整个杨镇。焰火之下，东望和传建晦暗的脸庞一时红、一时黄、一时绿，变换不停。传建要放一饼方桌大小的说是一万响的大爆竹，除旧迎新，去去晦气。东望没同意，只拿出一饼瓷盘大小的让传建点了。整个杨镇都在轰鸣，而他们在小爆竹短暂的光亮与鸣响结束后，转身关上了门。

五

“大肠一定得新鲜，最好取肠头那一段，这一截最适合爆炒。这菜其实最费的是水，得洗太多遍。用红薯粉、盐巴、白酒，反复搓洗。翻过来，还得撕掉一些肥油，再用同样的方法搓洗。感觉干净了，滚刀切，别切太小，一缩水就没了。得备个小碗，放盐、糖、白醋、白酒、酱油、红薯粉，调成碗汁。配菜一样是干辣椒、青红椒，如果要配点儿酸萝卜，那萝卜得先炒好。这菜关键得看火候。一定得是猛火，你用电磁炉千万别做这个菜。油要多、要热，不然大肠没法快速成熟，还出水。一出水，香味没了，一屋子猪屎味。快速翻炒，能颠勺起个火更妙。一分钟左右起锅，刚好。一分半钟起锅，可能老了。两分钟还不起锅，那就嚼不动了。”

“阿公，这菜好吃是好吃，就是弄起来太恶心。”

“大肠洗的时候臭，吃起来可香。再说，你什么时候洗过？只会吃。”

“有时候吃起来也臭，你都没洗干净。”

“洗得干干净净，这酸辣大肠还有什么吃头？就得留点儿肥油，就得留点儿那味。”

“太重口味了。”

“那你中午不要吃了。”

“这可不行。”

“那就好好写。”

“阿公，给你写完这些菜谱，你真给我买个新手机？”

“我不给你买手机，你是不是就不写了？”

“话不能这么说。”

“放心吧，就买你要的那款华为，什么四零破。”

“欧耶。华为 P40pro！”

“你要是暑假跟着我把这几道菜都学会了，阿公再给你换个电脑。”

“为什么非要我炒菜啊，我又不当厨师。”

“就是因为你不炒菜，你才更应该把这几个菜学会了。”

“咱们家厨师够多啦。”

“这祖传的手艺，你觉得在你这儿断了，好吗？”

“你当年一开始就喜欢炒菜吗？”

“不是。”

“那你为什么要炒菜？”

“你老阿公说，家有良田万顷，不如薄艺在身，更何况咱们现在什么都没有。老阿公还说，会炒菜，饿不死。买不起大鱼大肉，但总有人喊你去给他烧大鱼大肉，也能蹭口饭。”

“我不会炒也饿不死。我点外卖。”

“呵，你看看你爸折腾的这些外卖，还敢吃？”

“那我会炒些简单的就好啦，熟了就行。你这些都太难了，我怎么可能学会。”

“那是你还没体验到炒菜的快乐。”

“又腥又臭，油烟漫天，满身大汗，这也叫快乐？”

“所以你还不懂。炒菜其实是创造。”

“阿公你越来越玄乎了。”

六

大年初一，老爷子天刚蒙蒙亮就起来了。他听了一夜的爆竹声。老爷子叫起东望，又喊上传建，说：“回老屋。”东望眼里有着零星的血丝，他揉了揉眼睛，说：“阿爸，我和传建回去发香就行，你就别回了。”老爷子顿了顿拐，说：“回。”

老屋其实并不远，从香菇市场往北走二百多米，过一个石拱桥，又往南走个两分钟，竹丛底下再过个石板桥，就到了。老屋临水而建，虽然近，但已经多年没住人了。原本朱红色的木门如今已经晒得发白，露出一条条沟壑，仿佛岁月真如流水般在这冲刷而过。东望从兜里掏出两串钥匙，挨个试，像昨天下午一样，又是花了五六分钟才把锁打开。推门进去，有个小院子。院子两边是四个小房间，中央是个厅堂，厅堂中央有个神龛，供奉着一个祖宗牌。祖宗牌上描金的大字写着：颍川堂赖氏开基历代始祖彦渊公考妣钟氏之神位，边上又有“左昭右穆”字样。祖宗牌两边，挂着一副对联：祖德流芳千古世，宗功浩大儿子孙。

老爷子拄着拐杖，面朝祖宗牌，神情肃穆。东望和传建取了黄表纸，放地上点着，把竹香、红烛点燃，在神龛面前拜了三拜，这才插上去。转身又依次在厅堂两边、老屋门口插上香烛，这才回到厅堂，站在老爷子后边。老爷子走上前，手有些抖，哆哆嗦嗦地倒了三杯黄酒，神龛湿了大半。老爷子左手拄着拐，右手拿起一杯酒，举了举，然后倒在地上，洒落出一条弧线。老爷子说：“祖宗啊，不肖子孙来啦！”说完便一拜，再拿起第二杯酒，缓缓倒出。空杯放好，老爷子吸了口气，拐杖在地上一戳，腰身一板，嗓门陡然升高，抑扬顿挫似吟唱：“祖宗啊，你们在天上也莫总睡觉，也要睁眼看一看！睁眼看一看！保佑子孙后代，人丁兴旺！日日平安！事事如意！出门求财顺顺利！居家有福福满天……”东望和传建都有些惊，往年老爷子也说这些，但从没像今天这般高昂，这般悲切。传建不知所措，看着老爷子，又转头看了看东望。东望对他摇了摇头，示意别上前。老爷子喘了几口，又颤颤巍巍地端起第三杯酒，声音逐渐低沉而悠长。他缓缓抬起头，目视着祖宗牌，说：“祖宗啊，阿公啊，娭毑啊，阿爸啊，阿妈啊，你们差不多也来接慢生吧！”杯中酒缓缓流下，老爷子放下杯子，又是三拜，转过身来，已是老泪纵横，涕泪齐下。

传建扶着老爷子，缓缓走出。走到屋檐下，老爷子说要坐。一门三代就并排坐在了门槛上。老爷子说：“给我根烟。”传建有些迟疑，东望却朝他点了点头。

老爷子先是嘬了一小口，又深吸了一口，然后开始咳起来。传建赶忙拍他的背。老爷子挥了挥手，用脚尖把烟头踩灭，把剩下的大半截装进口袋里。好一会儿，这劲儿才过去，老爷子用袖口擦了擦鼻子，说："以前我和东望讲过一些，传建我没讲过。"传建问："讲什么？"老爷子说："是要和你讲讲了。"老爷子问："你晓得这颍川堂是什么意思？"传建摇了摇头。老爷子说："宗昌先生以前编过族谱，他说我们祖上都是从河南颍川郡迁来的，来到赣南，便自成一脉。"传建问："这得大几百年前？"老爷子说："何止？"宗昌先生说以前还有个赖国，在姜子牙封神演义的年代就有了。传建说："咱厅堂这祖宗就是那时候的？"老爷子摇了摇头，说："姓赖的可多，多少脉多少支谁说得清楚。就杨镇，姓赖的都不知多少支，不然怎么说是杨镇第一大姓。彦渊公只是咱们这几家的老祖宗，我爹喊他老阿公。"传建歪着脑袋算了一下，从这祖宗传到他，已经是第七代。他于是说："那也好几百年。"老爷子没理会传建对于年代的执着，说："彦渊公七个儿子，无一夭折，各自成家，这就有了七房子孙，每一房又各有三五个儿子。那时候，兵强马壮啊。现在，也就剩咱们七房了。"老爷子长叹一声："七房云正公生子五个，损两个，成年三个，最小的是先文公。先文公两个儿子，我阿爸齐水为长，另一个就是传福的老阿公。"传建掐了掐手指，说："这一讲我就明白了，我和传福往上四代是同一个阿爸。"老爷子缓缓说："从这开始就一年不如一年啦，从我到你，三代单传……"东望和传建低着头不再说话。

老爷子也沉默了许久，继而转头向东望说："前几年你许的愿，蛮好。"东望听了，面容尴尬，一瞬间竟然不知该如何是好，只觉得脸上迅速滚烫起来。老爷子又说："从我阿公路边挑着木桶卖水溜到我阿爸摆摊卖薯粉汤，你把福来酒楼做得最风光，蛮好。"东望不敢看老爷子，只闷声回了一句："我把它弄丢了。"老爷子喝了一句："蠢材！人还在，怎么叫丢？"东望不说话。老爷子嘴巴微微颤抖，说："你得把这根给守住了。"东望点了点头。老爷子指着传建，对东望说："今年务必要成家了。"东望说："一定。"老爷子又对传建说："要多生几个，越多越好，人多不受欺负。"传建没吱声。

一家三代在厅堂门槛上说了许久。祖上的故事传建原本还颇为好奇，可老爷子东扯西扯，不久就把他绕晕了，早已分不清谁是谁阿公，谁是谁兄弟。传建甚至有些昏昏欲睡，只是此处寒风阵阵。他想说回吧，这时，他听见老爷子说了一句："以后莫和那个阿定打交道。"东望嗯了一声，传建却没搞懂。他问："为什么？”老爷子说：“他还真以为我不晓得是他在后面搞鬼。”东望说：“画虎画皮难画骨，知人知面不知心。传建，你要记住。”

十天之后，正月十一，老爷子安然而去。东望跪在祠堂里，周遭是前来拜祭的众多亲朋。他们大哭，他们大喊，他们烧香，他们磕头，烟雾缭绕、吹拉弹唱、念经说咒中，东望头一次感觉到孤单。

深夜两点，他打了个寒战。起风了，变天了。

七

衰老只是一瞬间的事情。从什么时候开始老了呢？东望仔细琢磨了，不是从杨镇来深圳，不是传建开始话事主家，也不是每天晚上上三次厕所早上四点多就醒来，而是他忍不住整日整日要给赖希讲故事。传建早已不听他说，赖希大多时候低着头玩手机打游戏也不爱听，刚开始还敷衍回应几句，后来只剩嗯嗯哦哦了。

东望还是想讲。

东望说：“你老阿公那会儿过广东要是不沾上赌，咱们家就是另一番相貌了。整整三百光洋，两天就赌尽了。一同去的人，拉都拉不住，赌红眼啦。后来才知道，又是本围人设的局。赖希，你千万要记住，害人之心不可有，防人之心不可无。咱们家吃过的亏够多了。”赖希说：“哦。”东望说：“人前有多风光，人后就有多少人红着眼睛盯着你。什么最可怕？就这最可怕。防不胜防，你务必千万要小心。”赖希键盘敲得啪啪响，说：“知道啦。”东望继续讲：“那会儿你老阿公正风光，现在粮管所那块地原来就是咱们家的。可就这么一趟，福来酒楼连店带地都倒出去了。原本说好回来就去看个姑娘，也没动静了。”赖希手指飞快，也没抬头，随口问：“为啥？”东望说：“还能为啥，没钱了，门不当户不对了。”东望又问：“大塘头那口塘你知道吧，就端午节划龙船那儿。”赖希嗯了一声。东望叹了叹，不知是叹往昔还是叹赖希。他说：“那里原来也有两间铺子是你老阿公的。再后来，他就开始信命水了。”赖希问：“什么意思？”东望说：“那会儿刚打完日本鬼子，又打老蒋。没几年，新中国啦。”赖希转过头问：“这跟新中国又有什么关系？”东望说：“贫下中农翻身做主啦，你老阿公那会儿除了会炒菜一无所有，定了个贫农。要是那些店啊地啊没被别人骗走，百分百土豪地主，还能有命？”赖希说：“这不就是现实版的福贵嘛。”东望问：“福贵是谁？”

赖希说："一个小说里的主人公，和老阿公一模一样，被人设局输了个精光，结果给他设局的人被枪毙了。"东望没读过几本小说，接不上来，只好自顾自地说起其他。他说："你老阿公上面还有两个哥。老大十一岁的时候，在河坝里搞水，突然发痧，夭了。小的刚学会走路，一跤跌在石板上，又不见出血，一觉睡下再也没醒。连损两丁，到你老阿公的时候，都怕了呀。族里的老人说，得起个硬实的名字护着，就取了个地山。"赖希问："地山？"东望说："还有什么比大地、比高山更结实、更稳？家里人还是不放心，又唤了个小名，叫慢生。慢慢大，慢慢生，不要再损丁就好哇。活是活下来了，但你老阿公确实命苦。讨了个老婆，没三个月，咳死了。又讨了个，难产，一尸两命。你现在的老嫫毑，是他在路边捡回来的。那会儿你老嫫毑才十四五岁，饿得只剩把骨头。"就在此时，赖希大喊了一句"欧耶"，随后电脑里传出一声——Double Kill！

讲得多了，东望突然想起宗昌先生来，他曾给杨镇整个赖氏写过族谱。东望有些纳闷，怎么老想起一个不相干的人。直到他发现自己竟然想把老祖宗的故事写一写、记一记，尤其是福来酒楼开了倒、倒了开的血泪史。写下来，家族子弟就可以读到祖辈的故事，可以找到自己的根——更多的人都只能依靠记忆，然而，记忆如此脆弱，尤其是在没人讲古的今天。店都关了，再过几年，怕是没人记得了。他越想越觉得这事儿得做，还得尽快。他找赖希，赖希一听，夸张地倒在沙发上，四肢伸向天花板，像个倒躺的乌龟。赖希一边蹬脚一边说："阿公你知道什么叫写史吗？"东望说："不就是记下来嘛，我来讲，你来打字。"赖希又问："你知道得什么人才能写历史吗？太史公司马迁！我才读了一年大学，还是一半时间在家上网课，我哪会。"东望说："你专业不就是看小说写小说吗，会写小说还不会记故事？"赖希把脚放下，瘫在沙发上说："阿公你饶了我。"东望失望至极地说："白读书了。"夜里，东望悄悄取了一本赖希的笔记本，决定自己来。他坐在床头，弓着腰，拿着笔，比画了半个多小时，一句完整的话都没写出来，倒是憋出了一身臭汗。他长吁一声，这才断了这念想。

族谱和故事写不成，过了几天，东望又琢磨起菜谱来。他和赖希说："咱们家就是靠着这手艺发家的。"赖希说："不就是炒菜嘛。"东望脸色一变，说："这是传家宝。"赖希的不以为然让东望第一次感受到一种说不出来的紧张与惶恐，甚至比老爷子归西那夜他在祠堂里感受到的还要巨大。传建现如今只会买一排微波炉，天天都在热菜包，哪还炒菜。连福来酒楼这个招牌都不要了，搞什么赣湘木桶饭。赖希就更别提了，从来没正经学过。东望想，指望传建再教赖希，也是无望。想到这儿，东望清晰地感觉到一种光荣的使命感像天降流水一样，浸泡着他，包裹着他，压迫着他。他说："不多，也就十几个菜。"赖希说："我才不信，谁家开餐馆的只会十几个菜啊。"东望说："考功夫的特色也就十几个，你一日时间就能写完。"赖希说："你会炒菜，你自己写不行吗？"东望不说话了，站在赖希房间不走，一会儿盯着天花板，一会儿盯着赖希。赖希逐渐有些慌神。又一会儿，东望绷着脸说："你写完，我给你买手机。"赖希眼睛一亮："随我挑？"东望说："随你挑。"赖希说："成交！"

八

"红薯粉加水搅匀，置入锅中，中火熬煮，时刻搅动。待水渐干，转小火，成粉团，切三寸大小方块。焖鸭汤水宜稍多，粉块烧煮入味……阿公，你觉得一个人看了这么几句话，就能把咱家的招牌菜做出来？"

"不能吗？"

"你跟着老阿公学了多少年？"

"四年。"

"我爸跟着你学了多少年？"

"差不多十年吧。"

"你觉得我爸学到家了吗？"

"你爸笨，心太野。"

"咱家子孙后代还未必有我爸有天赋，那怎么办？"

"怎么会……"

"你们跟着学都学了四年十年，他们看几行字就能学会？"

"这……"

"所以我觉得不太靠谱。"

"不靠谱也得写。"

"我不是说我不写。"

"那你说这么多干吗？"

"阿公，我这是在用我的智慧帮你。"

"没见着。"

"我的意思是，咱不仅写，还得做，你亲自示范，亲自教。"

"什么意思？"

"还不明显吗？你去厨房，洗啊切啊剁啊炒啊焖啊煮啊，全来一遍。我来给你拍成视频，这样可以看得清清楚楚。这叫图文并茂，生动传神。"

"可行。"

"那你再给我买个单反。"

"单反是什么？"

"就是相机，也能录像。"

"手机不也能录吗？"

"手机哪有专业的相机录得清楚。你不是说，这炒菜就得看细节的功夫，稍微一点点颜色变化，菜都不一样吗？"

九

传建不让他们祖孙俩在店里折腾，觉得影响他做生意。二〇一七年，他把城里的福来酒楼关了，拖家带口来了深圳。那年年初六，一帮从深圳归来的亲戚和朋友约着喝酒。酒桌上，他们说："传建你跟我们过深圳吧，一年保证赚这个数。"传建看了看张开的手掌，问："五万？"他们笑着说："五万块钱还过去干什么，五十万！"传建半信半疑，但心确实蠢蠢欲动起来。下城里这些年，福来酒楼始终做不起来，再也没有往日的风光。他们说："不出两年，就能把你这五菱之光换成汉兰达。"过了元宵节，传建过深圳，待了一个多星期，四处看了看，回来之后就跟老婆兰芳说："我们下深圳。"兰芳说："人家都是十七八岁下深圳，你都四十一了。"传建说："再不搏一把，就真没希望了。"传建又说："再坏还能坏到哪去。"传建还说："我算了下，要是把阿爸也叫过去，咱们根本一个工都不用请，三个人就够了。"

在深圳龙岗的一个城中村，传建盘下了一个店面，一个月租金九千八。店不大，不过六十来个平方，好在临街。这原本是一家做横沥八刀汤的，传建也没花多大心思去改动，只是换了个招牌，简单布置了一番。店里只有六张小长桌，起初兰芳想这也太小了，根本配不上福来酒楼这四个字。后来她发现这担心其实有些多余，六张桌都坐满的情形一个星期也才出现那么一两次。东望切菜炒菜，兰芳洗洗涮涮，传建就四处走，兼了点菜、茶水、收银、收桌等事宜，有时还得拎着餐盒往附近送。过了一个月，传建盘算了一阵，脸色就一直发黑。第二天，传建请了一顿酒。酒过三巡，他们说："传建，你这路子不对，不能这么干。"传建起身，倒满一大杯，说："还是要各位阿哥倒点儿诀窍。"他们说："你这招牌就不行，屁大点儿地方，六张桌，叫啥酒楼。"传建说："老头子非说要留住这名字，还说传了几代也没敢想店能开到深圳来。"他们大笑，拍了拍传建，说："在深圳这地方，谁在乎这个？谁又知道你家的历史？"传建说："改个什么好？"他们说："得让人一听、一看就明白，这家他们吃得起、他们吃得惯。你看我们几个，隆江猪脚饭、一品湘盖浇饭、黄老二木桶饭、川湘小味，瞧一眼就知道，二三十块钱能管饱，就能对付一顿。"传建若有所思。他们接着说："咱做的是快餐，不是小炒。你这方向就搞错了。有钱人压根儿不来咱们这种店，吃咱店的这些人又没几个愿意出来。你得主打外卖，光靠过路客能有几个。现在人都懒，都得送到门口，就差喂给他了。"传建说："外卖也有做啊，美团、饿了么都上了，一天也才十几单。"他们说："刚开始你得舍得优惠，搞些满减，关注、收藏加一毛钱送瓶小可乐或者优惠券啥的。"传建说："就这么点儿利润，哪减得起。"他们说："这你就不懂了。你把二十块的青椒炒肉改成三十，十五块钱的酸辣土豆丝改成二十五，再来一个满二十五减二，满三十八减五，不就成了嘛。"传建又敬了一杯，说："懂了。"他们又笑，说："这才到哪儿，你就懂了？你这位置就没找好。"传建说："这地儿临街，前面还有个十字路口，还不好？"他们说："租金多少？小一万吧。咱们这几个，就没一个租金超过三千的。"传建说："怎么可能！"他们说："咱几个其实根本就不要店面，甚至都没有后厨，村里找个一楼的房子，挂个小招牌，那些外卖小哥能找到就成啦。"传建问："这都行？"他们说："怎么不行。所以说你没摸到真正的诀窍。"传建说："我真迷糊了。"他们说："你赶明儿赚大了得请顿豪华的，至少得上两瓶茅台。"传建说："能赚这么多，那我必须得请。"他们又碰了一杯，然后说："做外卖嘛，简单，哪用像你现在这样又买菜又洗又炒。一个料理包，大部分不超过三块钱。你选些菜品，什么鱼香肉丝、肉末茄子、尖椒牛肉、腐竹回锅肉、农家小炒肉、红烧鱼块、梅菜扣肉、糖醋排骨，哎，要啥有啥。丢微波炉叮五分钟，完事啦，OK 啦，一份你卖二三十，一点儿问题都没有。"他们说："你就煮个饭，再烫个青菜，就成啦。”他们又说：“你要是搞高大上一点儿的打包盒，一份还能再多卖五块钱。”

福来酒楼变成了赣湘木桶饭，东望从厨师变成了打包员。传建刚和他说这事儿的时候，他破口大骂：“这还是餐馆吗？不炒菜的厨子还是厨子吗？”传建闷声不说话。东望痛心疾首地说：“福来酒楼的名声得毁在你手里！”传建这时说：“这是深圳，不是杨镇，还有什么名声，要什么名声，谁又知道这名声。”东望说：“那你要什么？”传建说：“要钱。”这回轮到东望沉默了。传建说：“一个月亏了两万多，再过一个月，咱们就得喝西北风了。”传建说：“赖希以后要读大学，要找工作、找对象，要买房买车，要给彩礼，要结婚。”传建说：“你看看镇里多少人都在城里买房了，就我们还在租。”传建说：“别人都开奔驰宝马奥迪了，我还是破面包。”传建说：“他妈的，别人一讲咱们家以前怎么怎么风光，我就憋得慌。”传建说：“这事就这么定了。”东望这会儿意识到，这是传建的福来酒楼，不是他的福来酒楼。他给传建一根烟，自己也点上。两人盯着地板，无言地抽完。东望把烟头在地上狠踩一脚，又左右碾压了两轮，起身出了门。昏黄的夜色中，他的背影一步一步萎靡了起来。

赣湘木桶饭的生意以肉眼可见的速度好了起来。传建买了十台微波炉，嘀嘀嘀的声响此起彼伏。传建想，怪不得别人五分钟就能出餐，一天能炒几百单。在很长的一段时间里，传建沉浸在这嘀嘀声中。响一下，赚二十。再响一下，又是二十。这世上再没有比这更美妙的声音了。忙碌的日子持续着，传建感觉到一种前所未有的充实感和成就感，浑身充满了用不尽的力量。他像当年的东望一样，在短短的两年时间里，从一百零五斤长到了一百七十斤。而东望却日益消瘦，身子越来越单薄，话也越来越少。传建其实心里清楚，只是不想承认。他有时安慰自己，千金难买老来瘦嘛。

东望和赖希每日嘀嘀咕咕、敲敲打打，传建其实知晓，只是不愿参与。一天夜里，他想起这祖孙俩，脸颊忽然灼热起来。他叹了口气，知道为何会如此，就更加不想掺和进去了。厨房里有猛火炉，东望说：“要在这炒菜。”传建说：“你这儿炉子一开，我还怎么出菜。”东望瞪了他一眼，说：“我现在用个炉子还得你批准了？”赖希见他们剑拔弩张的样子有些吓人，打圆场说：“阿公，可千万别用猛火炉，就得用普通的家庭煤气灶。”东望一脸疑惑。赖希又说：“哪个家里会有猛火炉这东西啊？”祖孙俩于是又回到出租房里。东望托人从杨镇带了两大箱子东西，花生油、红薯粉、乌粉条、香菇、辣椒酱、小米辣干、辣椒粉、黄酒、浸菜，甚至是酱油、白醋、豆豉、生姜、大蒜都是老家的。东望说：“就得用家里的才是正宗的味道。”东望洗、切、剁、炒、煎、焖、煮、烧、卤、蒸、焗，赖希就在旁边左拍右拍、上拍下拍、远拍近拍。每天一大早，东望就去买菜，回来开始细条细缕地做两道菜。拍完，两人就吃午饭。东望一边吃一边告诉赖希这菜得怎么品，配料、调料、技巧与火功如何促成了这滋味。下午赖希就剪视频、配解说、添字幕。晚上两人一起再看片子，一遍遍改。

如此过了六天，剪出了十二个视频：黄豆炒鸭子、圆子鸭、鸭杂炒乌粉、香菇蒸鸡、砂锅焗鱼头、红烧鱼块、酸辣大肠、盘龙鳝、黄豆焖狗肉、浸菜扣肉、炒猪肝、烧春卷。赖希说：“阿公，就是上班一周也有两天休息呢。”东望说：“行，放假。”赖希说：“休息两天，咱们再拍。”东望说：“不用拍了，其他的菜也都大同小异。”赖希说：“什么意思？”东望说：“黄豆炒鸭子和圆子鸭这两道菜你学会了，那啤酒鸭、冬瓜鸭、腐竹焖鸭差不多也能琢磨出来了。砂锅焗鱼头，今天焗鱼头，明天你照样可以焗鸡肉焗排骨焗粉肠。”赖希说：“你太高估别人了，你总以为人人都像你一样。”东望说：“会炒菜的自然就会了。”赖希问：“那咱们这工作就结束了？”东望点点头。赖希说：“那你答应给我买手机、单反的。”东望说：“手机明天就买，单反就算了，我觉得你拍得蛮好。”赖希顿时一急，说：“我觉得这就是个预习，画面不够清晰，画质不够好，远远没有达到完美的程度。咱们可以用单反再拍一遍。”东望说：“再拍一遍也行。”赖希又欧耶了一声。东望说：“再拍一遍，这次我来指导，你来做。你要是把这十二个菜做一遍，我就给你买单反。”赖希琢磨了一下，说：“阿公，你这是搞真正意义上的教学片，没有对比就没有伤害？”东望点了点头。赖希说：“好像也挺有道理。不过你之前还说过，我要是学会了这些菜，你给我换个笔记本电脑的。”东望看了赖希一眼，想起一句话，叫“身在福中不知福”。然后说：“成交。”

十

“阿公，谁说厨子都肥头大肚啊，我这一个月都瘦了三斤。”

“阿公，咱们辛辛苦苦折腾了这么久，视频拍得这么靓，就咱两个看，太浪费了，简直寂寞难耐。这真是传家宝菜谱？传男不传女？价值连城的商业机密？要不我们上传到网上去吧，抖音、头条、公众号，都行。咱可以做个自媒体啊。只要有点击量，咱还可以赚钱！”

“阿公，你说咱们取个啥名字好。福来酒楼秘藏菜谱？杨镇客家菜经典？百年老店不传之秘？价值千万的绝密菜谱？五代人的匠心传承？不行，有点儿太狗血、太装、太标题党了。对了，阿公，你上次说老阿公的名字叫什么来着？对，那个小名。慢生？有个紫砂壶大师陈鸿寿，他也叫曼生。不是快慢的慢，是曼妙的曼，就是少了左边那个竖心旁。他做了十八把紫砂壶，把把经典，后人都称曼生十八式。要不，咱叫慢生十二式？这名一听就威武霸气有内涵，有武林秘籍的味道。真的，肯定能爆火。”

“阿公，我觉得是你的颜值不行，严重影响了点击量和播放量。换我，我也不愿意看一个老头炒菜。五天了，才一百来个人看，一条评论都没有。要是换个美女切啊炒啊，这点击量肯定是一百万以上。”

“阿公……”

徐威

江西龙南人，1991年生，中山大学文学博士，惠州学院文学与传媒学院写作教研室主任。在《人民文学》《作品》《诗刊》《中国诗歌》《当代作家评论》《当代文坛》《南方文坛》等发表小说、诗歌、评论三十余万字。

坟愿

/　邹应菊

一

天蒙蒙亮，窦阿公赶着去砍柴，背上背架正要出门。

走近大门时，浓烈的臭味扑来，逼得他止不住干呕了两下。取下门闩，刚拉开门就被糊了一手。窦阿公一看，自家大门被人泼了粪，两扇门板挂得满满当当，红漆的底色都被盖得看不出来。

正好今天初一，早起拜神的窦仙人也醒了。袖着手走到门外，看见门缝里还塞着女人月经的草纸，混着粪水渗进门板里的暗红，是誓要让窦家倒血霉的恨意。在青乡这个地方，只有一件事会让人使这种阴招。窦仙人往地上唾了一口，朝着隔条河的赵家村子，小心地在空气里比画几个符篆样式，到底没敢骂一个字。然后缩回身子，没事人一样溜回堂屋，开始拜神。

点上香，烧上纸，堂屋里才算了有点热气。和在门外瑟缩样子不同，窦仙人站在供桌前就像换了个人。他先是肃立合掌，目视指尖，折腰拜三拜。然后伏下身，双臂前伸，跪在草垫上叩三叩。跪时直腰，叩时响地，如此三次后才算礼成。等把拢在一起的纸钱堆挑着烧完，屋里全是烟，稍微进来点风，便是纸灰卷着香灰满屋飞，黑压压像是地府。落在地上，又积起厚厚的一层。而窦仙人，自始至终跪拜在神像前，岿然不动，等待神仙显灵。

窦阿公抓了把堆在门边的纸灰揩手，歪坐在墙边，低头深深地吸着水烟。而后脱了身上的毡褂和背架，从院子里的水井里一桶桶吊水上来，再弓着腰提到大门，一点点地冲。原本大门旁边就是灶房，放着大水缸，浇门口的菜地也方便。但去年窦仙人把灶房改到了院子最里间，这间不宜用火，就用来堆柴，还说水缸与他相克，也给扔了。

窦生从镇上工地通宵做工回来，到家的时候，大门已渐渐显出原本的颜色。门头上阿公够不着的地方，还在稀稀拉拉地往下流着，发臭的黄绿色，一道道划在门板上。院子里一地的粪水，连下脚的地方都没有。他让阿公在一边歇着，也没多问，把背上洗得发白的牛仔包放在毡卦上，脱下沾着灰浆的衣服，露出精瘦的上半身，闷头开始收拾。

等窦生弄完，给自己和阿公冲了个澡，太阳已经往下落了。煮了锅洋芋，配碗腌笋，拣了软的先递给阿公。窦生走到堂屋，一把推开半掩的门，门板砸得生响。一整天，窦仙人都没出来看一眼。这时候正歪倒在神像前，闭眼摇头，身上还不住地抽动，嘴里念念有词。按照窦仙人自己说的，他这是在通神。这时候神仙已经上了他的身，正在教他风水秘诀，外人切记不能惊扰。熬得发红的眼，盯着里面神神道道的人，仰头认命地叹一口，窦生转身出了门。

除了窦仙人自己，没人信他说的。

二

窦仙人以前并不是窦仙人，而是窦老板。

早些年间，他才十八九岁，正是窦生现在的年纪。自己背着牛仔包，坐两天的班车，上了云南的一处煤山。靠着拼命的干劲，又得老板的赏识，没几年就攒下钱从老板那里承包了一口煤井，当起了小老板。不仅如此，他还在煤山的炊事班里认识了窦生的妈妈，很快有了窦生。过年时穿着西装，带着窦生妈妈回青乡，腰间挂着的厂房钥匙叮当响，人人遇到都喊句："窦老板挣钱回来咯，风光得嘞。"

煤矿势头正盛，窦老板管井下作业，窦妈妈负责矿工吃住，整天忙得脚不沾地。所以窦生从小就被送回了青乡，由阿公带着长大。在他还小的那几年，虽然爸妈一年才回来一次，但每次都会给他带好吃的、好玩的，也留给阿公不少钱。过年时，乡亲都喜欢来家里做客，热热闹闹地围着他们一家坐成一圈。

等夜深了，乡亲也都打着手电走了，堂屋一地的花生壳和糖纸，远远听到对岸赵春宏家的黑狗叫两声又息下。那晚的窦生能够和爸妈一起睡厢房。屋外飘着小雪，屋里烧着电热毯，妈妈温柔地搂住他，讲起他们在外面有意思的事情。

有一次，阿公在后山锄地，小窦生蹲在阿公身后，捡秋收后留在土里的地膜。头顶突然有呼呼的声响，抬头看，是一架飞机，小小地穿梭在云层里，飞速带出一条云状的弧线。窦生想起妈妈曾说自己和爸爸也坐过飞机，也像这样，飞在天空里，脚下是枕头里棉花一样的云，看起来又厚又软，铺得看不着边。

而窦老板变成窦仙人，是在窦生七岁的时候。

煤洞毫无征兆地塌了。当时他正在井里，突然地动山摇，煤渣混着石块劈头盖脸地砸下来，他跟前不到两米出现了塌方，眼睁睁看着两个朝夕相处的工人被埋。恰好窦生妈妈下井来送饭，也没能逃过，永远留在了煤洞里。只有他，险险地从井底捡了条命出来，也因此赔光了所有钱。人虽没事，却像断了一身的骨头，踉跄地回了青乡。

在家里躺了两个月后，他像是想通了什么，跑去算命。那外地来的算命先生看他颓唐，说他本来应享富贵，奈何风水里灾祸横冲，到头来竹篮打水一场空，但好好治改就能东山再起，并要把一本叫作《青乡十书》的秘书传授给他，当然他得拿出足够的诚意。窦阿公不知道从那时起，从煤洞里走出来的儿子已经变了，把前些年攒的钱都给了他。算命先生一次收够了礼，从此不知所终。而得了所谓秘书的他，从此开始求神问道，依着上面通神的方法，根据“神仙指示”，首先把老屋彻底改了一遍。灶房改到院子最靠里的房间，院子原先的排水口也用水泥给封了，把大门换了朝向，隔段时间就要刷一遍红漆，自己搬进堂屋里的厢房，让窦生和阿公住在搭在猪圈上的小楼……每天都在老屋里翻上翻下，没一天清静日子。

乡里本就有人眼红他，现在看他如落水狗一般回来，整天拿着本破书装神弄鬼，干脆就嬉笑地叫他窦仙人。

等把老屋彻彻底底改了一遍后，窦仙人开始研究祖坟。书里说这是人一生福祸的根源，算命先生临走时也说，他命中遭大灾，主因在于祖坟风水。

而早上大门被人泼粪的事情，就是从这里起的。

青乡这个地方，一向重视祖坟安置。各家会在自己请人看好的位置堆上一堆石头，别人一看知道这个位置有主，也就作罢。从前，窦仙人年轻气盛，时运正好，从不关照这件事，窦老太公随便下葬在一处荒山。现下窦仙人懊悔不已，每天背着背篓，在附近的山上转悠，到处堆石头，准备找个最好的位置迁祖坟。

最后，他相中了一片洼草地，就在对山翻过去的山坡上。坡缓土肥，藏风蓄气，穴位不仅方位周正，风水还与他的五行极合。但那是河对岸赵春宏家早就占下的地方，石头堆了齐腰的高度，周围还打了一圈木桩。但窦仙人偏不管这么多，卖了家里唯一一头揣了崽的花猪，悄悄请隔壁乡的人把祖坟迁了过去。这犯了青乡的大忌。赵春宏虽然与窦仙人同辈，但年纪稍大，早些年本就看不惯他回青乡的做派，现在更是咽不下这口气，所以有了今早的事。

三

窦生从家里出来，去了后山的竹林，小建在那里等他。

后山背阴，竹子长得又高又密，层层的枝叶呈现风的波浪，远看就是一片绿波里的竹海。走进去，沿着一条小路，到竹林深处，有一块小小的圆形空地，空地中间是一块平滑的大石，天光沿着四周透下来，风在竹叶间来回穿梭，最后盘旋在这里，卷着叶片落在地上。

这里是窦生发现的地方，窦仙人在家折腾得烟熏火燎的时候，他都自己来这里待着。后来与小建渐渐熟络，他带她来，这里成了两个人的秘密地。

小建家原本也在赵家村子里，后来房子给他爹还了赌债，一家人搬到了对面的半山上。家里生了六个女儿，小建是老四，大姐已经嫁人，小五小六刚出生就被抱走，她就成了老幺。不过很快就要不是了，小建妈妈的肚子又大了起来，头上裹着厚厚的头巾，和往年一样，每天斜歪在门前的山坡上晒太阳。半山上只有小建家一户，孤零零的房子戳在坡上，院子里吊着一个老式灯泡。每次从竹林回去，小建轻轻地穿过赵家村子，在夜色里爬上半山。窦生都要站在门口，望着半山那点昏黄灯光亮起又暗下，这才进屋去睡。

窦生走到地方时，小建正坐在石头上缝鞋垫，是他脚的大小。

“等过完年，我们就走吧。”

小建低头缝着，他继续说：“你别担心，我做工攒着钱，够我们一起出去的。”

风刮过来，竹叶唰唰地响，小建黑亮的头发也被吹了起来。

“到时候，我们先坐车去昆明，然后去坐飞机。等咱们看到飞机，再想去哪个地方。”

“不管去哪里，总是比青乡好的。”

小建轻轻点头，缝针更快更顺了些，不一会儿就缝出半朵花，连同温柔的心意，细密地开在鞋垫上。

但等窦生回家时，发现阿公不在门口抽水烟，也不在灶房的火塘边。上小楼一看，阿公躺在老竹床上，重重地喘着热气，身上却冰冷，应该是肺病又犯了。窦生紧忙找出药罐子，煎着留在里面的药渣，三碗水煎成一碗，给阿公喝下。但眼见进了腊月，阿公却还是不见好，开始还咳得厉害，后面连声也发不出，喉咙里只有锉刀一样的喘气声。

大年初一，窦生天还没亮就出了门。药渣已经煎不出颜色，他要去刘家湾的跛脚医生那里重新开一服，不敢歇气地走半天山路，终于到了。窦生从贴身衣服的布包里掏出一把钱，换来一纸包的药，隔着纸也能闻到极苦的味道。跛脚医生的药卖得贵，是窦生两个月的工钱。回来又是半天的山路，等他到家时，太阳已经沉在山边，留了最后一点余晖，洒在老屋的房顶上，一眨眼也就混着寒风消散不见。

顾不上喝口水，窦生先把药煎给阿公喝下，听着阿公喘气时顺畅了一些，才坐在院子里歇气。

刚坐下，两天没见人影的窦仙人背着背篓回来了。

盯着背篓，窦生把手里盛水的碗慢慢放下，问：“你去哪儿了？”

窦仙人放下背篓，也不说话，挠了挠脸，往堂屋里走。

“说话！你去哪儿了？”窦生把碗踢开，碗撞到院墙边，碎成渣块，水曲折地淌了一地。

“你上山找坟地去了，是不是？”他死钳住窦仙人的胳膊，“姓窦的，你真行，你真行。大年初一放着痨病的亲爹不管，上山给亲爹看坟地，他妈的就是畜生也做不出这样的事！”

窦仙人比窦生矮了一头，吃力地拽回手，低着头嘀咕：“你不懂，你不懂，人都是要死的，活的时候没用，死了埋个好地方才有用。你不经事，你不懂……”说着逃进了屋里，和以往一样，给神像添烛点香，又开始三拜三叩。

窦生狠狠地瞪着他，眼球突出，血丝满布，黝黑的皮肤绷紧，从太阳穴到脖子暴起一根青紫的筋，几乎就要爆裂开。他一拳捶在堂屋的门上，震下一层虫蛀的粉末，用尽全身的力气喊：“我再也不认你这个爹！过完年我就走，你就是被人整死，我也不会回来看一眼。”

四

过完年，窦生没走，窦阿公走了，夜里在小楼的老竹床上咽的气。

堂屋布成灵堂，老屋里挤满了人。小建在角落里，看着跪在堂屋中间的窦生。窦生头缠白布，穿着麻衣，袖子上别着一块蛀了洞的黑布，直直地跪着，铁一般冷硬的脸，让人不敢靠近。

阿公的棺木是他六十岁时就备下的，但丧事上请各家来吃饭的米、肉一买，烟酒就还差了一半。前一晚，小建偷偷来找窦生，递给他一个布包，里面是她自己攒的钱，零零整整，也不少。窦生把布包塞回给小建，他知道这是她顶着太阳到处摘野花椒，扎烂了手才攒起来的钱，平时裹在塑料袋里，埋在猪糠下面才没被她那个爹搜走，他不能要。

小建的眼睛汪起泪珠，亮亮地望着窦生，塞回他手里。“小生哥，你拿着，等这段时间过去，咱们就出去，外面挣钱的地方多，不怕的。”说完就转身回去。

窦生站在门前，看小建在沉郁的夜色里走得越来越远，上了山就消失在竹林里，过了一阵，半山上亮起了灯，那朦胧柔和的黄色灯光，正像是小建的眼，安抚着窦生比在寒风中冻僵的身体还冰冷的心。

窦仙人原本给阿公看好的坟地，要翻几座山，走上一天都不一定到，更何况还要抬着棺木过去。窦生并不理会，主持着把阿公安葬在后山脚下，那里清净，离老屋也不远，阿公在那里，窦生心里也安定些。窦仙人本还为了这事跳脚，逢人就骂窦生是不孝子。隔天，窦仙人又说自己通神的时候，神仙和他说那里靠着山，隔不远就是河，枕山面水，是块好地方。一大早就拿着罗盘和旧书，到后山脚下卜方位，不停地转着身子，在地里踱来踱去，又笑又叫。窦生等人抬着棺木过来时，周围的人看到他那副样子，小声议论窦仙人现在是越来越疯了。

窦生沉着脸，只是做事。

阿公入土后，一行人回到老屋，围着桌子开始吃饭喝酒。逢白事，白酒总是不能少的，每家的男人都得喝上几碗。赵春宏伙着几个交好的兄弟，把窦仙人哄在一桌喝酒，几轮就把仙人喝得脸红脖子粗。

“哟，窦仙人，您可厉害，给大伙儿讲讲你是怎么通神的呗！”

“对对，仙人，快讲讲！”

……

窦仙人头晕得厉害，讲话已经含糊不清，摇晃地伸着两个指头，朝着赵春宏说：“天……天机不可泄露。”

“哟，天机呢！仙人知道天机，怎么还能把自己亲爹气死？”赵春宏带着一伙儿人哄笑起来。

“你们懂什么，人呀，都是……都是该死的……”窦仙人脸上痴笑着，又呷了口酒。

赵春宏恼了，往窦仙人脸上啐了一口，指着他的鼻子骂道：“呸，就你该死，占了我家的坟地，这下倒霉了吧。你还仙人，你算人吗，你？”

刚忙完才坐上桌吃饭的窦生，捏紧筷子忍了忍，还是放下碗，站起来，说：“赵大伯，乡里乡亲，话别太难听。”

赵春宏大声说：“我和你爹说话呢，你个小辈插什么嘴，真是欠收拾。”转过头对窦仙人说：“我今天来，就是想把你我的过节说开，你做了抢我家坟地的事，我得出了这口气。就是扇你几耳光，我也是占理的。”又拍拍窦仙人的肩膀，别有意味地说：“但再怎么说，这是我们兄弟间的事。你儿子跑来插话，还敢对长辈嚷嚷，算什么？现在不管教，以后跑出去外面，还会认你这个爹？”

窦仙人喝上了头，把对赵春宏憋的一肚子气，朝向窦生：“龟儿子，滚出去，这没你说话的份。”

窦生攥紧了拳头，端着碗要去屋外吃饭，一脚踹碎了地上的一块干柴，碎木头块飞了一地，有一些屑子飞进了桌上的菜碗。

赵春宏噌地站起来，梗着脖子道：“小杂种，你什么意思！”

还不等他说完，只见窦仙人捡起一边垫棺木的砖头，几步冲过去，猛地往窦生脑袋重重拍去，嘴里还喊着：“我是你爹！我还管不了你，我看你还能走去哪儿！”

高高瘦瘦的窦生像是一根被砍折的竹子，直直向前倒去，轰的一声，然后静静趴在地上。窦仙人那一下，用了过年杀猪时的气力，朝着人最脆弱的地方，把砖头挥成刀子，扎出看不见的窟窿，汩汩地淌出窦生如他年轻时一样的生气，再也不能收复。

窦仙人不知是醉的还是吓的，烂泥一样瘫靠在墙边，把砖头如命根子一般，紧紧抱在怀里。而赵春宏也呆愣在一边，做不出反应。

听到声响，小建挤着几位婆姨走过来，看到地上的窦生，发出一声夹着泪和血的尖叫，凄厉地回穿在老屋。

五

过了几年，青乡各家都修起了水泥房，只剩一座土坯老屋。别个乡过来的人，看着奇怪，偶尔问起那老屋里还住着人没有。偶尔也有人应声道，那是窦仙人家，窦仙人是疯子，有个儿子，是傻子。

当年窦生倒在地上后，并没有见血，人却一直昏迷不醒。赵春宏带着人把跛脚医生请来，也只是摇摇头，留了一颗黑色药丸，自己骑着骡子就回去了。过了几天，窦生醒了，却不会讲话，谁都不认识，什么都不记得，连屎尿都拉在床上。大家都知道，窦生，这个曾经十里八乡都高看一眼的硬朗后生，遭了他爹狠命一拍，傻了，完了。

小建去年嫁了人，嫁到比原先的家更高更远的山上，一户在山上烧炭的人家，有这个营生倒也过得不差。小建走之前，去看过窦生。窦生乖乖地坐着，像是一个小孩子，呆呆地望着天空，像在等着什么。小建站在他面前，摸摸他的头发，硬硬的有些扎手，才发现他头顶有两个旋。都说两个旋的人聪明，以前窦生总是顶天立地地站着，如今她才瞧见。第二次，也是最后一次，小建把装着钱的布包装进窦生的衣袋里，叮嘱他要照顾好自己，缠上头巾，离开了青乡。

老屋前，有时会放着筐菜，白菜、魂香菜、牛皮菜，看季节。或者是刚从地里掰下的包谷，带着泥的新鲜洋芋。入冬，小建家也会送来一袋子灰炭。赵春宏逢年过节会提块肉过来，坐着抽会儿水烟，默默许久又走了，屋里并没有人和他说话。窦仙人从不把这些放心上，也不问是谁送的，有人进来也不搭理，自己在堂屋里烧香拜神。有东西送来就收着，随便煮煮就能和窦生吃上几天。

窦仙人很忙，忙着给自己找坟地，这是他剩下活着的日子里中最重要的事。

周围的山都被他跑遍了，罗盘也摔坏了许多次，有时候滚了一身泥回来，第二天给窦生做好饭，就又背着背篓上山去了。

冬月，下了雪，满地满山都是绵厚的雪白，河里也结了层薄冰。窦仙人决定不走太远，往后山去，路过窦太公的坟，敬了三炷香，继续往上走。雪埋没了竹林里所有的路，窦仙人只能凭着感觉，深一脚，浅一脚，行走在竹林间。走了半晌，出现一块圆形的空地，没有竹子的遮蔽，雪明显厚了一层，中间还有一块突起，走近，抹了上面的雪，才发现是一块大石头。窦仙人仔细看了这里的地形，觉着这边地形有异，继续往前。再往高处走，越来越陡，到了顶就是老辈们说过的后山梁子。站在悬崖边，在白雪的覆盖下，山脉的线条更加易于分辨。后山一边的山脊成一个柔和的弧度，把山地的洼地围起来，即便下雪也聚着很厚的雾气。山的另外一侧，向东面长长地延展开，山坡平缓，一层层的土地像是某种条纹。窦仙人拄着木棍，从西面内弯弧形的山脊往下走，雪下盖着的竹叶湿滑，仙人滑着滚着到了谷底。他在找一个东西，找一个东西来证实自己的想法。

到了谷底，视线与地面平行时，雪地上有一块突起的丘地，椭圆的形状。离丘地不远，有一处泉水，大雪天还没凝结，薄薄地冒着一层热气。窦仙人双脚发软，跪爬在雪里，笨重地转着身子，张着嘴望了一圈，呜呜呀呀地叫着。这里北面是后山，南面是眼前的丘地，中间有灵泉，山环水绕，气贯隆盛。他知道自己找到了，这是《青乡十书》最后一书上画的，“青鸾饮泉”。书中讲到青乡不是因为产竹才叫取了青字，而是因为西王母的青鸾鸟曾经在这里歇脚饮水。如此祥瑞降临，曾经寸草不生的山坡上，拔地生起遍山的野竹，连周围的山势也一同改变，呈神鸟饮泉的气象。山的两侧是神鸟的翅膀，左右山脉环护，云雾翻腾。鸟首顺着西面弯曲的翅膀垂下来，喝这日月朝露凝成的泉水，等神鸟喝完水，就会再次冲向万里长空。这“青鸾饮泉”的地势中，最聚气势的地方，便是鸟眼，也就是那块突起的丘地。坟地安置在此处，天门开，地户闭，主后人有大福泽。

窦仙人跪在雪地上，朝泉水砰砰砰磕了三个响头，又对着山和地坐望了许久。

回家已是深夜，窦生在自己的床上睡着，月亮从床边的小窗里照进来。窦仙人带着一身的风霜，砂纸一般粗粝的手掌，冰冷地盖在窦生额头，想要做某种从未做过的安慰。窦生从梦里醒来，睁开眼，转着眼珠，望着窦仙人。最近窦生有了点好转的迹象，好像能听懂一点他说的话，有时候听到天上有点声响，还会有点兴奋地到院子望望。

“小生，爹找到了，找到了。等我走了，往那里一埋，你就能好了。”

窦生眨巴两下眼睛，似乎点了点头，又很快睡着了。

“小生欸……小生。”

月亮又升了一些起来，照在窦仙人苍老的脸上，沟壑一样的皱纹。

六

春至回暖，青乡的雪化了，竹林又大片地绿起来。

人人都说窦仙人不疯了，也不在山上转悠了，开始老实种地。遇到赶集天，还带着自己编的竹筐去卖。虽然这东西青乡家家都会做，但窦仙人编的结实好看还便宜，其他乡过来赶集的人都会捎两个回去。

在街上，遇着知事的乡亲，也会问问窦生最近怎么样，窦仙人难得露出点欢喜的神色：“欸，最近看着又好了一点。没事的时候，带他到后山那边跑动一下，自己还能认识回家的路咧。”

平时窦仙人把自己的钱都放在窦生衣服里的布袋，和小建那女娃留的钱放在一起，每次看到也会黯然许久。等窦生再好些，能暂时照管自己，他就该去后山底下，往土里一埋，了结这一生的孽。那时，小生一定能恢复智识，还是那个生龙活虎的小伙子。窦仙人最初用这来说服自己，想着那曾经落在青乡的神鸟，想着那“神鸟饮泉”的升腾气势，慢慢地竟对这一点深信不疑。还计划着到时候窦生就能拿着布袋的钱，去他原本想去的地方。也许还能再遇上一个小建，两人安稳成家，就莫要回这青乡来啦。

一个普通的傍晚，太阳暖暖地照在老屋的外墙上，窦生坐在门口晒太阳，窦仙人在院子里劈着竹篾，佝偻的身子，旁边堆着编了一半的竹筐。

老屋上空突然有了声响，不是平时飞鸟经过的声音，也不是风声，而是呼呼的轰鸣。窦生眯了眯眼，看到云拖出细长尾巴，是一架飞机，飞速地往后山过去。

窦生站起来，往飞机的方向走，然后开始跑，像一匹黑色的野马，飞奔在后山的竹林里。飞机过去得太快，眼看着就要过了山头，窦生有些着急，更加拼命地向前。很久很久，他都没有这样舒展开自己的身体。在跑的时候，四肢越来越长，胳膊长长地往云彩去，脚掌深深地扎根在土里，延伸到比竹的根茎还深的地心去。一抬头，飞机在天上停住了，但窦生跑近一些，它又远了一些，但总还是悬在山际的那块天空。天色变暗，整个青乡渐渐潜进夜色，深一些的是山，浅一些的是天，一些地方都混在了一起，分不清。等月亮出来，满地都是银光，竹叶尖也闪着光，天边还有亮着的星。山风温柔地吹来，耳朵里都是飞机和叶子的声音，窦生忍不住大叫出声，他记得好像也有这样一个人，拼命地去追太阳，那窦生和他一样，不过他追的是飞机、星星和月亮。他跑到了曾经和小建的秘密基地，月光透下来，更亮一些。窦生歪着头，在这个地方转着圈，圈的边缘是又高又密的竹。一些零碎的记忆在旋转的眩晕中浮现，窦生有些控制不住肢体，许多东西在身体里面流窜，快要炸开一样。他摇晃着走到空地中间的大石，掏出自己衣服里的布袋，压在石头下面，继续往前跑。

到山顶时，对面的整座山都亮着灯光，是一户又一户人家，像漂浮在海上的大船。不过那盏半山的黄色灯光不见了，窦生不知道它为什么会不见，自己又为什么会找它。脑袋里有人跑出来叫他小生哥，还有人叫他小生，那他就是小生吗？他好像还想起自己对一个人说要带她去山外边，去哪里呢，她又是谁呢？揪扯着自己的头发，他越来越懊恼。

身后又传来轰鸣声，那架忽来忽去的飞机就稳稳地停在悬崖边，一丈宽的距离。飞机舱里亮着昏黄的老灯，像一双温柔注视的眼。窦生不再纠结脑袋里越来越多的声音，只拣出去山外边的念头，心间瞬时清明，引出身体里久远的热望。

他跨开步子，往前一跳，和飞机融为一体。双臂展开，化为两翼，在快速下落而呼啸的风里。

邹应菊

1999年生，现为上海大学文学院创意写作专业2021级硕士研究生，曾获第四届上海市大学生原创文学大赛二等奖。

端正好

/　张怡微

一

睡得好真开心啊。

阿梅睡眼惺忪，赖了一会儿床，大声地问了一下 Siri 现在几点，又让它讲了一个笑话，却因为那个笑话里夹带着两个从前背过、现在忘得一干二净的 GRE 单词，她被隔离在好笑之外很远处。

阿梅并没有很沮丧，毕竟岁月不饶人，不要说英文单词，很多中学同学的名字，她都已经记不起来了，偶尔在手机上滑到他们的脸，一时间居然不知道要怎么称呼。

为了响应“对自己好一点”的社会风潮，早餐给自己煎饼的时候，阿梅用上了新买的硅胶铲。这个铲子没有什么特殊的，唯一的作用就是可以给煎饼翻面，以及长得很好看。这些奇奇怪怪的小东西，她都是在直播购物时买的。每天下班后，她就跟着直播购物学习生活知识，包括穿衣搭配、首饰锅具、烹饪菜谱……科技与消费发展落地生活的细枝末节处，总需要一些媒介，一个介绍人。

昨天夜里，阿梅参加了一个女性话题的直播活动，是一家护肤品牌主办的，她是那个品牌的 VIP 用户。散场时天色大变，大雨滂沱。好不容易叫上车回到家，浑身湿透，小区门口的水已经接近脚踝。阿梅洗完热水澡缓过劲来，甚至还有些得意晚上直播时嘴里蹦出的“小金句”。“会被好心人截图的吧。”她美滋滋地想。走到书房，却发现窗户没有关好，多肉碎了一地，整个阳台都泡在了水里。

这间新房才刚简易地布置完，看见这一地的水，阿梅心想：“还好不是我装修的，还好不是我的花，还好买不起实木的地板。”随后，她跪在地上擦了整整两个小时。她没有钱换地板，却有很多钱换抹布。心里呢，也不是一点儿苦涩没有。心疼多少有点，即使是复合地板，那也是上家真金白银买来的，不是吗？人家曾经也是第一次结婚，满怀期待地遇到了命中注定的人。婚后他们感情不好，也没有住多久，地板泡了水，坏了多可惜。

碎掉的多肉花盆，是卖给她房子的房东留下的。确切地说，是他前妻更早以前留下的。数量非常多，这些多肉的差别……阿梅一个都说不出来。为了给太太养花，房东在每一扇窗户外都打了花架，应该花了不少钱。那可真是一个喜欢养花的女孩啊。阿梅心想，还有一个真心喜欢她的老公，真是可惜。阿梅并不喜欢花，偶尔一次发了朋友圈的时候，很多同事同学都夸她养花养得好。这就生出了新鲜的虚荣心。她回复他们："不是什么名贵的花，就随便养养的。"心里却很喜悦。阿梅在手机上查阅了一下，原来打理这些植物并不费力，于是就放养着，心情好的时候，就洒点水。没想到，它们最终还是难逃一劫。可见缘分已尽，真是天都没有办法的事。她为他俩的爱情感到可惜，而且，全世界只有她一个人知道，他们爱情的象征和生活史是在这个台风天才真正破碎死亡的。

最初看到这间房子的时候，阿梅就很喜欢。这个家里仿佛一直只有一个老太太在家待着。阿梅在白天看了一次房，晚上看了一次房，下雨天又去看了一次房，时间久了以后，就连黄梅天她都去看过房。每一次，老太太都像第一次见到她一样，叫她不必穿鞋套，随便看就好。老太太喜欢通风，会打开家里所有的窗户，就像阿梅外婆生前的喜好一样。南北通、自然风、四点半吃晚饭，三点半就能起床。过了一定年纪，人好像就会自然而然活在和年轻人不太一样的生活世界里。那会儿，每次阿梅提前说好要去看外婆，外婆都会比三点半还要早半个小时起床，开始等她。这种等法，会让人产生无尽的愧疚，因为阿梅要到下午才会到。她不敢想象，在这黑夜到白天的漫长时间里，外婆一个人是怎么过来的。不过书上说，古代的女性命运就是一直等、一直等，她们等过的人，等不来也是常见的事，或者死了，或者还有别的家庭。和现在的女人不一样，以前的她们就算不等人，其实也没有别的事可以做，做了，也没有用。外婆生前最遗憾的事，就是没有看到阿梅结婚。她好心地说："你和你妈不一样啊，你以后老了怎么办，你一个人要怎么办呢？"阿梅心想："外婆你也一个人老着啊，人算不如天算，有什么好怎么办的。"阿梅于是扑向外婆说："外婆我最喜欢你啦，我老了和外婆在一起啦。”外婆就很开心，推脱说：“你明明最喜欢手机，我最多是排在第二名。”现在，再也没有人做第二名了。手机是第一名，是第二名，也是第三名，成为阿梅最喜欢相处的东西。手机里藏有她的行程、她的消费、她的病例卡、她的社会关系、她的全部生存事实和谎言。

阿梅第一次来这里，就看上了这间房子。下楼的时候，中介的同事又带来了第二波人。他们喜欢制造紧张感，烘托竞争气氛。中介在小区门口说：“梅小姐不好意思，这间房子之所以比市价便宜，是因为房东他还在办理离婚手续。不过这是他的婚前财产，产权证上只有他一个人的名字。但是他不确定太太名下还有没有别的房子需要协议分割。他说他太太不肯回微信……”

“还没离婚啊，那真是麻烦了。就算第一次起诉，应该也判不下来的，还要等第二次，这样起码要等八个月，才有个明确的结果。那他太太的产调你们做不了吗？看一下产调不就知道名下有没有房子了？国家没有联网吗？不是一直说要联网吗？你们内网也看不出来的吗？”

中介说：“这我们没办法。”

“照道理，婚前财产也不影响什么。可是我还要付十几万中介费给你们，你们就不能帮忙确定一下他太太有没有别的房子吗？他太太是这间房子的同住人吗？售后公房需要她同意吗？”

中介说：“梅小姐，你是不是做律师的啊？”

阿梅摇摇头，想了想又说：“算了，我可以等。”

中介说：“我两年前培训的时候，才知道起诉离婚是怎样的流程。”

阿梅就笑笑：“我觉得他不想离。不然他就会说，已经起诉离婚，很快就会析产。他说太太不回微信，不回微信……情况太复杂啦。”

中介说：“梅小姐，那个……我们还有别的房子可以看的。这一带啊，前面都是部队的房子，不太会做商业开发，如果您要购物交通方便，可能还是另一区比较适合，有电梯，还有儿童乐园，万一你以后会……”

二

阿梅打开洗碗池前的窗户，往窗外看。严格意义上的风景是没有的，只能看到另一单元的后阳台。上海的夏天，每家每户后的阳台上总会出现露着肚子的爷叔在乘凉，他们饭后还要负责丢垃圾和取快递。居民区里的男人和社会上的男人不一样，上班族或退休族回到家，就像回到女性的港湾，从此只会听到三句话："去丢垃圾""去拿快递""门（窗）开那么大干啥，蚊子要进来了"。如果家里没有男人，就没有这样强烈的夏天感（也就是啤酒肚感）。那是和台风一样的风景线。今年"烟花"台风过境时，阿梅在抖音上刷到周浦镇有一家人的阳台直接掉落，家中卧室直接暴露，好像《爱丽丝梦游仙境》里"洞开"一个天地。上海人家，洞开的天地里没有什么意境可言，逃进来一只花脚蚊子，就算是影响到生活的大事了。

阿梅想，如果一觉醒来，自家的阳台也掉落了，那么她第一步要做什么呢？是报警还是拍视频发朋友圈求救？传到小红书或者抖音上会不会爆红？爆红了，久未联系的父亲会不会刷到她买了房子，会不会要来看一看？他真的来看了，她又要说什么好？是不是需要给他准备一个烟灰缸？

去年的电话里，阿梅听父亲说，他又想离婚了。年纪那么大，他还在给自己做新任务，真是了不起。"阿梅，你没有办法帮我找一个离婚律师？"父亲问。

"没有。"阿梅说。

"我这一辈子那么没劲，我不想把钱留给她。"父亲说，"老天爷割韭菜就要割到我头上了。万一我死了，我不甘心把房子留给她。"

"那你就把钱都花了吧。把房子卖了再把钱花了。"阿梅说。

"我想把房子卖了啊。但是我户口没地方迁。你有地方给我迁户口吗？"父亲问。

"没有。"阿梅说。

她想起小时候，她想要回上海念书的时候，也曾问过父亲一样的问题。当时年轻的父亲说了一样的话："没有。"

母亲说："你爸心狠，女人只能靠自己。"

外婆说："吃得苦中苦，你的苦大概还没有吃完……"

如果生活可以剪辑，那么这几个镜头可以剪成互文的预告片。像《狗十三》或者《春潮》或者《我的姐姐》……生活要是能被拍成电影，一定是众声喧哗，啰唆得看不见主线。唯一的好处是，主角光环有免死特权。就算团灭，她也能活下来。

阿梅记得当时的自己还哭过一场。等再奋力考学回来上海，找到工作，忙碌替代委屈，慢慢也就平静了。大城市的生活好像打游戏的初始台地，有一定的规则，顺应它，一切就变得有迹可循。她拿户口，缴社保，买新房，摇号分不够，二手房遇到房东离婚之难，再到三价就低首付提高，贷款利率加码，放款时间放缓……等用上“好好住”应用程序，逛线上 IKEA 看软装，她一个人走完了一条耗尽心力的长路，连个鼓掌的人都没有。好在阿梅没有钱重新装修。拿到产权证的那一刻，她有些兴奋，却也不知道该找谁分享，只能叫了一个豪华的外卖，包括了凉菜和甜点，吃完了，没有分类就把垃圾丢了，爽到一个不行。那个晚上，阿梅第一次发自内心地希望房价上涨，不停地涨。她太累了。只有房价上涨，才能缓解她内心对艰辛的怨恨。隔一天她突然感到困惑，结合自己的亲身经历，她发现在这个城市里希望房价跌的和希望房价涨的，可能是同一个人。

生活再度形成了新的形状。硬要说有什么大的改变，也说不上，不过是起夜上厕所，或者夏天吹头发的时候，不用穿戴整齐，以防看到妈妈以外的人。上班的时候在食堂，有同事和她打招呼，她的心情也慢慢地放松起来，不像从前那样焦虑。她还筹措了新的兴致，对那个焦虑的同事说：“你啊，千万别排在那里，那里太难吃了，像继母做的饭。还是这里好吃。”同事吃惊又似懂非懂的眼神，令这充满好意的社交温度变得冷热不均、难以捉摸。

那个想和她一起吃饭的同事，已经告诉了很多人他想和她吃饭的事。这真是令人头疼啊。阿梅心想，如果不是为了还房贷，她很可能会辞职的。他职位高过她，半夜里喝多了还给她打电话，白天看起来又很拘谨。他在食堂里对她说“你比这些菜可口多了”的时候，阿梅感到一阵恶心。这不是性骚扰，什么是性骚扰呢？可是因为有了房贷，她还要跟他继续开开玩笑，苦中作乐一番。在单位，她只要演好“大龄女青年脾气都很怪的，可是她们有房子”的人设，就可以了。如果她脾气太好，也是不容易让人理解的事。如果她偷偷买房子……这几乎是不可能的，唯一的好处是，这比学历更能证明她的脑子可能不是坏的。

那个人还问过她一个很奇怪的问题：“你为什么要自己买房子啊？”

阿梅说：“因为我的花放不下了。我养了很多很多花。很多很多。”

那个人要是看到阿梅在玄关处放置的母亲把父亲撕掉的合照，应该会放弃的吧。那张照片有 A4 纸那么大，母亲看起来是个二十几岁的美人，父亲的位置像被蚕啃食过，显得很可口。阿梅心想，那个人一定不敢问，你为什么要把这样撕过半张的照片裱起来呢？是没有别的好看的照片了吗？也可以放个大红福字啊，三口之家的合照啊，多温馨啊。他再猥琐，这样的问题也是不敢问的。他要是敢面对生活真相，早就不会缠着她了。他是被风俗规定着生活，不然就会怀疑自己的人。他们这样的人，也只会顺应风俗，在心里断定，三十几岁的女人心理都不正常的呀，要对她们宽容。

不过，阿梅倒是很想回答这个问题的，因为母亲给她的回答很奇妙。母亲说："这张照片里虽然有你爸爸，但是我真的好好看啊！这张照片拍得真好，我实在是舍不得全部撕掉，放在我家里也不太好，就留给你做个纪念吧。"

阿梅也很喜欢这半张照片，它是有情绪的，也象征着她的来历，崎岖又有妙处。反正她不是爱的产物，而是爱的代价、爱的遗物，这样的事，没经历过的人肯定不懂。

阿梅没有继承母亲的美貌，这可能是她的幸运之处。母亲从小就教育阿梅："美，是没有用的。"阿梅后来知道，这是一句很哲学的、很世故的话。只有拥有美的人，才会知道它多好用。知道它的好处、坏处，才能识别它的无用之处，才会很早就为失去它做足准备。半美不美的人，无法识别其中的危险，也就不会早做准备。阿梅到了三十岁之后才发现，她就是母亲为失去美貌所做的最强准备。母亲训练她克服困难，训练她不走捷径，训练她不惧怕冷嘲热讽，但就是不肯告诉她，美也可以是有用的。母亲是天生追求爱情的人，她喜欢爱人的苦楚，也喜欢追索爱的真相，当然她也心知肚明爱的虚幻和生计的严酷。阿梅没有吃过感情的苦，对感情吃得不透，但经由磨难，她对亲情的了解要比母亲深刻一些。阿梅觉得，如果父母都是追求爱情的人，那他们的孩子一定是很倒霉的。做美女的女儿，也是很辛苦的。这辛苦和当不成美女没有任何关系，而是这样的女儿，很可能会成为美女的人生备份。

阿梅虽然和母亲没有很多话说，但她们内心深处是相爱的，她们是一个人的两种人生。她们两人此生曾有过一次高质量的沟通，阿梅对母亲说："我和你、你老公住在一起，怎么可能会有男朋友？"母亲一愣，竟没有反驳。她好像是听懂了，却没有具体回答。阿梅买房的时候，母亲从股票里退了一笔钱。她对阿梅说："我买了你爸老单位的股票，去年因为疫情，它突然涨了很多很多……就当是我和你爸给你的。主要是我给你的，因为你爸不知道，他是铁公鸡。你不能说出来哦，因为我跟你可不一样，我有老公的……"

阿梅就笑笑，说："谢谢妈妈，妈妈真好。"

其实这值得笑得更大声一点。不过，阿梅看知乎上的人说，成熟的人不便惊动太多表情。她觉得自己已人到中年，可以开始表现得成熟一点了。

三

两年前，因为选择了等待，生活便有了奇异的盼头。这个盼头就是，阿梅比任何人都希望房东快点离婚。她像一个第三者一样，不断搜寻着足以协助他完成这个家庭解体动作的信息，并提供给中介。例如，如何证明两年的国内分居，如何证明逢年过节包的粽子啊饺子啊土特产啊也可以是爱情破裂的象征，甚至，如何证明他们喜欢的人的性别可能发生了一些重要的调整。那段日子里，阿梅几乎忘记了自己家庭解体时的苦痛。她的命运，似乎就系在那两个她未曾谋面的怨侣那里。她甚至花了十六块钱，在"星盘说"应用程序上求问下半年离婚是否能顺利展开。四个专家，有两个说可以试试，还有两个说要等另一颗星星来到的时候，才会比较顺利。

有一次连中介都听不下去了，对她说："梅小姐，俗话说，宁拆一座庙，不拆一桩婚。你也不要太着急了。"阿梅对他说："他们离婚，最大的受益人，就是你啊小李。你又不会免去我的服务费。我无利可图，还要给你们十万块钱，何来拆婚之说。"

中介说："我也拿不到所有的服务费，都是公司抽走的。"

阿梅说："那你们公司真是要多烧香。宁拆一座庙，不拆一桩婚。"

中介说："但是我觉得他是有诚意的，真的，全网公布信息，每天多少人给他打电话，多少人看房，对吧？何况，婚前财产，他是可以处置的。"

阿梅说："很多男的对离婚都说得很有诚意。但是，除非他想再结一次婚，不然他是很难下决心离婚的。他最多会去找个律师打探一下财产的分割。而且我在这个房子里看到的都是不想离婚的信息啊，好多好多爱啊。”

中介说：“好多好多爱，你是怎么看出来的？他们没放婚纱照啊。”

阿梅说：“我问你，老太太是男方的妈妈还是女方的妈妈？”

中介说：“……”

阿梅说：“我上次看到她在给花浇水，好多好多花，可能有五十几盆。我说这个花养得真好啊！老太太说，不是我养的。但是他们叫我还是要浇水。你说，这是要离还是不要离？花是谁的呢？这么爱惜，以后要怎么分呢？”

中介说：“梅小姐，你是不是干警察的？”

阿梅说：“如果太太是同住人，还不回消息，你们是怎么操作的？”

中介说：“那梅小姐，我去问一下，您要不还是先看看别的吧。”

阿梅说：“如果有售后公房的话，我可以看看。不然，我可以等。”

现在，已经很少听到“售后公房”出售。但是像阿梅这样的人，对这历史的产物还是情有独钟。她不是真的执迷于这间房子本身，而是她支付不起昂贵的个税和增值税，只能勉强接受它可能没有商品房吃香的代价。售后公房，原是单位分配的福利。以前的人，不结婚单位都不给你配房子，没有外卖的时代，不结婚，回家都不一定吃得上热饭。时易世变。那时候离婚，要说难，还真是比现在难得多。现在也不容易，现在的不容易里掺杂着很多可能性。它不是真的不可能，而是变卦多。

每到夜晚，阿梅总会想起小时候的事，想起自己的前半生。她是个很乐观的人，在父母腐烂的爱情里成长起来，看到“家庭”的断壁残垣已经没有什么复杂的感觉，遇到再烂的事，都会有一种“只要没有蛆”就算空气很好的阿Q精神。“家庭”，并不是人手一份的礼物。不彻底清除念想，任凭腐烂的亲情宛若动物内脏横陈于夏天，大夏天，有西瓜和男人啤酒肚的那种真正的夏天，只会让情况变得更糟。阿梅和中介小李，就是在那匍匐苍蝇的家庭内脏上保持端正合法的姿势去大小便的路人。他们认认真真地嘲讽人性的多变和软弱，也不是出于情绪。以他人命运的风吹草动来虚构自己的“好处”，伺机等待从量变到质变的情感生态，是生计所迫。在一个看不见的空间里，他们携手等待爱情真正变质、无药可救，等待清洁的新机遇。

四

阿梅知道小李骗她的时候，其实并没有太多惊讶。（母亲不也骗了她把股票所有收益都给她做首付了吗？）

说来也怪，楼市经过两年的风云变幻，逐渐进入横盘状态，这和父亲单位十年前的股价很像，它看起来会一直“3”块下去，直到地老天荒，谁知道集装箱会突然因为疫情而在全世界都变得紧俏，股价翻了十多倍。听说去年年会的时候，总公司招待宾客的食物都变成神户牛肉，当然，这和普通员工及其前家属没有任何关系。阿梅父亲出生那一年，新泽西州的纽华克港，一辆起重机把五十八个铝制卡车车厢装到一艘停泊在港口的老油轮上。五天之后，这艘“理想 × 号”驶入了休斯敦，在那里有五十八辆卡车正等着装上这些金属货柜，把它们运到目的地。一次变革就开始了。阿梅小的时候，全国只有四家集装箱制造工厂，只有一位集装箱设计工程师，她在父亲单位的内刊上看过那个人的照片。那是一段非常灰暗的日子，航空物流的发展、全球化对速度的要求大大挫伤了“理想 × 号”的象征，薪水低、待遇差，靠在各个港口装船和卸船为生的劳工大军已经不复存在，海员们纷纷决定回到陆地工作，以免摧毁亲情和爱情。直至……二〇二〇年，因为年底莫名其妙发了二十二个月的工资，阿梅父亲又不想离婚了，他也不再觉得人生无望、自己已经是死神手中的韭菜。日子好起来了以后，阿梅很久没有接到他的电话了。可想而知，电话那头的他会多么面目可憎。钱，就是男人的面目，它变来变去的，怎么看都像一张前夫的脸，真让人恼火。

不过，假如这个世界上真有“蝴蝶效应”，那么阿梅执着地等待一对陌生夫妇的离异（售后公房的避税），居然也因为复杂的世变而变相得到天意的助力。因为买房政策的变化，五十盆多肉的女主人终于同意签署了离婚协议。新政关于“夫妻离异三年内购买商品住房的，其拥有住房套数按离异前家庭总套数计算”都没有阻挡他们分离的决心，可见他们可能真的是想要离婚（或者有一方相较两年前，认真下了决心）。

阿梅第一次见到房东，是在见到那套房子的两年后。她已经去过很多次，最后却没见到之前的那位老太太。

房东的皮肤很黑、个子很高，看起来四十出头，还没有啤酒肚。房子是他父亲留下的，一九九五年以后，产权就是他一个人的。如今，父亲母亲都去祖籍地养老了。房子比非普通住宅超过了零点六四个平方米，他愿意补上这百分之零点零五非普通住宅的契税。

透过手机屏保，阿梅看到了他与一位年轻女孩的合照。像看到了她期待已久的决心。

下楼后，阿梅对小李说："拖了这么久，首付都提高了，能否再让点价格。何况他一年内再买房，还能退税。"

小李说："梅小姐，你是不是也是干中介的？最近好多大学生都转行来跟我们抢饭碗了。要不……我再去打个电话问问。"但他到外面并没有打电话，只是抽烟。阿梅母亲也来了，却没有现身，她在远处看着小李，告诉阿梅，他没有在打电话。

房屋最终成交价，比当年挂牌价便宜了十五万。

这场博弈，从下午五点一直谈到晚上九点。最后，小李把上、下家都带去了另一家小中介，掀开卷帘门，里面有一位年轻的中介员。小李看起来城府要深得多，他显然在最后一刻决定把这场谈了两年的公事转为他的私活儿。他说："如果在原来的地方做合同，他只能拿到四千块钱。如今三价就低，如果把做更低的房价传播出去，就要罚三万块钱。"

"都不容易，姐，你说是吧，流程都是一样的，都是我和我助手来办"。小李说。

阿梅看着他的脸，又看看身边那张颇想结婚的脸，不禁想起过去的那两年里，不知道到底谁从中作梗，才使得一切都比缓慢更缓慢。

阿梅的等待在三个月后真正生效。交房的时候，阿梅问房东："花怎么办？"

房东接了个电话，好像是在和亲密的人沟通。他用唇语告诉阿梅"送你了"。阿梅说："这么多？"房东掐了电话说："带不走了。就拜托给你了。不用很多水，晒晒太阳。多肉养殖，你可以看看小红书，上面有人教。我……那位以前也是自己学的。她把漂亮的、喜欢的都带走了。我买的她都不喜欢的，都给我了。我也用不着了。"

"好吧。"阿梅于是下载了小红书。

他不知道，对于阿梅这样不打扮的女人来说，本来用不到这个应用程序。但多肉死了以后，阿梅出于某种神秘的路径依赖，开始继续使用小红书看房子。那和中介做的VR很不一样，拍得都很美，很明亮，像生活的善意。她看着小时候住过的社区，她和父亲母亲还可以合照时经过的街景，都被滤镜美化得很不真实。她看到杭州外婆旧家，如今被盖成了社保巨子才有权限摇号的豪宅，一切像假的一样，又充满希望的美意。最终，她给自己买了几个豪宅厨房里同款的煎饼铲子，心底突然涌起一种温馨的感觉。

睡得好，真开心啊。

搬家后的阿梅总是这样想，然后关掉“小红书”，闭上眼睛问Siri：

“Hi，Siri，讲个笑话来听听。”

张怡微

复旦大学中文系副教授。

志忠买书记

/ 谢尚发

一

志忠咋着也想不到，考了两回大学都失败的他，竟然会有一天和大学教授朝夕相处。可不是一天两天生活在一起，是一下子就生活了七个月；可不只是教授在他家吃饭，还把他当老师，请教关于南园村的来历、逢年过节的讲究。他高兴起来，还会和教授唠嗑，把村长和镇长与书记的那些事，当成龙门阵给摆了出来。教授听着有时也一笑，不过多数时候都是眉头紧锁，陷入沉思，拿着本子，唰唰唰地写个不停，有时还画表、勾线。志忠那时候就很高兴，觉着自己一个乡巴佬儿，泥腿子还没洗干净，一出口，说的话竟恁管用，不免轻飘起来。

算起来，应该是五月端午过不多久，还不到六月六的日子。还在地里给玉米补苗的志忠，就瞧着从北边大路上下来一群人，穿着时兴板正，还有俩戴着墨镜的年轻姑娘。领头的是一个老头，岁数也并不大，矍铄，走起路来生风，头戴着帽子，架着一副近视眼镜，一瞧就知，肚子里墨水不少。那会儿通村的道路硬化还没做，天又一直旱，去村里的路，堆满了一层细灰，摩托车过去就一股狼烟，碎步走过去，都能腾起老高。来人中就有姑娘踮着脚走，蹦跳着，路过志忠家的地头。领头的老人就说："到了乡下，就不能那么讲究，这就叫入乡随俗，是田野调查的第一步。感情上不能融入其中，调查得来的都是外围资料，无法深入对象的内部……"说了一大堆，前面的话，志忠听着受用，后面的话他也知道那是话，可解不开里边的意思，话就飘了。老头末了有些怪那姑娘的意思，娇里娇气，可下不了乡，以为灰尘脏，可那都是长庄稼的沃土哩。若没了这脏，哪有饭桌上的甜美。志忠听了，心里就来劲，觉着手里握着的铲子，再挖土掏坑的时候，就多了别样的意思。

人走过，志忠继续干他的活计。营生务农完，回到家里，还没拐过屋角，就听着堂屋怪热闹，不停有人说话，深一声，浅一句的。走近一看，村长正站在屋里，对着他女人说话，都是什么好好招待，到时候村里一起结账啥的。放下挎篮，搁好锄头，女人瞧着他回来了，就接连说一句：“志忠，你回来了？村长有任务哩！”村长就扭头过来，“嚯，恁热的天还下地？给你派个清闲的活儿。颍州大学的郭教授，拿着省里的介绍信，要搁咱庄搞调研嘞。寻思了一圈，庄里就你一个高中生，断文识字，还得你来。教授就安排置你家，需要啥的，你给协着办，一日三餐也搁你家。统一住到镇招待所。”志忠才明白，刚才地头的那一群，竟来到了他家。他很高兴，搓着手，不知安放何处，在空里羞愧地停着，脸上就红了一层晕，羞答着上前，欲要握手，又不伸出去，不握手，手还晃荡地抬几下。郭教授一看，很亲切地笑着，大大方方过来，要握手。屋里头的哎呀一声，埋怨志忠：“你咋不去洗洗手？带着泥巴握手啊？”他窘得讪笑着，教授却一把握住了他的沾满了泥巴灰土的手，很热情：“不碍的，不碍的。这才是咱最亲的手哇！”志忠一下子就被托高了，有些发晕，腿好像还晃两下。

最终商定，郭教授就住在志忠家，随着来的两男两女，年轻人，多跑些路，来往在镇上招待所。当天晚上做饭，女人拿着刀在磨刀石上蹭两下，奔去鸡圈，准备杀鸡招待客人。却被郭教授一把拦下，说：“你们吃啥我就吃啥。咱都是一家人嘛！”志忠想这是恭维话，递眼色给女人，女人就执意要去抓鸡。郭教授拦着，嘴上不是客气话，都是自家话，志忠把脉着，见是真当一家人了，这才作罢。晚饭是烧稀饭馏馍，就酱豆子。为了不至于单调，女人特意去坛里摸了三个咸鸭蛋、七个咸鸡蛋和两个大鹅蛋，煮了当作菜。志忠要拿文王贡酒，喝一盅，被教授拦下了。说，说说话就中。

于是就开始问。村子是啥时候建的？多大范围？多少条河？村中大姓以前可有族长？可有乡约？咋个处理犯事的人？现任村长是咋个当了村长的？带领着大家都干了哪些事情？东家西邻地吵架了，村长是咋处理的？还有……志忠初开始有些拘谨，寻思着别说错话，出了问题，吃不了兜着走。后来瞧着，教授就是叙话，也就慢慢放开，尤其说到村里大姓，说起自己的祖上，越说越有劲，前后几百年都翻腾出来了，状元举人、圣德公与广安公、偷奸被沉潭的、偷鸡摸狗被荆棘条抽打的、法礼公新制定族规并朗声唱念……一顿饭吃了三个多小时，还嫌不够。叙话没多久的时候，教授就去包里掏出本子，拿笔在上面写写画画。吃罢饭，女人去刷锅洗碗喂猪，教授还拉着他问东问西。他又感觉这些年的风气不正，把村长咋当的、捞钱暗事的，都说了一遍。

郭教授果然没让志忠再下地干活，叫领着他去祠堂找家谱，又带着去找上了年事的老人坐下叙话。直到四五天后，趁着教授带着年轻人去实地勘察村庄河流的空当，志忠才去上地干活。过了六月六又到乞巧节，再过七月半又到八月半，庄稼收了再种下，麦罢就闲了。中间郭教授他们也回去过几次，到后来年轻人都回去了，郭教授一个人留下来，又是查族谱又是找方志，到后来竟也灰扑扑的，像个农家人了。志忠几乎当了自愿的导航，又去了其他几个村子，找了其他几份家谱，伙食上除第一顿饭家常，后来就都是待客之道，丰盛多样。直到腊月二十，吃了杀年猪的头道菜，郭教授才背着包裹回去了。不一样的是，他写写记记抄抄了十几二十个本子，专门装在一个箱子里，拖着走了。

二

志忠也没在意，只是日常添了许多谈资，左邻右舍也多有对他刮目相看。村里倒也有大学生，可都出门在外，他是村里唯一一个断文知墨水平比较高的人。教授住进去，就跟他也成了教授一样，农闲时人们聚在一堆，带着崇拜的眼神，问他这这那那。有时候他都不稀得说。一个个土包子，啥也不懂。一旦开口，就高人一头，村里谁也比不了。打那以后，也奇怪，他倒生了一个癖好，闲了喜欢去镇上的农家书屋，翻翻《葡萄培育技术》，捣鼓一下《电工基本手册》，或者去看看《猪瘟防治》。

郭教授走了两三年了，也就没了音信。临走的时候，给了他一千块钱，说是辛苦他了。紧接着，村子上又给了他三百块钱，说是调查的伙食补贴。日子一天天过去，他的声誉也开始像二次函数的图像，慢慢走高，在达到顶峰之后，开始下落。日子一久，人们就喜欢健忘，不再好奇他那点儿郭教授的事。村子里兴起了网购点之后，人都潮水一样挤过去，叫村里的小年轻帮着翻这个，又点击那个，可翻来覆去，看了多少回，居多想要的东西一个也没买。说，东西都是好东西，就是太贵，上街去，买得便宜多了。人家就告诉说，街上的假货多，一瓶红酒才九块钱，那还不是红糖水勾兑的呀？人就龇牙咧嘴一笑，反正都是红的么，还不都一样。志忠就不正眼瞧他们，觉着这些人是没出息。一头扎进农家书屋，他也好像喝了不少墨水，肚子里有货了，头脑也开始灵泛起来。万般皆下品，唯有读书高！只有读书，才不会变成那帮子闲人，没出息。

偶尔有一次，四年之后了吧，他在农家书屋竟然看到一本郭教授的书，叫啥《中国乡村治理与政治—关于艾亭镇南园村的田野调查报告》。他的眼一下子亮了。翻开一看，还有郭教授的签名，特意写着“特赠送艾亭镇农家书屋”。志忠欣然地翻开书，那么仔细地阅读，竟然还在书的前几页上，看到了自己的名字。他登时心里一跳，心慌气短，脑子闪亮地嗡了一下，双手莫名地出了很多汗，糙在身上抹了抹。他觉得有些口渴，嗓子也干，就停下来一小会儿，再回头去看看，果真就是“谢志忠”，没错，假不了。他一遍遍地看那一句话，直看了得有十几二十遍，湍急跳着的心才慢慢平静下来。心想，郭教授倒不忘本，特意说感谢他提供的帮助。再去看，读到了南园村的地理、历史沿革、建置，觉得有趣，且竟然还有自己所不知道的东西，什么经度纬度啦，地理要塞啦之类的。要不是管理员催着说下班，他都忘了吃晌午饭。跑到街上吃了一碗饺子，他慌连忙又跑到农家书屋，却吃了闭门羹。门上分明写着，下午两点上班。他忽然怨怪起自己，心里骂道：傻瓜二球货，不留个心眼儿！看看时间，居然还要再等两个半小时，不免心中嘀咕，该干些啥呢？他竟不知道。于是就着农家书屋的墙角，蹲下了，百无聊赖地看着空茫的大街出神；实在没趣了，拿一根草棍挑拨地上的蚂蚁，给它们推到水坑里，足足淹死了十四只蚂蚁，才看到管理员摇摇摆摆地过来，预备开门了。

一开门，他就扑到郭教授的书上，翻开继续看。读到后面，越读越不太懂，什么“族群治理”“家国体系”“乡村自治与宗族”啥的，可上面写的又都是老谢家的往事古迹一样，那些例子怪有意思。其中记录的许多例子，就是他告诉郭教授的。那个沉潭的骚女人，还是他听几辈人流传下来的。他激动地手在大腿上一拍，啪的一声，随口来了一句感叹：“日他姐！”兴奋使他脸上红润、肿胀、饱满，倒把管理员吓了一跳——整个农家书屋，就他一个读书人。外加一个管理员，拿着手机在斗地主。

他兴奋地拍腿，还要再拍，管理员一声呐喊："下班关门，明天再来！"志忠一愣，抬头看，咋恁快，才看一会儿，就可日头落西了。他眼巴巴地看着那本书，挪不动腿脚，可还是被门给关上了目光。

说志忠常去农家书屋，也是逢集碰着农闲。哪有人成天朝集上跑，就为了看书呀？可他看到郭教授的书之后，又一次，他在村子里傲气起来。能把名字写进书里，这可不是一般人能做到的。南园村，除了家谱记上名字，要把名字写在书上，可就只有志忠一个人呢。人们又开始刮目相看了，"谢志忠"三个字，全国人都能知道啦。你想啊，艾亭镇的农家书屋有，那其他多少个乡镇都有农家书屋，不就都有这本书啦？有这本书，他志忠不就走到了那里吗？多了不起，名字写在书里了，能跑那么多地方嘞。

可有二横的人，常在听了之后，就傻头傻脑地说："这可是你说的，谁知道你的名字写在书上了？你随口一说，别不是骗人的吧？给书拿来，才管信你！"志忠一下子就有些恼，血冲脑袋，随即又平静了，不屑一顾地，带着嘲笑的意味："恁啊！那书就在街上农家书屋！骗你？骗得了你，也骗不了那书屋的架子吧？没出息，见识少！"话虽怼回去了，可质疑就产生了。他再去农家书屋，就和管理员商量，能管把书拿走不？结果管理员就一句："概不外借！"他忽然想起以前读过一个故事，说是一个喜欢书的老儿，不愿意把书借给人家，就每本书上都写着"概不外借"。他心里就发愁了。

回到村子里，闷闷不乐的他被网购点的小李看着了，也是为了逗他一逗："都出名的人了，还有啥好惦记的？咋啦？不开心？"志忠就把事情告给他。没成想小李一拍他的肩膀道："这算啥事啊？还以为是啥事呢！咱现在都能网购了，你买一本不就得了？人家直接给你快递到门口！"他眼睛就一亮："真的？"小李说："那还能骗你？不然政府给安这么一个网购点干啥？不然，要我干啥？吃白饭啊？"说着就拉着志忠，去电脑前噼里啪啦地一阵搜索。

志忠就惊奇了。咋恁神奇呢？那些东西都是从哪里冒出来的呢？更神奇的是，小李捣鼓两下，就看到网上有卖这本书的，和农家书屋的一模一样，看得他眼馋着，眼珠子都快出来了，嘴里喊着："咋买？咋买？"小李有些嫌弃和鄙夷："这都不知道？还是名字都写进书里的人！这还不简单，加入购物车，直接下单就买了。""恁容易？那快买啊？呃，对了，多少钱？""定价是二百三十八元，打七九折，是一百八十八块钱，加上运费十五块，一共二百零三块！""我的乖乖，两袋子猪饲料、三袋麦麸子、一袋半复合肥呀！咋恁贵啊？""就这，还是打折扣了。你瞧嘛，这么厚一本书，还是精装的，一共927页呢。我的乖乖，这不得比砖头还重啊？"志忠就想起来，他碰着那本书的时候，是怎样的沉重，都是字，还有表格，还有不少图片。他断定，这样的书，就得值这样的价格。

可当小李催他快下单买的时候，他犯嘀咕了。手里倒是有钱，可下学期开学，一个闺女一个儿，都得去县里上高中，学费不说，得租房子，给他们娘仨准备伙食费，两三万都不够。家里说着就得给小麦追肥了，一亩地一袋子。一本书就荒废了一亩地呀。他面露难色，心疼得很。小李就刺激他："瞧瞧，名字都写到书里的人，就不买一本？对呀，人家都给你的名字写书里了，都没有送你一本？"志忠也觉得是，郭教授小气！想当初调查的时候，他鞍前马后地跑了多少路不说，给的一千块哪够大半年吃饭钱啊，更别说天天荤腥不断的。村里给的那几个疙瘩子，不提还好，就是做做样子。可又一想，也不对，名字人家都给写进书里了，人家没问咱要钱都是好的了，哪还能免费再给送书呢？咱都占了人家多大便宜啊。他憨憨一笑，搓着手，不知道把手搁哪里了，有些发急，也有些发蔫儿，还觉着手心里羞愧得慌。小李催促，他就愈发窘迫，眼睛出神，有讨饶的意思，还有讨好的意思。可末了，掂量再三，还是没有下单买书。

他心里暗想，等麦收了，多出来钱，少吃几顿饭，攒攒钱，勒紧裤腰带，也得买了这本厚砖头。

三

果然，省下来的钱，买了复合肥，撒在地头遇见郭教授他们的那块地里。日子不错，风调雨顺，没抗旱，没洪涝，小麦就到了收获的季节。志忠喜欢闻麦田里的香味，风一吹，暖烘烘的，麦香就蹿上来，绕着人的脖颈，一圈圈，能喝醉了。麦仁糟就能吃醉人。他随手扯断一穗，在手里揉一下，颗粒饱满，看来是个收成的年份。

等收割机进地，粮食被拉回去晒干，单收割机的钱，一亩地就要 130 块，种了十几亩地，花了两千多块钱。可志忠知道，这钱得花，收了小麦一卖，就能有一万多的入账。那些日子，他一个人在家，吃泡面喝凉水，不舍得糟蹋一个大子儿、半个毛票，就知道没日没夜地伺候小麦。等到六月六都过了，还不见下乡收小麦的；过了七月半，还是没人收。他等不及，去街上粮站问，才知道，粮食大丰收，价格便宜，商家不赚钱，谁还下乡收购啊，都是自己拉来卖。问多少钱一斤？说六毛二一斤。志忠头大了，“乖乖，往年是一块五一斤，一下子就降了这么多？稀屎烂贱的！”这一回，他担心的可就不止卖了钱，供孩子们县城读书。他还要自己买一本书，比砖头还厚的书。人就发愁了，一愁，嘴角先是长白，然后开始溃疡，一连数日，饭都不敢吃，酸甜苦辣咸，碰着就疼。可越是疼，心里越是想买书，越觉得咬牙也坚持，非买了它不可。心里一横，做事也绝，也果敢，三下五除二，主意拿得就正，还定。

他舍不得贱卖了小麦，拿好主意要弄了熏麦药塞进去，准备常放，到年底看看咋样。回到家，又折腾着把小麦晾晒一遍，重新装袋，再用胶布铺两层盖一层，然后码在过道的墙边。看着几乎堆满了一墙壁的小麦，志忠相信，价钱一定会涨上去的，等到年底，肯定得涨上去。咋着，一季的小麦，也能换来一本书啊，不管这本书有几块砖头厚！他仿佛与那卖书的，与那书，斗起气来。

自从知道能买那本厚厚的书，志忠反而不怎么去农家书屋看书了，甚至从那次上网看了书之后，大半年他都没有去过一次，也不曾翻过。他铆足了劲儿，要自己买一本，藏着，以后还管留作传家宝，一辈辈传下去，好让后代知道，他们祖上也是书中留名的人。他甚至打算，要是钱富余，买个两本，一本自己看，拿给别人看，证明自己没有说谎；一本就藏着，搁在柜子里，锁起来，哪天一蹬腿死了，得是要垫在头底下，当枕头，垫棺。可一想，不对，那就得买三本，还有一本，要留着传世呢。他就把目光常常锁在那一墙壁的小麦上，信心十足地觉得，年底肯定能涨价，到时候买上三本，也才六百块钱，管得起。

眼看到了腊月十五了，志忠天天去街上粮站打听，看小麦的价钱涨上去了没。十一月的时候，粮价果真就涨了，涨到七毛五一斤。那时候志忠就很有志气，觉着他看事终于准了一回，心里就有了信心。后来到了腊月初，又掉价了，变成了七毛二一斤了。他想，这是涨价前的回落，以往都这样。过后，腊月十五再去问，果然又涨价了，是七毛七一斤了。他心里就开始犯嘀咕了，照这样子下去，要涨到一块钱，怕是难了。他的志气一下子泄了许多，自信也没有了，反而在心里担忧起来、惧怕起来。只要一想到后果，他就丧了志气。再不卖，过了年，两个孩子上学的钱怕是都凑不齐了。他心存侥幸，觉得最后几天，肯定还会涨价的，哪怕涨到八毛七呢，那涨上去的也够买三本《中国乡村治理与政治》了。

可等到腊月二十要卖小麦了，价格还是定在了七毛七一斤上，一分没涨。好在，也一分没落。志忠咬咬牙，一狠心，把一万多斤粮食卖了，才刚刚一万块钱。扣除种子、化肥、收割等杂费，他其实没有赚着钱，顶多才是两千多块钱的富余。他心里盘算着，底肥一亩地一袋子复合肥，十四亩地共用了十五袋子，一袋子是一百六十七块钱；后来追肥，一亩地又是一袋子，两个加起来正好是五千块。种子全买，一亩地一袋子，一袋子一百二十块，又一千多没有了。他还要算下去，可心里就有些灰暗了，低沉沉的，觉着种小麦，大约是不值当的了，要赚钱，太难了。劳力搭上不说，单是填满这些窟窿，就不错了。要额外买比砖头还厚的书，他有点后怕了。慢慢地，就在心里，淹没了这想法。

他灰心地回到村里，正巧又碰着小李。小李就问："粮食都卖了，有钱了吧？要不要下单买书？"志忠憨憨一笑，笑里都是歉意、愧疚与难堪、窘迫。小李就知道这书是买不成了，还故意调侃他，说："你这种粮大户，也够抠的，一本写了自己名字的书都不买。那还真不能信你的！"志忠最不喜欢人家喊他撒谎。庄稼人就是老实为本，有一说一，有二说二！那被埋没的买书的雄心，呼啦一下又被勾引了起来。他咬咬牙，恨恨着，心头有一股气，欲要喷薄出来。他立志要买这本书，而且一定要买三本！

他只能额外盘算着。小麦不行，得想个其他的点子挣钱了。

四

也不知道从啥时候开始，艾亭镇的人开始种葡萄了。据说葡萄价格高，管理起来方便，销售还有保证。志忠就盘算着，要搭大棚，种上一亩地的葡萄，一收，那额外的买书钱，定不用再愁。

打听来打听去，据信艾亭镇东的张庄，人家种的阳光玫瑰品种不错，批发价都在七块钱一斤，一棵树能结三到五挂，每挂大概五斤重，算下来一棵树一季能挣一百四十多块，种上二百棵，垒起来就是两万多，刨去大棚、肥料、秧苗，一季咋着也能挣上一万块。下定决心后，志忠就开始张罗。他还找了村里的人帮他搭大棚，扯了新的胶布蒙上，专门去张庄请教，去市里订购了二百二十棵秧苗，其间怕有折损，得备足了才好。为此，他又开始去农家书屋了。这回，可不是看《中国乡村治理与政治》，找自己的名字，而是开始认真读《葡萄种植技术》《葡萄培育技术》《葡萄病虫害防治》《葡萄品种培育》等，俨然像个专家一样了。

秧苗到货，花了三天的时间栽种，志忠就开始细心呵护。水是按时按量浇灌，药是定期定性喷洒，肥料是足斤足两施撒，还不时弄来有机肥，额外补充营养，甚至用手捉虫子。他的心思一大半都花费在葡萄上，想让阳光玫瑰实现他的愿望。那可是三本书啊，六百多块钱呐！厚厚的比砖头还要重的书啊！

葡萄长势喜人，到了夏初就开始沿着铁绳爬了很高。到了七月就开始出了萌萌的一挂，开花细小嫩乎。志忠心里就有一股甘甜。可令他意外的是，每株挂果并没有所说的那么多，有些一两挂，有的甚至一挂都没有。他有些着急，赶忙去农家书屋查资料，不得索解，又去张庄问经验，人家才告诉他，第一年是果苗成长期，挂果不多，不挂也正常。第二年会挂果多一些，真正成熟大概得四年。志忠一下子慌了神。他本想一季就能多挣些钱，赶快买了那本书。他迫不及待地要证明自己没有撒谎，更想要在众人面前重塑自己的威风，他还要购置传家宝呢。他有些失望，脸上就挂不住，落寞之情写满。病恹恹地回到家，有些丧气，大概两天没有理一大棚阳光玫瑰，他觉着这些葡萄既不阳光，也不像玫瑰美丽，尽是给他心头添堵的。

过了几天，也是想明白了，世上事，急不得，何况是好事。几世都修不来的福分，怎能一下子到手呢。他放松了心态，从容起来，侍弄起葡萄就更加上心。土被翻得松软细碎，蒙的地膜平平展展，打杈也齐齐整整，甚至叶子都油墨发亮，以至于孩子们放假回来也一起帮着干活。他们想的是自己的学费，志忠想的可不仅仅是这些。可他却并不和家人说，他想等书买到，让他们惊喜一下。他其实不知道，要是告诉孩子，说不定他们就能趁着双十一打折再抢一些券，会更便宜地买到那本书。

志忠有志忠买书的心思。

好在到了季节，葡萄倒也争气，挂果不多的它们，竟然也卖了小万元。志忠心里高兴，女人心里也高兴，就给他算账：四年才能丰收，前两年就不指望挣钱，先把大棚钱、肥料钱、秧苗钱、农药钱，杂七杂八去掉，小万元还不够本钱的。女人这么一算，志忠心里就瘪气了。一分钱没挣，还倒想额外多出几百块钱来买书，有点儿癞蛤蟆吃天鹅肉——痴心妄想了。他心里又灰塌塌的。总得先把本钱垫上，往后才是收获。那往后的收获，竟也没有给他带来任何信心和快乐，心中结着疙瘩。

冬闲又去小李的网点，小李再次鼓动他。他仍然窘迫困顿，一脸无辜与委屈。小李也无事，随手翻找了那么一下，没想到，《中国乡村治理与政治》居然出了新版修订本。志忠不知道新版修订本啥意思，就问小李。小李就给他读了一段网上的介绍："此次修订，重新写了序言，抽掉了第一版序言。由于第一版过厚，阅读不便，此次再版分为两册，并对一些专业术语做了统一，重新编制了索引与人名表，增加了参考文献。"末了，小李说一句："靠，也就是没啥改变呗！那还说什么'修订本'？"志忠听了，还嗔怪小李，说："咋没改变？一本变成两本了，还不是大改变？"小李再看看书的详细信息，告诉志忠说："书由原来的九百二十七页变成了一千一百三十七页，价钱也由之前的二百三十八元变成了四百六十八元。打八折，就是三百七十四元一套。"志忠对小李说的前面的话，不以为然，还觉得小李挑毛病。但小李说出价格的时候，他几乎要跳起来了。"就这么拆开一下，就涨价恁多？""可不是，一倍呢。"小李还好心劝志忠，为他出谋划策，"现在又不买。先等等，等到双十一，折扣会更大，就更便宜了。别急。"这一次，小李倒不嘲笑志忠了，也不调侃他，仿佛他要为自己正名的事情，已经是很久远的事情了，被忘记了。尽管志忠心里，一直把这事当成是大事来看待。

志忠想，事情不能再耽搁了，倘若中间再出什么纰漏，恐怕买书就真成了一桩梦，即便有钱的时候，也买不起了。他得想别的办法。

五

眼光离开庄稼地，志忠只能像村里人一样，出外打工。村里人谁不知道呢，打工多好，一不用出种子肥料，二不用农药收割，出去干活，劳力就是本，干一个月两三千，除去吃喝也有一两千的净收入，比起在家里种地来，好到天上去呢，强多了。可他不能像别人一样，长年累月出外打工。家里房子没人收拾，三五年就房顶露个大洞；祖坟也不回来培土，那还不很快就成了平地；祠堂祭祀也不参加，男女老幼也没个祖先保护……志忠要守着家里的田地，守着村庄和祠堂，也守着房屋和祖坟。可他真的着急了，一是怕书会再一次涨价，不划算，二来也等不及了，再等下去，别人看他名字写在书里的热情就退了，即便他买回来，也没人理会他了。人都是喜新厌旧的，他得赶上这个趟儿。

十月底种罢麦，他修剪好葡萄枝杈，大棚胶布褪去，给葡萄绑上棉衣，就提着包裹，进城打工了。他干的是工地装修，累人也累，但一天固定一百二十块的收入，月底结账。干了整整一个月，他一天也没休息，只要有活儿，他都积极干，一个月下来干了三十天活儿，挣了三千六百元。刨去花费用度，还剩两千一百元，欣欣然背着包就紧赶慢赶地回到了南园村。

把包裹朝家里一放，都没来得及收拾，他就钻到了小李的网点，央求小李帮他买书。错过了双十一的大促销，但是赶上了“寒假阅读季”，打六折，这么算下来，一套书就是二百八十块，运费十五元，就是二百九十五元。志忠选择了最慢的，运费只要六元的那种。他本想买三套的，可是小李说，还是先买一套看看再说，他觉得在理，就只先买了一套。小李帮着用他的支付宝付了钱，志忠拿现钱给了小李。小李说，三天之后，书就能到村子里，快递员会送到他手上。

志忠就心不老实了，总三心二意。扫院子、抹桌子、伺候葡萄树，都是干了前手，忘了后脚；顾得了东边，丢掉了西边，心中总想着网上买的那一套书。他急不可耐，因为他要向村里人证实他没说谎；也要向他们炫耀，自己的名字写在了书上。

三天过去了，没有任何关于书的信息。志忠就急了，跑过去问小李咋回事。

小李上网，追踪货运信息，说才到县里，这两天就该到了。过一天，小李告诉志忠，说快递到了艾亭镇，人家不给送到村里，得有个人去取。志忠心里就不爽快了，说的是送到家门口，送到手上，怎么末了还是让去街上取？咕咕哝哝，心不甘情不愿地，可还是去了。从店里拿到包裹，还给人家额外付了五块钱的代收费，志忠气得头上冒火。但一看厚厚的书包裹在一个纸箱子里，他的火又瞬间熄灭。他想，机会终于来了。

回到村子里，恰巧许多村里的人都闲着，袖了手在小李的网点前晒太阳。志忠一看，机会就是给他这样不放弃的人准备的，都不用召集，人就全来了。他老远就举着手里的纸箱子，一边晃着，一边慢悠悠地踱步过去。小李赶忙喊起来："志忠买的书终于到啦？大家快看看，名字写在书上是啥样！"这一起哄，其他原本忘了这件事情的人，又都忽然想起来了，一块儿围拢过来，挤着脑袋。志忠十分虔诚敬畏地开始打开包装了。他先把外面的胶带撕掉，然后用钥匙划开封口，两边一折，拆开箱子，里面的两本厚厚的书就展现在眼前。书的外面是一层严实的塑封，他又小心翼翼地撬开塑封小口，轻轻地撕掉胶布，那神圣的劲儿，就像他第一次打开被红布包裹着的《谢氏家谱》一样，恭敬谦卑。

他想象着在农家书屋看书一样，迅速地翻到有他名字的地方。可是修订本和之前的确实不一样了。他熟悉的地方，写的话竟然和之前不一样。他正纳闷，疑惑丛生，赶紧回头看开始的地方，写的是"第二版序言"。他搞不太明白，再看，竟然和之前的文字一点都不一样。他仔细地寻觅自己的名字，可是最终毫无收获。在他的名字本该出现的地方，是一大堆关于田野调查实际情况的抒情性文字，描写了南园村空旷的田野和田野上黄昏时分静谧的氛围，以及郭教授田野调查的心得。何止是没有志忠的名字，就连对镇政府、村委会的感谢都没有了，取而代之的是郭教授交代修订本与第一版的区别的文字。

志忠一下子泄气了，开始紧锁眉头的疑惑，也瘫然舒展，傻呆呆地窘着，很茫然，很委屈，进而愤怒又冰冷。小李很急，抓过书猛翻一通，口中还不停地问："志忠，你的名字在哪儿啊？不是说在前面第二十七页的右下角嘛？这没有么！"然后又故意夸张地翻着后面的纸张，夸大地说："这没有么！哪儿哪儿都没有么！"还去翻第二本，故意翻得纸张呼啦啦响，也还是没有。

志忠讷讷着，气若游丝一样，仿若自言自语："明明是有的呀，在二十七页的右下角，倒数第三行，正数第三段第十七行。怎么就没有了呢？怎么就不见了呢？咋就飞了呢？书买错了？不错呀，那这是咋回事呢？这……"周围的人一哄而笑，口气中夹杂着咳嗽声，显然是笑得太猛、太深，而导致气息骤变，嗓子和肺部不适而出现的症状。志忠喘着粗气，失魂落魄，书就要从手中滑落了。小李最先从笑声中恢复理智，从怀疑嘲笑中抽身出来，半将就半是安慰地告给志忠说："志忠傻啦？人家不是说嘛，把第一版的序言抽掉了，是不是你的名字在第一版的序言中？这里是第二版的序言么！新写的吧？啊？是不是呀，志忠？"这话一下子提醒了志忠，他打了个激灵，重新为自己争辩起来："笑什么笑？你们懂啥？这是修订本。修订本知道不？是修订后的本子。为了和第一版区别，才这样做的。等我拿到第一版的原书，你们就知道了。"志忠还不知道那所谓的"原书"就是"原版"或"初版本"，竟脱口而出这么有意味的词汇。

他仿若从别人手中抢回了书一样，重重地拽着手里的书，摁进小箱子里，抬腿要回家去。他一边走，一边还不服输地说："你们等着瞧，错不了！这是修订本！修订本，知道不？一群没出息的货！"嘴上硬气，心头却凉了，虽不至于垂头丧气，但也霜打了茄子蔫、稻田干了谷子穗。

六

转机出现在两年后的春天。那时候，志忠的葡萄已经开始繁茂，尽管产量并不像介绍的那么兴盛，但每株也都挂果三串，甚至更多。最重要的是，最初的投入基本上都已经回本，除肥料、农药钱常用常新，无法一次性抵消，其他的倒也都开始朝着净利润的方向而去了。

自从上次花费小三百买了那套书却遭到哄笑后，志忠就没有断过寻觅。他先是想找到原版，一定要找到自己的名字才罢休。可是小李并不知道卖旧书的地方，他所知道的也是几个常用的网站，且都不是专门营销书籍的。孔夫子旧书网就在他的日常生活消费生意经里变成了被淹没的资源。苦苦寻觅，第一版的书并没有人出售。终于等到有人售卖了，价格却高得离谱，竟然从定价的二百三十八元，一翻而成一千元，说是旧书增值。志忠觉得这是坑人，断然拒绝。可是他要证明自己的心不死，他开始倔强起来。不到黄河不死心，不证明自己的名字也不死心。他暗暗发誓，一定要让哄笑他的人看着，他的名字是怎样出现在书中的。

春天葡萄园需要打理的事情不多，麦田里除了打除草剂、上一次喷雾化肥之外，也没有特别多的事情。志忠开始没事就往小李的网点跑，问询最新的消息。小李有一日很兴奋地告诉他："你猜怎么着？那本书出了'修订二版'了！"此时志忠的一个孩子已经考上了市里的师范学院，但"修订二版"对他来说，仍然是天外方物，不曾有人向他普及关于书本的知识，他的孩子也没有，因为他从来没向他们提过此事。志忠凑过去看，书名大标题下面是小标题，小标题下面是一个括号，括号里写着"修订增补版"。志忠就纳闷，小李用手一指，才发现，所谓"修订二版"是介绍里的红色字体，很闪亮，一眼就看到了。小李没有再读文字介绍，志忠自己趴在电脑屏幕上去看——"此次修订增补版，较前两版有很大的改动，其中增补的篇幅达到了五十二万字之多，主要是增加了最新的理论成果介绍，以及这些理论成果运用到中国乡村实际上的理论分析。我们相信，通过此次增补，关于中国乡村管理机制的研究，又迈上了一个新台阶。为了凸显这种修订增补的效果，我们特意把第一版序言、第二版序言，悉数还原，另外又增加了第三版序言，且写了一个长达七万字的导论式概要，增加了一篇也长达三万字的介绍选题思路、研究方法的前言绪论。因为篇幅的增加，此次再版装订为三册，另外附录一册，主要收录相关史料复印件、实地调研图片、索引、人名表、参考文献等。"志忠没有在其他的文字上停留，而是一眼就逮住了"第一版序言"几个字。他想，这一次是要买定了这套书的，啥都不为，就为第一版序言里自己的名字。

再仔细看，图片介绍中，两本书已经赫然变成了四本书，前三本差不多厚度，都是比砖头还厚的书，和第一版的那本差不多。只有第四本稍微薄一些，但也比砖头厚。在页数上，也从原来的一千一百三十七页变成了二千九百七十七页，增加了那么多。但定价上，再次惊呆了志忠。上面的定价数字醒目地停留在一千四百九十八点二元上，而这还是打七五折的价钱，原定价是一千九百九十七点七元。这一次，志忠的心中怒火熊熊，开口骂了一句娘。

他的愤愤不平令小李大吃一惊。憨厚老实的志忠，竟然会这么激动于一千来块钱的差距。小李反而开导他："大哥，这可没啥好怏的。你想啊，人家这次修订多大啊，增加了五十二万多字，加上新写的导论七万字和三万字前言啥的，不得六十多万字啊，别人一本新书都很难赶上这个呢，分量多么重啊，那不得加钱啊？你去酒店里喝酒加个花生米，还得额外算钱呢。"可志忠还是很生气。他搞不明白，为啥书变一次就涨价那么多；他更不明白，和蔼可亲、平易近人、下乡就像农民一样的郭教授，咋闭着眼睛瞎涨价啊？难不成，教授的房子都是这么买出来的？小李反而在笑他，说他不识时务："现在啥不涨价？除了白菜萝卜降价，小麦玉米降价，连香菜都快三十块钱一斤了，人家一本书成了四本书，还不得涨价啊？猪肉都二十多块钱一斤了，你不照样得割肉包饺子？这叫与时俱进，紧跟时代发展。"志忠终于还是泄气了一下。焰火消失如口袋里的钱，唰啦一声，囊中空空！

他知道小李说得对。其他的不说，以前种地交粮，碳铵才二十块钱一袋，尿素也才五十块钱一袋。自从种地不纳粮后，碳铵要八十多块钱一袋，尿素得一百二十多块钱一袋，复合肥还更贵，一百八十多块钱一袋。人家一本书，好歹从一本变成了两本，从两本变成了四本。啥都不说，单那纸，也不少摊钱。想想，心里也平衡了。可这一次，他精明了起来，盘算着不能傻傻地硬买了，得像小李说的，得赶双十一啥玩意的趟儿。他惚恍想起小李第一次给他说双十一的时候，他还不知道啥意思，待到这会儿，心想，可不就是么，过了这个节日，钱都花光了，不成光棍才怪——谁会看上一个穷鬼呢？穷鬼可不就得是光棍吗？村里的来运就是光棍一条，无牵无挂，赤条条，爽朗朗。想到这儿，他竟有一丝害怕，担忧哪一天真要买了几套这样的书，老婆孩子都会跑了，他别不真成了光棍呀！

过了几数个月，葡萄卖了。价钱虽然比预想的低，但收入不少。再加上小麦、玉米和芝麻、花生等，全都算上，手头终于活泛了一些。赶到十一月七日，他就急不可耐地跑去叫小李留意那一套书。小李说已经加入购物车，双十一一开始，立马下单，绝不耽误："我倒要瞧瞧，志忠大哥的英伟哩。"尽管调侃，可事情已经参与了，就算了一半。双十一那天，小李红着眼眶打着哈欠，见着志忠说："大哥，为了你这一套书，我昨晚熬到十二点。秒针一到，准时零点零分零秒，丝毫不带差的，我第一单下的就是《中国乡村治理与政治》。”志忠讪讪道：“你就瞧好吧，我不骗人。”说着，语气就显得很坚定，很自信。志忠觉得，他一生里，从没这么满足过。他觉得，他都能“横冲直撞到处蹿，目中无人随意看，六亲不认请自便了”。

下单后，左等右等，干着急，就是不见送快递的信息。小李说：“双十一，人都抢疯了，你没看电视？分分钟多少个亿就没有了。你那九百九十八块又八毛钱，人家兴许还看不上呢。等着吧。全国不知道有多少个包裹，正在路上排队呢。”果不其然，等了很多天，包裹终于到了，还是叫去街上取。志忠只好再跑一趟。这一次他长了个心眼儿，拿到快递后，没急着回村里炫耀，而是赶快跑到农家书屋，稳稳当当坐定了之后，先是把那本第一版的《中国乡村治理与政治》找过来，翻到自己的名字那一页。再端庄镇定地取出自己新买的书，把第一本拿出来，翻看着，对比着。第一版序言被排在了第三版序言和第二版序言的后面，页数也停留在了六十七页上，位置也变了，约略在相隔大半张纸的地方，从倒数第三行变成了正数第七行，终于跳出了自己的名字。他一下子很兴奋，却更加谨慎，对照着之前的那本书，像是在做校勘的工作，一字一句地对照着，不仅自己的名字对，他甚至都害怕自己眼花，没看严实，连名字前后左右的文字，也对照一遍，必须一模一样，他才松口气。他害怕再出现纰漏，让自己成为哄笑的对象。核对无误，他心满意足地合上第一版的厚书，放在书架上，再缓缓地把买的书搁在纸箱里，胸有成竹地回去了。

人们并未在一起，聚在一堆。路上正好碰上当年哄笑他的几个人在打麻将，他故意凑过去，露出怀里的纸箱，露出书的一角。有个人眼尖，瞧着像是志忠喷傲的那本书，喊道：“志忠，那上面都没有你的名字，还抱过来干啥？”就有其他人窃笑。志忠趾高气扬地抬起头说：“今非昔比啊！今非昔比！”打麻将的人不耐烦：“啥今非昔比？”志忠这才慢慢拨开纸箱，缓缓取出书，轻轻地翻开，刻意在第二版序言的地方，也就是当年没有找见自己名字的地方，专意停留了一下，然后迅而翻到印着自己名字的那一页，再得意地手指重重地划过自己的名字，复又飘然一笔带过地从那一行字上滑去。离得最近的一个人，立马就看见了“谢志忠”三个字，惊叹一声：“真的呀？还真是真的！志忠你管呀，名字真个就印在书上了。了不得呢！”其他人也赶忙凑过来要看。志忠约摸着他们都瞥到了，于是匆促合上书，又审慎地、端敬地放入纸箱，抱着起身要走。才不能给他们一气儿就看完了呢，否则就没啥后意儿了。他们可都是一群没出息的货，左眼看、右眼忘的，得留个影儿，勾逗一番，他们才会特特跑到他家，一看究竟。那时，可就不比这一览无余了，奶子身子一把看的，留着神秘，他们才会记住！那时，志忠的名字不但印在书上，也会刻在这帮人的心里，头上。于是，他并不疾速离去，却故意放慢了脚步，碎碎地挪着。

听着身后打麻将的人嘴里发出的啧啧声，志忠感觉很满足。他想，得赶快再买两套。一套用来做传家宝，一套用来垫棺椁；这一套拆开了，就留给世人证明！他很轻盈地慢慢地走远了。

七

从没有哪一天，志忠如今日这般欢快，筋骨舒展，心神畅爽！

谢尚发

上海大学文学院创意写作学科讲师。

七星女

/ 黄守昙

一

从街口望过去，天色还是白光白光的，但城中好多单位已经休息，三点下午茶过后，这座小小的城就算堕入了傍晚。傍晚，仅仅属于休闲的人们，未收档的那些小生意人，不外乎是贪图游客经济，但有人说，这就叫劳碌命，做了会疲累，不做了会心痒，某方面和赌瘾很像。从前杨师奶也是其中一个，由我记事起，每日她都从朝早忙到夜晚，好像一部不知疲倦的机器。二十年前也是在这个时段，我读中学落了堂，偶尔也会去杨师奶的档口吃上一碗牛杂，杨师奶人如何先不必评价，她的牛杂总归是声名在外。

据杨师奶讲，她的牛杂档是从一位寡佬接手的。一锅牛杂，除了牛肝、牛肚、牛肠、牛心、百叶，还有不多的牛腩肉和牛筋，我最喜欢的是那口浸满汤汁的萝卜，软烂的口感中，隐约有一股根茎植物不甘的辣味。它不再激烈、莽撞，却依然试图控制我的口腔与味蕾，但煮了漫长时间的汤底又在合齿时刻，渗出肉与脂肪的动物性滋味来，像是两种力量彼此温和地驯服一样。这类矛盾的食物，最吸引我了，同样如蔡佬记的菠萝油猪扒包，再如日本菜里炙烧的寿司，适度的甜咸搭配或者冷热错置，就像生活中某些奇妙的误会，在不经意之间令人惊喜。当然，生熟混吃则无缘包括在内，我试过将打包的鱼生带到快餐店里，和炸鸡一起食用，当晚就上吐下泻，不单毫无浪漫可言，还没法追责究竟是哪家的食材不净。

烧水壶持续的汽鸣声提醒了我的处境，我手上还握着合味道的海鲜味杯面。我行到厨房，将火熄掉，听见了锁匙铃铃啷啷的声音，跟着的是一阵拉门闸的噪声，就知道杨师奶返来了。我故意拧开水喉，将筷子过水冲了又冲，她应该能听到我撕开杯面包装的声音。当开水被倒入其中，翻腾出白色的水蒸气，风干的佐料譬如鸡蛋花与鱼板即刻膨大，变得湿润。封上杯口，我把筷子扣在上面，等一场风暴完全酝酿之后爆发的时刻，但是我只听见外面讲："玉华饼铺的老板娘过身了。"

哦，关我什么事？我想问，却没有出声。

下午一点半，我和杨师奶去了婚庆公司，她说要帮我挑结婚用的婚纱裙，上次两人一齐拣选服装，可能也是我读中学的时候了，那是她第一次帮我挑文胸，也是最后一次。我还记得，她在更衣室里解开自己后背上的扣子，问我："以后知道怎么戴了吗？"她的背那么厚实，是经历过劳作的样子，那对坦诚的乳房已经有下垂的态势，像挂在钩子上的两片牛胃。那一刻，我处于惊诧之中，不知道是惊诧于她的坦诚，还是她的衰老。反观这些年，岁月的瘢痕未必在她身上有明显的着色，她头发还是乌亮的，也不见少，面色红润，像自带腮红似的，可能是她永恒的兴奋造成了虚像吧。

婚庆公司服装部的女职员笑盈盈地问我们："新郎是哪一位啊？"

"未到，在过关。"杨师奶代我回答，而且还是讲大话。他不会来的，至少今天不会。

"哦，没事，那我们先看新娘的。"女职员语气中透出一丝讶异，可能一般到这个环节已经是临门一脚，要娶老婆的人不应怠慢。她恢复了职业的喜气，又解释道："最近有一批新到的男装，意大利设计的。如果新郎到了，可以看看有没有喜欢的。"

"你去看啊。"杨师奶侧着拱了我一下，我不解地望向她。她说："你的裙子我帮你看就得了。信我。"她握了握我的手，把我轻轻地往女职员的方向推。我知道，她代劳的毛病又发作了，我心想："究竟是我结婚，还是你结婚？"虽然内心不满，但我的脚还是跟着迈开了。是的，我真恶心。

二

我看了一眼手机，其实也不在乎是否闷足五分钟，就从厨房走到厅内，坐进沙发里，把脚叠在茶几上，撕掉杯面的铝色盖子，大口地吃起来。一路我都没有看她，真正的旁若无人。但我知道她在吸烟，就坐在饭厅的凳子上。那股烟味在宁静的氛围里尤为突兀，她清楚我不会望向她，这是我冷战的习惯，所以她寄托给烟味，她用习惯攻克我的习惯。此时香烟就不仅是香烟，它更是狼烟，是一种烽火的预兆。

“成日吃这些垃圾！”她抽饱了。

“你美国啊？管得这么多。”为了想怎样反击这句话，我没能即时接上她的责骂，显得我笨拙了一点，但我依然沾沾自喜。

“三十几岁都要结婚的人啦，还不会照顾自己！网上话，即食面一个礼拜都未见消化的！在你胃里还龙精虎猛！”可惜，她没懂我的意思，但她讲话抑扬顿挫，似乎“龙精虎猛”的不是面条，而是杨师奶打嘴仗。这是她除了煮牛杂之外最擅长的事。有一次我同她一起看 TVB 的电视剧，有部宫廷剧里的小白兔主角叫刘三好，人生信条就是“说好话、做好事、存好心”，杨师奶每次看到佘诗曼讲这句台词，都会拍桌而起，讲：“做好事、存好心无可厚非，说好话就大可不必啦！”还指着我讲：“你不要看轻你阿妈，做街边生意的，手上斩牛肠的刀要快，嘴上那把刀更加要快，不然怎么立足啊？你阿爸又死鬼去见阎王了，我不练就一身本领，怎样养大你和你阿弟两张口？”她咦咦哦哦，复读机般重复着那些反问句，像是质问我，又像是在问天问地，如果不出言阻止，她定能由氹仔讲到湾仔，濠江讲到扬子江。

头先在婚礼公司她也是这副模样。婚庆公司是她挑的，我本身已经失去了新娘的尊严，还要被她拱到一旁拣选男装，俗语说佛都有火。甚至霎时间我觉得，这桩婚事的控制权，根本就不在我手心。我望着女职员拉开一架自由式的立体衣柜，亮出二十几套礼服，表面上琳琅满目，其实每套男装之间的差别并不大，除了布料颜色和质地手感之外，一眼望落去都是孪生兄弟。衣服是这样，男人不也是这样吗？这一个和那一个，又有什么不同呢？

我摸着一套黄色灯芯绒的袖子，感到可笑，哪个新娘要是给自己丈夫选这套，一定会将自己沦落为婚礼上的配角。正当我摸着西装外套的内衬料子时，女职员开口道：“我们新娘真是有眼光，一挑就挑到设计师最心水（粤语“喜欢”“偏爱”）的一款。”我笑笑，但她仿佛不依不饶地讲：“这套是以浪漫的翡冷翠作为灵感的……”诸如此类的话我听不明，什么灵感，什么翡冷翠，离我再近都是遥远的事，我只知道一件衫最基本的版型、尺寸和布料，小时候，当我为我唯一的芭比公仔裁新衫时，每一个专有词语都经由我的眼睛和手具化出来。那时我的铰剪也很快，丝毫不逊色于杨师奶的牛杂刀……

我一想到这些，就好像在说气话。

我还记得中学毕业的时阵，坐在牛杂档上，我等到没有人客，就跟杨师奶争取说："我想去法国读书。"我听见她磨刀的声音放缓，跟着问："读书？还去法国？"那时我还没听明白她质问声中的着力点，我一边说是，一边蹲下来洗碗，装作很勤快的样子。她又问："读哪一科啊？"我还以为有戏，很兴奋地答她："我想读时尚行业，服装设计也可以！"

她笑了两声，讲："牛杂西施啊？"讽刺完，她点了烟，扶住档车，那阵难闻的味又千军万马地冲来。"你阿弟都要读书的嘛。你留在澳门街，没什么不好啊。"

"没什么不好啊。穿一次而已嘛。"我将那套黄色灯芯绒摆到杨师奶面前，告诉她我决定选它作为新郎服。反正，我做配角做习惯了。"靓不靓啊？芥末黄，近年潮流兴。"

她骂我："又发癫啊？拎开啦，阻头阻势。"

我回口："你选你女儿的裙子，我选我老公的礼服。我们井水不犯河水。"我轻声又骂了一句："八婆老母发癫女。"她火着了般瞪了我一眼，等我转过身依然能感到背部在烧，又或者像是原本长有的一双翅膀被生生扯下来，成片成片地灼热。

哦，室内不可吸烟。她开始数落我，又像在数落天数落地，直到她又讲了那一句："难怪个个都讲，七星仔生女的不可以留的。"我感觉到有股辛辣的空气从我鼻窦自上而下闯出来，是黄芥末的味道吗？怎么眼睛也疼痛了起来呢？为了我的尊严，我拿起沙发上的包大步流星地逃走了。是的，逃走了。

三

我是一个七星仔，即是只妊娠了七个月就被生下来的孩子。更准确地来说，我应该是七星女。以前旧社会，人们迷信说，这种情况之下只可以留下男丁，女的一般不去养活，本来就在娘胎里先天发育得不完整，只要丢在路边或水里，天就自然会来回收。据说七成八败九难育，如果七星仔挨得过，这个小孩长大了会特别聪明。既然是聪明，那么女儿是无法消受的，聪明是叛逆的底色，乡下人最憎恨了。

杨师奶那时还不是杨师奶，她只是一个乡下姑娘，人们叫她娇水。一九八一年才游过来半岛，从此在澳门街落地生根，过了几年，嫁了一个姓杨的做木料的学徒，才生下我。娇水女士和杨学徒也没有什么感情可言，不过是经人们介绍，一个帮人处理木头，一个帮人处理牛肉，都是边角料功夫，自然也是边角料的人，最合适不过了，凑在一起称不上龙凤呈祥，也能算蛇肉炖鸡，很是般配。当年木料厂附近有间饼铛，就叫玉华饼铺，饼铺的女儿长得一般（这一切都是杨师奶讲的，真假我也存疑），铺子虽然不大，但都算有资有产。杨学徒在杨师奶的口述中是心猿意马、自甘堕落、抛妻弃子、陈世美投胎。

不知道是否因为这样，她对我也有几分怨恨，小时候她经常推我去找阿爸："阿星啊，你就入去饼铺里面，见到你爸在里面，就抢他们家的虫仔饼和合桃酥吃，一定要吃到天崩地裂、掷地有声。"我当时还不太明白，什么是"天崩地裂、掷地有声"，但又想，阿妈喜欢一边工作一边听粤曲，可能是里面一个字唱一分钟的台词，我以为家里已经穷到要卖唱乞讨，才可以换来食物。

或许我真的不够聪明，在玉华饼铺门口张望了很久都没有进去，想放弃的时候一转过头，就见到阿妈很凶恶地叉着腰，站在路口对面，眉额皱巴巴地望着我。我只好重新转过身，脸上已经爬满了汗水，饼铺外溢的饼香和坚果气味固然迷人，可我就是不敢往里靠近一步，脑中设想的粤曲唱段全数遗忘，只默念千祈不要走音，就唱"天崩地裂、掷地有声"八个字够了，想着想着，只觉得头顶的太阳好晒，日光剧烈地在我背脊上灼烧，这里头可能也是阿妈的眼神加持所致，我感觉，好像有一片巨大的膏药突然从我幼嫩的肩背撕开。我晕倒了，并落下了一些后遗症，应该不仅仅是身体上的。

我握着合味道的塑料杯，往表面吹气，听到杨师奶大声地讲："网上话，即食面一个礼拜都未见消化的，在你胃里还龙精虎猛！"龙精虎猛又如何，反正我受创伤的不是胃部。

"我还以为你不上网呢。"我反击道。

"就算不上网，资讯都比你知道得多。"

此话何解？未等我问出口，她已经青龙刀追杀而来："你以为你读过几年中学就好犀利咩？好聪明咩？"

犀利就不一定犀利啦，聪明可能有一点吧，毕竟我是七星女。我心里这样想，手上筷子撩起面条，簌簌地往口腔里吸，用力咀嚼，发出不文雅的啧啧声，甚至故意大声地饮下一啖汤。听上去似乎很好吃，其实毫无滋味。

杨师奶可能见我无暇吵嘴，当然要叠高加码："你如果什么都知道，或者有阿弟一半聪明，就轮不到我来帮你揾老公啦！"

好。算你厉害。不得不承认，这也算是杨师奶众多"代劳"的功绩一件。我现在的先生阿宽，确实是由杨师奶介绍的。六年前，阿弟和同学来香港玩，约了我在海港城见面，为此我还穿了最好的一件衣服。他和香港人很像，喜欢讲话夹带英文，我有点惊讶，我和他竟然都是杨师奶所生。但最令我惊讶的是，阿弟讲，杨师奶已经将牛杂档关张了。

我脱口而出："没可能，我不信。"

阿弟讲："她抱怨年轻人喜欢吃咖喱汤底，不懂得清汤的好味。"牛杂是杨师奶的命，我们都知道。在漫漫成长路上，我无数次听到她讲："铛在我在，谁敢动我的档，我就动我的刀。"想不到有一天她会主动放弃。

我问："那刀呢？"

阿弟讲："哦，牛杂刀连同磨刀石都被她收了起来，锁在那个大木箱内。"

我点了点头。阿弟又讲："你猜我在木箱里见到什么？"

"什么？"

"一张红纸，写着你的八字。"

"有什么出奇的呢？"

"旁边还有另一个人的八字。" 后来我知道，这个八字的主人就是阿宽。

四

这一年中秋节，我从香港回到了澳门，回到了那片熟悉的街区。在楼下行过玉华饼铺的时候，我发现没有什么生意，门口只坐着一个抠着鼻孔的女人，很瘦，而且不是那种正常的瘦。就在不远处，我看见有一个人影向我招手，是了，是她了。她高亢地喊了一声：“七星仔！”

上了楼，我们若无其事地收拾祭拜的瓜果和饼食，跟街坊借天台摆了张桌子，下跪上香，处理完烧纸，才大汗淋漓地坐下来，聊起正经事。

“这个人什么来路啊？”我问杨师奶。

“我有一个老熟客，以前经常帮衬我们档口，她最喜欢我煮的牛腩和萝卜，还说我心地好，就是讲话凶狠了点……”

“讲重点，多谢。”我冷淡地回应她，虽然此时是中秋节，阖家团圆的日子，但我实在不能高兴起来。屋里的装潢几乎没有任何改变，不知道杨师奶怎么做到的，不知道是不是有为了我特意保持，如果有，那又如何呢？我们都知道有些事情已经不同。

“好。你比我还没耐性了现在。”杨师奶还笑着，恐怕自知是理亏的一方。

我白了她一眼，望向一边，茶几上放着两盒月饼，是拜月之后从天台上取下来的：一盒是荣华，我从香港带过来的；一盒不知是什么杂牌子，上面写着我最讨厌的四个字“七星伴月”。因为从小我就被叫作“七星仔”，所有识得我的街坊邻居、同学亲戚都这么叫。叫法当然是来自我的阿妈——杨师奶女士，她从来不称呼我的本名，一直叫我“七星仔”。在阿弟没出生以前，我就问过阿妈，什么是七星伴月啊？当时阿妈正哼唱着《月光光》，被我中途打断了，不是很高兴，但她依然回答我：“七星伴月，就是七粒星星，围住一个月亮咯。”

“那么月亮是谁呢？”既然七星是我的话。

她沉默了一下，像是在认真思考。她讲：“嫦娥咯。玉兔咯。”她一下竟然给了两个答案，我只好敷衍地嘟囔：“哦，原来是它们啊。”

之后阿弟出世，经过牛杂档的老街坊们都会跟我讲：“有了弟弟，你阿妈就不要你了。”“谢谢你哦，我又没有问你。”直到某一年，阿爸拎着一盒月饼回到档口，上面印刷着“七星伴月”，分量很足，只不过是玉华饼铺的。我见到阿妈整张脸瞬间垮了下来，就像她用来擦牛杂档台的抹布，骤然掉在地上。别看她是和牛下水打交道的人，她其实很爱干净。她一句话都没有讲，从阿爸的裤兜里掏出烟火，点了一根烟，也没有理会向她讨要怀抱的阿弟。那时我嫉妒弟弟，以为真如其他小孩所说，“七星伴月”里的“月”，其实是阿弟。这下见到阿弟受辱，我喜不自胜地要和阿爸讨月饼吃。

“吃吃吃，撑死你得了。”

恰逢一位街坊掰着柚子经过，帮我讲话：“水娇妹，不好骂七星仔啦，过年过节的。”

没料到她回答道：“我丑了，老了，叫我杨师奶啦。”

“她呢，在内地乡下有个亲戚的孙侄，叫阿宽。”可能她见我没有露出不悦，知道我感兴趣，更是快马加鞭地讲，“中山人，在澳门工作，在八佰伴打工，收入不算高，但会帮人代购，算是有点门路。八字我都已经合过，上上佳，阿师傅讲是天作之合来的，过了这条村就没了。”她将手机递给我看，似乎生怕屏幕反光，还轻轻地调整了几下角度。

“一般般啦。”

“不试下怎么知道呢。”她一边讲，一边切开莲蓉月饼，拿起其中几乎纯是莲蓉的一角，塞进嘴里。我知道，她想把带咸蛋黄的那一角留给我，我也不客气，举起叉子就戳走了它。

“我又没说不试。”——是的，我最恶心了。

过了两日，我和阿宽见了面。回到家里，杨师奶就问起约会的情况。我摇了摇头。

杨师奶讲：“他为人老实。”

“老实也不过只是外表上的，真正老实的人，吃不到代购这行饭的。我做生意，难道不知晓吗?

杨师奶又讲：“他好孝顺的。”

“杨师奶你醒醒吧！不是他请阿婆一帮老人家吃斋，就叫孝顺了好吗？吃斋很便宜的。”

杨师奶讲了又讲：“他又有事业心。”

这点就的确是，据我所知。阿宽已经在横琴订了一户单位，九十五平方米，大概八百五十尺。我也是最看中他这一点，起码不滥赌，轻我两三岁，却是一个脚踏实地的人。但他的缺点也很明显，他没什么浪漫细胞，第一次见面他竟然约我去大三巴附近的恋爱巷，那里铺天盖地都是游客，高峰时港铁的乘客要贴身换位才能下车，在这里夸张一点讲就是一部凝固的港铁，人山人海，一点儿二人世界的氛围都没有。吃饭的时候，我们又赶去龙华茶楼，阿宽说：“好像香港八十年代的电影画面。”我心想，那你怎么不去香港呢？过海就到，一百来块。但转念一想，他没有带我去大龙凤就已经是万幸了，我可不想一边听粤曲，一边探听他有过几位前任，虽然我不够青春无敌，但距离退休尚且还有一些时日。

五

杨师奶的头发散了下来。她呆呆地望着我，我也呆呆地望着她。我们一句话都没有说。

我用筷子戳着杯面的底部，使了很大的力气，像是要将它捅穿一样。

是啊，我是很笨啊，一点儿都不聪明，连男人都要杨师奶找给我。我又一次证明自己无能。记得二十六岁的时候，我一边在赌场打工，一边还能有一位名副其实的男朋友。顾名思义，男朋友不是未婚夫，不是相亲对象，更加不是老公、丈夫、先生，他有个英文名，好像是叫 Stephen，香港本地人，我们在网上认识的，那时年轻，风花雪月。为了他，我可以过海去大屿山，坐港铁到九龙，夜晚睡在天星码头，两个人仰着颈子，数着根本不存在的星星，只用最敏感的听觉神经，去捞救船坞之上所有驳杂的声音。真好。年轻真好。哪怕今天我什么都没得到。

“你不要这么任性好不好，你都已经三张了，好快就四张了。”杨师奶不遗余力地提醒我。一个个数字，在她手上，明朗成只只手指，每动一下，就像往我的泪腺排淤般挤压。

“哦，关你什么事？” 我试图收起所有烦郁的心情，但转念又想，此时此刻的我，是不是像极了杨师奶，是不是像极了那个中秋夜水娇妹终究变成的杨师奶。我花了大半生的努力去树立的敌人，到头来竟然和她最相似。

“当然关我的事。我杨师奶不要脸的啊？”

“哦，关我什么事？”

“是你结婚啊。你没有良心的吗？婚庆公司定金我下的，连嫁女金我都买好了。”

我放下杯面和筷子，嘴上说：“关我叉烧事啊。”

“你是我阿女，关我大件事。”她讲这句话声音反而很小，但一讲完又喘着大气，慢慢走向食厅。

我没料到她会这样回应，阿女，她一般只会称呼我为七星仔，好像时刻提醒我是一个本该死去的人。活下来，只是苟且偷生，天地施恩。我想，如果刚刚在婚庆公司，她这样叫我，我就不会走，甚至若干年前，我就不会为了Stephen出走香港。当然也不只是因为Stephen，恐怕“伴月”才是那颗种子。当时阿弟已经考过了澳大的入学试，但他争着要出国，我一直都知道，杨师奶储着这么多年的生意本，还有政府过节派的钱，都是留给他的。美国好啊，医科好，医生赚得多；英国也好啊，读政治吧，将来做长官；不行就澳大利亚和新西兰，读个什么都好；香港？香港也可以，不过你的实力未必够人打，香港竞争又大，其实没这个必要。

阿弟接到澳大利亚学校的录取信隔日，我就离开了澳门，去了香港打工。以前我不能去巴黎，不能去米兰，难道现在我连珠江口都迈不过去吗？到了香港，以前的同学、朋友从此就变得疏淡，加上我确实脾气差，得罪人多，称呼人少，在各大商场门口派传单，到做销售员，做点小生意，摸爬滚打，都是靠杨师奶当年一句“你混得差就不好返来啦”撑到现今。可能夜深的某些时刻，我撩开上衣，回头望向镜中的自己，都能体感到杨师奶，当年在服装店的试衣间，向我露出的那张厚重的背和那双卑微的乳房，如同狂欢派对过后寂寞的漏水气球。我知道自己越来越像她了，越来越像一具仅能装容下劳碌命的躯壳。尤其我自从踏入三字头，这种触动就闪现得更频繁，明显能感知到自己用的化妆品越来越厚，但身边的男仔和女性朋友却越见稀疏，快乐的时间更是屈指可数。

香港地，节奏快，毕竟容不下一个快速衰老的女人。这种衰老，应该也不仅仅是身体上的。如果不是杨师奶要介绍阿宽，可能我都不会回来澳门。

在婚庆公司的时候，杨师奶对其他女职员讲起我，那个语气就像我不在场一样。她开篇就讲：“我这个女儿啊，别看她现在人高马大，其实她是七星仔啊，我七个月就把她生下来了。你们不知道，她生下来才有我一个手掌大。我好难才养活她的。”我不知道她为什么总是这么八婆，况且讲来讲去，都是这一段，是不是我不像阿弟，有那么多学位或者异国史供她炫耀，又或者我的一生，仅仅以这个独特的开头，这个带着旧社会气味的乳名，就可以概括了呢？所以我取下那件芥末黄色的套装，挤开杨师奶挑好的几件婚纱裙，放到了她的面前。

然而现在，我再见到了它，它被杨师奶从一个大袋子里提了出来，黄色灯芯绒本身并不糟糕，当它用在一件结婚礼服套装上，它就有充分的矛盾令人不安，甚至上吐下泻。我看着杨师奶迷茫的表情，其实我们的眼光是一致的，不是吗？那套衣服谁会不觉得丑呢？

简直丑哭了。

“你也不用这么感动吧？”杨师奶扶住我的肩膀，她手忙脚乱地帮我擦眼泪，这或许是她始料未及的。我想，我们或许需要开启一个话题，彼此度过尴尬难挨的时刻，正好杨师奶讲：“你的大妗姐刚刚打电话来，叫我们先看一下她的视频啊。我不会弄，你帮我弄啦。”

我只好缓缓地调整了呼吸，背对着杨师奶，两个人以这样的怀旧姿势等了好久。我抹干眼泪，讲：“好，我帮你。”但我心想，其实嫁的人是我，究竟是谁帮谁呢？

原来是一条教新婚人士如何过大礼的视频，金牌大妗姐提醒要准备各类物什：铰剪梳镜、钵盘碗碟、海味生果、京果喜糖、唐饼西饼，还有聘金和回礼，族繁不及备载。我一边看着视频，很认真地记忆大妗姐讲的内容，一边又觉得有些内容认真得可笑，杨师奶的表情也很陌生。我问：“你结婚的时候有这么复杂吗？”

她讲：“没有。我们哪有钱买这么大粒的元贝。更别说鲍鱼了，连包菜都没有。”这明显是夸张了。

视频里面讲，鲍鱼是“包有盈余”之意，而槟榔又有“嫁给有情郎”的含义，花胶更是“花开富贵，如胶似漆”，连红头绳，这位大妗姐都有文章可做，讲是“赤绳双牵，一生一世”。其实我有点想不通，为什么高楼大厦金碧辉煌看似很现代的澳门，其斜巷窄道之间，竟是一个如此古老的灵魂。杨师奶讲：“如果净是讲这些四字词，那我最擅长了。没准我也能做个大妗姐。”

杨师奶刚讲完这句话，我还不觉得好笑，可是仔细琢磨，她可真是毫无自知之明。她的嘴只能开刀，不能开光。我越想越好笑，不经意就笑出声了。杨师奶或许见我笑了，就开口讽刺讲：“什么椰子是‘有爷有子’，简直荒谬！你看我们两母女，爷在哪儿，子在哪儿？”

我笑着点了点头，刚想讲：“你看，你还得给女婿回礼，买鞋还要买腰带，求一个白头偕老、腰缠万贯呢。”此时，一条讯息就弹在屏幕上。哦，是阿宽发来的，上面写着：“你还结不结婚啊？”

我望向笑得很开心的杨师奶，她没有露出什么特别的神色，只是顿了一下，不知道是看出了什么，还是笑得太用力，需要休息一下。杨师奶起了身，像是给我一个机会回复阿宽。我也很稳重，拿下手机，打字回复阿宽：“结啊。为什么不结？居民身份你不要啦？”

杨师奶本来伸出手，将茶几上的塑料面杯扫进垃圾桶，又突然靠近我，揽住我的肩膀，看着我的手机屏幕。我正想遮住，不料她叹了一口气讲：“我不识字的。阿女。”

她讲完唱起两声粤曲，比起莲花手势，迈着走步，行入厨房：“断不敢怨郎情薄，我亦知你母命难忘。”

她尾音还没唱完，我心想，杨师奶永远是最聪明的，就算七个七星女，都比不上她。

黄守昙

1994年生，广东汕头人，复旦大学2016级创意写作硕士，曾获澳门文学奖、台湾地区林语堂文学奖、香港青年文学奖、重唱诗歌奖，作品发表于《上海文学》《山西文学》《诗歌月刊》《香港文学》等刊。现就职于广州华商学院，从事创意写作教学。

辑 Ⅱ

非虚构编

目之所及

/ 傅晓

一

湘北人所说的方言是西南官话，同时又受到很多湘语的影响，两下里一结合，便出现很多生动有趣的词汇。对于许多物件，这里的习惯是先叠读、再儿化，比如在上海很常见的里弄，我们称作弄弄儿，吃饭用的碗叫碗碗儿，洗脸用的盆叫盆盆儿，炒菜时当佐料的辣椒面则叫辣椒面面儿。事实上，在湘北人整体偏火辣暴躁的日常对话中，这些听起来就像是在逗小孩子玩的词汇却偏偏带上一点点娇憨气，绵绵糯糯，似有一种很朦胧的对于生活的愿景在里头。

我小时候就住在被一条条纵横交错的弄弄儿分割开来的城郊社区，这个小社区古时是一个江心洲，后来因为城区扩展以及防洪的考虑，便被纳进了城市的范围，因而这里四周环河。河一多，桥便多了起来，古桥、新桥、土桥、石桥，应有尽有，却全然没有江南水乡骨子里的那种温婉和旖旎。这里的水乡是草台班子唱戏，有一种实惠、家常的味道。河水是脏的、发臭的，桥和弄弄儿所连通起来的也只是一户户人家自建的房子，它们多是两到三层高，门前或屋后带一个小的院子，院子里种上栀子花与香樟树。春天的时候，樟树叶子变红，待到秋天时黑色小果实满院子地落，里面的汁却还是红的，人从树下走过，不可避免地踩到，就留下一道道暗红色的脚印，像是足下生花，花开即遍地。有主妇从门后拣出一把扫帚拿给家里的男伢，嘱咐他将那院子里的落叶扫净，这男伢扫着扫着却故意地跳起脚踩那地上的小果实，院子里因而斑驳出一些娇艳的好颜色来，幸而这娇艳不是媚惑人心眼子的那一类，它总有一种柴米油盐的味道打着底。主妇从厨房里一抬眼见那男伢正在调皮，便抽出火钳急匆匆地走到门前，风风火火地骂，男孩赶紧笑出缺牙齿，装一副乖巧样。主妇见状，一时间竟忘了要骂的下一句，最后只好说，真是上辈子欠了你们一屋的。

盛夏，栀子花开始一簇簇地白，浓香四溢，有嗲嗲推一辆单车出院子，把花香从弄头带到弄尾，闻到香味的人从二楼窗台上探出头来望，原来是楼下人的单车篓里放了一大把的栀子花，问他，装那么多花是去做什么，回答说是拿去菜市场卖钱，问的人便不说话，想起电视剧里常说的一句“酒香不怕巷子深”，此刻便是“花香不怕巷子深”了，目送着嗲嗲的单车从弄弄儿里驶出去，脸上还留一抹笑意，是为那卖花的人高兴。更有女伢采下一两只花骨朵，把它们泡进一次性塑料杯装的红墨水里，过个大半天，杯子里开出了粉红色的花，便赶紧将这奇花从水中掏出，宝贝似的捧在手心里，一边爱着还一边提防着，怕被家长看见后骂自己糟蹋东西，若是稍不防备被骂了，只吐一吐舌头便溜进隔壁姐姐家的院子。此时已到了黄昏，太阳西沉在石棉瓦屋顶上，两人一起摘下四朵新开的夜来香，从底部拉出它的花丝，如长耳坠一般挂在耳朵上，这院子顿时就氤氲出一片花的海洋，似是一场时尚设计大秀在上演。

春夏和秋冬，小院子在季节的变化里一会儿变红，一会儿变白，人、植物和动物，在院子里都找到一种富有生机的方式，奔放又和谐地在一处，每一个小院子似乎就是一个大世界，因此住在里面的人也有点像是罗汉，像菩萨。

二

我家的院子跟我前面所描述的院子并无什么本质的区别，要说特殊的话，那就是在我家院子的后面驻扎有一个武警中队，他们的大院里立着一个很高的哨楼，是这一带的制高点。那哨楼上有一个三百六十度的阳台，每天二十四小时都有持枪的士兵站在上面向下巡视，这便是我对士兵的最初印象——背着枪的，站在高高的哨楼上向下看的士兵。每当我经过那哨楼，便不由自主地在下面停留一会儿，观察那些士兵，有时候也朝他们做鬼脸，大吼大叫，唱一些从街上学来的带脏话的童谣。只是，他们从没有对我做出任何回应，因而我总讨了个没趣便离开，直到有一天晚上。

但是在这之前，我得先提一提我儿时的一个外号。那时候的我因为走路有些内八字，因而得了一个外号叫“排长”（此地方言形容内八字走路叫“排起走”）。

有时候吃完夜饭，妈妈给我一把铁簸箕，嘱咐我把里面的垃圾倒到河边去。我便提着那沉重的簸箕，毋宁说提，应该是拖，我拖着我家的铁簸箕向河边走去。路上经过我舅舅家，他就打趣说排长又出来倒垃圾啦。我气得直跺脚，指着他的脸想骂，一副嗓子却如同是在他的笑声中被封了胶，最后只得垂头丧气地朝河边走去，轰隆隆地将垃圾往河里倒。

回家后，父亲拿着一条黄色的绸带和木板走进我的房间。我愣了，问他想干什么，他说晚上睡觉的时候捆一捆，坚持一段时间你就不会“排”啦。他的操作步骤很简单，先将木板与我的双腿并排放好，再摊开那条黄色的绸带，一圈接一圈地将我的腿与木板缠绕在一起。为了避免我半夜挣脱，父亲捆绑得很紧，我说轻一点啊，父亲扇过来一巴掌，说这也是为了我好。从此之后，每天晚上睡觉时我的双腿都会绑着一块长木板，两条腿变成一条腿。有一天在电视里看了《天地传说之鱼美人》，发现那个鲤鱼精也跟我一样，两条腿在鱼尾的包裹下变成了一条腿。夜里的时候，我就幻想自己也是一只鲤鱼精，是黄色的、绸缎一般顺滑的鲤鱼精。这一段捆绑的日子一直持续到了三伏天。有一天早上，父亲来房间替我松绑时发现我的腿上长满了痱子，便说明天就不再绑了，反正走路也无甚改善。我听了心里很高兴，以后再也不用像僵尸一样跳着去厕所了。可不知为何，那天夜里当我入睡时，却只感到腿上空落落的，心里似乎也是空落落的，我意识到自己不能再做鲤鱼精了。坦白讲，这件事情在我童年里的影响其实并不大，不过是一个小插曲，可直到后来的某一天，当自己会因为受到虐待而产生快乐和满足时才发现，原来那么多个被捆绑的夜晚其实早就已经变成了一种很固定的东西进入了我的生命中，无论我承不承认，它都在确确实实地结构我，也丰富着我。想来竟有些浪漫，在那个时候，晚上，我是两条腿变成一条尾巴的鲤鱼精，白天，我则是一个没有排的、没有士兵的排长。

有一天下午，母亲带我去麻将馆打牌，时间过得很快，不知不觉中天空已经大黑。我从不锈钢防盗窗的网眼中朝里屋望去，看到那白炽灯下，灰尘和烟雾齐飞，影影绰绰，有一股很嘈杂的暖流朝人的脸上灌过来，又浸过来，再漫过来，直吹得人腰肢发软。在这暖流下，那些打了一圈又一圈麻将的大人们也像是不知疲倦，墙角下旧热水瓶里的开水不知添了多少道，地上吐的盐津瓜子皮儿也不知被扫去了多少回，时间在这窈窕的麻将房里似水一样的东西，就那么静静地在平缓的河床里流淌，像是在动，但分明又在静止。我朝里面喊妈妈，问她什么时候回家，妈妈回过头来反问我，这么晚还不睡，明天难道不读书？

我只得转身回家去，在没有路灯的黑夜里走着，脑海中却浮现出电视机里播放的那些香港僵尸片，长着长长的鲜红色的舌头的僵尸，一蹦一跳地跟在人的身后，普通人即使只被咬上一口也会变成僵尸，我简直怕得要死去了。好在，我已经看到了前方武警中队哨楼上传来的灯光，于是我越走越快，呼吸也变得局促，甚至，我可以确信在走到哨楼下的最后一秒钟，我几乎已经停止了呼吸。我在围墙下瑟缩，正害怕着。这时，楼上传来一个声音，在喊，小孩。我能确定那声音是在叫我，但还是假装有些不确定似的缓缓抬起头，哨楼上正站着一个背着长枪的士兵。夏天的夜里有蝉鸣，一声接一声地叫，叫出来一阵阵清幽，那楼照射过来的灯光下有一团团的灰尘和虫子围着圈打转，转到我的头顶便停下。我踮起脚想仔细地辨认他，觉出他的身后仿佛有微风，四周立即产生了一种升腾的味道，把他衬得威风凛凛，却是一种平易近人的威风，原来他也在看我。一时间我有些窘迫，以为他在嘲笑我，试探着想说什么，却嘟囔着，什么话也说不出。远处清幽的蝉鸣声也像是渐渐在靠近，朝我拨弄过来。我发现那士兵竟突然顿一顿脚，朝我敬了一个礼，嘴里似乎在说，排长好。这是一场很缥缈的记忆，或者说幻想。只是无论它是否真的发生，有一种很奇特的依靠的感觉却在我的心里真实地保存了下来。我有些自责，想到自己差点误会了这个朝我敬礼的士兵，却也好像因为自己没有误会到他并产生幻想而有些生气。等我回过神来，想要再跟他说点什么，我的脚已经往前走了起来，甚至等走得好远才想起，我连一句谢谢也没有跟他说，不过我的情绪却是平静的，因为，我想到我的身后有一个人正在看护我。

三

没过多久，我的父母离婚了，我跟着父亲和继母离开了这个小水乡。在城市的商品房里居住的时候，我开始很努力地学习走路、看书、写数学题，在每一次考试中和人比赛，去争那个第一名，也不知道是谁带给了我这些力量，我只是很坚定地想要逃得离那些令我不安的人和事远一点，事实上我最后也的确逃得很远。可不知道为什么，当我的身体逃得越来越远时，我发现我的心却似乎跟那片最初的土壤离得越来越近。因为疫情，今年寒假我又回到当年的那个小水乡居住。除夕那天，父亲开车带我和他的新婚老婆去乡下给祖先送灯亮，放完鞭炮，父亲找附近的村民借来两把锄头，要我陪他一起在坟前种两棵新的樟树。我知道父亲的意思，心里也被他这个意思感动到，还悄悄地拍下两张照片。事后，父亲问我有没有拍照片，他想发朋友圈，不知为何我却很迅速地说没有。我想起了儿时家门口的那两棵樟树，经过十几年的风风雨雨，它们早已经从胳膊粗长到了腰粗，今年回来却发现它们已经不见，取而代之的是两棵光秃秃的梧桐，父亲解释是政府出钱把它们拖到了别处。如今整个街道要提质提亮，河水在治理，岸边甚至修起了仿古的吊脚楼，记忆中那个脏乱的小水乡正在变美变整洁，可我却无比地怀念它从前的样子。我想起归有光《项脊轩志》中的那句："庭有枇杷树，吾妻死之年所手植也，今已亭亭如盖矣。"我之前总以为"亭亭如盖"便是那个故事的结局，现在看来似乎也不是，真正的结局是树被砍，是人离开，是消失。

过了几天，母亲发微信来问我，既然已经回了老家，怎么也不去她家拜年。我问她该以一种什么样的姿态去到她的新家拜年。她沉默了。过一会儿，她又发消息说，或许我们可以在她家附近的那个公园见一面，顺便也可以锻炼一下身体。我听完后有些感慨，久久说不出话来，最后却嘴硬着问为什么一定要我去见她。她回复说"因为我欠你啊"，看到这，句我终于忍不住哭了出来。"欠"，在我们的方言里读阳平第二声，是想念的意思。我突然意识到了我们方言里的美妙，这个字被我说了二十年，我从来都没有思考过将它写出来应该用哪个字，母亲却很自然地就想出了这个字。想得真是对，心里挂念一个人的确是很苦，要担惊受怕，要患得患失，可不就是欠了他的嘛。我因此记起了儿时曾有个老奶奶来我家做客，在跟我奶奶聊天的时候，她们说起一句本地谚语"只有瓜连籽，没有籽连瓜"。那一刻我的脑海中浮现出两个老年人同样的一张皱起眉头的脸，她们在品味着各自人生中不同但似乎又很相像的故事。湘北地区洞庭湖平原上种着南瓜、西瓜、黄瓜、冬瓜、西葫芦瓜，有那么多的瓜。瓜都期盼着籽能在它们的身边生根发芽，可籽却注定要去寻找另一片天地，我想到我以后的人生当真就是要自己一个人闯了。

临开学之前的某一天，我吃完晚饭出门去散步的时候，又从武警中队的围墙下走过，猛一抬头，却发现那哨楼上竟然已经没有人在巡视，取而代之的是四个冰冷白净的摄像头。我记起当年那个在黑夜中朝我敬礼叫我不要害怕的士兵，此刻的他不知身在何处，那个在围墙下害怕得瑟瑟发抖的小孩也不知去了哪里，我这才意识到我早就不当排长好多年了。我开始想象，如果从这个高高的哨楼上往下看该是一派怎样的景象，不知会不会生出唐诗里说的“一览众山小”的感觉。或许并不会，住在这里的人其实并没有那么诗意，我能想象到的是这样一幅画面，大大小小的院子紧凑排布，又由一条条弄弄儿将它们穿连，这不就是谁家牌桌上一副刚码好的麻将吗。唉，打麻将啊打麻将，一圈接着一圈，似乎很多东西都是一圈接着一圈，总也没有边际，也不知道它们最终要奔向哪里。我望着那个哨楼，心中突然生出了一种永恒的感觉。我感到生活真的好宁静好宁静。

傅晓

1999年生，现为复旦大学中文系创意写作专业2020级硕士研究生。

一个移民村落的诞生

/　刘涵玉

这是一个有些复杂的村落。

它是中原最广泛且平凡的村落中的一个，位居河南穰县西北郊野，249 省道旁。省道杨树成荫，果林连绵，间或是无垠田野。路边有烟酒副食批发、轮胎维修、塑料加工等小店。从它出发，沿着 249 省道走三点五公里，再左拐进入文斌路，走四点二公里，便是学者梁鸿笔下的“梁庄”，两者车程不过十分钟。

它是中原“景观”非凡的村落中的一个，同在穰县，韩营效仿江南，有小桥流水、古树飞檐，刁营则以民俗展览馆与十里桃林吸引游人驻足。而它，名字被镌刻在近四米高的晚霞红大理石上，红漆浸在纹路里，矗立于郊野路旁。大理石落成至今，已有十一年。一条小路伸入村中。小路西侧是一片广场，有始祖雕像、陵园、坟墓与库巴，也有深灰色的假山与石桥。桥下无水，石头铺地。间或有村人的羊爬上草坡啃草。傍晚的日光从假山后笼过来，洒在广场上，穿过砖缝里的无心菜与棒头草，直到人家深处。十五年前的这片广场，迎接过海峡彼岸的同胞……那时，政府、学者、文人、商人、媒体齐聚于此，载歌载舞，共度盛景。

假山是缩小版的“阿里山”，石桥下是仿制的“日月潭”。

它似乎不甘心只成为美丽乡村建设的一部分，于是干脆成了传奇。

我与父亲从县城中的家出发，抵达这里时，有从汤家（村名）回老家的小女孩们，骑着自行车在广场上玩耍，也有几个高中生从库巴上跳下来，开动摩托飞驰而去，留下一些瘪了的零食袋。我问两个穿嫩粉 T 恤的女孩，是否知道它。她们摇头，身后，她家大人在小路东侧的田里择菜，推说不识字，听不懂，让我们去村东头：“那儿有许多老人家，问他们，他们知道得多哩。”

世纪之交，是我出生之时。正值全国第五次人口普查，它以“大陆高山族第一县”的称号，震动了海内外——“台湾村”。这个移民村落的诞生，最早可以追溯到一九八二年，全国第三次人口普查。一位在穰县构林镇卫生院工作的医生，名叫陈朝虎，主动申报自己是高山族。家族的记忆与独特的风俗文化，成为当时的凭据。陆陆续续，穰县张村镇上营、下营、冠军村的许多村民，都申报了高山族身份。直到世纪之交，八本家谱陆续被发现，发黄、污损的书页淡化了笼罩在“台湾村”之上的迷雾，作为两岸联系的纽带，促成了一段又一段访问与交流。

穰县人称呼外公为“外爷”。“台湾村”高山族第一人陈朝虎与我的外爷是酒友，也是至交。一九七一年，外爷到穰县构林镇粮管所工作，后来担任所长。他去卫生院看病，包括后来治疗胆囊发炎，所见的医生都是陈朝虎，一来二去，便结下了交情。外婆回忆说：“（陈朝虎）是你外爷最好的朋友了，是个敞亮人，那时两家经常串门，一块割麦、喝酒。”她珍藏于楠木柜的老相册中，有陈朝虎与媳妇张玉芝年轻时的照片，以及他们儿子的满月留念。然而，外婆对陈朝虎的高山族身份、“台湾村”一无所知。她只记得，后来外爷未及耳顺之年患食道癌去世，陈朝虎带了厚礼来吊孝，其中有一块毛毯。经年日久，毯子丢掉了，关系也淡了。我追问她具体是什么时候。外婆说：“你外爷死罢，十几年前。”那么，便也是世纪之交了。

时至今日，这个移民村落浮现于世，已有将近四十年。历史的遗迹值得打捞与重新审视，旧照片与老册子见证了一座村落成为传奇，也见证了它逐渐隐去。

一

二〇二〇年十一月三日，经父亲牵线，我给六十岁的陈朝虎爷爷打了电话。已过耳顺之年的他常年嗜酒，思路不清，言语混乱，喉咙深处仿佛堵着一颗核桃。饶是如此，他清晰地记得几个节点，说出了三个词语：“三普”“涂征”“郑州吴天玺”。

此时的穰县刚完成第七次人口普查。这场“大国点名，没你不行”的活动，借力于宣传车、条幅、滚动的推文，深入街道与村镇的角角落落。穰县所在的河南省，是公认的人口大省。二〇二一年五月十四日，第七次人口普查公报出炉，河南省常住人口为九千九百三十六万五千五百一十九人，穰县则为一百二十四万七千八百零七人，约占全省百分之一点三。位居河南省西南部南襄盆地腹部的穰县，“山少岗多平原广”，历来属兵家必争之地，人口流动剧烈，族群往来密切，境内少数民族常不少于二十个。

考据一九八二年、一九八九年的穰县市志，以及二〇〇〇年、二〇一〇年的穰县人口普查系列资料，可以发现继回族与蒙古族之后，高山族是穰县第三大少数民族。二〇〇〇年第三次人口普查时，穰县有高山族八百三十人，占河南省高山族人口百分之八十七点七四，占大陆高山族人口百分之十八点六一，一跃成为大陆高山族第一县，远超福建沿海诸县镇。穰县高山族的人口并非古已有之、顺势增长——二〇一〇年为六百七十一人，二〇〇〇年为八百三十人，一九八九年则是三十六人，倒推到一九八二年，则是“1”。

陈朝虎便是那个“1”。

何以中原腹部一个小县城，有远超福建沿海如此之多的阿里山同胞？

何以从二〇〇〇年到二〇一〇年，穰县的高山族人口不增反降？

年迈的陈朝虎口中的“三普”是一切的开端。“三普”即是全国第三次人口普查。彼时他二十二岁，家在穰县张村镇上营村，中专毕业，于穰县构林公社卫生院工作，是一名乡镇医生。他曾于一九七九年穰县城郊乡人民代表大会期间，找到同村高山族的一支，即周氏家族族长周庆选，也是穰县城郊乡工商所所长。两人一起商量了改民族身份的事。周庆选当时的态度较为谨慎：“改完会不会有麻烦？”

二十世纪八十年代初期，更改族籍是较为容易的事。一九八一年，国务院出台《关于恢复或改正民族身份的处理原则的通知》，明确规定：“凡属少数民族，不论其在何时出于何种原因未能正确表达本人的民族成分，而申请恢复其民族身份的，都应当予以恢复。”此外，在中国社会科学院考察“台湾村”高山族座谈会上，与会者称：“一九八四年之前，我国的户籍管理中对人口的民族归属似乎没有查证认定一说，而是全凭个人口头报出作登记依据的。”

三普正式开展之际，陈朝虎毅然决然地选择当“第一个吃螃蟹的人”，申报更改了自己的民族身份，由“汉族”改为“高山族”。他早年受访时说：“从我祖辈开始，年节时就在家祭祖，听父亲讲说家史，年年如此。那时家里的娃子们，都得恭恭敬敬地随父亲做完祭拜后才可吃饭。”“娃子”是穰县地方方言，意为“小孩”。

陈朝虎的申报引起了一位文人的注意，那人叫涂征，在穰县对台办公室工作。涂征找到陈朝虎，问他如何认定自己是高山族后裔。陈朝虎说自己是听父亲说的，而父亲又是听爷爷说的。至此，涂征依靠研究者的敏感和不懈，开始深入张村镇和文渠乡，采访、调查，挖掘出一个移民村落蛰伏数百年的故事。涂征以凝公为笔名，在《中国建设》《台声》等媒体上发了一些文章，直称其为“台湾村”。下营村一位陈姓村民受访时说：“要说能够发现我们是高山族，多亏涂征啊。”

陈朝虎申报成功后，张村镇上营、下营、冠军村的村民纷纷申报。“台湾村”林氏家族有十余人陆续改为高山族，同村周氏家族有五十多人改了族籍。申请改族的依据是媒体上发表的相关文章，以及家族独特的风俗文化。今日走访台湾村，我仍能听到浇水、散步、干活的村民这样讲：“俺们叫爹为‘嗲’，妈为‘尼牙’，爷为‘公’，奶为‘马’，姑为‘高’，哥为‘香’……俺们也有‘跳棺’的丧葬习俗，这与他们汉人不一样……棺椁横放于中堂之前，尸体头部朝左。出殡当日夜里，孝子要一手执纸质雨伞，一手执纸船，装扮好后要从棺材上跳来跳去，嘴里念着嗲（尼牙）呀！回去吧！回到大洋彼岸，那里有阿里山，那里有日月潭……”不过，据一位一九八五年即在“台湾村”工作的政府人员说：“‘台湾村’村民们与汉人通婚已久，有些习俗在新中国成立后便不再延续。”穰县政府另一名工作人员受访时称：“其实目前基本都汉化了。”

回顾那场族籍更改热潮，一部分原因确如陈朝虎早年受访所说，“十年‘文革’对海外关系的从严整肃，哪个人还敢说出自己的台湾祖源？”此外也确实受到了少数民族优惠政策的影响。少数民族的政策倾斜于改革开放后逐渐启动，其中，一九八〇年颁布的高等学校招生工作规定明确指出：“对聚居和散居地区的少数民族考生实行区别对待，对散居地区的考生虽然没有降分，但规定他们与其他考生在同等条件下优先录取”。当年，改族籍的实际操作是自愿更改者先交纳一点活动费，联系一位委托人，进行更改，可以享受一些少数民族优惠政策，比如老年后不用火葬，孩子上学可以加分，可以生二胎等。“以前说的是不用火葬，现在好像不行了，我也不知道，刚从外边回来。”一位周氏后裔如是告诉我。

到一九九〇年第四次全国人口普查时，穰县高山族居民已有一百人。申报高山族的进程屡遇坎坷。“台湾村”一位村务工作者受访时说：“张村镇申报高山族的热潮波及其他县镇，因为高山族有优惠，比如高考、招干啥子哩。”于是一股脑儿地，纷纷申报更改成少数民族来。“别的地儿一申报，我们这儿就弄不成了。”

陈朝虎早年受访也坦言道：“当我把自己的民族成分从汉族改为高山族时，许多人感到惊愕，也有人感到新奇，更多的是效仿。”

一九八九年十一月十五日，国家民委、公安部发文《关于暂停更改民族成分工作的通知》中指出：“近年来，个别地区不适当地、大批地更改了民族成分，有碍于民族团结；产生了许多不必要的争议，确应引起各级政府部门的重视。”自通知下发之日起，全国各地一律暂停更改民族成分工作。由于大规模办理更改族籍一事，穰县政府也收到过国家民委的严肃指示：“事前没请示，事后没汇报。”

“台湾村”恢复高山族的热潮也就停了下来。

如前所述，二〇〇〇年第五次全国人口普查时，穰县高山族人口增加至八百三十人。二〇一〇年第六次人口普查时为六百七十一人。何以十年之差，高山族人口骤减百余人？这要追溯到二〇〇六年，有一批自报“高山族”人士在更改民族身份时，程序与规定不符，又被改回“汉族”。

时至今日，行走在“台湾村”中，还能遇到一些村民，声称自己是高山族：“都是一个姓，俺们族籍就是改不成，没办法，不好说，没法说。”

“台湾村”高山族人目前有八姓七家。八姓中，陈氏、周氏、蔡氏、林氏和黄氏主要居住在张村镇上营村，祖上为同胞兄弟的张氏和许氏在张村镇冠军村生活，另有一谢氏则生活在文渠乡殷洼村、盛号村。

新世纪初，“台湾村”高山族人的八本家谱陆续被发现。这些发黄、污损的小册子让“台湾村”真正走入更多媒体的视野，也吸引了高校学者、专家前来考证。

人们把目光逐渐转移到了这些小册子的遭际上。

八本家谱的问世，带领这个移民村落正式走上了它的传奇之路，它强化了高山族后人的民族认同，也在张村镇闽营人后裔中引发寻根风潮，当然，也使当地汉人与这些移民的关系发生了微妙的转变。更重要的是，家谱充当了回顾过往、期盼寻亲的两岸交流之纽带。

二

“台湾村”八姓的家谱修订时间并不一致，发现时间也不一致。陈朝虎家的陈氏家谱最早被发现，是二〇〇二年十二月，家谱上的修谱日期为“同治六年”，即一八六七年。谢氏家谱修谱日期为“光绪二十一年”，即一八九五年，发现于二〇〇四年秋。其他各家的家谱日期均在民国三十年至民国三十二年之间，发现于二〇〇三年至二〇〇四年。各家家谱中交代了先祖落籍穰县的缘由——清朝初年，有一群台湾将士，曾加入郑氏大军收复台湾，一六六八年跟随黄廷将军降清，随闽营入垦穰县。

陈氏家谱《邓州台湾土番恳屯陈氏家乘》是朱丝栏写本一册，不分卷，白棉纸线装，页面长三十二厘米，宽为长一半，封面封底双层裱褙，未能妥善保管，纸色泛黄发黑，略有残损。据家谱目录，本来有“序”“大清邓州垦兵参军副将依那思罗传”“觅亲祭祖记”“邓州台湾土番垦屯陈氏宗谱”“列传”“后记”诸篇，但“列传”“后记”已丢失。不过，关键的信息都是清楚的。陈氏先祖依那思罗出身于诸罗县阿里山土番猫地干社。此外，同治六年，有一位依那思罗的台湾后裔跟随捻军来到大陆，在穰县祭祖，与穰县生活的族人相认。

我问陈朝虎爷爷在改革开放前如何保护家谱，年迈的他答非所问道：“嗯……家有家谱嘛。”我追问后，他停顿了会儿说：“这，同一个村里头，有个小学校长，陈长安，他父亲原来是个，农村那种话说，老书，老熟，老熟悉，老书记，他们家，保存有。”

陈朝虎口中的“陈长安”实为“陈堂三”，是依那思罗第十三世孙。

陈堂三在冠军村受访时交代了家谱的流转。陈堂三父亲是名教师，被划为过右派，于一九八九年去世，家谱由其母亲保管。一九九七年陈堂三母亲中风，反应不敏捷，家谱才交到他手上，于二〇〇二年公开。

再看谢氏家谱《台湾村泰麼族邓州垦兵籍曲河官兵里谢氏家谱》，也是手写线装本，但保存较为完好。“台湾村”现任支书杜传江告诉我：“谢家家谱是原来‘文革’的时候，他们不敢拿出来，后来塞到那个房子里，有个墙洞，在房顶上那个筋条上塞着，后来扒房子哩，旧房子一扒盖新房子时，有个东西掉下来，一看是人家那个家谱。”这也在谢氏第十一世孙谢守联那里得到了印证。1957 年穰县开展“平坟开荒运动”。谢家和汉族一样，平了祖坟，刨掉了三十多棵直径约二尺的柏树，分掉了坟园耕地。后来，谢氏族长因是地主成分遭到批斗与抄家，私藏的一些祖宗的东西也丢失了。谢守联在张村镇上营村受访时说：“我门前的老房子成了危房，扒房子过程中呢，在里面发现了家谱，我的祖先谢国喜是义勇将军。”

“台湾村”各家家谱见证了新中国几十年的风风雨雨，也有了殊途同归的命运。

许氏先祖为毛苏达丹，家谱的遭际更为坎坷。据许氏后人称，改革开放前，家谱由许秀亭保管，由于年龄大，心理素质不佳，烧书形势一来，许秀亭就把家谱给了许世奎。许世奎是生产队队长，家谱后来逃过一劫。许世奎一死，便把家谱交给他的大儿子许秉富保管。“以前说我们是高山族，那是不行的，现在形势到这里了，我们要认祖归宗。”毛苏达丹第十一世孙受访时说道。

“台湾村”高山族有八个姓氏，许氏和张氏实际上是一家人，按两家家谱所记，许氏先祖毛苏达丹和张氏先祖毛苏达拉是同门兄弟。毛苏达拉第十一世孙说，张氏家谱是在一个箱子里被发现的。箱子里有一只花瓶，家谱就藏在花瓶中，上面写得很清楚，他们的祖先是台湾阿美人。

林氏先祖名并无记载，家谱撰修时间也晚了些，在一九四三年。林家人对家谱的记忆比较模糊。林家家谱交由家中一位媳妇保管，那位媳妇叫陆进芝。“台湾村”不识字的妇女比较多，尤其二十世纪八十年代。林家人受访时说：“只记得有亲戚写了一些东西……后来翻出来一看是俺们的家谱。”

那居住在冠军村的周氏的家谱呢？周氏后人说是在自家珍藏的盒子里发现的，是以周氏家谱保存良好。“台湾村”现任村支书杜传江也谈道：“人家自己在收拾着，保存着，有个小木箱。你像原来周家的家谱，带个榫儿，原来的人们，很贵重的东西，没有锁，就用榫儿。那榫儿，你们这一代年龄小，估计都没见过，弄不懂那个机关，你打不开。家谱在那里边放着。”

家谱是以血缘关系为构架的民间史，也是开启“台湾村”与海峡彼岸同胞探亲往来的关键钥匙。跟随黄廷将军屯垦穰县的台湾将士长眠于此已有三百余年，随着时间一起流逝的还有一些无形的东西。而这些发黄、发旧的小册子的发现，则强化了“台湾村”高山族人的民族认同与追忆。

关于“台湾村”先祖历史与家谱故事的文字有很多，但真正对家谱进行考据的是供职于中国社会科学院的郝时远教授。二〇〇五年，郝时远担任中国社会科学院民族学与人类学研究所所长。经过细致考究，他在《民族研究》二〇〇五年九月刊上发表一篇文章，题为《河南〈郑州台湾土番垦屯陈氏家乘〉考辨》。该文章提出：“陈氏家乘中诸如‘猎首族’‘库巴’这样的词语，……特别是‘库巴’一词，应更为晚近。类似的问题还包括家乘序中述及陈阿让觅亲一事时的‘认同祭祖’‘操闽南话’说。‘认同’二字非古汉语自不待言，‘闽南话’亦属近代语言学研究用语。”如前所述，陈氏家谱修谱日期为清朝同治年间。如家谱这样的旧物，在几百年的历史更迭中，是很难被民间力量妥善保存、始终如一的。传奇总少不了迷雾与疑云。但是，郝时远教授明确说明，他并不否认降清的郑成功所部中有个别祖籍台湾的“土番”兵勇。

陈氏家谱中有这样一句话，摘录至此：“祈天思降后嗣志识者，尚漂洋泛海，赍兹归续故岛番谱，以偿列祖列宗之夙愿。”

另一种意义的“志识者”后来的确出现了，也是在二〇〇五年。

这位“志识者”让以家谱为纽带的两岸寻亲活动缓缓拉开了帷幕。往返于海峡两岸，担任“红娘”的是一位祖籍河南新县，生于台湾宜兰的女性，名叫吴天玺。

她也是陈朝虎爷爷努力向我表达清楚的人：“郑州吴天玺。”

吴天玺曾赴日本留学，一九九一年回国于郑州创业，曾任郑州市台资企业协会副会长。她的父亲曾参与抗日战争，后来全家一起去了台湾，一去便是六十年，与老家亲人分隔两地。吴天玺的童年在台湾眷村中度过，深感亲友天各一方的难过与悲哀。故而当她知晓河南有个“台湾村”后，便与侄女吴昀容一起，为两岸陈氏邹人寻亲奔走联系。

历史总有相似之处。台湾有个有名的“陕西村”，也是在郑成功收复台湾时，七十二位大陆籍将士随同征战，其中一位陕西籍将士马信阵亡后，其同乡战士就在台湾定居繁衍。“陕西村”在二十世纪七十年代被发现与报道，引起了外界关注。是以河南的“台湾村”自然而然吸引了吴天玺的目光。

二〇〇五年，台湾阿里山邹人派代表来河南穰县寻亲。二〇〇九年，穰县“台湾村”村民派代表与政府工作人员一起去了台湾。这都少不了吴天玺的牵线、搭桥与助力。

十余年来，吴天玺不仅为两岸同胞牵线，也为台商与豫商的技术交流搭建平台。当年随她一起奔走的侄女吴昀容则接下了接力棒，为现任郑州市台资企业协会副会长，继续为两岸青年的友好交流而奔走。

十余年已过，二〇二一年二月，吴天玺在接受新华网采访时说：“造梦‘台湾村’是我的‘小女子情怀’。”

回顾新世纪伊始，互联网并没有普及，那么，这难度极大的“造梦”究竟是如何一步步实现的？

三

二〇〇四年，吴天玺第一次从同事那里知晓了“台湾村”的故事。出于好奇，她与供职于河南报业网的侄女去了穰县“台湾村”。她们先去拜访了陈家，与陈氏族长陈相富见了面。“那是二〇〇五年的四月份，正好碰见几个当地人，脸上居然还能看出高山族人的轮廓，整整十三代了呀。”吴天玺早年受访时说。

她提出想看家谱，然而被保管家谱的陈堂三拒绝了。经过坦诚的自白与交流，她终于得到陈堂三的首肯，翻看了陈氏家乘。回到郑州后，吴天玺把此行的经历、感受与图片放到了网上，引来一些网友的讨论，有支持，有感动，也有质疑。再去“台湾村”，她参加了中国社科院对穰县“台湾村”的调研会，对这个移民村落有了更多理性的认识，也收到了穰县市委统战部和台办提供的其他七份家谱影印本。

内心的震动让她主动提出要自费为“台湾村”高山族人寻亲，远赴海峡彼岸寻找他们失散三百年的亲人。然而，“台湾村”高山族后裔们对此反应并不热烈，或许彼此都明白，时隔数百年，找人的难度堪比大海捞针。故而她坦言只是“试试看”。

造梦“台湾村”需要一种毅然决然的态度，像把穰县高山族人口由“0”变为“1”的陈朝虎那般。吴天玺在接到穰县市委统战部任命的“台湾村”理论探讨小组副组长一职后，发现赴台寻亲不再是一件简单的事。二〇〇五年四月三十日，她与侄女坐上了返回台湾的飞机。经当局确认，台湾的少数民族有十二族，有阿美人、泰雅人、邹人等。吴天玺一行人先拿出电话簿，根据掌握的各族分布情况，一一打电话询问线索，随后沿着玉山山脉逐个寻访。嘉义县阿里山乡妇女协会理事长陈秀凤听说此事，在杂志上读到了依那思罗的祖籍，发现正是她家族历来的聚居地，于是找到阿里山乡达邦村村长武惠美女士说明了情况。五月十日，双方通了电话。五月十二日，陈秀凤要去台北参加会议，于是她们约好在台北见面。吴天玺驱车前往时，途中突遇泥石流，被困山路，生死一线。当时，她们前方有车子被泥石流直接吞没。寻亲事宜被迫延后。经过短暂休整，五月二十五日，吴天玺一行人抵达嘉义县特富野邹人聚居地，也就是依那思罗的家乡，与陈姓家族见面，与邹人现任第九代头人汪念月解释了访问来由。阿里山邹人长期没有文字，本族历史靠口耳相传，并不能确定“台湾村”高山族后裔是他们的族人。穰县“台湾村”陈氏族人说：“我们最可靠的证据，就是这个家谱。”看到家谱里提到的“库巴”“猫地干社”等邹人特有的称呼，邹人头目汪念月说：“不管大陆陈氏是不是台湾陈氏的血亲，但肯定是族人。”后来，吴天玺成功邀请汪念月一行来大陆寻亲。

于是，二〇〇五年八月二十三日，在穰县市政府出资接待下，以统战部的名义，台湾寻亲团在穰县待了五天。寻亲团由台湾邹人头人汪念月、夫人汪庄玉英、特富野社区邹人陈氏族长陈宗仁、妇女协会理事长陈秀凤、来吉村邹族长老陈震魁五人组成。八月二十四日，“台湾村”张灯结彩，上午九时许，鞭炮齐鸣，“台湾村”村民、穰县政府等向寻亲团表示热烈的欢迎。“台湾村”时任村主任汤清义致了欢迎辞。随后便是隆重的祭拜先祖活动、参观“高山族小学”等仪式。寻亲团也一一认识了“台湾村”各姓的族长与族人代表。在看到陈氏族谱发黄、污损的书页后，寻亲团改口了，原来还是尊称“先生”“小姐”，而后开始叫起了“哥哥”“姐姐”“叔叔”“阿姨”……中央九套、河南卫视等多家媒体对此进行报道。

二〇〇九年十一月二十七日，河南南阳组织了赴台交流团，以探亲联谊为主要内容。吴天玺、陈朝虎、周氏后裔周庆选等都在随行之列。时隔半月，河南省委主办的“中原文化宝岛行”也走进了阿里山。二〇一〇年十月，在国台办与河南省人民政府联合举办的“河南台湾月”中，十五名阿里山邹人同胞再次来到大陆，探访了“台湾村”的高山族人。友好的交流持续不断。二〇一一年六月十九日，南阳市台办主任徐朝炎带队到阿里山，完成了穰县与阿里山乡经济文化交流合作协议签署仪式。

二〇二〇年十月五日，我联系到一位曾赴台交流的穰县政府工作人员，她说：“我们在去之前，准备了一首歌《我们都是一家人》。大家在不断练唱的时候，其实道理是明白的，可真正到了阿里山，感受到那边同胞的盛情，亲眼看到此前素不相识的陈氏族人紧紧拥抱时，才感到吟唱的歌词有千斤万斤重。素未谋面的后代相拥而泣，其实是代替三百年前长眠于中原的先祖相拥。大巴车离开时，阿里山的高山族人用树叶编织了很多小饰品，比如小帽子，小刀等，追着赶着送给我们，很多人站在大巴上不肯下来，站了很长时间，直到最后不能再拖了，才肯下车。两岸一家亲哪……有着一样传统的人，那真是抱在一起，哭在一起，真真切切……”

陈朝虎也曾是访问团的一员。我问陈爷爷，对台湾还有什么印象？对那次访台还有回忆吗？年迈的陈朝虎握着手机，缓缓地说：“冇得啥了。”然后是滋滋的电流声，与短暂的沉默。

友好的交流与往来需要平台。民间知识分子、商人、政府等主体一起促成了“台湾村”经济发展和文化价值的开发。二〇〇二年十月十四日，在全国台联副会长的指示下，穰县市长开始了“台湾村”的实地调查，并表示一定要搞好“台湾村”的基础建设。于是便有了“高山族小学”的重建、“台湾村”风情园的项目开发。七家八姓也凑钱建成了各自始祖墓园，带动穰县旅游业的兴起。

在政府的宣传鼓舞下，八位台湾将士追随的黄廷将军的后人也开始有所行动。在重建黄氏陵园、建闽营家祠、闽南一条街的构想下，黄氏后人想把黄廷的祖坟从上营村迁回自己的村子（伯府宅村），但上营村村民不允许。双方几百人围着，差点发生冲突。据一位老人回忆：“黄廷是漳州人。黄廷墓在上营村西南方向，不过在几十年前‘破四旧、立四新’时已被炸掉，墓碑拉去烧了石灰，现在只是一块平地，里头啥也没有了。这块地后来让陈氏族人承包……后来，在上面调解下，伯府宅的村民在黄廷目前挖一点土，用红布包着，就算把墓迁走了。”

值得一提的是，二〇一三年十二月，身在台湾的国民党荣誉主席连战为“邓州高山族小学”题词。

十余年已过，二〇二一年的“台湾村”似乎只实现了当年宏伟蓝图的部分构想。不断有高校、记者、研究者来采访与挖掘，村民和政府工作人员也对采访熟门熟路。张村镇政府一位工作人员表示：“我们也是抓紧搞好这个‘台湾村’的建设……对于提高我们的知名度还有经济的发展，我想也是很有帮助的。”

四

“民族”与“族群”是不是一回事？

“认同”是心理学意义的词汇。中国社会科学院民族学与人类学研究所王希恩教授认为，民族认同指社会成员对自己民族归属的认知和感情依附。改革开放后，民族识别和优惠政策引发了全国数百万人更改民族成分的浪潮。有研究显示，民族优惠政策是族群认同发生变化的主要因素。当然，基于文化特征与内在认同的申报与更改是存在的，比如湘西红土溪村人，曾因为自身文化特色的不同，集体要求从汉族改为土家族。

然而，今日“台湾村”的高山族人为数不多的文化记忆，大概便是家谱了。泛黄、污损的集子渗透着历史的回声，代代相传的记忆沉淀在书页的每一粒尘埃里、夹缝中，孙辈们试图一窥究竟，恍然发现，自己与一般的读者似乎并无二致。在张村镇上营村，有周姓后裔受访时说：“时间都恁长了，我也不知道自己是不是高山族，只是知道改完各方面都有照顾，娃子上学能加分，就听了家里长辈的，申报了。”也有人说：“我也搞不清，他们多少人都说自己是台湾来的，又是福建来的，到底来自哪儿，俺也不清楚，我就随着那样说了。”

当地其他乡民对同村人更改为少数民族成分的态度是怎样的？

我与父亲抵达小广场后，与那两个穿嫩粉色上衣的女孩聊天时，有一位中年农妇缓缓从屋后走出来，皮肤晒得黝黑，头发是凤仙花色。我说：“方便问下您是什么族吗？”那妇女嗤笑了声，回道：“高山族……骗你的，冒牌的。”小女孩中较大的一个嚷嚷道：“俺们是汉族啦！”下营村另一位汉族村民受访时说：“其实吧，我觉得也没啥，还是汉民比较好。”

“台湾村”似乎受到了民间与政府双重力量的重塑，显现出一定的人为痕迹。台湾阿里山少数民族各支脉系的文化独特且复杂，而穰县“台湾村”文化显现出整体性与趋同性。回溯历史，八位台湾省籍将士先加入了黄廷的“闽营”，而后来到中原。自身的文化印记经历了一个先“闽营化”、后“河南化”的过程，有一些东西流失掉是无可奈何的事。

如前所述，传奇总少不了疑云与迷雾，尤其当传奇的主角在历史舞台上并没有“主角光环”时。在贵州东部，有一支聚居屯堡、原籍江南的汉族群体，其形成可以上溯至六百年前明代在贵州的军事屯田，虽然历经数百年，其后裔仍大多聚居于此，较为完整地保持了明代江南的汉族文化，生成了一个与屯堡其他族群文化迥异的“孤岛”。相形之下，“台湾村”的高山族人祖辈只有八人，并不庞大，在三百余年的生活中，从未居于历史主流，故而没有像屯堡的汉文化一般以聚拢、清晰的姿态出现在世人面前。

无论如何，世纪之交，一个移民村落跌跌撞撞、声势浩大地诞生了，并延续到了今天。它作用到每一个个体身上，包括给自家的葱浇水的周姓老奶奶、远道而归的“台湾村”打工人，骑着小电车穿梭于新房旧屋中的村人……傍晚时分，洁白的山羊们低着头颅，在先祖陵墓前啃着草，时不时抬头四顾，自生自在。

“台湾村”，这个中原最平凡不过的村落，跟上了“新农村”建设的节奏。2021年的它规划完好，房屋整洁，间或有欧式风格的三层小楼，像此去不远的“梁庄”中的西洋风别墅。依傍欧式小楼的仍是老旧的土坯瓦房、鸡鸭牛羊，阡陌交通，鸟语虫鸣。

“台湾村”，这个中原“景观”最非凡的村落，背负了太多的东西，承受了太多的重量，仍然张开胸怀，迎接着八方来客、所有物议。少年无所顾忌地留下垃圾，家禽自在地在这片土地上撒野，历史与记忆则嵌在日暮的阳光中，洒向角角落落，留给有心人重新探索、感受、一窥究竟。

昔日为它的诞生而奔波的少年与文人，此时都身患恶疾。愿陈朝虎、涂征等前辈早日康复。愿落叶归根。

▎刘涵玉

1999年生，现为复旦大学中文系创意写作专业2020级硕士生

南方故事集

/ 向迅

一

妹妹毫无征兆地出生了。

新年之后一个春寒料峭的晚上，我和哥哥已经睡觉。三声婴儿的啼哭，把我们从梦中吵醒。那啼哭声，像夏日攀在篱笆上的喇叭花一样绽开，它是紫色的。我们从床上坐起来，趿拉着母亲做的灯芯绒布面鞋子，摇摇晃晃地走向楼梯口。灯光刺眼，我们不知道发生了什么事情。

“是谁在啼哭？”我们吐出来的话像是梦中呓语。我们虽然醒来，可仍有一部分停留在长长的梦境里。我们只是从梦境里探出了脑袋，这个脑袋里装满了疑问，也有可能是沙粒。偶尔晃动脑袋，沙粒在里面沙沙作响，沙粒碰撞着沙粒。

“妈妈给你们生了一个妹妹。”祖母冲着我们探下楼板的脑袋说。“妈妈给你们生了一个妹妹。”父亲把祖母的话重复了一遍。他们的话，用金色的喜悦之水浸泡过。他们的嘴巴，也用金色的喜悦之水浸泡过。他们的脸庞也是，像喝了玉米烧酒。

父亲更像是中了头彩一样高兴。他欢快的脚步声像是在唱歌。他一定在偷偷唱歌。用牙齿唱，用舌头唱，用眼睛唱，用鼻子唱，用耳朵唱，用手指唱，用脚趾头唱，用肩膀唱，用头发唱，用变得轻盈的身体唱。

父亲一直盼望生个女儿，而女儿在这个晚上降生了。

“我们要和妹妹一起睡。”

“今晚不行。”

“就要今晚。”

“不行，快点睡觉去。”

我们重新钻回被窝，被窝里还冒着热气。好像我们根本就没有离开被窝。可脑袋里的疑问还没有散去。疑问像雾，乳白色的大雾，总是从河谷里漫上来，伸长脖子，张开嘴巴，吃掉村子里所有的房子和成片成片的玉米地。

我们不知道母亲怀孕了。我们没有发现任何异常。白天，我们沉浸于陌生世界的缤纷色彩和游戏制造的喧哗与浪花之中。夜晚，我们纷纷长出巨大的翅膀，在村子上空练习飞翔。只有在午饭和晚饭时间，我们才能见到母亲。

“生你的那一天，我在麦地里割了一天麦子。麦芒针尖一样扎手。那天天气很热。汗珠子在我的脸颊上，雨水一样往下滚。我的眼里进了盐，咸得我涌出火辣辣的泪花。我的嘴角也进了盐，咸得我不停地吐口水。”母亲后来对我说。

“生你的那一天，我上午到水井里挑了好几担水，直到水缸装不下更多的水。下午在厨房用筛子筛了一大堆煤灰。煤烧完了，我们不得不从池塘挖来黑色的淤泥，把和着淤泥的煤灰捏成煤球。”母亲后来对妹妹说。

妹妹出生的第二年，四婶给我们生下一个弟弟。过了两年，五婶给我们生下一个弟弟。过了两年，四婶又给我们生下一个妹妹。又过了两年，五婶又给我们生下一个弟弟，六婶给我们生下一个妹妹。再之后的两年，七婶给我们生下一个弟弟……婴儿不停地出生。可在他们出生之前，我们没有一次发现异常。母亲们像以前那样，出没于厨房、猪圈和玉米地之间。她们的双手蘸满草绿色的汁液，她们围裙的纹路里浸满油烟味，她们的衬衫上游荡着汗臭味，她们从来没有去过医院，她们很少走出荨麻在路边投下阴影的村子。她们到镇上去一趟，都像是过节。

“我们从哪里生出来的？”

“你们猜？”

“从肚脐眼里吗？”

“是的。”

“从胳肢窝里吗？”

“是的。”

“从耳朵里吗？”

“是的。”

“从鼻子里吗？”

“是的。”

“到底从哪里？”

“从小溪边捡来的。”

“你骗人。”

“从牛屎堆里扒出来的。”然后是一长串咯咯咯的笑声。父亲也跟着笑。他们的笑声缠绕在一起，像一条正噼里啪啦燃烧的绳索。我们的眼睛开始变绿。

我们的哭声从胸口上升到嗓子眼。它们像冰凉的井水，在喉咙里咕噜咕噜响。但我们闭紧了嘴巴，弄得牙齿咯吱咯吱作响。我们感到被遗弃了。我们的肩膀和胸脯慢慢垂下来。整个世界慢慢垂下来。我们的耳边又响起一串咯咯咯的笑声。另外一条噼里啪啦燃烧的绳索。

当妹妹也被这个疑问所困时，我们口径一致地声称：“你是从溪边捡回来的。”妹妹挥舞着小手据理力争。她小小的脸庞，因为激动而涨得通红。在母亲口中得到同样的答案之后，她开始伤心地哭泣。她把变得苍白的脸庞扭向一边，不再理会我们。一连好几天，她都不同我们说话。村子里的每一个孩子都是从小溪边捡回来的。

二

雨天，孩子们都喜欢在屋檐下玩雨伞，灰色雨伞、红色雨伞、紫色雨伞、方格子雨伞、长柄雨伞、短柄雨伞。我们站在湿漉漉的走廊上，把雨伞举过头顶，旋转着手中的伞柄。珍珠做的帘子扑打在旋转的雨伞上，也跟着旋转。一朵“雨伞之花”在我们手中绽放。透明而又无辜的雨水，在晕眩中被带到更远的地方。雨脚在地上碎裂。易碎的雨脚，是童话中穿在公主脚上的水晶鞋。这是不被允许的。雨季来临的时候，墙壁上的石头渗出指头大的水珠，石头在流汗。潮湿的地面，拧得出水来。潮湿的空气，拧得出水来。桌子的腿和脚，椅子的腿和脚，都爬上了灰色霉斑。霉斑也有生命，也有腿和脚。干瘪的玉米里长出飞蛾和棉虫，胚胎那里是一个虫眼和一串令人恶心的粪便。我伸出手抚摸自己的腮帮，里面多出两颗难以忍受的虫牙。看不见的蛀虫，日夜折磨着我。

大人们不允许孩子把更多的雨水带进房间。雨水会带来霉运。

不被允许的事情还有很多。

不允许在室内把打开的雨伞罩在头上。“如果那样做，头上就会长癞子。你们看看村子里的那些癞子，有多丑。”大人们总是这样警告我们。可是趁他们不注意的时候，我们总是会飞快地打开雨伞，怀着隐秘的兴奋与恐惧，把它罩在头上，然后又飞快地把它收拢，看看是否真的会长出癞子。夜晚来临，我们感到头皮发痒，我们担心的事情正在发生。爬满床铺的恐惧和噩梦让我们感到痛苦，可是第二天，我们就将这件事情忘记得一干二净。

不允许下雨的时候在室外玩耍。一场“跑暴雨”离村子还很遥远，我们就被母亲唤回家。“下雨的时候，不要到外面去玩，小心感冒。”可是大雨真正到来时，我们总是会打着赤脚飞奔到院子里的两棵女贞子树下。我们喜欢在树冠下躲雨。我们喜欢凉飕飕的雨珠子凶猛地落进我们的脖子。我们喜欢把双脚踩进柔软的泥巴里。我们喜欢泥巴从脚趾缝里像泥鳅一样钻出来。我们喜欢揪出泥团，制作各式各样的面包，如“坦克”和“汽车”。太阳重新露脸时，让它们接受高温的炙烤。

不允许到溪边去。野蛮的牛群，在溪涧里咆哮。轰隆轰隆的响声，像战争片里坦克的履带碾过村子。据说原来那是一条很小很小的小溪。名副其实的小溪。我出生的那一年，雨季尤其漫长，山洪暴发，无数巨石在电闪雷鸣中，从天上滚落而下。它们撞开小溪的皮肤，粗鲁地奔向山脚的大河。小溪从此变成深涧。

有人在那里丢失过一只鞋子，也有人在那里丢失过魂魄，一条黑皮肤的蟒蛇吸走了他的魂魄，他开始胡言乱语、颠三倒四，整日整夜圆睁着眼睛，然而眼神空洞，直至巫师把他的魂魄重新召唤回来。

还没有孩子和羊群被暴涨的洪水冲走的先例，但是大人们总是担心自己的孩子和羊群会被洪水冲走。他们禁止我们在雨天靠近那条小溪，也禁止我们在雨过天晴之后，赶着羊群跨过那道还没有瘦下去的洪水。我们对洪水的恐惧，来自大人们的“禁止”。

不允许到森林里去。森林里有野猪，野猪吃人。它们闪着寒光的獠牙比镰刀还要锋利。森林里有蟒蛇，蟒蛇也吃人。它们用又长又粗的身体缠住你的脖子，让你无法呼吸。如果你反抗，它们就把你捏碎。它们捏碎你，就跟捏碎一颗鸡蛋那么容易。森林里有魔鬼，魔鬼会障眼法，让你大白天的也会迷路，永远走不出黑色的森林。有的时候，成精的藤蔓植物，也会趁你不注意时，猛不丁地伸出无数只手，把你困住，然后一口一口地把你吃掉，骨头都不吐。

可是森林里也有甜甜的野枇杷和野葡萄，有酸酸的野樱桃和野山桃，有多籽的八月瓜和九月红，有会把嘴唇和双手都染成紫色的桑葚，有被蛇吐过唾液的悬钩子和覆盆子，有全身布满红点花纹的虎杖，还有大片大片的鸢尾花和老鸹叫。

有一次，我在森林里被一片望不到边际的老鸹叫迷住了。它们是那样美，美得我不敢呼吸。每呼吸一次，它们就变得更美。这么美的花，为什么要用丑陋的老鸹为它们命名？老鸹在村子上空叫来叫去的时候，老人们就会彻夜难眠，他们担心自己一旦闭上眼睛，就再也醒不过来。因此，他们禁止孩子学老鸹叫。“不要学老鸹叫，否则嘴巴会变臭。”他们总是这样吓唬孩子。

它们是那样美，美得我不敢挪动脚步。每挪动一步，就会踩碎其中一朵。我不想踩碎它们。我知道它们也会喊疼，只不过它们的声音太细弱了，我们听不见。它们也会流血，只不过它们的血液是绿色的，我们不认为那是血液。

我忽然感到害怕，害怕那些花会张口说话，害怕那些花是魔鬼变的。害怕那些花会伸出长满触须的手臂缠住我的脚。我不顾一切地奔跑起来。它们在身后以同样的速度追赶着我，嗡嗡嘤嘤，喧哗不已。当我因为更大的恐惧停下来，猛地转过身去时，它们又安静下来，无辜地注视着我。

我的鞋底被染成了草绿色。我还打碎了许多无辜的露珠，我感到罪恶。我高昂脑袋，望着头顶的天空，请求宽恕。可是被树冠遮挡的天空，空无一物。我不知道向谁请求宽恕。于是，我俯身摘了一把老鸹叫，让它们绚丽的色彩陪伴我。

后来，我才知道老鸹叫又叫曼陀罗。这个曼妙的名字，才配得上它脆弱的美。

不允许大清早说梦，不然美梦会破碎。

不允许下午剪指甲，也不允许下午梳头，不然记性会越来越差。

不允许晚上照镜子，不然会噩梦缠身。

不允许深夜吹口哨，不然会招来鬼。

三

母亲很晚才从地里归来。暮色跟在她身后，暮色是一条深灰色裙子。母亲穿着这条深灰色裙子，从地里归来。她一手挽着父亲编织的筐子，筐子里装满了热乎乎的鹅儿肠，一手握着锄头光滑的把柄。锄头在她肩上一动不动。她迈进院子时，那条裙子在她身后变成了颜色更深的裙子。整个村子，都被穿进那条黑裙子。

母亲身上，混合着汗臭味和鹅儿肠的清香，白衬衣上还染着油菜花亮黄的花粉。她把油菜花馥郁的芳香也带回来了。森林附近的油菜地，已经噼里啪啦地燃烧起来了，燃烧成一片花海。蜜蜂整天嗡嗡嗡地围绕着花朵鸣叫，它们从来不知道疲倦，它们永远哼唱着同一支歌，它们总是把小小的脑袋深深地埋入花蕊里。

这一天，母亲在土豆地里除草。土豆已经长出墨绿色藤蔓。枝叶粗糙，虎头虎脑。再过两个月，它们就会在枝丫间开出漂亮的紫色花朵，结出并不常见的青色果实。鄂西方言里，我们把这种果实称为“牵吊果”。母亲偶尔会从土豆地里带回一串湿漉漉的牵吊果。拿菜刀切开它们，里面除了绿色的果肉，什么也没有。

傍晚的时候，母亲钻进潮湿的油菜地，把细长的鹅儿肠连根拔起。游走在她身后的筐子越来越沉。暮色加重了它的分量，母亲不得不把筐条挪到胳膊肘那里。她的胳膊肘，一定火辣辣地疼。她的胳膊肘，一定留有一道筐条的勒痕。第二天，那道勒痕也不会消失，它就像长在了母亲的胳膊肘上。油菜花的花期很长，成熟却是一夜之间的事。有一天，母亲愤怒地对父亲说，蜢子来了。不用去地里，我们就知道是油菜灰白色的菜籽荚上沾满了密密麻麻的小虫子。它们的生命很脆弱，只需用两个指头轻轻一捻，就尸骨无存，却会让所有的油菜都生病、坏死。它们身上携带着看不见的病菌、可怕的病菌。

父亲戴顶颜色发黑的旧草帽，背着一个草绿色的喷雾器去了地里。他变成了医生——蜢子的克星。他摁动黑色的手柄，刺鼻的雾气从喷头里喷出。油菜变得湿漉漉的，父亲也变得湿漉漉的。他的衣裳上残留着那股刺鼻的味道，他拒绝我们靠近。那股味道，令你头晕目眩，令天空与村子旋转，令你夜晚噩梦连篇。

油菜细长的藤蔓由青变黄，躲在菜荚里的菜籽由白变黑。赶在雨季到来之前，父亲和母亲手握雪亮的镰刀将油菜收割。成捆成捆的油菜和它们潮湿庞大的影子，跟随父亲沉重的脚步迈进宽敞的堂屋。堆得最高处的藤蔓，直顶到了天花板上。

羊群般雪亮的光线，被赶了出去。逼仄的堂屋里像黄昏一样昏暗。

雨季如期而至。油菜藤蔓在黑暗中发酵。空气中弥漫着森林里陈年落叶的气味。我把手伸进未知的黑暗中，潮湿的高温让我立即缩回手。可那股潮湿与温热，像蜗牛可恶的黏液，爬在我的手臂上。在我的注视下，它显得笨拙僵硬，不敢确认刚刚触摸到了什么。我把耳朵靠近藤蔓，耳朵里沙沙作响。

我飞快地跑出堂屋。我没有告诉任何人，我听到了什么。

雨季过后，油菜籽在烈日下滚动，沙沙作响。黄昏时分，我和父亲把它们装进口袋里时，它们在我的脚底滚动，沙沙作响。我的脚底发痒。我不得不弓起脚背，脚趾头蜷缩在一起。我想咯咯笑，可只是偷偷地笑。我不敢让笑声冒昧地越过牙齿的边界，我怕父亲说我是疯子。无缘无故的笑，总是让人一头雾水。

我和父亲干活儿的时候，谁也不说话，只有油菜籽在口袋里沙沙作响，只有星星在我们头顶沙沙作响。我们的表情越来越僵硬，我们的动作也越来越僵硬，像沉重的暮色一样僵硬，像暮色中群山的轮廓一样僵硬。谁也不想说第一句话。

父亲带着我去村子里的作坊“打油”。油菜籽在父亲的背上沙沙作响，石子在我的脚下沙沙作响，阔叶林带树叶在微风中沙沙作响，还有看不见的东西，在我的心底沙沙作响。我们穿过一片长满丛树的山冈，穿过空旷的村委会广场，穿过大半个村子来到作坊。

菜籽饼热烘烘的香气，四处游荡。

还轮不到我们。我们像鸟儿一样收拢翅膀躲进巨大的树冠里。我们张开嘴巴，大口呼吸。好像我们刚刚在来作坊的途中，忘记了呼吸。父亲的肚子一起一伏。烈日炙烤着村子。宽大的树叶镶着金边，变得透明，黑色的叶脉跟父亲手臂上的毛细血管一样纤毫毕现。我的凉鞋发烫，坚硬的皮质材料软乎乎地贴着我的脚。

我不想穿鞋。我想打赤脚行走。但这是不被允许的。“那样会感染真菌。”父亲总是这样告诫我们。

我们大口呼吸的时候，一位头戴草帽的农妇，挽着一只篮子，从白色的烈日下向作坊走来。可能是作坊主的妻子。她一边像村子里其他农妇那样漫不经心地行走，一边往嘴里喂着一颗红色的果子，偶尔有鲜红的汁液从她的嘴角淌下来。

我从未见过那种果子。我盯着她宽大而粗糙的手，看着它怎样把那颗陌生的果子送进嘴巴。我盯着她的嘴巴，看着她怎样咬下一块多汁的果肉。我偷偷地吞咽了好几次口水，可是我想象不出那种果子的味道，也许是苹果的味道。

父亲也不认识那种果子，因为他的目光里也流露出好奇，而且他的好奇一点也不比我的少。至少农妇经过我们身旁时，我没有张开嘴巴向她询问。“这是什么果子？”父亲伸长好奇的脖子，问那位中年农妇。

“西红柿。”中年农妇把最后一口果子喂进嘴里，她布满细小皱纹的口腔蠕动着。

这个烈日炎炎的夏日中午，我们认识了西红柿，并幸运地得到了一把种子。父亲把种子小心翼翼地包在香烟盒内侧的锡纸里，然后把锡纸揣在裤兜里。他行走的时候，裤兜里沙沙作响。我紧盯着父亲的裤兜。我担心种子会溜出来。

第二年夏天，我们种的西红柿丰收了。结实的果子，又圆又大又红，压弯了灰绿色的枝头。收获的时候，有的果子还裂开了皮，绽出鲜红的果肉。父亲把第一轮收获的七八个又圆又大又红的果子陈列在厨房，像展品。它们在一张简易餐桌上继续成熟。没有人时，它们在餐桌上跳舞。也许是墨西哥舞，也许是西班牙舞。

“据说是从墨西哥引进过来的，也有人说是西班牙。”那个农妇曾这样对我们说。

母亲计划在晚餐时用白砂糖拌上两个“墨西哥”西红柿，或西班牙“西红柿”。剩下的，明天再吃。我们希望一日三餐都能吃上西红柿。

母亲还没有开始准备晚餐，堂伯父和他的女儿来访。我们的一切计划被迫中止。这就是鄂西人的待客之道，我们不能慢待客人。父亲兴高采烈地把他们带进厨房，参观我们刚刚收获的西红柿。堂妹得到了最大最圆最红的那一个。

我的目光长久地停留在堂妹脏兮兮的手上。我想把那个西红柿收回来。

黄昏时分，伯父讲完最后一个迷人的故事，把茶盅里最后一口茶水从他爬满胡须的嘴唇灌进后欲起身告辞。堂妹却踪影全无，伯父一遍遍呼唤着堂妹的名字，没有任何回应。我们帮忙寻找，最后发现她躲在光线黯淡下来的厨房里。

她一声不吭地坐在那张简易餐桌前，嘴角淌着西红柿鲜红的汁液。见到我们难以置信的眼神，她飞快地用手抹掉那些汁液，但它们继续在她手指上流淌。她细长的脖子变得很粗，青色的毛细血管从褐色的皮肤下面钻出来，像小小的蚯蚓。西红柿一个也不剩。餐桌变得更加简陋，厨房变得更加黯淡。

第三年夏天，邻居们的菜园里都出现了西红柿。母亲慷慨地送给他们种子。只不过，西红柿发生了变异。它们不再像第一年那样又圆又大又红。它们的个头变小了许多，有一些甚至变成了波浪形的番茄。我们不认为番茄是西红柿。

当牵吊果再次出现在我们眼前时，我们就会不假思索地说“假西红柿”。

我们厌恶一切假的东西。

四

雨天，父亲抱着一台晶体管收音机回来了。父亲额头闪亮，眉毛里挂着细密的雨珠，下巴上缠着一块渗出几缕血迹的医用纱布。他从姨妈家回来的途中，搭乘的拖拉机发生了侧翻。可能是路太滑了，也可能是司机前一晚喝多了玉米烧酒。他像一袋沉重的玉米，被猛地抛出敞篷车厢。他爬满胡茬的下巴在玉米地里磕出一道口子，鲜血像蚯蚓一样钻进泥土。

另一个雨天，父亲搭着梯子在檐廊上叮叮当当敲打着什么。地面像冰块一样湿滑，梯子正如父亲担心的那样，滑倒了。父亲从高空坠落，下巴被磨刀石坚硬的牙齿咬碎，鲜血染红了地面的一汪积水。在乡卫生院，母亲被父亲的伤口吓晕。父亲只好咬着牙，用手撑住破碎的下巴，以便唯一的一位医生给他缝合伤口。

还有一些清晨，父亲站在窗前高昂着脖子，手握刃口雪亮的剃刀对着镜子刮胡须的时候，也会有一两滴鲜血从他的下巴上像杏子树的花骨朵一样冒出。他毫不在意地用手指擦去后，立即会有新的一滴冒出。他的下巴总是受伤，可是他从不吸取教训。有一道蜈蚣形状的疤痕，永恒地爬行在他渐渐变窄的下颌上。

这天上午，父亲把晶体管收音机抱得紧紧的，十根粗糙的手指紧扣在一起。好像只要松开其中一根，收音机就会从他怀里砰然落地。我想，他的每一根手指，都被汗水打湿了。他的每一根手指，都因被摁在长久的沉默里而窒息。他的每一根手指，都不容易。它们变得僵硬而又苍白，要过好一会儿，它们才恢复血色。

父亲身后，跟着姨妈家的表哥。表哥漂亮的嘴巴会像蜜蜂一样嗡嗡嗡地唱歌，两只轻盈的脚，会在水泥地板上起起落落，忘我地踩着节拍。好像他嘴里哼出的歌声来自那双脚，我也想拥有那样的一双脚。父亲把他从那个遥远的村子请来，是为了让他手把手地教我们调试收音机的频道，播放储存着歌声的磁带。

表哥拥有一双无比灵巧的手。他旋转收音机上一个边缘刻着刻度的按钮，就会有不同的人在里面说话。它们把一盘磁带放进收音机的肚子，摁下一个银色的键，就会有动人的旋律在房间里回旋。它们把银色发亮的天线拔高或者缩短，收音机里模糊难辨的说话声就会变得无比清晰。我也想拥有那样一双手。

父亲把晶体管收音机小心翼翼地放置在卧室的窗台上，母亲则用一条刚刚从集市上买回的红纱巾罩住它。他们总是把最贵重的东西放在卧室。各种证件和钢笔锁在箱子里，白糖罐放在窗台，鸡蛋储藏在第一格抽屉。父亲做木工活儿的那些工具，塞满了另外三格抽屉。抽屉和墙壁之间的空隙里，放着锯子和斧头。抽屉脚下，是一盒生锈的铁钉。床底下，是两双雨靴。

卧室越来越小，它只能容得下父亲自己做的那张嘎吱作响的床，只容得下他不规则的呼噜、母亲不知道收敛的笑声——偶尔是比裹脚布还要长的抽泣声。我们被早早地赶出卧室。我们不被允许在他们睡觉的时候出现在卧室，我们在二楼的另一间卧室睡觉。我们的卧室，头顶挂着玉米棒，脚下堆满了土豆，也很小。

每天早晨，他们中的一个刚一起床，就站到窗台前，掀开红纱巾的一角，打开收音机，旋转按钮，转动天线。他们听新闻联播，听天气预报，听准点报时，午间和晚间也听广播剧和音乐节目。准点报时的时候，我们都被一个手势禁止说话。谁要是在此时说话，母亲就会噗哒噗哒地跺脚，脸上划过一道可怖的闪电。

她心情好的时候，会一边做着家务活儿，一边低声跟着音乐节目里的歌手哼歌。但我们不能看她哼歌，偷偷看也不能。如果看她，她的脸就会像夏日的西红柿一样迅速变红，她就会自嘲般地大笑起来。她扫地的手，就会变重。她打毛衣的手，就会悬在半空。她洗菜的手，就会浸在水里。

如果心情不好，她会沿着一条直线咚咚咚地走进卧室，啪的一声关掉收音机，然后谁也不看，再咚咚咚地沿着一条直线返回，最后消失于一扇门后。她所经过的地方，总是会掀起一阵小小的旋风，接着陷入可怕的寂静。

父亲从不唱歌，也没有谁见过他偷偷地哼过一句。他巨人般的身影在房间里移动的时候，我们把正要说出的话紧急收回，让它们在舌头上打转，让它们顺着发痒的喉咙返回到肚子里。我们还会用牙齿把笑声咬住，而笑声太多了，脸会被憋得通红。他是那样严肃，严肃得连空气都感到窒息。我们都离他远远的。

有一个冬天的晚上，父亲忽然来了兴致，坐到我身旁，命令我朗读课文。我把屁股钉在椅子上，十指紧扣，低头观看火焰玩变脸游戏。母亲正往炉子的嘴巴里添玉米芯。她每扔进去一个玉米芯，橙色的火舌就跟兔子一样呼呼地蹿出炉子。我用沉默拒绝父亲。他发火了，他大声命令我去把课本拿来，大声朗读，“否则今晚不许睡觉”。

我哭了，我哭着从书包里掏出语文课本，哭着朗读完一篇课文。朗读的时候，我不得不读两句就停一次。因为我声音哽咽，因为我不得不揩掉眼泪，揩掉鼻涕。泪珠打湿了课本上的方块字。黑色的字开始像蝌蚪一样游动，最后变得一团模糊。父亲无名的怒火与炉子中干燥而又粗糙的火焰一样，渐渐熄灭。可他起身去卧室时，我感觉他身上的每一寸皮肤都还紧绷着。他的每一寸皮肤都还在生气。因为他走路的姿势，笔直而又僵硬，冷酷而又无情，见不到一个柔软的动作。

父亲每次去镇上，都会站在路边小店的柜台前喝一杯玉米烧酒，还会从唯一的一家音像店里带回一盘磁带。有的只试听过一次，就再也没有播放过，有的从早播到晚地播放。可能是太累了，收音机的肚子里忽然发出一长串尖利的叫声：咯噜咯噜咯噜咯噜咯噜咯噜——破碎的歌声，像绳索一样绞在一起。

母亲小跑进卧室，一边拍打着收音机的肚子，终止让耳朵饱受折磨的尖叫声，一边低声诅咒“这个背时鬼”。

她站在窗前，垂首低眉，把衬衫衣袖挽到胳膊肘的双手抬到胸前，花很长很长的时间，如同一位缺少经验的母亲侍弄婴儿那样，使出浑身解数捣鼓磁带。

打满结的歌声，被她富有耐心的双手解开。它们像以前那样，从我们家的窗台飘荡到村子里，最后消失在密不透风的玉米地里和村子空空如也的上空。它们无力抵达更遥远的地方，我们也无力抵达更遥远的地方。我们把土豆皮削厚了，我们把米饭烧煳了，我们把新买的裤子磨出一个洞，我们不小心打碎了一只碗，我们没有把地扫干净，我们忘记了揩鼻涕，我们把手弄脏了，都会受到母亲的指责。

她指责我们的时候，我们不敢顶嘴。

我们沮丧地低着头，板着脸，像收音机那样，任母亲在冬天总是会裂开一道道闪电的手指，在我们身上摁下一个个沉默的键。

五

疯狗在村子里横行。它们像受到刺激的酒鬼一样四处狂奔乱叫，它们毛茸茸的长嘴边缘哈喇着令人恶心的涎水。它们的眼睛是直的，视线是直的，耳朵也是直的，它们白森森的牙齿，能够撕碎村子里所有坚硬的东西。如果不幸被它们咬一口，你就会和它们一样汪汪汪地狂叫不止，最后不得不在痛苦中死去。

每天下午集合放学的时候，校长都会站在长长的队伍前再三叮嘱："一定要避开那些狗。"他大声说话时，飞沫从他的嘴角喷溅而出，雾一样游走在第一排学生的脸蛋上、脖子里和回忆里。校长拥有一口铁锈色的牙齿，一张方方正正的脸。他下巴上的胡须，从来没有刮干净过。他嘴中的故事，从来没有结局。

人贩子在村子里横行。他们披着善良的外衣，口袋里装着花花绿绿的糖果。只要发现落单的孩子，他们就会亲热地迎上去，掏出糖果递到孩子喜欢甜食的嘴里，然后趁孩子失去意识时，把孩子拐走。孩子再也见不到自己的父母。他们经常对孩子说，你不是我们亲生的，而是从马路上捡来的。

每天下午集合放学的时候，校长都会站在长长的队伍前再三叮嘱："一定不要吃陌生人的糖果。"他大声说话时，飞沫从他的嘴角喷溅而出，雾一样游走在第一排学生的脸蛋上、脖子里和回忆里。校长拥有一口铁锈色的牙齿，一张方方正正的脸。他下巴上的胡须，从来没有刮干净。他嘴中的故事，从来没有结局。

我的回忆里，确实是一场又一场冰凉的雨水。

我站在雨水中，脸忽冷忽热，像风干的牛皮一样紧绷。我不知道该把双手放在哪里，把双脚放在哪里，也不知道该把窘迫的目光放在哪里。我只好低着头，盯着自尊心受到伤害的鞋子。

我的鞋子里，藏着十个小矮人，它们并排躺在一起，一动也不动，却被细密的汗水打湿了脸颊。其中一个就要拱出黑色的宫殿。

我的鞋子里，还游动着许许多多条鱼和许许多多的水草，是母亲用红绿两色丝线绣在鞋垫上的鱼和水草。我走路的时候，它们咕噜咕噜地吐着气泡。

校长每天都起得很早，然后背着双手在空旷的操场上散步。早到的学生见到他，都会面露羞涩地停下脚步，毕恭毕敬地叫一声："校长好！"他把双手抱到胸前，笑眯眯地点点头。他给我们上数学课。每堂课，他都会留下十分钟，给我们讲故事——"孙悟空三打白骨精""鲁提辖拳打镇关西"，美妙的十分钟。

我们听得入了迷，忘记了他铁锈色的牙齿，忘记了他嘴角喷溅出来的飞沫，也忘记了那些不愉快的下午。我们希望所有的课都是数学课；我们还希望所有的最后十分钟，都能变得无限漫长，秒针永远抵达不了终点。

有一天，校长心血来潮，把我们班分成两个片区，每个片区又分成两个组。这样，每个同学都有了自己对应的新身份：班长、副班长；片长、副片长；组长、副组长；中队长、小队长；语文课代表、数学课代表、美术课代表、音乐课代表……校长点名让我回答问题。我支支吾吾，面红耳赤。他问我在班上担任什么职务。我低声回答副片长。"副片长？谁给你封的官儿？我看你就是个骗子。"他这样说话的时候，那口铁锈色的牙齿格外醒目，也格外丑陋。

校长忘记了几个星期以前的事，我再也不想听他的故事。

六

门外响起一个单调而又尖锐的声音，停顿了一下，许多个单调而又尖锐的声音紧接着蜂拥而至，是金属在嘎吱嘎吱尖叫。它们灌进我们昏昏沉沉的脑袋，并在我们昏昏沉沉的脑袋里继续尖叫。母亲用短促的声调命令我："快去把门关上。"

父亲正背对着我坐在空旷的院子里矫正锯齿。他把黑色的锯条固定在两只木马上。他弯着被太阳晒成紫色的脖子，侧着瘦削的半张脸，专心致志地工作。他的脚边摆放着锈迹斑斑的虎口钳，黑色的三角锉，可以涂抹润滑油的刷子，受惊的空气，迸射着火星的嘎吱声，从他的前臂下发出，从他的胳膊肘下发出。

父亲制造出这些单调而又尖锐的声音，让我们的耳朵感到痛苦，让母亲以不容商量的语气命令我：快去把门关上。当我关上那扇吱嘎作响的门，它们即刻变钝。它们被一双手推远，它们环绕着房子。如果我不知道它们是父亲制造出来的，我会以为它们来自村子上空，我还会以为它们来自遥远的山谷。

村子里的每一个人都听到了它们，但没有一个人走出房间。就像雨季，无数块乱石滚过屋顶时，所有的耳朵都被颤抖的双手捂住，所有的眼睛都在黑暗中因为恐惧而暂时失明，所有的嘴巴都发出了一声尖叫，但不会有人走出房间。

只有成群结队的蜜蜂嗡嗡嗡地飞过村庄上空时，人们才会纷纷走出房间，在蜜蜂的必经之地用干燥的艾草叶制造出大股浓烟。他们戴着草帽，身披透明的薄膜衣裳，在浓烟下方高高举起打扫庭院的扫帚。

只有成群结队的乌鸦呱呱呱地飞过村庄上空时，人们才会纷纷走出房间，把厌恶的目光箭镞般射进黑漆漆的云块，低声诅咒：该死的乌鸦。

只有成群结队的飞机飞过村庄上空时，人们才会纷纷走出房间，睁大疑惑的眼睛，沉默着目送它们消失。想象中的战火，在他们的脑袋里蔓延。整个漫长的下午，父亲就那样坐在院子里矫正锯齿，直至黄昏的羽毛从石楠树浓密的树冠里纷纷掉落，堆积在他脚边。偶尔也有例外，父亲会把那些带着金属质地的嘎吱声深深地嵌进暮色里。晚上，它们还在我的耳朵里嗡鸣。好像梦中还有一个父亲，正坐在星空下矫正锯齿，直至每一颗锯齿都闪闪发亮。

没有人去打扰父亲。他俯身拾起那把棕色刷子，给牙齿闪闪发亮的锯条涂上润滑油。润滑油冰凉如蛇的皮肤，散发着铁屑的苦涩味。有一次，因为不小心碰到滚烫的开水，我的手指跟胡萝卜一样红肿。父亲跑进卧室翻箱倒柜，什么也没有找到，最终他犹豫地拿起那把刷子，给我的手指涂上一层油乎乎的油脂。

没有人去打扰父亲。他把木马放到檐廊上，拎着油光闪亮的锯子和虎头钳推门而入时，房间里扑进一股清新的凉意。我闻到了润滑油的味道。我闻到了父亲身上的烟草味儿，我闻到了十一月的气息。十月的云彩，刚刚在山顶燃烧完。

晚饭熟了。依然是土豆饭，依然没有菜，依然不需要餐桌。每个人端着一只碗，围坐在火炉旁。铁锅里的土豆，被一把锅铲翻来覆去地翻炒。每个人都拥有一个好胃口。咀嚼的声音，响彻灯光暗淡的房间。没有谁说话，没有谁讲故事。

晚饭后，才是故事时间。

父亲好几次差点死于自己的故事。一次，他差点死于一条河流；一次，他差点死于酒；一次，他差点死于一个事故。每一次，都是“差点”这个词语把他从死神冰冷的手里拽回。如果不是这个词语，他就不会坐在我们身旁。我们得感谢这个词语，顺带还要感谢发明这个词语的人。

下一个故事的眉毛刚到父亲的嘴边，我们就被母亲赶去睡觉。

明天一早，父亲将扛着长柄斧头、宽条锯子和一捆绳索，到森林里去伐木。

向迅

1984 年生于中国鄂西，现居江南。中国作家协会会员。已出版散文集《与父亲书》《谁还能衣锦还乡》《斯卡布罗集市》等多部。曾获林语堂散文奖、丰子恺散文奖评委奖、冰心儿童文学奖、孙犁散文奖、三毛散文奖、中国土家族文学奖及扬子江年度青年诗人奖等多种奖项。现就读于鲁迅文学院与北京师范大学联办文学创作方向 2019 级硕士研究生班。

依偎

/　蔡思若

引子

“这就走啦？不再待一会儿白相（玩）一下吗？”阿兰嘶哑的嗓音在偌大的宅院内回荡着，迎回了稀稀拉拉的几声“嗯”“保重身体”“有什么需要直接给我打电话”，听起来沉闷而遥远。她知道自己又一次被撇下了。

屋门口正对着的墙壁上常年悬挂着一副玻璃装裱的水墨画，二十六年来已蒙上了层厚厚的尘土，无人拂拭。“八马回归图，一九九五年作”的字样组成的几小块墨团歪歪斜斜地缀在右下角。在等待亲人回归的日子里，阿兰有时觉得自己是领头的那匹棕色的骏马，鬃毛飞扬，健壮而强大；有时目光却经不住粘在最末的那头雪白孱弱的小马上，瘦小稚幼，蹒跚地企图追上旁人的脚步。

临别时刻，她总是急切地到达这幅画跟前，站定，与大门保持两三米的距离，边捞起围裙的一角，不住地用手掌搓着不成样的布团，边空洞地凝望着来去的方向。有时能断断续续地接上几句寒暄，有时仅能赶上子女们离去的背影。每到这时候，她总是很沉默，或许还有更多的话想说，但大概是习惯了那些挽留的句子从来没能实现，她只好把脸皱成一团，好像攀附在她脸颊上浅褐色的皱褶能将晦暗不明的情绪藏掖干净。

“哼，哼”，小布丁却径直冲向大门边，趴伏在门口的石板上扭扭捏捏，尾巴在地上来回横扫，鼻翼扇动，发出怄气般的短促轻哼。眼前的两绺嫩黄色的毛尖儿挡不住它黑亮水灵的眸子，它把脑袋支在脚掌上，悄悄地向上探视，不时传出一长串孩童似的呜咽。人们常说，小狗拥有大约三岁小孩的心智，可它花了九年似乎还是没能适应人类短暂分合的愁绪。它缩在黑色的铁门槛后头，像是在哭。

“哟，它也会舍不得呢。”他们揶揄的声响从不远处飘来，混杂着几个不谙世事的孩子的捧腹大笑。阿兰和小布丁齐刷刷地顺着门口向外望去，没有动，脚下像是被老宅子的根脉牢牢捆缚。两道视线里裹着辨不清的复杂情绪，如同一大片空白，又像是深邃的水潭。

离群索居的人，寄人篱下的狗。情感的磕碰，生活的摩擦也未能使他们擦碰出剧烈的火花，却共享着一种被忽略和孤独。被留下和被看望会是限量的吗？下一次见面会是什么时候呢？他们还会回来吗？

离群索居的人，寄人篱下的狗。他们明明不只有彼此，可到头来好像也就只有彼此了。

我的家

川南奉公路与四平公路、鹏程街包围起来的狭小区块是上海市奉贤区的四团镇。在这座不过由三五条马路纵横而成的小镇上，间间盖有黑灰色瓦片的砖头房子紧挨着有些曲折的水泥路。偶有两层的低矮楼房夹杂在其中，青色的玻璃窗嵌在铝制的窗框里，正对着街角，昏暗的色泽冷冷地透着股闲人勿近的疏离。邻里的交往并不多，但在街头巷尾，阿兰的名字几乎无人不晓。

或许是因为她笑起来很好看，一点不认生。相互眼熟的村妇一旦碰面，总免不了驻足扯几段家常。阿兰记得附近姊妹的名讳与样貌，总是主动热情地寒暄。“嘿！最近哪能啦（怎么样）？”她一清嗓子，高昂的声线里即便裹着些许痰音，一种明快的调子从她总是咧开笑着的神情中流出，友善的模样也让听者随之喜笑颜开。早就摆脱了农妇身份、工作较为体面的她，待人接物从不端架子，生活中的磨难已经在她身上结出了粗糙的痂皮。就连在摔倒后被问起泛着黑紫色淤血手背时，阿兰也不过云淡风轻地笑了笑，摸了摸伤口，说着“已经好了，一点不痛”。

又或许是因为她的房子最漂亮。距四平公路的岔道不过三十米处，有一家民房改造后的杂货铺。无论是抱着一箱空啤酒瓶大腹便便的男人，还是犯了馋跑去淘零嘴的小孩，还未进店，都会禁不住向左张望。“这房子真大啊！”

这座前有香樟、后有枣树和松柏的乡村别墅已被如此赞誉了近二十六年。

1994年，阿兰狠下心把自己十几年的存款与丈夫卫民做木匠的工资汇到一块，一拍脑袋要把原先的旧宅翻新。这笔钱不算多，接近十万，但在“万元户”为人啧啧称奇的年代里，这个消息霎时在全镇不胫而走。而站在断壁残垣跟前，阿兰无比清醒地意识到，手边那一打刚取出便要交付他人的鲜红钞票不是如寻常纸张般脆生生、滑溜溜的，而是倾轧在背上三十斤的黄沙袋，是咬在卫民手掌心里那粗糙尖锐的木刺，是在黎明时分穿梭于高架上的木材装载卡车，是坚硬的铁锯、钉子和光滑的榔头。这固然是一个不小的负担，甚至把支撑四口之家的家底抽走了一大半，但遥想到舒适惬意的新生活，阿兰毅然决然地尽数投入这笔夫妻俩辛苦打拼的血汗钱。小学文凭的她将学堂里教授的课业几乎忘得干净，在台式电脑前用食指笨拙敲击时偶尔还会为某个字归属于哪几个拼音字母而犯难。但她操办起新居的事务来却是一丝不苟，机敏的步子每天为之四处奔走，如同一位称职的管家，只有万事亲力亲为才能让自己最放心。在她的几番斟酌及与丈夫的商讨下，三层的独栋乡村别墅终于在第二年坐落于一道黑色的铁门后头，后院挖出了一方挂着“回归池”石牌的人造池塘，西侧圈出的田地用来种青菜、荠菜和马兰头，靠东面一些种有一株枣树，北侧栽下两棵并立的柏树。一层逾百平方米的空间用作会客厅，两大幅水墨画在装饰性的仿西式立柱中间高高挂起，厨房、卫生间、客房各一。二层用作居室，两头是卫生间，靠南面由东向西分别为阿兰和卫民的卧室、置有麻将桌的小客厅、为雅峰筹备的婚房。依傍在楼梯两侧相对靠北的房间分别为雅频和雅峰的卧室。三层是阁楼，设有客房一间，剩余的空间用作储物。竣工的消息一传出，阿兰便急不可耐地与大家一起搬入这座梦寐以求的大房子，处处是自己的别出心裁。她向自己理想中完满的家庭生活敞开怀抱。前期采办的被褥罩帐等生活物品与花样好看的旧布匹，一时间竟将空空如也的阁楼占去了一半，锅碗瓢盆的入驻与不时传出的饭菜飘香瞬间令这座方圆几里内最大的独幢住宅充盈着满满当当的生活气息。

搬家时的惯例是点燃爆竹以贺乔迁之喜，但喜上眉梢的阿兰还是在翻新的花销里添上了五元的“巨额”，买了两桶名为“幸福高升”的新式鞭炮。站在门厅正上方倒挂的“福”字跟前，三十八岁的阿兰一手挽着丈夫坚实有力的臂膀，一手揽住畏缩的女儿雅频，招呼兴奋不已的儿子雅峰，在隆隆炮响与迸射的橙色火光中，阿兰感到新生活正携着前所未有的耀眼光芒向她迎面跑来。

谁知房子一落成，不过两三年光景，十八岁的雅频便如同迁徙的雁，跟着女婿静国一齐向着上海城区那白云悠悠的蓝天飞去了。而十五岁的雅峰吵着闹着要和干木匠外包工作的父亲一块在市区生活。此时已在四团镇上一家木材厂做了五年收账员的阿兰却无法轻易抽身，居所刚刚建成也无脱手的可能。新生活前行的速度实在太快了，转眼间已迅猛地碾过年过四十、渴望稳定家庭生活的阿兰，等她缓过神来，在生活的重压下微微喘息时，只得循着儿女与丈夫远去的车辙，背靠着自己梦寐以求的独栋别墅，依赖着自己再熟悉不过的乡野生活，形单影只地活着。

只是活着，生活的乐趣日益消散了。她“顺理成章”地成了这座乡村别墅唯一的“守门人”。只是这一守，就是二十年。上下班的工厂生活令她无暇也无从打理偌大的屋宅。大理石瓷砖上不断积累的灰尘、庭院内一不留神就冒尖的杂草、儿女被褥上的霉点、裂开的下水管道，此消彼长地阻拦在她面前，成为她最大的敌人。当不为旁人、只顾自己的生活向她俯冲过来时，她再也拿不出当时为家人忙碌的热忱，阿兰渐渐失去了料理自己的耐心和能力。盛煮两杯米的电饭煲她能吃个两三天，在院子里随便拔几棵绿叶菜汆烫着佐餐就足够，一周或半个月才沾一点荤。她总是自言自语。亟待解决的事物、姊妹间发生的奇闻逸事、凌晨档电视剧里谍战风云的剧情都能成为她对自己的谈资。有时清一清嗓子，嘹亮的声响能在空荡的厅堂内传个遍。“哎，房子再大，我的家只有我一个人，太寂寞太寂寞了，好可怜哟。”只有在孙女思思无能为力又不安的注视下，她才细若蚊蝇地泄露过几句抱怨。

别人的狗?

当空旷的屋舍倏地传出几声犬吠，许久未归家的子女们均有些不可思议。很难想象多年来她随心所欲、只剩自己的生活还能塞下另一个生灵。二〇一三年四月，空气中飘忽着时雨暂歇的湿润气息，恰逢清明节假期，众人一登门，便与沙发边一双黑亮水灵的眸子干瞪眼。一只金黄色的小土狗正趴伏在黑色铁笼里的软垫上，耳朵耷拉着，不住颤抖。只有当这幅场景被大家撞见后，阿兰才不好意思地把“别人放在我家一条小狗”的事实公之于众。

这条原属表舅家嘉铭姐姐的爱犬，才一两岁，不过半只手臂的长短。因为嘉铭姐姐的过敏不见好转，小学教师的工作又劳累繁杂，急需将这只名为小布丁的小土狗暂时安置在别处。阿兰几乎是他们的第一选择。宽敞空旷的房屋似乎哪里都可以作为小狗的窝。况且只要她拍板同意便无须再多言，不会被轻易退回，也不会冒犯他人的生活习惯。在她的家里，她的意见就是唯一的声响，享有绝对的权威。因为阿兰自己就是她的一切。“嬢嬢，谢谢哦，它也可以陪陪你。”“放放没事的，我也是看它可怜，所以决定留下来。”自此，小布丁闯入了阿兰的独居生活。出乎所有人的意料，我行我素的阿兰竟一板一眼地养护起小狗来，或许是笃定没过几年它就会被接走，久违的操劳感令她既新奇又珍惜。

一晃眼，小布丁一待便是九年。它的住所从一层的会客厅转移到进门处的拐角，如今又被彻底从独栋宅子驱逐，赶到房子外面的一间废弃的杂物间内。席梦思床垫与单人木制床架倾斜交错地堆叠，其间的空隙里胡乱地填塞着几大捆稻草、砖块。一袋印有“糖蜜豆皮”字样鼓囊囊的白色蛇皮麻袋拦在门前，将小布丁的生活空间与一堆亟待丢弃之物隔断。门前不过半平方米左右的空余才是留给它的。地上随意架着一个铁制的小盆、一个盛水的蒸锅内胆，还有随它一同前来的唯一仍在使用的“行李”——长方形的黑色铁笼，也可以说，是它的床。

表舅一家生活在南汇，与四团镇仅相距半小时的车程，但九年里很少专程前来探望小布丁。最初是每隔三个月来一次，查看它的情况，以缓解想念之情。当表舅妈提着一大袋狗粮和宠物零食迈进铁门槛时，还未开口招呼阿兰，小布丁就会有预感似的一溜烟地蹿到她脚边，边摇着尾巴边直往她胸前蹦跳。阿兰说，小布丁从没忘记他们，哪怕近五年来他们再也没来过。

阿兰不是不明事理的人，深谙他们的家庭生活里已经把小布丁抹去了，和她被单独滞留在四团镇的三层独栋乡村别墅一样，被遗忘久了，孤单就成了件理所当然的事。只是当“暂存”变为了“永久接手”，本就需打点大宅子的阿兰不免厌烦，最初的喜爱与新鲜感消退了，只觉更多了一个麻烦。遛弯、洗澡、倒狗粮、梳毛、投喂零食变成了一项项等待完成的任务，对本是出于情分收留小狗的阿兰提出了要求。长年累月下来，她完成得不情不愿，也逐渐应付敷衍起来。而当这些例行公事的提出者扭头走远了，阿兰便干脆按她的心意另行一套。

除非她当天需乘坐两小时的地铁去儿女位于城区的家中小住，阿兰一般不给小布丁吃狗粮，而是用电饭锅内的剩饭伴着顿顿残剩的菜汤、肉骨头、鱼刺或虾壳，搅和搅和往铁盆里一扣，便撒手走开。有时那泡饭的样子实在难看，使得饥肠辘辘的小布丁干嗅两下，便歪着脑袋兴致怏怏地往别处逃去。那时，阿兰便会暴躁地拾起杂物间内的一根细木条，愤愤地敲向铁盆边的水泥地，扬起的尘埃连同她的厌烦与凶蛮一块逸散在空气中，引得素来温顺娇俏的小布丁也禁不住咬牙切齿地发出“咕哝”的声响加以回应。“吃！”“再凶？你一点不呷咋（乖巧）！”小狗毫不屈挠地仰视这个阴晴不定的女人。可它的示威与抗议还是输给了阿兰落在它头顶上的巴掌，谁叫这间屋子里再无别人让她冷静。“啪！”皮肉之痛令它忍不住躲闪，低头往后一缩，终还是气闷得胡乱吞咽那团厨余糊糊。

阿兰也不怎么给小布丁洗澡，早些年的经验让她既不会把它带上二层卫生间内的淋浴房，自讨没趣地甩自己一身水，也不愿特地在杂物间翻找落满灰的红色澡盆与“香波”（专用沐浴露）。偶尔觉察到小布丁频繁抓耳挠腮的动作，或闻到了它身上酸臭的气味后，只有熬到这时候，她才会撸起袖子把小狗揪到后院的水槽里，将它的两个前脚掌支在槽边上，在水流下双手环住它瘦弱的肚皮上下揉搓。或许是随意惯了，一次她竟顺手抓过手边肥皂盒里的半块舒肤佳香皂，在小布丁身上画圈打起泡沫来。等反应过来的时候，它已难耐地在水池内左右扭动，发出阵阵气音，几欲挣脱她的束缚。虽及时冲洗干净，但吹干后小狗背中央已变得焦黑，一小块毛发也已脱落，裸露出浅粉色的皮囊。“啧，一腔头忙季特勒（一下子忘了）。”阿兰懊恼地暗自嘀咕。最终给小布丁喂了大半个月表舅送来的营养膏和小零食才初见浅金色的细毛再度舒展。

孙女思思胆子很小，孙子一一又调皮顽劣。因此逢年过节，当女儿和儿子两家人到访时，阿兰一边高兴得忙进忙出，一边还要分神照看小狗和两个小孩，挡在他们之间。“啊，不要过来！不要摸它！”一旦思思的惊呼响起，阿兰便会立刻停下手中的活，风风火火地前来，冲着小布丁颐指气使。一来一去之间，她也烦躁，终于怒骂道：“你走！我家不欢迎你！”严厉的语调让难见热闹，本是兴奋不已的小布丁不禁一震，委屈地垂着头和尾巴向自己门外的庇护所走去。

我的狗！

让阿兰真正觉得小布丁不再是硬嵌在她生活里一粒螺丝钉，是在一个再寻常不过的傍晚。当时，她正在二层的卧室内枕着倦意小憩，眼皮已不堪重负地轻压着眼眶。倏地，一串凄戾凶悍的咆哮遥远地传来，吓走了阿兰的瞌睡虫。那是什么声音？小布丁？不会吧，它不会这样叫的。她狐疑地快步向下走，伴着愈加激烈的犬吠，她几乎奔跑着冲去，某种不祥的预感又一次如影随形。

她一下就想起了五年前的一次失窃。当接到杂货店老板阿姐的电话时，匆匆赶回家中的她只来得及截下被两个窃贼从二层的窗口推下意欲搬走的保险柜。它静静地躺在屋外的石板上，丈夫每年带回的存款、祖母留下的嫁妆首饰和金块所幸被一串复杂的转轮密码完好地守护着。而只有她有钥匙的三道大门却没能守护住她仅有的家。她没给丈夫和儿女打电话，而是独自收拾着屋内的一片狼藉，将沉重的保险柜扶起推入大厅，边叫骂边清算损失。她后来常想，倘若当时那两个乳臭未干的小毛贼正巧被自己撞见，自己除了气势凌人地威吓，好像也没有其他的办法，因为她孤身一人，因为她无所依傍。

而这一次，恐惧与担虑的分量却轻了许多，尖细嘹亮的狗叫给了她底气。“喂！你在干吗！”阿兰大声呐喊。站在铁门前妄图撬锁的男人立刻仓皇溃逃，但小布丁的狂吠直至他跑没影了才渐渐停歇。“好狗，我的好狗，好聪明，还知道帮我看门。”阿兰一下一下拍抚着小狗头顶的绒毛，温柔得令它眯起了眼睛，享受着难得的怜爱与夸奖。

而乖巧聪敏的小布丁也曾令阿兰焦虑不已。在它三四岁时，趁阿兰到杂货店阿姐的家中唠嗑，小布丁破天荒地从铁门槛与水泥路的夹缝里钻出，离家出走。待阿兰回到家中，不同寻常的陌生令她暗叫不好，将门匆匆锁上就神色凝重地向外疾走。“它跑出去玩了，但是迷路了啊，它找不到家了，我饭也没吃跑到大街上一路找一路‘小布丁’‘小布丁’地喊它的名字，找了好几个钟头……”回想起这段经历，阿兰仍会蹙着眉，黝黑的眼眸里流动着怜悯与忧忡。夜幕降临，当她疲惫不堪又一无所获地往回走时，却听见巷口垃圾桶边上传来脆弱又熟悉的呜咽。走近一看，小布丁正可怜地蜷缩成一团，躲在阴暗的角落里哀哀地泣诉。

“哎哟喂我的笨狗，要认得我们的家啊。”阿兰如释重负，用最严厉的口吻不住地责备着，但还是引导着它站起身往回走。

一人一狗的步子不由得轻快很多，好像终于都安下心来。夜晚的乡间小路上罕有人迹，只有昏黄的路灯投下一个又一个椭圆形的罩影，为他们指引家的方向。他们总是保持一前一后的距离，小布丁偶尔凑近阿兰身边贴着她走，偶尔又会被她轻轻踢开，示意不要挡路。于是，他们的影子时而疏远，时而又依偎在一块，时而明晰，时而又朦胧虚渺，像极了他们之间从没有明确的从属关系，谈不上亲昵，论不上亲密，而此时却以趋近的速度向同一个目的地走去，一起回家去。

离群索居的人，寄人篱下的狗，当他们不得不被置放在同一个屋檐下，貌似不登对的搭伙，却激起了情感的暗涌。他们以别扭的方式相互依偎着，共同等待着某天在望不尽的那一头，或是永远抵达不了的那一端，完满的家庭生活能向他们发号施令，回归爱的温床。

蔡思若

2001 年生，现为上海大学文学院 2019 级本科生。

在眼睛出走的夜晚

/ 郑沁辰

当我的眼睛出走的时候，我仿佛是更完整地拥有了我的鼻子、耳朵和皮肤，像我从未拥有过的那样。它们汇聚成另一种目光，代替视线存在，那是无数道无限延展的枝丫与触角，它们既窥视世间万物，又能游走于任意的旧时光或抵达素未谋面过的可期之处。很多时候，我常常觉得它们像是一些储藏在我身体中的瓶瓶罐罐，只有对应的气味与声音才能将它们打开，于是就一下剧烈地倾泻出来，打翻在我过往的一些瞬时上，又或是那些我所钟爱的或曾抵达、或未抵达之地，迸发出漫山遍野的花朵来。

夏日过于燠热，冬日又太凛冽。春日生，秋日收，迎来送往，和煦与微凉，不温不火。白日躁，夜晚谧；光下喧，暗中醇。我在某个静夜中深有体会：即便四下无人，有光的地方总让人觉得声音更大。光是所有寂静的细碎中声音最大的东西。于是我更愿意把眼睛的出走献给所有春日与秋日的夜晚。

我曾试着描述仲春夜晚的气味，这种渴望极尽细致的感知记录，是我试图储存它的唯一方式。当夜幕里悬浮的水汽与湿润的泥土和遍地的生命、南方的微风相拥时，那是一阵渴望从内打破的、无数个细小悄然的愉悦聚合成的一瞬猛烈的欣喜，被一团二十摄氏度的安心像襁褓一样包裹住，好像所有的都被原谅，所有的都被保护，所有的感怀又重新都被惦念，一霎时可以流出大把眼泪的气味。

春日里小区的深夜总是奇异地热闹，这种热闹是很深的蓝色。说不清出于什么原因，我就想这样形容。我常隐在一片黑暗中静静地听。不管夜多深，也总能零零星星听到孩子的玩耍和话语声。或许是这一片外来务工者多，夜深时，或收摊带孩子回家，或回家了才能看着孩子出门兜一会儿风。偶然听到对楼的一个小男孩嫩嫩地喊：“爷爷，你不要睡着哦！”那声音像一颗清朗的玻璃弹珠丢进一个木盒，蹦了几下，陷进黑色的天鹅绒里。后面的话语听不清了。大概是孙子拉着爷爷做游戏或者讲故事，只是夜太深了，老人迷迷糊糊该睡着了。很温馨，又很戳心，我想着。也许这句话终要延伸到某个尽头，而在那里，它还能像在这个春夜中这样，唤醒这个昏昏欲睡的人，那定是这个世间最美妙的咒语了。楼下的竹径上有播放的收音机声，电台里的声音位置移动得很慢，但是在渐渐淡去的，应该是一位老人在漫步。他们总是爱听央广调频的节目，似乎也并不曾关注内容究竟是什么，只是有个伴儿了。那些沉稳落地的声音和安然垂着的夜色，十二分恰切，像是在互相抚慰。于是夜幕垂得更深，分秒变得更悠远。我很喜欢夜色中收音机的声音，我甚至觉得收音机这个东西本身就是属于夜里的。“收音”机，这名字多妙啊，听起来像是能吞吐万象的某种法器，是有灵性的。更晚一些的时候，更重的夜色里有男人在唱歌，唱撕心裂肺的情歌。分不清那些走调和破音是不是因为过分充沛的情绪，听起来，他更像是在说话，说一场没有聆听者的哭诉。他的声音淡去的速度快得多，唱着副歌就转进一个拐角，没入夜色。夜色里的所有声音，从诞生直至被空气消磨得影影绰绰。那些被白昼的喧哗吞噬的辛酸的声音，被夜色包容保护着完整地吐露出来。

至清明时分的气味，是那种大大小小的嘈杂都缩成喃喃低语，然后汇聚成一种细碎迷离的气息，它近似香火，但却是在没有点香的时候也存在的气味。那个清明前夕的夜里，人生第一次路过一个道旁的灵棚。棚里的人们细碎低沉地交谈，不时有轻微的叮当声，像是铃铛不经意间碰到一起，焚香的气味从四面八方散开去。恍然想到在这位逝者的生命之初，医院、产房，白衣服的人们也曾聚在一个四四方方的房间里，轻声说着，轻快、欣然而温和。他爆发出热烈的啼哭。而今，黑衣服的人们聚在一个四四方方的灵棚里，轻声说着，含糊、悲戚而平静。很快，棚里的戏班子开始工作，锣鼓爆发出热烈的喧闹，这次的啼哭，来自那些目送他的眼睛。他仿佛再一次回到了出生时的状态。“正是江南好风景，落花时节又逢君。”这世上的生死，连声音都是相通的。

春与秋，一个是土，一个是尘。

秋夜的气味不再像春夜的襁褓，它有一种很真切的“尘”味，但是很清朗的尘。最爱的花香味在秋天，桂花的气味。那是一种清甜的对呼吸的掠夺。它和秋的空气一样，是钻在鼻子深处的，但这种程度恰到好处，既通透，又不窒息。最通透的时候，就是在夜里。黑暗中的桂香更清澈，更纯粹，它的引力更大，能一下把我拉回儿时一个破败自行车棚旁的一树金桂下。很欣喜的一件事，这些亘古的气味是得以让我的一部分永远存在于过去并随着每个当下的我一道无限绵延的保存方式。

那天我尝试在四下空阔的小区街道，在行进的自行车上闭眼感知秋夜。这是一次很不同寻常的体验，我好像前所未有地接触了这个世界。空气里除了桂香，还有一些不知名的花香，它们都是一种不张扬的素淡，幽微谦逊的和谐交融。经过三三两两的行路人，声音听起来多在五六十岁的样子。上了些年纪的声音在夜里听来更安静，更厚重，像是在诉说一段温度。他们有男有女，多是两人一行，和煦地说着日子里的柴米油盐，声音和夜色的频率统一。这些声音激起我内心一阵亲切的温暖，像一杯热牛奶，他们都在那一瞬间成为我陌生的家人。在靠近楼房的一侧，几扇窗里飘出沐浴露和烹饪食物的气味杂糅在一起，裹挟着一阵带水汽的温度，这种温度在夜凉如水的秋夜里哪怕是气若游丝，也能被很细致地体察。淋浴和油锅的声音有些相近。一户人家客厅的音响里播放着奥黛丽·赫本的 *Moon River*，没有别的声响。听传来的音乐声，那是一条很狭长的走廊。接着，我闻到属于几家独特的味道，我把那形容为从家具里溢出来的、独属于这家的味道。不知是否也有人留意过，每一家的气味都不相同。这些气味也是带着温度的，它们把我拉进一个我构想中的房间：灯光、窗帘、沙发、壁橱、挂钟、餐桌、端着汤的主人……当然，不同的气味在我这儿有不同的陈设。这说来有些诙谐，我总是喜欢在我的思想领域秘密地"占领"别人的家。秋天的叶子被风吹起的声响更脆，酥酥的脆。一片枯叶擦过脸颊，落在地上发出脆响。忽然想到韦应物的"空山松子落，幽人应未眠"。还从未听到过松子落地的声音，不知道松子声之于枯叶声，是不是也像淋浴之于油锅那样。但确实想到了许多"幽人"，我把我的一部分也放置在了他们的身上。难怪古人的秋与思总在一起。"若欲相见，只须于悄无人处呼名，乃至只须于心头一跳一热，微微"，周梦蝶的这句诗，我想是对于这种无所遁形的异地之思最智慧的化解了。大概 *Moon River* 里的"Huckleberry friend"，也像是这般"松子"与"幽人"的感怀吧。

所有的这些，囿于文字的叙述才有了前后的顺序，但事实上，它们很多几乎是同一时间地聚集在我的身旁。虽然我让我的眼睛丢失了它的工作，但不看世界的时候，万物都在向我奔涌。我像是一块强大的磁铁，每一件被听觉、嗅觉与触觉感知到的事物，此刻都没有远近之分地汇聚到跟前，连所有从身边掠过的奔赴都一下有了目的地。它们都失色，却又在此刻最为丰富。鼻子和耳朵看得更远。我被完完全全地包裹在这个世界里，好像终于开始真正成为其中的一部分了。睁眼的时候，光挤进来，世界是离散的，它一下远了很多。我看到一些楼房在远处，只露出一角，几盏看不清的窗子背后的灯光，我明明才刚去他们家里“做了客”；看不清哪里有花，独特的味道不知道是哪扇窗后的；掠过的电瓶车没有踪影了，行人很纷杂。只有以一个外人的方式存在的时候，一切才变得更远。这会儿，我好像又回到一个外人了。我想，在那段眼睛出走的时光里，我似乎短暂地消解了我们对于世间常常存有的这种客遇感。朋友曾提起一次禅修中的打坐体验，那起初是对于声音的分明感知，但随着阶段的推进，最终是把这个世界的影响与自身隔开，从而更明晰地感受“自我”。她离世远了；我与世融了。不做好坏评判，但我更偏爱后者。把自己放在烟火中摄取烟火，是一种温度和亲切。

在那些眼睛出走的春日与秋日的夜晚，我更切近的，不只是更远处、更丰盈的世界，更玄妙的此生之外的东西，还有更多部分的我。它们散落在各个角落，在声音、气味与触觉中，我能够将它们完整地拾取起来。这种拾取，是留在原地的拾取，我无意在把它们全部收入现在的我拼成“完整”，而是或发掘、或重温，然后等着某一时刻再一次的不期而遇。或许所有这些被感知的事物，都是我在无意识中就已经过筛选的，因为它们撞上了我内心那些柔软的地方，但我无意在此挖掘进一步的延展，因为那些是更少共鸣的私人化的体验了。

我喜欢以眼睛出走的方式拥有事物，我用它来记忆过去，用它来标刻未来。我并不认为这两端的怀抱是无用的惦念与空洞的憧憬。它们既是我的一个仍和过去保持着联系的部分，又是我在未来某一时刻埋下的我。这是我同这个世界一道、永远在生生不息着的证明。

┃ 郑沁辰

2000 年生，现为上海大学文学院 2018 级本科生。

五十岁，母亲开始学习写作

/ 卢璐璐

一

寒假期间，我久违地跟妈妈一起住。还在飞机上时，我就预料好了我们俩的相处模式，无非是她渐渐忍受不了我整日盯着手机和电脑，因而开始呵斥和唠叨。没成想到地方了才发现，角色竟发生了互换，“网瘾少女”变成了我妈妈，而我成了那个督促她早睡的人。

母亲在深圳一家食品贸易公司的门店中做销售工作。门店位处一个较大的农产品批发市场，这里从凌晨三四点开始就挤满了形形色色来进货的客人。每日，妈妈和同事们在二十二个装满各类食材的冰柜间闪腾挪移，为客人们开单取货。搬货的时候，妈妈将装满货物的纸箱抵在围裙上，挺直背，吃力地将东西搬到客人的车上，冻货凝结的水雾很快濡湿了妈妈的围裙和手套，太阳一晒又干了。如此湿湿干干几十次，太阳敛了光跳到山丘背后时，客人们才渐渐少了。

下班前，妈妈要简单收拾一下卫生，一次她拿空纸箱时触到某种柔软的东西，倒出来一看竟是一窝粉红色的没毛的小老鼠；有时她移动一下冰柜，便立即会有一群四五厘米长的蟑螂在她脚边疯狂逃窜，惊得她这个北方人尖叫着跳起来。

在嘈杂湿热的市场工作了一天之后，妈妈拖着疲惫的身躯回出租屋，跟我和爸爸一起吃晚饭。刚回来的头一天，我本以为妈妈饭后会照例和爸爸下楼散散步，或者躺着休息休息。没想到妈妈却撇下爸爸，独自坐在桌子旁边，若有所思地在本子上写着什么。

“你妈现在迷上了写作，天天都要写一千字。”爸爸酸溜溜地说。

妈妈不为所动，继续构思她要写的内容。

我在放假前就曾收到过妈妈发来的一篇习作，但当时并不知道她已经报了线上课程，正式学习写作。隔几天，她报名的写作班便开一次课，老师以语音的形式授课，妈妈一边听课，一边收拾房间，偶尔停下手中的活计，匆匆在笔记本上记下课程要点。上完课，她又抱着手机苦思冥想。然而灵感左等右等等不来，妈妈皱着眉头自言自语："今天写什么呢？"

如果白天她遇见了奇葩的客人和糟心的事，那么当天的写作便有了珍贵的素材，打字的速度已经赶不及灵感涌现的速度，妈妈朝我这边偷瞄几眼，欲言又止。

"你咋不写了？"我问。

"你不在的时候，我都是用语音输入打字的。"

"那你语音吧。"

"我怕你听见了会嘲笑我。"妈妈埋怨道。

我识趣地戴上耳机，妈妈走到阳台上一句一句地念她的文章。

十点半已过，母亲躺在床上，依然目不斜视地盯着手机，一眼也不看我。以前被唠叨的时候，我觉得不耐烦，现在妈妈的注意力完全从我身上移开了，我反而觉得受到了忽视。

"还没写完吗？"我催促道。

"今天文章的字数已经够了，但是质量我不太满意，还要再改改。"她匆忙地答了一句，手指继续在手机上不断地敲击。

仿佛感受到了我的不满，妈妈笑吟吟地将手机塞到我手上："你帮妈妈看看。"我帮她修改了标点符号和错别字，提了些意见，妈妈改了又改，终于舍得发出去了。

有时候关了灯躺在床上，她还高兴地跟我讨论她新学的写作知识。妈妈睡熟后，我睁着眼睛看着周身的黑暗，一时有些感慨：母亲年过五十，依然葆有旺盛的求知热情，勇敢地突破着自己的舒适圈，尽管生活很少给予她选择的余地。

二

母亲小时候就爱好文艺，她在广播里断断续续地听刘兰芳的评书《岳飞传》，听说哪里要放电影就跨越好几个村去看，直到夜半等她严厉的父亲睡着才敢回家。她能找到什么书便读什么书，《上下五千年》《隋唐演义》《包公案》《三侠五义》等大部头都被她翻了许多遍。

初中还没上完，姥爷突然病逝，母亲因此一度失学，复学后中考成绩离县里最好的高中分数线差了六分，抱憾进入镇上的高中读书。那时高考对妈妈来说意味着可以分配工作，可以将家人从贫困的泥沼中拉出。学校为了提高升学率，在高二时便会淘汰一大批人，妈妈一直名列前茅，成为升入高三的三个仅有的女生之一。

那一届理科班共有四十八人参加高考，其中三十多个都是考了三四年都依然未能如愿的复读生。高考前一夜，妈妈紧张得在床上发抖，熟悉的耳鸣嗡嗡地折磨着她，她一夜都没睡着，浑浑噩噩地考完。得知落榜的那一天，她骑着旧单车漫无目的地在几个村子之间来来回回地游荡，眼泪散落在风里，前程像雾一样渺茫。

二十年后，我从她泛黄的日记本里读到这件事，依然能透过那被水渍晕开的字迹感受到钻心刺骨的绝望。妈妈班上只有三个人考上了大学，其中两个读了专科，唯一一个被本科录取的同学复读了五年，他们后来都获得了体制内稳定的工作。

命运的分水岭就在此时显露出它的残忍。当时镇上高中的升学率很大程度上都依靠复读生，许多人复读了五年八年，依然未能上岸。妈妈本来已在老师的引荐下进入别的学校复读，但她捏着手里的一百四十块钱舍不得交学费，因为那是家里准备种麦子买化肥的钱。

从小学起，她的学费便是靠姥姥卖鸡蛋、向左邻右舍借钱一分一分凑出来的。往往一个学期已经过了一半，她才在老师不断的催促下勉强缴清学费。一九九〇年我国农民人均纯收入为六百三十元，而姥姥家却欠着两千元的外债。妈妈在家中排行第四，后面还有三个未成年的弟弟妹妹嗷嗷待哺，继续复读意味着榨干全家人的口粮，而复读的结果却是难以预计的。思考良久，妈妈流着泪把所有的书搬回家，从此挥别了她的学生时代，毅然决然地踏上了南下打工的旅程。

进入珠海的电子厂之后，妈妈每天的工作就是在流水线上给电子元件镀锌。十个小时的机械劳动枯燥乏味，她攒钱买下了人生中第一部属于自己的书——

《平凡的世界》，把书带进车间，在流水线作业的间隙偷偷看上几眼，就这样读完了一整部小说。休假时，工友们喜欢成群结队地出去玩。妈妈有时也会和他们一起聚餐，但更多的时候，她窝在小宿舍里，在收音机里听路遥的小说《人生》。

不久后，她在厂里遇到了曾经的高中同学，那个男孩认出我妈时非常惊讶："你当时学习那么好，怎么也出来打工了？"我妈脸上的尴尬和失落可以想见。

三

后来他们相恋、结婚，有了我。结婚前爸爸承诺会资助妈妈重新高考，然而我的到来打破了妈妈的计划。

读书填不饱肚子，妈妈放下书本去学了缝纫，我小时候许多衣服都是妈妈踩着缝纫机一针一线做出来的，她还靠着这个本事开过一个小店。可惜当时没有异地高考政策，为了我的教育，妈妈不得不回到村里。

镇上的小学一年级只有一个班，一百多个孩子挤在一起，年龄从五岁到十几岁不等。第一个学期末，我数学考了六十多分依然能排到单科第六，妈妈觉得这样下去不是办法，决定带我去县城读书。

县城的生活对我们俩来说是完全陌生的，这里没有熟悉的田野和姥姥慈爱的脸，有的只是精明的房东和不菲的"借读费"。妈妈努力将日子经营得温馨舒适，她白天在超市里打工，晚上辅导我学习，一年到头很少有休息的时候。

有一年夏天，她为了多挣些钱，把自己关在小房间里日夜赶工制作羽绒服。为了防止羽绒飘得到处都是，她很少开风扇，用胶带把房门的缝隙都贴得死死的，罩衣、口罩裹得人都快中暑了。我放学时，她从屋子里出来迎接我，眉毛和眼睫毛上白茫茫的羽绒随着她的微笑抖落，我看了不禁心酸。

即使如此，她还是会在床头搁一本书，利用每天睡前的十分钟读完了《狼图腾》等书籍，我也有样学样，从《格林童话》《伊索寓言》读起，小学毕业前已读过高尔基的《童年》《在人间》、霍达的《穆斯林的葬礼》、路遥的《平凡的世界》等多部小说。

读书之外，妈妈喜欢写信。她在信中和在外地工作的爸爸交流我的成长趣事，记录生活中的点点滴滴。现在那些饱含温情的信还按照日期整整齐齐地码放在我家的电视柜里。平时工作忙，妈妈常给我留字条，教我怎么使用厨具和电器。有时候我们生气闹别扭，她也会通过写信的方式和我打开心结。在她的影响下，我也养成了通过写作记录生活的习惯。上次回家时，我还看见自己小学时期的日记本都被用牛皮纸仔细地包好，放在爸妈那堆通信的旁边。

妈妈还特别关心时事，每天早上收看《朝闻天下》，中午放法制频道，晚上定点收看《新闻联播》。有时她和爸爸在饭桌上就国际局势进行激烈辩论，我听得一愣一愣的，仿佛身处联合国大会现场。

时间的齿轮不疾不徐地转到了二〇一三年，外面的世界发生着翻天覆地的变化，电子商务的发展日新月异，支付方式日渐改变，县城内的生活却一如既往的单调乏味。

彼时妈妈在做一份销售的工作，一开始工作时，她每天都在背诵上百种商品的价格和摆放位置，为自己能偷学销售技巧和进货渠道而开心，但日子久了，她逐渐厌倦了这种安逸的一成不变的生活。她开始接触电脑，在新闻报道和形形色色的文章中想象远方更大的天地里的生活。

三年后我考上大学，妈妈果断地跟老板提出了辞职。老板极力挽留，妈妈却说："我在家待的日子久了，感觉自己都发霉了，要出去晒晒了。"她像一艘小小的乌篷船，执着地离开熟悉的古老渡口，向着未知的大海进发。

当时我不理解她的行为，年近五十的人了，没有学历，没有过硬的技能，在大城市生活得多么艰辛啊。我问她为什么，她眼里闪着光，表情十分坚定："我害怕故步自封跟社会脱节，我不想以后变成一个非常非常落后的垃圾的老太太。"

四

妈妈和爸爸再次南下，原计划去深圳投奔姑姑一家，由于中间出了些变故，他们不得不自行找工作。他们干过家政，做过保洁，在路边支过早餐摊，年过半百换了个地方，依然在底层工作中打转儿，仿佛永远也喝不完生活灌给他们的苦水。

妈妈曾在一个注塑作坊里干过一段时间，每天一个人盯着四台机器，从早八点到晚八点，或从晚八点到早八点。塑料颗粒通过机器融化，再经过模具注塑成瓶子，妈妈要做的就是不断地弯腰从机器下面把瓶子拣出来，用尖利的小刀削掉毛边，再飞快地将瓶子码放进箱子里。

刚出来的瓶子温度很高，刻薄的老板娘怕员工戴手套会影响进度，妈妈只好赤着手去捡，每十分钟就要摆放五百多个小瓶子，双手结了厚厚的老茧。四个机器不断地吐出瓶子，妈妈不断地重复着捡瓶子、磨边、摆放的动作，还要时常被老板娘嫌弃动作慢。

妈妈昼夜颠倒，把自己变成了这家作坊里的第五架机器，手腕上不慎被小刀戳出了疤，然而到手的工资却由说好的四千五被克扣到三千。老板娘自有一套说辞，甚至在妈妈要离职时还威胁说不给发工资。

妈妈十分愤怒，据理力争终于拿回了自己应得的收入，毛遂自荐找到了批发市场的新工作。她的同事们不是“九〇后”便是“〇〇后”，只有她一人已年过五十。但她仍凭着自己的努力得到了老板的赏识，工资从月薪四千慢慢涨到了七千。

温饱得以解决，她开始重新思考心灵安放的问题。回看五十年的人生经历，她自问不是个喜欢热闹的人，只有阅读和写作才是她真正喜欢做的事情。妈妈花钱报了写作班，希望得到专业的指导，并且开始每天兢兢业业地码一千字小文章。

她在写作班认识了几个关系不错的笔友，每次别人指出她的问题，她都如获至宝，激动地跟我分享。写作课上，她最喜欢的是点评环节，有时她屏气凝神，做好了被批评的准备，却只听到了老师通篇的夸赞，妈妈反而不开心，觉得没能解决自己的写作困惑，她就私戳老师，追问自己的缺点，乐此不疲地修改自己的文章。

我开学后她还在坚持写作，日更天数已经超过了一百天，累计写了十八点七万字。她在一整天繁忙的劳作之后，挤出做家务和睡觉的时间，锲而不舍地码着字，哪怕五个小时之后，她又要在凌晨三点半爬起床，匆匆忙忙地赶去上新一天的早班。

五

我曾发微信问母亲，是什么原因让她如此锲而不舍地写作。她当时回我："这个问题我稍后回答你。"我心说，她该不会把我的提问当成素材写进文章里吧。

两个小时后，她将一篇新发表的文章链接发给我。点开一看，我的问题果然被妈妈收进文章里了，她在文中为她的写作列出了许多看起来高大上的写作理由，比如写作能帮助她找寻晚年的意义、能帮助她自我提升之类。

我将信将疑，再三追问，她终于松口，神秘一笑："我花了四位数的价钱续报了为期一年的写作班，只要一年内写够四十万字，就能全额返学费。"呜呼，如此直白的理由，竟然俗得有些可爱。

虽然她嘴上这么说，但我知道她坚持写作一定还有别的原因。她在文章里回忆自己小时候的烂漫生活，反思自己曾经犯过的错误，思考最近新读的书、新学的写作技巧，抒发对周围人事的一些见解……在她的笔下，过去五十年看过的景色、受过的风霜都灵动了起来，颓废的情绪被消解，苦难在写作中沉淀结晶，被理性打磨成一种宝贵的人生智慧。

翻看这些内容，我受到了深深的触动，母亲文字里流露出的对生活忠实的记录和对写作纯粹的热爱，正是我在日渐功利化的写作里逐渐失去了的。我开始更频繁地跟母亲交流，她有一天说："我学写作的一个比较重要的原因就是希望将来老了能跟你有共同语言。"我听了，感觉十分愧疚，意识到在过去四年的求学生涯里，我已经很少再主动跟母亲沟通了。

寒假期间，我用翻译文献挣的钱请爸妈看春节档最火爆的电影《你好，李焕英》。看完电影，母亲说："我也是希望你健康快乐就好。"但我想的却是，如果时光真能倒流，我一定要帮助母亲考上大学。长期以来，我都觉得妈妈的勤奋、勇敢、坚韧都远在我之上，她本应该过上更顺遂更幸福的人生。

然而当我问及母亲年轻时的梦想，她却坦诚自己"从来没有像别人那样拥有远大的理想"，往往是像"吃萝卜一样剥一段吃一段"，而自己最初的目标不过是"摆脱农村那种与土地绑定的生活状态"。这样看来，尽管没有考上大学，她最初的梦想依然早就已经实现了。母亲早已接纳自己平凡的有些缺憾的人生，一直意难平的人其实是我自己。

过去的数十年里，她的人生目标只能“随着生活的需求一直在变、变、变”，未婚时她希望多挣点钱为家里还债，因此节衣缩食并努力地打工；结婚生子后她想“给孩子创造一个好的生活就业环境，殚精竭虑地在县城买房、立足”；外债还完，孩子也上了大学之后，她终于有时间和精力再次走出去，去大城市“见识一下外面的世界”。

尽管生活没有给过母亲多少选择的机会，但她还是在繁重的工作之外挤出空来，靠着读书、看新闻、写作充盈自己的内心，保持思想的鲜活，努力跟上时代的步伐。年过半百了又怎样呢，妈妈还是在勇敢地张开双臂，拥抱人生新的可能性。

卢璐璐

1998年生，现为上海大学文学院创意写作专业2020级硕士研究生。曾获上海青年学生青春宣言征集活动一等奖、第二届白马湖全国网络文学评论大赛二等奖。

一篇地下室笔录

/　赵烨

场景：一间虚构的地下室，一张桌几，一盏白色的台灯

访谈对象：他（我）

访谈者：我（他）

这是一间地下室——我思维的地下室。我虚构了这样一个并不存在的空间，尤其是在“非虚构写作”这样一个命题之下，读者些许会多有嗔怪——但是谁能说这间地下室是虚构的、不真实的呢？我尚不想从“虚构尚是真实的一种”来为自己开脱，而是我觉得我是复杂的、陌生的，而我那复杂与陌生的部分，似乎都有意无意地被锁在这间黑黢黢的逼仄的空间里，我认为需要有一个机会将“他”释放出来。

释放，倒不是出于分享和坦白的目的，而只是为了记录本身。记录也不是为了分析，或者说苦心孤诣地抽象出一个如何如何的“主题”出来，而是纯粹地希冀能够还原抑或是逼近完整的自我：我脑海里那些尚未夭折的情绪到底是怎么出现的，又是怎么飘逝的？我和人的关系到底是如何建立的，又是怎么被破坏的？我黑夜里睡不着的时候到底在想什么？那个时候的我是真实的我，还是现在白天的我是真实的我？那地下室里的那个我能不能也算作是真实的我呢？……在记录的过程中，我不能保证“我”的视角绝对客观，但是尽量克制；而那个“他”的表达不能够保证不受“我”的影响，但也尽量能够与“我”绝缘。在讲述的过程中，会出现林林总总的人物，这都是“我们”共同的记忆，但是“他”口中的他们与“我”记忆中的他们，尽量不发生干系。这是一个思想实验，而我就是我实验的对象，我不知道这场记录最终划向的结局是什么，就像一个造

物主在创世纪的时候，他永远不知道弗兰肯斯坦会否就诞生于他之手——但是这种对待未知的隐忧，难道不能够算作是一种真实的“非虚构”吗？如果可以算，那就姑且视作我这篇手稿的一个火戳吧。

好了，“我”和“他”进入地下室了。“我们”落座了。“我们”中间的那张桌子是方形的、木质的，“我们”都很熟悉那张桌子，那是我房间里的书桌，但我清空了桌上所有的东西，只留下那盏我从初中开始用起打着白炽光的台灯。两者间彼此隔着不远，“他”坐在“我”对面，“我”点亮了那盏台灯。“他”开始惶惑地看我，“我”掏出了笔记本，“他”两手交叉，尴尬地低着头，甚至有些颤抖。“我”试着微笑，但还是意识到自己的嘴角有些抽搐。

“那么，我们终归还是开始吧。”

我：这里只有两个人——你和我。你没有必要担心什么，更加不必要羞赧。这么长时间，你都把自己锁在这间狭展的地下室里，你是在害怕，或者担忧着什么吗？

他：我不害怕任何东西，我只是不想失望。

我：失望？为什么失望？

他：我的失望，是因为我以为我的坦白，将会像一颗流星悄无声息地掠过头顶上这片紫色的夜空，我含着暴烈的情绪燃烧，但是地上的人们根本就只能看到一株微渺的烟丝，甚至比不上这盏小台灯的亮。

我：如果我把你说的记录下来，你的坦白是不是就能够有点担保呢？更何况，你至少还有我这么一个聆听者，或许有我一个就足以证明你的坦诚是值得的呢？

他：（哂笑）你要知道，来这间地下室的，你已经不是第一个了；而就算是你，也不是第一次了。

我：但我可以成为第一个，或许呢？如果你拒绝与除了这个地下室之外的世界接触，你拒绝尝试，那你就拒绝了这片太空的所有——不是吗？宇宙中，会发光的不只是有星星，不是吗？

他：（沉思了一两秒）那，好，那我就再做一次努力。以及……请你不要再失去耐心，也不要再害怕。

我：害怕？不会的——你大可随意着说来就行。

他终于缓缓地叙说了起来，我断断续续地记录。在这间低陋的地下室里，他忽而立起，但大多数时间都是和我面对面坐着，看着我在电脑上敲下一个一个的字。台灯和笔记本屏幕上的蓝光是这寸空间里稀有的光源。以下皆为我对其口语的转述。

“别以为你们买了一套新房子就了不起，永远都别指望我会感激你们，永远都别指望我会感激你们。”

他从来都不知道自己会向他们这样怒吼——他不知道的是，自己有一天会这样隐藏不住自己的情绪，他以为自己可以永远成熟、永远在他们面前保持沉默、冷静和无情，他曾在心里暗暗发过誓——“从今以后，决定做一个任何决定都与他们没有任何干系的人”——可是，就在心里暗暗下定决心之后不到一个礼拜的时间，他失去了理智。

他们非常惶惑地看着他，这本来应该是多么开心的一天啊——早晨，她精心打扮，甚至画了眉毛，涂了口红，而他也终于脱下了睡衣，换上了黑色运动服。这所做出的一切异乎寻常的改变，都是为了那场和房地产公司签约的会谈。他们早早地出门了，然后风尘仆仆地回来，手里领着一大袋地契资料和莫名冗长的合同本。他们不知道，对于他们的儿子而言，他有多么痛斥这种改变。

其实很早的时候，他已经开始丧失对自己父母共情的能力。当他们在门外大吵的时候，他坐在自己的房间内，阳光洒在写字的桌板上，就好像是一坛陈酿的金黄色的老酒，酒香熏得他如痴如醉。意识开始逐渐模糊，他的耳朵过滤掉一切声音，只剩下楼下春鸟连片的婉转叫声。这种陌生而清脆的语言，将他拉回到那个凌晨四点三十五的时刻，他记得他猛然间从睡梦中醒来，窗外也传来这样的声音，他迷迷糊糊地打开手机看时间，看到 4、3、5 这三个阿拉伯数字，心口开始止不住地颤抖；一种巨大的不知道是恐慌还是兴奋的情绪占据了他大半个身体，然后他的双手开始抽搐，大脑开始飞快地闪阅一帧一帧记忆里的画面。他费力地将手按在自己的胸口，胸腔薄得像一张打湿了的白纸，而他却感觉像是在摁平一个被施了大力气的篮球一样，他抚摸着自己剧烈跳动的心脏。仿佛死亡真的降临了，他暗暗地想。春鸟的啼啭源源不止，窗口上透着寒气，他能感觉得到。如果在寒冷的初春的晨曦中死去，那就是最幸福的时刻，他想到。

那场争吵的结果就是，他的父亲把客厅里的两扇木质的屏风给拆了下来，而他的母亲则是在床上躺了半个下午。所以，对于这个家庭而言，这场争吵的损失就是两扇屏风和一顿午餐。而现在，他倚靠在原本安装屏风的光秃秃的墙沿上，空气在他嘴里面凝固，在他说出那几句话以后，他沉默了。客厅因为失去了这两扇掩饰的屏风，变得格外空阔，他能一下子透过客厅、阳台而直接望见与他们相对的那幢楼。他突然间有种感觉，整幢楼看上去就像是一屉屉蒸笼，上上下下就散落着几家灯火，人竟然能够在这样狭隘的空间当中存活几个月的时间，甚至觉得安心，甚至觉得舒适，一种巨大的落寞感油然而生。

“你知道你在说什么屁话吗？”

“我知道。你们太了不得了，但是还是别指望我会感谢你们。”

“你会的。”

“从我考上大学以后，我的人生就完了。”

“你在说什么？你知道你在讲什么吗？啊？”

“我知道。我在说，我完了。”

“你发什么疯？你知道你爹妈为了你付出了多少吗？”

“我求求你们了，放过我吧，我求求你们了。”

“你今天怎么了？到底怎么回事？怎么又这副死人样子？你！你这个……”

“我怎么了？你们怎么能够不告诉我，我怎么了？啊？”

“儿子，你不要再这个样子了，算妈求你了好不好？你到底有什么是不知足的？明明条件都这么好？你告诉我，你到底有什么是不知足的？”

“我很知足，但是我并不开心。”

“够了！神经少发了！你知道你爸我最近身体有多么不好？啊？你还不再懂事一点？啊？”

“嗯，对啊，告诉别人你有一个得了抑郁症的爹，别人会怎么想我啊？啊？他们会怎么想？”

“你在讲什么啊？你今天到底怎么了啊？脑子最近读书读傻了？啊？我辛

辛苦苦……你少放屁了！书都看到屁眼里去了？！”

“你们怎么都不去死啊？为什么啊？啊？——”

他再也忍受不住理智的捆绑，语言和泪水一样，在一瞬间决堤。他不知道自己是怎么回事，真的不知道——当他卸下沉默的盔甲，从他与他们之间话语的障蔽被打破的那一刻开始，他就陷入了一个无自我意识的黑洞当中了。但是，他说完这些话的时候又忽而有种大赦的畅快，这个时候他才醒悟到，原来之前对他们的冷漠，其实一直都是加诸在自己身上的酷刑。他回到了自己的房间，尽管陷在无自我意识的黑洞之中，但他仍然不会忘记的就是将房门狠狠地拴上，就好像每次他洗完澡或者是从饭桌上退下、回到自己房间的时候狠狠地将门给关上一样。这一记动作在过去象征着他的态度，而在当下却象征着他的尊严。

天已经完全暗下来了。他突然想到，就在两三个小时之前，他还和自己的母亲一起去了一趟超市。这次出行他可以感觉得到他的母亲的意外。然而，一路上，他依旧克制地和他母亲保持着一段距离：他在前面走，而他的母亲则跟在后面。他很慌张，僵硬地挺直着自己的腰板，直到他感觉他的母亲落下他实在有点远的时候，他才会转过头去等待，当然他绝对不会去看他的母亲，而是将眼神定格在周边的事物上，当他预估着她走进那个距离区间的时候，他继续往前走。

一切的崩坏根本不知道是从什么时候开始的，就像是他也不知道和母亲一起去超市的那份兴致（或者是勇气？）从何而来。也许是回来路上，他低头忽然想起自己曾经败坏的学业吧，又或者是想到了他的父亲，想到了在疫情期间，每一次看到他出门前神经质地戴上手套、回来后疯狂地用酒精擦拭手机的模样，他开始厌恶起身边的一切。

这种厌恶，在傍晚他洗澡的时候发展到了高潮，变成了痛苦。他一直都在傍晚的时候洗澡，浴霸下那股巨大的温热就像是泪水流出眼眶的时候眉间和鼻腔里散逸着的温暖。这股温热环抱着他，他回忆起有一年除夕，他走在漫漫无垠的乡野上，那时候他担荷着沉甸甸的委屈——也是因为自己与他母亲的一次争吵。他把考试看得太重了，哪怕在除夕夜，他顶着一股窒息感趴在书桌上写着数学题，而他的母亲却咒骂他——就因为他不肯出门休息，哪怕一刻钟。

“你怎么不去死啊？”

“你说什么？你读书读到屁眼里去了？！”

所有的一切在现在都化为了头顶上方的这股温暖，倾倒在他身上。他突然意识到，自己灵魂当中的某个部分从那时候开始就已经一点点死去了，当他在寒冷的大地上一个人慢慢走的时候，他已经开始衰老。因为他意识到了一点——自己所做的一切都是无用的。在洗澡水打在身上的那一刻，他回想起当初的一切。

窗外有一阵永恒的聒噪，那是城市特有的声音。除非关上窗，否则永远无法消除。天已经完全黑了。春鸟的叫声早就在某个不知名的时分停止，取而代之的是这种低沉而又漫长的聒噪，其间还夹杂着车轮碾过马路而发出的摩擦声响，就好像是海洋深处潮汐的奔涌，或者是月光下动荡的海面。他瘫倒在椅子上，头发甚至还在淌水，呼吸间嗅到了身上沐浴乳的奶香。这种味道他太熟悉了——甚至他一度觉得这就是他带给周围的味道，但是这根本改变不了什么。他转过头去，迫切地希望他的父母能够破门而入，他和他们继续这番争执；但同时他也很害怕，他恐惧他的父母真的和他想象当中的一样。曾经的黑夜里，他无可压抑地想象过他与父母争吵的结局，他把它们都想象得无比不堪入目，因为他就是这样——通过想象，在黑夜中来排解他对世界的恨意。但是，他又担心这些想象当中有的变成了真实，尽管他清楚地明白，什么都不会改变。什么都不会改变。他清楚地知道，不管多久，这个家庭都会把这次争吵过滤掉，日子都会照旧运行，甚至更加美好。

他走在荒原上，越走越远。他开始又一次陷入了沉默。那天，他再也没有走出过他的房间。因为他看到他的房间里忽而有了一扇掩开的门，生在衣橱的背面——那旁边原来是他的书架，但是现在却开了一道门，他根本不知道这扇门是什么时候出现的，但是他却走了进去，他说他似乎一定要进去，而且知道进去以后他可能再也无法出来。他走了进来，他来到了这里，来到了这间地下室，地下室就在眼前。

我：结束了？

他：应该吧，应该结束了。

这个时候他用手肘撑着桌子，似乎是充满敌意地看着我，仿佛他刚刚向我倾吐的不是一段心声，而是一口毒液，我是他的猎物，他是一条磷光灿灿的毒蛇，他看我的眼神里似乎就有这么股凛凛的煞气。我看了眼电脑上记下来的这些长长短短的句段，倏地我明白了：他紧盯的目标根本不是我，而是方才的记录；他怀疑的不是我是否是一个忠诚的听众，而是我是否是一个负责的记录者。

我：我，说实话，有些意外。

他：为什么？是因为我事无巨细地跟你说了一件曾经发生过的甚至是不算事的事件？还是你觉得我给你扣了这么一盆预料之外的苦水？

我：不，我意外是因为我发现我一点都不了解你——就刚刚跟你的对话甚至让我开始怀疑起我是否像不了解你一样不了解我自己。我想问，你说什么都没有改变，什么都不会改变，仅出于这么一次争吵？仅出于——你这么一次关于情绪崩溃的回忆？

他：我之所以会拿这次争吵跟你来谈，也只是由于目前这是浮现在我脑海里最清晰和强烈的回忆。我觉得我需要拿出来说。

我：但是这并不能够说明什么，我认为。你觉得这段回忆强烈，是因为什么呢？

他：因为是这段回忆，让我真正发觉我根本就无法和这个世界不妥协吧。

我：和世界的不妥协？你和这个世界是有什么矛盾吗？为什么会有这样的矛盾呢？

他：是的，是有矛盾。准确点说，我是和这个世界的原则有矛盾，而至于为什么会有这样的矛盾——我想你应该听我细细地说，当然如果我能够有理智说完的话……（他似乎开始放松警惕起来了，言语间似乎还有一丝高傲的嘲讽，这不禁引起我巨大的好奇和耐心）

我：和世界的原则之间的矛盾？你说吧。

他：我其实早在学生时代就已经意识到了这个事实。在漫长的一段时间里面，我只看书，然后每天傍晚的时候出去散步，散步的路径都是围绕着公园、超市和自家的小区，每次我都在同样的地方从小区拐进公园，每次在公园里我都会沿着一条固定的跑道散步，那里有一面玻璃石墙，每次我路过都会瞥一眼石墙里面倒映出来的扭曲的人影，然后意识到自己的背有点驼之后立马挺挺自己的胸。后来我喜欢上一个人自己骑单车，每天傍晚我就会在饭点以后扫开一辆共享单车，围绕着世界的中心骑行。我彻底熟悉了家附近的社会生态，知道哪条街上有麦当劳，哪条巷子通向万达购物中心才最快，哪个地铁站晚高峰的时候人流最密集，我骑着车，就像一把破开鱼肚的快刀，总是逆着人群往前赶，我也不在乎别人能否记得这个逆流而上的车手的眼睛。我骑的更久远的地方，是那个我高中时候补课的机构，有时还会造访辅导过我数学的家教老师的小区，这些都在两个小时的车程之内。但不管我去过哪里，回来的时候有一点是永远守恒的，那就是当我拉上自行车阀的刹那，手机里跳出来的永远都是两元五角的扣款。

我：这不过是一种单调乏味的生活吧，为什么你会觉得这是你和这个世界的矛盾呢？

他：单调乏味？呵呵，这分明是对我施行的一种严酷的刑法！这是一种“罚”！（他捶了一下桌面）

我：“罚”？什么“罚”？

他：对，是一种罚！是一种对我的罚！这是原则对我的惩罚，哦不——是我对我的惩罚！

我：我并不觉得你有什么需要受罚的地方，你记得吗？你之前所谓的“什么都不会改变”，在我看来就是一种你对你生活的不满足的牢骚根源在，你觉得你的生活没有起伏，但是谁的人生总是充满波澜呢？——正常人都喜欢波澜不惊的、有节奏的、有规律的人生，不是吗？反正我很喜欢。而你对生活的不满足，难道不还是因为你自己没有办法让自己真正做到满足吗？其实，你和任何人一样，你完全可以跟任何人一样啊！其实，你的父母，以及你刚才说的那场和他们之间的争执——一场丁一确二琐碎的家庭纠纷——且不说是否可以规避，但是最起码不应该成为你这么漫长的枷锁和折磨吧？你把这些当成罚难，有必要吗？完全有必要吗？

他：（又是哂笑）我可没说我是平白无故地受罚。你不明白吗？没有一种“罚”是可以和“罪”脱离的，你为什么不问问我有什么“罪”呢？（他似乎无视了我的盘问，反而更加嚣张起来）

我：我不明白——我不明白，有什么罪是可以由“什么都不会改变的生活”来责难的？我觉得，就依照你刚刚说的，你唯一犯的可以称得上是“罪”的，不过就是你非机动车道的逆行吧？

他：什么罪？！那我告诉你！那就是我的罪！你这个榆木脑袋！不愧是外面那个世界里的人！我告诉你吧，我骑车逆行，我就是我的一把锋利的刀，因为我像剖开鱼肚一样剖开人群的瞬间，我也就把这个世界的原则给杀死了！你现在觉得你衣冠楚楚但又咄咄逼人！我，但是我，我却消灭了世界的原则！也就是消灭了你们！啊！——我的罪，就是我自己！（他开始瑟缩，食指痉挛般敲击着桌面的同时，眼神一直恶狠狠地逼视着我，但又时不时地瞟向我的笔记本）

我：可是这本身不荒谬吗？你觉得你消灭了世界的原则，那这么做的意义又是什么呢？你到底想要得到什么呢？——你这分明是在画地为牢啊！

他：一个人如果知道自己存在的意义，那就必须要先知道自己做的事情的意义；如果要知道自己做的事情的意义，那就必须要先知道自己做了什么事情；要知道自己做了什么事情，那就必须要先知道自己应该要做什么。但我不知道，我根本不想知道。我姑且度着衣食无忧的生活，从来都不会品尝到饥饿的滋味；我告诉你吧！在进来这个鬼地方之前——我的地下室——现实的方方面面都在我身边滴水不漏地周转，我也一直忙碌，忙碌于社交，忙碌于自己爱好和兴趣，忙碌于爱情，忙碌于呼吸和生活；但我赫然间发现了这么个事实——我根本不知道自己在干什么。于是我只有呆呆地坐在原地。曾经在骑行的过程中我总会情不自禁地想：要是突然出了车祸会怎么样？这个疑问，哪怕是被禁闭的现在，我也总是会问自己一句。我一直都盘算着每一个改变的发生，并且预测每个改变发生以后会牵引的任何一种后果。这本来应该是一座充满改变的城市，不管是什么样的改变，生活本来应该是一串律动的音符，可是任何的改变都永远似乎只是停留在意识的层面，我的人生就仿佛这盏台灯，只有亮暗两种状态；台灯亮起，代表着一颗星球的升起，台灯黯没，代表着一颗星球的落下。有时候我甚至会刻意拖着亮灯不暗，让一个星球的白昼远长于它的黑夜。我就想成为这样一个星球上的守望者。而你猜怎么着？——哈哈！我现在就是一颗孤独星球上的守望者！

我：星球上的守望者——笑话！难道你觉得你不矛盾吗？那我来告诉你吧，首先，这个世界不需要原则，人才需要原则！其次，你说你和这个世界、和他人的断裂，我且不说你在自作自受，但是最起码你也应该意识到，人至少不应该只活在自己的世界里啊！你有你的父母，你有你有的朋友，你也应该会有你的事业！这些难道不比你现在把自己锁在这间地下室里而忏悔虚无的罪过更加重要吗？你明明还有更重要的事情要去做……

他：重要！先生！你胆敢在我面前大放厥词！但好在你说了这个词——重要！这就是我的罪啊！你不明白吗？我的罪，这个世界的原则就是“重要”啊！而我归根到底就是忤逆了“重要”这条世界的原则、这条神的戒律啊！“重要”是“意义”的同义词，它可以置换生活当中一切被“意义”所定义的事物和事件，但唯独不能够架构在没有“意义”的生活之上！我难道不向往过那种可以被“意义”衡量的生活吗？我当然向往！这种人生里，你所做的一切事情都是有目的的，而为了达成这个目的，你所做的一切事情也就因此被赋予了价值。但是直到后来我才发现自己是有多么鄙斥这样的人生。这种鄙斥不是没有来由的，而是源自一次又一次地对自己的失望和希望的重构。老早在中学时代，或者更早开始，我意识到自己根本就无法承受得住那种没有达成目的以后的挫败感，无法经受失败本身；因此我转而开始以一种玩弄的态度看待自己和他人的所付出的任何一点一滴的努力，并且非常大方地向他人展示：我没有付出过艰辛，所以有收获才怪！那些过往的同窗都受不了我这样的态度，这倒是真的——他们不是拿看小丑的眼神来看着我，就是对我弃如敝屣，但是我更加地轻蔑他们哩！因为他们不过是原则的奴隶，而我才是杀死原则、超越原则的新神！你觉得可笑吗？可笑吧！那你笑吧！但是我告诉你——这样我就把世界的原则给杀死了！就这么轻易！但你现在请告诉我，我这是在自戕吗？这难道不就是我的责罚吗？你说有意义的人生，你们说有意义的人生！有意义的人生！有价值的人生！重要的人生！生活！生活！生活！这都是你们这些衣冠楚楚的成功人士所设下的圈套！我出生在这个圈套里，就意味着我根本就没有办法真正拆卸下我脖子上的镣铐！因为我觉得不该这样——但一直都是这样！所以我有了罪！罪过！罪过！罪过！——统统都是罪过！但是你知不知道其实被禁锢在你们成功人士的镣铐中并不是最痛苦的？——因为我发现我的惩罚根本上就不是来源于对“正确”的背叛，而是我信念的魔窟！这间该死的地下室！这在之前分明就是一片极乐的净土！可是为什么会这样呢？这是哪里出现了问题吗？那次争吵点醒了我——是我自己出问题了，原来有问题的一直是我！但怎么会是我而不是这个世界呢？……（沉默）好了，我说这么多，只想跟你证明一件事，那就是那个时候有个魔鬼，他引诱我，他让我投入他的怀抱，享受永远的幸福，我于是戴着镣铐，深深地去伤害了我最爱的人，也伤害到了我自己，然后魔鬼为我开了门，告诉我幸福就在门后面！就在这个地下室里！可是，我来到了地下室，这里明明什么都没有——而现在我再也出不去了！因为根本没有幸福可言！再也没有幸福了！我只觉得痛苦！痛入骨髓、刻骨铭心的痛苦！一想到再过十年、二十年、四十年，即便再过四十年，我依旧会坐在这里，用两手指拨弄着这盏该死的台灯——我就只想跟你说：“哦，要是你能够记住我曾有多么崇高的理想、多么丰富的情感，我又是多么有动力和目标，那该多好！那该有多好？多好！！！！！”

（他彻底失去了理智，开始疯狂地抓起自己的头发，接着两手又开始捶打起自己的胸膛，然后怒目圆睁地望向我的电脑，似乎在下一刻就要像猛虎扑食一样冲过来，将我和我电脑一齐碾碎，而嘴边还依旧蹦出一些“镣铐……”“多好……”“痛苦……”这样的不成体统的字句。瞬间，他站了起来，庞大的光晕中，身型的边界开始不住地颤动——“多好啊！”——刹那间，他狂呼，像是真的要向我袭来了。我胆怯了，只顾着拿起电脑，先声夺门而出，逃出了地下室。访谈就只能到此作罢。）

（现在，我瑟缩地整理好了地下室里发生的一切。但是我的手仍旧不住地颤抖，似乎那个蛰居在地下室里的鬼影还游摆在我的身边，仿佛他随时还会向我扑来……但是不得不说，我的思想实验是结束了，只能到这里终结了。至于这个实验是否成功，还就有待各位读者来定夺了……）

赵烨

2000 年生，现为上海大学文学院汉语言文学专业 2019 级本科生。

奋乃静片

/ 汤海兰

奋乃静，适应证为对幻觉妄想、思维障碍、淡漠木僵及焦虑激动等症状有较好的疗效，用于精神分裂症或其他精神病性障碍。

今年过年的时候小水村显得格外的冷，刚刚落下的一场雨从湖面晕开双臂，把村庄裹进潮湿的怀里。

“囡，帮我们在里屋找一副新一点的牌呗，这副都旧成什么样子了！”厅里的牌桌上闹哄哄一片。

“好，我去翻翻。”我应了一声。

滴答的屋檐下围着几辈人的嬉闹，屋里的地上摆着一个小炭盆。炭盆不起眼地闪烁着，把每个人的脸上铺了一层红色的暖光，雨让门外的天色沉了下来。

我推开里屋的门，外厅的热闹戛然而止。寒意悄悄地浸上来，浸过我的腿，浸过外婆镶着边的黑白照，我在放着纸巾的柜子下面看到了一些白色的小药瓶和两幅扑克牌。一副已经磨损了边，一副还是九成新的模样，我拿起显然新一点的牌走回了外厅。

“牌来咯！”我还没来得及把这副新一点的牌放到桌面上，就感觉手上的牌被旁边人一把被拽了过去，力度太突然，剩下没被顺利拽过去的牌在我手里打了个旋儿，纷纷扬扬地落在了地上，那人立马蹲下去一张张地捡起来拢在手边。“这是我的牌。”蹲下去的二伯（江西上饶地区方言中的“舅舅”音喊作“伯伯”，故此文“伯”身份实为“舅”。）站起来看着手里的牌说道。

牌桌上的大姨嗔道：“哎，囡囡又不知道，再说拿来给大家打一下又没什么关系，可以等雨停了再买一副给你嘛。”我没有说话，看着二伯。里屋的这头放的是杂物，另一头则是二伯睡觉的地方，这副新牌看起来并不陌生，是二伯但凡出门去村里玩一定会带的东西，我诧异于这副牌依旧是九成新的面貌。二伯听了大姨的话，认真地摇了摇头，捂紧了手里的牌，离开了这个散发着炭盆温度的包围圈。看着二伯举着黑伞走进滂沱的雨幕里，我知晓他的目的地依旧是村上的牌场，我没有出声。屋檐下的嬉闹也没有多留一份声音给融进雨幕的黑伞。

我忍不住小声问了旁边坐着的母亲一句："为什么二伯总是带着那副牌啊？"

岁月在我脑海中按下了倒带键，刚上初中的小女孩趴在茶几上，目不转睛地看着厨房里接水吃药的二伯摇头晃脑。"为什么二伯总是吃那些白色的药啊？"

母亲一样的轻轻叹息，一样的摇了摇头。十几年前如此，至今如此。

一些白色的药，一副没怎么用过的扑克牌，二伯一成不变十几年。会在外婆葬礼那天，依旧为中午做的鱼放了辣椒而对做饭的舅妈抱怨良多；会在晚上作为家中第二个儿子站在队伍前面为死去的母亲扬起白幡，然后白天依旧踩点抵达村上最热闹的牌场，二伯活在地上不知不觉几十年。

二伯生于一九六四年，是村里有声望的汤老师家中出生的第二个男孩。汤老师按着家谱中他们这一代的东字辈，给自己的第二个儿子取了一个泽字，授意福泽不绝，于是有了东泽。尽管在更久的后来汤老师再也没承认过这个名字，但不妨碍东泽在十七岁以前是村里长辈见到会夸一声的好小子，"有东泽在，家里的地面是不会再让他妈妈拿起扫帚的，你看看你！"同辈人不知道听了几回这样的教训。

即使东泽也会跟着哥哥在湖里为了抓到一条鱼彼此打架，但是溅起的水花都会重新再回到湖里归于平静，水村淘养的少年心性也像门口的那棵柚子树一样，沾到星星雨露就迫不及待地伸展开自己的枝丫，而家中的孩子也逐渐多了起来。

到家里的第三个儿子东晗预备要考初中的时候，汤老师把在学校上学的东泽喊了回来。"读一年休一年？"他提出了疑问，却不会说自己愿不愿意，不会问为什么弟弟可以继续上学，因为严格的父亲，还有沉默寡言的母亲。

家里的孩子多了，那么自然要干的活儿也更多了，他没什么理由也没多少心思去想愿不愿意。

于是一年书本一年土地的生活开始了，东泽甚至谈不上多么爱读书，谈不上多喜欢上学，但是也会在赶牛的路上遇到放学的同学，会在打鱼的船靠岸的时候听到下课的铃声，会在上学的那一年发现他所有的同学都在一届一届地轮换，直到他的弟弟东晗跟他上了同一个年级。

从学校回来的那天就像父亲跟他说“读一年休一年”顺利一样，他也顺利地跟父亲说了“我不想读了”。父亲皱起的眉毛似乎不愿意去思考这个儿子是为什么放弃了学业，尽管躲在门外面偷听的妹妹们知道三哥不想再继续上学的原因，东晗跟她们说了学校里班上的同学笑东泽哥跟他弟弟读一个年级，不过这个父亲可能也不愿意知道。谈话的结果是东泽顺利地不用再去学校，也匆匆地告别了他的学生时代。

但是水村这样广袤而又富饶的土地是不养闲人的，没有哪个水村人会在下雨来临之际先喟叹一句“雨落得真美”再去收被子的，尽管雨中的湖色秀丽无边，但是养活他们的是双手，是冬天的棉被。所以东泽被送去二姐家跟姐夫学泥匠手艺几乎是水到渠成的，汤老师不会允许自己的孩子在放弃学业之后只会在家里帮衬农事，那无异于是把孩子赶着往“路西头”送——村子里的学校和最热闹的牌场刚好是一条岔路的两边，路东头是规规矩矩的学校，路西头则是聚集着一帮抽着旱烟打着光棍的老牌手，干一天管一天，所有的汗水洒进土里再从庄稼里收回来，最后全部抛进肚子和牌里。

于是东泽打包好自己的东西，骑着自行车，住到二姐家里去了，可学了不到两个月，骑着单车跑回来的东泽敲响了自家的门，父亲不出意外，勃然大怒。直到二姐也跟着回了门，拉着母亲的手说了家里的情况。哪一家没有难念的经呢，东泽说好听是在二姐夫手下当学徒，说不好听就是在二姐家白吃白住，自家当姐姐的自然不觉得有什么，可是在二姐的家婆眼里无异于来了个只吃不吐的水蛭。

明面上不好说，可长辈有长辈的想法，为了捍卫自己家庭余裕可怜的米缸，在人情世故里泡了一遭的家婆也不得不把这个初出家门的毛头小子当作战斗对象。终于在二姐家婆又一次鬼哭狼嚎地把头往东泽睡觉的门板上磕的时候，东泽敛着青年人一身的刺头，收拾了来时候的东西，骑着自己来时候那辆自行车又返了程。

现在想来不知道已经回到地下的外婆会不会后悔在二伯回家的那天晚上让他去隔壁村看庙戏散散心，会不会在心里无数次地祈祷“如果”。尽管庙不是她建的，二伯的病也不是她引起的。

东泽十七岁从二姐家回到自己家，当天晚上去隔壁那个建了许许多多庙的村子里看庙戏，在庙前摔了一跤，第二天早上在田埂上精神失常，被灌下了人生中第一片奋乃静。

时间的沙画已经抹平前尘，二伯究竟是因为什么得的病，至今也未能找到可以用科学说明的病因。众说纷纭的回应里，“得罪了菩萨”是被反复提起的说法，众人惋惜地提到，二伯千错万错，就错在不该在庙前摔那一跤。

这一跤并没有伤筋动骨，却在那天晚上回去后让东泽一夜无眠。第二天母亲看到他脸色的时候问了才知道他一晚上没睡着，母亲看着他打不起精神的样子，便跟大哥东旭说，家里在小华街边上那一块田该翻了，让大哥带着东泽一起去翻一翻。

那一天对于汤老师家里而言，可以称得上晴天霹雳，还不到午饭的点已经有暑气慢慢爬起来，有些闷。已经从小华街翻完田的村里人在屋门口急急忙忙地喊汤老师的名字，像平地惊雷。嘴里的话嫌不够快的一句一句蹦出来，说东泽突然在田上说胡话，东旭把他带到田埂边上，他就到处乱跑，边跑嘴里边乱七八糟地不知道念着什么。东旭一边顾着牛一边还要追他，现在两个人都不知道跑哪里去了。

家里人似乎还缓不过神，不知道他口中的东泽是真的东泽还是哪个村子里流传的鬼神故事主角，可不管是哪个，都得先把人带回来。汤老师一家赶紧往小华街上去找人，但偌大的田野湖泊，零散缀入的村落，找人谈何容易。从暑气浸满全身到夜风卷起，就在家里人一筹莫展的时候，一辆晃悠悠的牛车向他们走来，赶车的是穿着军装的小华街上的人，车上坐着的正是他们找了许久的东旭和东泽。东泽的神情躲避，像是在怕这个穿着跟其他人不一样的人。只是隔了半天，汤老师一家想不明白为什么再也找不回原先那个被夸作好小子的东泽了。

只有东旭清楚当时发生了什么，可问到底他当时面朝黄土背朝天，发现不对的时候，是听到三两只乌鸦从后面飞过，在撕破喉咙一样地叫着，声音很大。然后东泽就开始胡言乱语到处跑了。汤老师听过之后，皱着的眉头再没有松过。他是教书的，让他相信又是庙又是乌鸦，不比让他砸自己的饭碗好多少，但事情却又是实在发生了。看到自己的儿子还在低着头喃喃自语，他转身出了门，走向这儿唯一一个诊所。村子里的消息从来都是自己长着脚跑的，不消半天，汤老师家二儿子疯了的消息就已经走遍了村里。村子里的人又从来都是热情的，他们来家里听完了东泽生病的经过，你一嘴我一嘴地给东泽母亲出主意。什么灌盐水，吞坛灰，东泽母亲又是心里急，又是耳朵忙，怕错过了哪个让他儿子恢复正常的好办法。正是心焦如焚的时候，村里的一位老人开口了："这是得罪了菩萨吧。"围在一起的人们面面相觑，觉得不愧是老人家，经验之谈。东泽因为夜黑在庙前摔了一跤想必是得罪了菩萨，马上就有人开口跟东泽母亲说："那就得抬菩萨了。"像是一颗率先丢进水里的石子，激起了一片附和之音。

"抬菩萨？抬什么菩萨，世界上就没有菩萨，我看是他自己把脑子摔坏了吧！"家里的子一代都在外屋，听着父亲跟母亲的争执，少有的安静气氛。父亲不可能会愿意抬菩萨，他年年过年都没有信过这些东西。但是不抬菩萨要怎么办呢？比起在意到底有没有用，母亲显然是对眼下要做什么感到一片恍惚，她快要失去一个儿子。外屋的兄弟姐妹默默无言，只有被捆在角落的东泽还在喃喃自语。

抬菩萨最后还是进行了，也许是汤老师说服了自己，也许是诊所老中医对他摇了几次头，或者是摸到了东泽母亲沾着泪水的枕头，不管是因为什么，村里又热闹了一次，大家都知道汤老师家抬菩萨了。可事与愿总相违，东泽依然还是那个神神道道的样子，并且逐渐开始有攻击性，看过汤老师家抬菩萨的村里人再次到访，说是不是抬的次数不够，诚意不足，可能语言真的有力量，让汤老师家来来回回抬了三次菩萨，东泽却依旧是那个不捆着就满院子跑，嘴里大喊大叫随时准备扑倒人的样子，曾经的好小子。

于是在那个通信还依赖寄信的时代，汤老师带着自己的二女儿把捆着的东泽带上了火车。

他们要去上饶唯一一家精神病院——江西横峰精神病院。

二十三岁的东泽已经在江西横峰医院待了两年，吃下了两千六百零八片奋乃静片。

白色的小药片帮助他开始能够保持清醒了，尽管时间并不能维系很长，但确确实实能够让他知道自己是谁。医院铐在手腕上的木铐，像囚犯一样的病号服，围着铁栅栏的病房和探视室都让清醒的东泽觉得不舒服，像在告诉他，他不是有病而是有罪。得精神病是一种罪吗？

于是在父亲和自己第三个妹妹再来探视的时候他提出了想回家。他好了很多，尽管没有全部好起来，尽管还要依赖那些白色的小药片，但他确实能够维持一定的清醒，仅仅是这样微不足道的理智都已经在告诉自己不想再在这里待下去。

但决定权还在父亲手里，得病的是自己，他没有怨过谁，甚至有些惊讶向来讲体面的父亲没有在他最开始发病的那段时间放弃自己，像他们这样的村子里，放弃一个疯子是再痛苦却也再容易不过的事。听妹妹的说法，父亲同意为自己抬了菩萨，可他还是有些忐忑，因为他只不过在医院待了两年，而这个医院最多的就是送进去再也不出来的人。

汤老师却同意了，两个人的回程票改成了三张，东泽又回到了他曾经伸开过枝丫的小村庄。

回到家里，最开心的要数母亲，不是过年的日子也能在这个八个子女的大家庭张罗一桌漂亮的菜色，自然躲不过村里人毫无遮掩的视线，知道汤老师家那个得病的儿子回来了。

得的到底是什么病，吃的什么药，还会不会发疯，这些洋人的西药真是奇了，不会有什么伤身体吧，你看那个东泽变得有点木呆呆的，我看他眼神总不是很对，不会还没好全就回来了吧？小水村最不缺的就是一同摘棉花打棉花的妇友，也从来不缺一张嘴，当然如果可以的话，东泽愿意缺一双耳朵。

但东泽很庆幸他依然是清醒的，把奋乃静倒进嘴里和着水咽下去的时候也很庆幸他听到了这些，提醒自己按时吃药，绝对不会像她们说的那样在某一天又突然发病，然后为她们摘棉花的路上提供更多的下酒菜。

可是这一次时间没有为他作证，人们向来是相信自己最先看到的东西。汤老师不继续教书之后，带着妻子报了旅游团，离开了小村庄，而兄弟姐妹也迫不及待地飞向湖水围绕之外的更远的世界，只有东泽留了下来，还有一直没走远的二姐一家。

时间不算走得多快，东泽却已经能够慢慢适应过来，就像回到他被夸作好小子那样的日子。东泽有些时候也会悄悄地看上一眼村里顶漂亮的那个女孩子，就像是幼童看到好看蝴蝶会伸手扑两下的趣味，并不是因为想得到蝴蝶。但是女孩看到他却避如蛇蝎，也许她也不经意听过家里妈妈和别的阿姨在院子里弹棉花的侃侃之词，不过东泽并不在意，他对外界的感知变得没有那么强烈。

他还在继续坚持每天的药量，院子里的一个小桶是他专门放自己吃空的药瓶的地方，等他装满了会不会比现在更好一点？他没有等到那个装满的机会，奋乃静片也没有给他答案。

那个顶漂亮的女孩开始跟村里的同龄人说怀疑东泽偷了东西，一传十还是怀疑，十传百就变成了真相。年轻人之间的摩擦似乎总是扯着嗓门，推搡着肩膀，不留情面的恶意嬉笑，东泽却是吃了这么久药以来第一次感受到强烈的情绪，像是覆在一层薄膜下不停拍击胸腔的海浪。虽然只是愤怒，却已经能让他在正常轨道上发生一点点偏移。说他不正常也好，说他有病也罢，说他不应该回来也可以，东泽不置一词，因为这些话的确不足以对他的生活造成什么影响，时间久了他们自然就会发现，东泽这样想。

发现什么？发现原来他不但有病还变成了小偷，既然相信一个人变坏很容易，为什么相信一个人变好会这么难。东泽跟那些年轻人撕尽了喉咙大吵一架，推推搡搡，被撂下了“你等着”之后躲回了家里，心有后怕地跑到了二楼拿着棍子堵着门。但他始终是一个人，也毕竟是一个人，还是一个大家眼里偷东西的精神病人。

二姐是第二天回的家。家里却已经没人了，只有一摊干掉的血迹，把她吓了一大跳。她今天来也是因为昨晚睡到半夜好像迷迷糊糊听到东泽在敲门，过一会儿又没有了，她睡意昏沉，以为是自己梦一场。今天放心不下还是想回来看一眼，结果家里已经没有人了，东西被扔得乱七八糟，她赶忙跑出门问旁边的邻居。

“不可能！东泽从来不会偷东西，我爸教出来的，怎么敢偷东西。”邻居像是突然才想起自己的孩子也给汤老师教过，便支吾起来，说他的确也不知道东泽去了哪里，只听到昨天下午屋子里好像有人在打架。

院子里悉心扫过的地被踩的都是灰，扫帚孤零零地倒在一旁，主人却不知去向。

东泽带的药都吃完了，他蹭掉了裤子上的灰，那天被打之后，他担心那帮人还会再来，就捂着伤口连夜跑去镇上的二姐家。敲了一下门之后又想起二姐家婆鬼哭狼嚎往墙板上磕的样子，他就收了手，转身往镇上的汽车站跑。

拿身上的一点点钱估量了一下发现他只够买到景德镇，东泽就上车了。当二姐在村庄镇上放弃寻找的时候东泽又回来了，浑身是灰，也像是饿了几天的样子，二姐才知道他到了景德镇去，没钱回来就偷偷扒上了火车跳了火车回来。不知道开口该说他是福大还是命大的时候，东泽先截住了话头，他说他要跟景德镇那些人一起去杭州打工，他不会再留在这个小村庄了。二姐觉得惊讶，但是也对他的身体表示担心，可东泽坚持表明不会再继续留下来，奋乃静片他可以继续吃，但是他会继续为自己吃。

一九八八年东泽去了杭州，在一个知道他需要坚持吃药但是能正常工作的厂里开始了他的第一份打工，从生疏慢慢变得得心应手，生活似乎在他面前打开了一个全新的界面，在这里他不是精神病人，他只是他自己，他是东泽。

在他身边的发展几乎以迅猛的速度展开，买东西渐渐不需要拿票才能买，也没有人会边弹棉花边聊别人的家长里短，大家都坐在装饰漂亮的店里，喝一些颜色缤纷的果汁，聊今天海报上的那个男明星，身边的一切让东泽眼花缭乱，也让东泽迫不及待。

尽管二姐一家也来到杭州谋生存，东泽还是拒绝了一起租房的提议，宁愿住在自己厂里的宿舍里。除了每天必须吃的奋乃静片，东泽一点也不愿意与之前那个小村庄里的自己有任何牵扯。到后来渐渐连奋乃静片也被时不时冷落，东泽觉得自己已经不需要再吃那么多白色药丸来维持了，这些白色药片让他想到的只有发潮的木头手铐，有霉味的病号服，像监狱一样的病房，还有那些闲言碎语，和跟棒子一起落在身上的“小偷”。

他不再想要这些了。药量慢慢被减小，偶尔到他感觉有点心慌时才会吃。

就这样奋乃静片消耗的量慢慢减少，裹着时间一起倒进东泽的喉咙里。

直到东泽断断续续已经吃了五万二千一百六十片奋乃静，二〇〇一年的春节来了，他推脱了很多次的新年，这次答应母亲要回小村庄团年了。跟二姐一起回家的火车上一切都稀松平常，他好像也被周围感染了一点回家过年的喜悦，回到小村庄才发现当年觉得家里高不可攀的围墙似乎不过如此，门口那棵柚子树还在一年复一年地吐露新芽，孕育果实，虽然再也无人顾及品尝，但柚子依然每年长出来，再落下，最后被雨水打成泥，再重新渗透回到柚子树的怀抱。东泽在树下站了一会儿，把带着的奋乃静片丢在了当年埋好桶的柚子树下，却在没发现的地方被后来回家的父亲捡了起来。

东泽完全相信自己已经正常了，如果不是他丢掉药之后在准备回杭州前的那个晚上从大笼子里醒来，他会以为这十几年的杭州工作只是自己在精神病院做的一场梦。但事实不是，他的的确确在家里，也的的确确在笼子里。

一个由四面的铁栅栏围成的笼子，跟病房一样的铁栅栏。

笼子是他的父亲花了不少人情请人打的，为了把他关在里面又不让他觉得太难受。他几乎是一瞬间就出离愤怒了，想要敲断面前的笼子揪住外面父亲向来一丝不苟的衬衫，问一句为什么，为什么从来不相信他。

直到他看到送饭来的母亲脖子上的伤痕，直到第三个妹妹回家之后趴在笼子上掉眼泪，一滴一滴，他才知道他在没有吃药的第二天半夜，就拿着筷子扎在了起来看外面动静的母亲脖子上，只差一点，虽然他最后还是松手了，但是母亲脖子上还是留了小小的伤口。

妹妹说的话，他甚至愿意去相信是特意编了一个故事，只为了把他困在笼子里，让他们都省心。只是一个故事，不是他，真的不是他。但是父亲把他丢在柚子树下的药扔回在他身上，像是一个响当当的巴掌，拍醒了自以为已经是正常人的自己。母亲一如既往地把饭递进笼子里，伤痕慢慢好了起来。东泽却慢慢沉默了下去，服用的药量却越来越大，变成了汤老师家关在笼子里的一个东西，像关在栅栏里的鸡或者猪一样，什么都可以，只是不是东泽。

等到夏天的味道开始慢慢包围这个小山村的时候，第三个妹妹又回了一趟家，给那个铁笼子带来了外边的玩意，可以夹在铁杆上的小风扇，她一边夹了一个，笼子里的人却不在意到底有没有凉快，或者现在是不是夏天。奇妙的是，那些之前弹棉花的人看久了这样的笼子却又说不出放心的话，她们看到被关在笼子里东泽，似乎又蹙起眉来觉得太残忍了。他还是个人，没生病之前还是大家夸赞的好小子，怎么得个精神病就压在笼子里，不行不行，得放出来。于是语言又发挥了力量，一传十十传百，热心的村民又涌到汤老师家里，劝汤老师把人放出来，说是好好看着就没问题，搞个笼子也太没必要，而且现在看着也比以前沉静很多，都吃了这么久药了，肯定没事的。

村民围着汤老师你一嘴我一嘴，极力劝导一定要把笼子里的东泽放出来，被反复提及的人只是坐在旁边的笼子里，不清楚今天是几号，嘴里还会哼着隔壁小店录音机最常放的那首歌“深深，长谷青”，记得很清楚的是今天要吃的药，还有午饭什么时候会端进来。

吃到第五万七千三百六十七片奋乃静的时候，三十八岁的东泽在村民的劝导下被放了出来，出来要做什么，他没有什么所谓，他只记得今天吃的药。只是不知道眼前还是穿着一丝不苟衬衫的父亲头发怎么都白完了，东泽有点想笑，但是看到端饭上来的母亲，他又没有笑出来。笼子被抬走的时候，东泽才知道原来他晚上不用再进去睡了，村里人好像突然不怕他的样子围在他身边，眼睛里的东西时隔很久，再次激起了他心里的那一点不舒服，但是他没有在意。出来了要做什么，他记得刚进笼子的时候他很想回杭州，但是现在他没有什么想去不想去的所谓。

去哪里都可以，就是别留在这里。

二〇〇三年东泽带着身上一罐一罐的奋乃静片和一些不重要的衣物来到了深圳，在深圳工作的妹妹给他安排了一份流水线闲职，东泽没有愿不愿意，给他什么他就做什么。有一次妹妹教了他怎么把钱存到存折里面，并且把给他办的存折递给他的时候，东泽很久没有表情的脸上突然笑了一下，又开始哼起了他一直唱的那首歌“深深，长谷青”。

从那以后，东泽的工资除了基本的吃穿和买药剩下的就是骑着自行车到银行存到存折里去，在这间公司平平无奇做了两三年之后，东泽还是丢了这份工作。在组里的同事这个星期第三次让他打扫工作室的时候，东泽觉得疑惑：“不是说轮流打扫吗？”几位同事捂着嘴，偷偷使了个眼色：“欸，原来他数得清啊。”东泽把扫把丢在他们面前，也丢掉了工作，才知道原来吃药的时候空掉的药瓶子不是自己不见的，而是被人拿去举报有精神性疾病，然后被工作室经理和蔼地辞退了，那样的眼神跟围在笼子前面看他的那些人一样啊，他只跟妹妹说了这一句。

第二次来到了惠州，这次轮到当年那个跟他上同一级的弟弟给自己找了一份工作，把东泽安排在自己的厂里，虽然也是流水线工作，但是东泽没有什么所谓，他手里攥着的只有他的药，现在多了一本存折，其他的东西被他放在他隐形的笼子之外。他看不见的东西却是别人耿耿于怀的东西，慢慢的，有人找厂长反映说东泽天天跑到他们宿舍问谁把他的被子丢掉了，后来发现是他自己走错了宿舍，还说他每天都在吃什么药，问他会不会传染也不说。厂高管听多了，慢慢记挂着这个事，没有谁会愿意花钱请一个不知道有什么病的人在厂里工作，但碍着东泽弟弟的面子一直没找到机会辞退他。终于在一天厂房传来很大的呼声之后，厂高管带着薄薄的信封去医院对东泽铰断的手伤表示歉意，厂里人很乐意地发现那个天天灌药乱跑宿舍的人没有再回来了。

于是在吃到七万五千六百三十二片奋乃静片的时候，四十六岁的东泽回到了江西的小山村，带着他不再离身的药片和一本存折，还有铰断之后又放了钢钉修正的手指，像倦鸟归林一样永远待在了那个湖水围绕、下雨的时候秀色无边的小山村。存折里的钱，他拿出来买了一副扑克带在身上，就再也没动过了，从十七岁走向路东头的那条巷子转向了路西头热闹非凡的旱烟和牌场。从二〇一〇年四十六岁开始，到二〇二〇年的今天。

他从一开始摸摸我的头问我喜欢哪个玩具的二伯，到现在笑眯眯地问我是孙一辈的琪琪还是瑶瑶的东泽，是病理症状让他越来越严重，还是奋乃静片为他编造的假象？我一无所知，我知道的只是在他四十六岁那一年，我的二伯就彻底死了，带着一些药片和一副半旧的扑克牌，再也没有变化地活在地上，就像已经回到了地下一样。

雨慢慢停了之后，窗外的鸟叫声清晰起来，像是扯掉了遮掩天幕的黑布，一切都亮堂了起来，打眼的黑伞静静地靠在墙边淌着身上的水。

厅下似乎发生了一点争执，我从二楼望下去，是我的母亲和大伯在训斥东泽，仔细听了一下，原来是他下午在牌场店里偷了人家的烟，被发现了告到了家里来，让大伯赔了不少礼。对方却只是拿了烟回去却毫不在意："哎没事没事，谁不知道东泽有病，只是提醒一下你们哈，怕家里也少了东西。"

我在二楼看着湖面映出的云，一会儿远一会儿近。

"深深，长谷青。"吃过晚饭后，东泽又笑眯眯地拿起他的牌去了牌场。

汤海兰

广东财经大学中文系 2018 级创意写作专业方向本科生。

送你一抹夕阳

/ 黄天慧

昨日是个晴朗的日子。

小姑姑将奶奶散步的照片发到了家族群，老家那边也是个艳阳天。奶奶有些羞涩地笑着，一副不愿对着手机镜头的模样。第一张奶奶做了个托着手的姿势，将沉未沉的夕阳落在她的掌心；第二张里她就已背过身去，只留下一抹侧影，嘴里嘟囔着什么，皱纹堆起，闹小脾气的样子。

我觉得好笑，晚上便给她打电话。还未等我开口，她就率先开口：“嘿嘿，今天你姑姑带我出去散步了。”

我打趣说：“我看到了，‘盘古开天辟地’。”

奶奶一愣，反应了好一阵，而后“嘿嘿”地笑起来。

“出去走的时候，还有点头痛，不知道为啥，就是头晕晕的。腿又酸哦，整个人都摇摇晃晃的，还好有你小姑姑牵着我嘞，一出门她就牵我的手。”她的语气里都渗着蜜糖。晚年的她总是如此轻易满足，若是我突然问一句“你幸福吗”，她必然想都不会想就回答：“幸福啊！”一切是那么自然，仿佛这消解病痛、化曲为直的能力本就是上天赐予。

“喂？听得到吗？”我晃神了，奶奶叫我。

“噢，那你现在躺下休息了不？头还晕吗？”

“躺下喽，吃完饭我就躺下来了，不然腰受不了，头晕那是经常的咯，这个吃什么药都没用，没办法嘞。”她抓着手机，努力将它往耳边凑，台灯光亮昏昏暗暗，圆成夕阳的模样。

病痛已如一日三餐般稀松平常。

奶奶鲜少提起已过世多年的爷爷，除了在餐桌上。即使提及了，也是淡淡一笑，一边夹着一大块肥肉往我碗里塞，一边说着：“他嘞，当年当地质兵的时候十几天才回家一次，一进家门就嚷着要吃点好的。他说啊，人这一生，穿的用的可以随便，但吃一定要吃好。”

“以食为重”的观念由辛勤一辈子，只追求美食的爷爷传递给奶奶，又由奶奶传递给她的三个子女。大家都听她说过她的年轻往事，知道她曾过着怀揣干粮和几条萝卜干翻山越岭去上学的苦日子，知道她在养育子女时总把被视为奢侈品的鸡蛋全部留给孩子，自己配着一条咸菜喝完一碗粥，知道三百六十五天中只有过年才能吃肉时那饱胀的满足感。因而即便在家庭经济条件并不宽裕的情况下，也要保证餐桌上的美味佳肴。

在我出生后，奶奶为了照顾我，选择迁来与事业刚刚起步的我父亲一同居住。在我初有记忆时，父亲正是最忙的时候，常常开会，每每他必要将会议中午发的盒饭趁热带回家，将里面的大鸡腿留给奶奶，而自己匆匆赶去厨房下面条吃。多年后奶奶忆及此事，我说：“我有印象，那个鸡腿的味道我现在还记得！”但奶奶多少次把鸡腿留给我，我却是忘记了。奶奶笑了：“那时我怕你爸吃不饱，就骗他说我已经吃过了，等他吃完了回去开会了，我再偷偷下点面吃。”

如今想来，我们家里总喜欢把几块肉让来让去、谁都不愿当吃最后一口肉的人的习气，恐怕是从那时养成的。

几块肉在一家人碗中东徙西迁，最终养肥了所有人。

奶奶最是夸张，年轻时纤瘦苗条的她，在这“补偿性”的美食攻势之下，逐渐变得富态。年轻时干活形成的结实肌肉早已消退，手臂上的肉白白胖胖，肚子圆圆鼓鼓，故乡的街坊邻居看见了总要说她“有福气”。

那是八九年前的光景，我总想向其他伙伴炫耀这胖得可爱的奶奶，便大肆宣扬：“我奶奶的肚子枕起来可舒服了。”但邻里的孩子们全是奶奶的“眼线”，她一听说，立即将手臂从我手中抽出，置气道：“不给你捏了。”

那时的奶奶安乐而潇洒，发起脾气就似小孩毫无顾虑，身体也呈现出与年龄不相符的硬朗，尚且有余力在她的三个儿女间来回，坐多久的长途车也不嫌累，满心都是换一个新环境居住的新奇与期待，就连抱着圆鼓鼓的肚子往逼仄的大巴座位里挤也显得轻盈。下了车，第一时间也是先去找吃的，往木椅上一坐，端起一大碗牛肉粿条汤直直落肚，一滴不剩。

子女们只当是对奶奶年轻时受的许多苦做补偿，想方设法地让餐桌上的菜肴变化多端，大鱼大肉，海鲜补汤，百无禁忌。那时奶奶口中的牙齿还有许多，咬起排骨“嘎吱”作响，吃相洒脱大方，每顿饭都吃得像一部舞台剧。

全然不知，安适的背后是疾病在隐伏。

病痛是从腿脚率先开始的。

几年前奶奶总是很有精力，一大早五点多起床，兴致盎然地冲到家门口那个公园，天还未大亮，她已然在山脚下买了早市第一批菜，向早已相熟的菜农们打过招呼，得意洋洋地背着购物袋就爬山去了。待她走了一圈下来，再做一阵子早操，又步履轻盈地回家来，同我们夸口今天早市的菜价多么多么实惠。

父亲担心奶奶负重过多，便差我跟着奶奶一同去买菜，我自认体力不如奶奶，坚持两日就不再愿意领受这份煎熬，奶奶笑骂我“连一个老人也比不过”，不曾歇脚又开始为我们做早餐。那是奶奶最有成就感的一段时间，她的体力惊人，远胜同一年龄段的老人们，又做得一手好菜。她每日做菜，每日将菜式翻新出花，手不曾停歇，也就不曾生疏，纵使早年就失去了嗅觉，对于烹饪的配料却仍了如指掌。父亲对她做出的菜总能真心实意地夸奖，饭桌上就一把空心菜卖多少钱都能讨论上一阵子。奶奶心里有把尺，算准了我们喜爱吃什么，第二天又起得极早，去做那最令她开心的事。

我们不知道奶奶是从何时开始腿脚发痛的，她总把疾病藏起来，除非疼得咬牙切齿被看出了端倪。但那些她健步如飞的景象就像迅速退场的影碟，她的病痛来得猝不及防，只是在某一个早晨，她垂头丧气地回到家，说：那个早市不再开了。

不需要抢早，买菜的时间变得随意。奶奶却逐渐将爬山、逛公园、做操一一从她的日程表里删除，以往“拔山扛鼎”的力量似在一夜间被抽除，她站在大门前，将肩上的袋子卸下，扶着铁门喘气，有路过的年轻人帮她开了门，替她将买的菜扛上楼，但她仍要一手抓着扶手，一手按在自己的膝盖上，腰用力一弓，才能往台阶上挪。

奶奶忍了许久，疼得连从沙发上站起来也要扶着些什么，缓缓转动小腿，待膝盖的两块骨头像齿轮一样拼接好，才能迈开步伐。

三个子女轮流带着奶奶到当地的医院检查，其间拖泥带水经历了一年多，奶奶的疾病不断发酵，每移动一步就如踩在刀尖上，另外还衍生了脊椎痛、咽炎、胆固醇过高等问题。那一年里，病情每日恶化，奶奶每天都过得天昏地暗，终日与床相伴，咳嗽起来泪水、排泄系统全然失控，在洗手间里抱着马桶咳出了血，却仍不愿意去医院。矫捷的身姿已成幻影，她害怕下楼，害怕运动，害怕几经折腾却还是开了一堆根本治不好她的药。

她皱紧眉头，不耐烦地挥手，将我们赶出卧室，直到夜深也没有再动弹一下，漆黑的房间里只有她的双眼亮着，直直望向窗外，看着弯月升起又落下。

父亲四处求医，逼着她吃药，床头柜的盒子摞成小山。父亲的脾气兴许就是在那时开始变化的，他坚信药物，奶奶却抗拒吃药，一种药吃了两三天不见成效就不再碰，父亲无奈却又毫无办法，只觉是奶奶辜负了他屡次求医的辛苦，家中自此争论与怒火常存。奶奶被喉咙里的刺痛感压制，连反驳的力气都没有，声音日渐弱小，每天在怒吼的威逼下服药。副作用使她每日昏昏欲睡，虽然效用甚微，但终于使奶奶触底反弹，有了逃脱床榻的欲望。

从漫长的昏沉中醒来，第一件事记挂的也是哪家超市的菜便宜、哪个市场的档口有最正宗的潮汕牛肉丸，偶尔指挥父亲去买，如若父亲买错了她也不敢多加评价，只是第二天又要偷着起早，到菜市场去逛一圈，将惦记已久的食材一网打尽，这才舍得返家。买得多了，又被重物压弯了腰，她几乎走十步就要停下来休息，回家的路被她走成了西天取经。到了楼梯口，终于还是给我打了电话，让我下楼接应她。我接过袋子，肩膀猛地一沉，吓了一跳。她不好意思地一笑："看到这个好就买，看到那个好又想买，结果一不小心又买多了。"

这么一折腾，她身上该疼的地方又要加倍地疼，又是几天不能下床运动。望着奶奶躺在床上也高高隆起的肚子，我全然失去笑意，却也懵懂不知问题出在哪里，只是看着奶奶笨拙地翻身、笨拙地拼接上膝盖的骨头、笨拙地在餐桌上用力压抑住剧烈的咳喘。

她身上的每一种疾病，都在不同医生口中得到不同的答案，一家人面面相觑，最终找到了所有诊断中共同提到的病因：过度肥胖。

奶奶起初听到这个诊断结果是不服气的，谁同她谈及"减肥"一事，必要被她黑着脸训斥一番。一家人在她重油重盐、大鱼大肉的食谱熏陶下成长，知道这几乎是奶奶的生活信条，朝夕之间难以改变，一时也手足无措。

正在大家明知症结所在而又无从下手时，我的表妹出生了。

奶奶恐怕是劳碌命。

在安乐的生活中忍不住找家务做，如今住在相对安然闲适的儿子家中，带小孩的任务终于找上门来。

我与表哥都是她带大的，她无法偏心不去照顾表妹。但此时的她早不如十几年前那般潇洒自如，当她扶着车门，用力在地上一蹬，攀上大巴台阶时，她的膝盖像磨损过度的车轴发出惨叫，两个多小时的车途必令她的脊椎酸痛无比，当她下车，心系的一定也不再是尽兴地去吃一碗牛肉粿条，而是找个地方躺下来，长长呼一口气。

她以极度疲累的姿态去面对一个新生命，初来乍到的小女孩好奇调皮，活泼好动，牙牙学语却又不知所云，奶奶时常弯下腰去听她嘴边嘟囔着什么却什么也听不清。

大姑姑一家人白天都忙碌在外，尚未上幼儿园的小孩全靠奶奶一人照顾。我打电话给她，她的手机常常要被小孩夺去，而后奶奶就像教训小时候的我一样，先哄再劝后恐吓，总算将手机抢回来。我问："过得还好吗？中午吃啥了？"她的语气像是飘在空中："吃了，哎呀，吃了什么呀，我想想，哈哈哈，现在脑子不好，都记不住事了。"奶奶的脑子里长了个小小的东西，牵动着神经，头晕眼花的同时，也不太能记事了。

在这个充满阳光的厅房里，美丽可爱的小生命正在堆叠玩具，而坐在她背后一手护住她一手拿着手机打电话的老人已然佝偻了身躯。

父母忙碌在外，小女孩在家里自然最黏奶奶，奶奶拿出从前教我识字用的卡片，她只看了一眼就随手拨到地上，奶奶弯腰去捡，然后撑着膝盖缓慢直起腰来，如此周而复始拾起了她扔在地上的衣服和玩具。小女孩不爱午睡，奶奶的背部刚沾到床没两分钟就见她爬起来，奶奶只得下床看护。终于等到傍晚，奶奶出入于厨房，听见门铃声如获大释，连忙去开门，小女孩果断地甩开她的手扑向妈妈的怀抱。后来奶奶告诉我，她就是在那个时候发现自己真的老了。

她向日趋衰微的生命力屈服，答应用大姑姑给的方法试着减肥。

奶奶开始日日与代餐粉相伴，但大姑姑一家人的一日三餐仍由她负责。只是一个月的光景，她的声音便虚弱下来，像是将风沙关在了麻布袋里，起初大家都以为是她还未适应减肥的艰苦，即使是听见了些许麻布袋挣扎的声音，也希望是自己的错觉。

直到在那儿生活了很长一段时间后，她忍不住向我们抱怨，她辛辛苦苦做了一顿饭，自己吃不上，还要被家人指指点点，说她放了太多油、太多盐，炒饭水分太多、牛肉炒过了头。大姑丈会直接将她焖好的排骨扔进垃圾桶，小孩子也有样学样，对着饭碗皱紧眉头，用稚嫩极了的声音说："这太咸了，还是人吃的吗？这不能吃啦！"她颇为委屈地小声说："他们真是每一顿饭都要挑剔我一次。你看你爸多好哇，我炒的菜吃得不够咸就二话不说自己跑去加盐，太咸了就加水，从来不说我什么。我给他们做饭好像欠他们似的，他们谢字没有，还老嫌这嫌那。"她一生中唯一一件引以为傲的事被当成废纸，揉皱了扔进垃圾桶中。

奶奶明里暗里向父亲与小姑姑求助，却都被劝着哄着按压下来。此时她已年近八十，带孩子也从来不是她的心声，但大家只当没听见，默认了家族面前奶奶一人的牺牲。

奶奶断断续续地在那里忙碌了两年，从监督着小女孩在卡片上认字开始，到将她送去幼儿园，看着她站在班级门口向自己挥手道："婆婆再见。"她长呼一口气，回到家，第一时间躺倒在床。从卧室门口望去，她的肚子的确小了几圈，一年多的减肥历程令她的体重直掉二十余斤，苗条许多的身材在日光中绘出一片山脉，随着她沉重的呼吸绵延起伏。有什么东西正在无声倒塌。

两年间药方不断翻新，奶奶的咽炎已然痊愈，膝盖与腰的痛感却只是不再加重。若不是因为一次大姑丈发酒疯的变故，恐怕她还会在那里待上更久更久。

奶奶被接回来时，像是一摞流沙被拘束已久终于纷纷扬扬散落了一地，她将肚子里的苦水向我倾倒，竟用了整整一晚的时间。一段时间里，她偏过头，橘色的灯描绘着她侧脸的轮廓。"我这么辛苦，真的只希望小家伙能记得我这个婆婆就好。"

可她没想到，仅在一周后的视频通话里，小家伙就能边砌高手里的积木，边用故作茫然的语气说："你谁啊？"任由大姑姑如何斥责，小家伙也未曾改口。

奶奶的心已如夕阳下沉，行动也日渐迟缓。

她刚休息下来的那阵子，家里就像供着宝一样，也不让她下楼去买菜了，奶奶终日待在家里，悠悠绕着弯，到了饭点，就回到厨房。她用了许久的时间恢复心情，希望在熟悉的灶台前找回信心。

我捏着她的手臂，大声说："我好想念你做的卤鸭！"她说："你就是图我老是先把鸭肝、鸭爪偷偷给你吃是不是？"她乐起来，立刻就叫父亲上市场买一只整鸭。

放在操作台用清水里里外外洗了几遍，抹上料酒，架上铁架，烧上水，八角、花椒、桂皮，一袋子的香料。眼看细嫩光滑的鸭肉渐变成酱油色，香味膨胀蔓延到客厅里，奶奶躺得不安心，每隔几分钟就忍不住起身到灶前看看。

她神采飞扬地把卤好的鸭爪用小碟盛了递给我，站在一旁等我咬一口，"怎么样嘞？""好吃！"听到想得到的答案，奶奶立即咧嘴笑了，坐下来向我详细介绍制作过程。

到晚餐时，她又用同样期盼的眼神看着我父亲。可父亲正值压力最大的时期，仅剩的耐心早在数次出门买菜时耗尽，端着饭碗离开饭桌坐在电视前，头也不抬："这肉好像煮太过了点，而且不太入味。"我软弱无能，从来不敢打断父亲，此时也只任由他挑剔，不作辩驳。

奶奶的眼神黯淡下去，默默咬了一口，不再说话。

日复一日，她逐渐发现父亲也不是那个"淡了就自己加盐、咸了就自己加水"的贴心儿子，他的要求越发得多，对她的唠叨越发觉得烦躁。她坐在电视机前，只是稍微一提："你看我以前买菜提多重的东西，我都没有不耐烦，现在叫你出去买几次菜，你每次脸色都好难看哦。"父亲就突然从沙发上跳起来，音量掀开房顶，高声抱怨一番，扔了遥控，"轰"地关上房门。奶奶坐在客厅，被吓得久久不能回神，盯着黑了的电视荧幕，双手撑在膝盖上，想着想着就流了泪。

奶奶变得健康，胆固醇渐趋正常，体重控制在一百二十多斤，病痛的负担在相对平淡的生活中被稀释，可她被父亲同化，逐渐失去笑容，虽然有时也陪着儿子坐在客厅，两人却都盯着电视，一人看得入神，一人觉得无趣，半小时不到便站起身，拼好膝盖骨，回房间。

"你爸在家和不在家又有什么区别嘞？"奶奶对已经上大学的我说："所

以我在想，干脆回老家去算了，你看我给你小姑做饭多好啊，他们两口子上班忙，我做好饭等他们回来，他们愿意吃。”

我说：“我去跟老爸谈一谈，让他对你不要那么凶，你不要走，好不好？”

奶奶沉默了一阵子，像是心底如此希冀，但还是开口：“不用了。”我松了口气，终究还是没有说。

结果当然是没能留住奶奶，还未等我周末回家一趟，小姑姑就借口要将奶奶带回老家打治骨质疏松的针，将奶奶接走了，长途路上，奶奶享受着女儿在小车后座垫起的小床，舒服地蜷着身子，睡了五个多小时。她刚到就打电话对我说，车上她又做了那个梦，那个我们两人被恶魔追着跑，她看我从山坡滚了下去，想去抓我却没抓到的梦，她说，她就像旁观者一样，眼睁睁地看着我掉下去了。

我说：“梦境与现实是相反的，你不用担心。”因为我知道更多时候，我才是那个没能抓住她的旁观者。

打针不是幌子，奶奶的膝盖和脊椎患上的是流动性骨质疏松。回老家不久，奶奶就因此住院，只观察了一晚，她便嚷嚷着回家。被帘子划分的私人空间与狭小陌生的床令她辗转一夜，难以入眠。

医生说，奶奶的身体比以前好多了，保持这样的生活状态，注意饮食，每年十一月来打一针，会越来越健康的。奶奶漫不经心应了一声，眼神落在了别处。

奶奶不论栖息何处，终究是孤独的，在老家的旧友陆续被自己的儿女接到别的城市去，只靠偶尔的电话联系，小姑姑在几年前就搬了家，四下已无一人相识。新家楼层甚高，她如莴苣公主被困高阁。

高楼前后都被建筑物遮挡，奶奶的房间外就是别人家的窗户，她不敢往外张望，心中想着的景色与她渐远，白天或是黑夜，只能透过窗台泄入的光亮来判断。除了吃饭，她几乎失去了对时间的判断，不论日月，不论早晨或下午，困了就睡上一觉，闲暇就抱着手机看电视剧，看了什么转头即忘。

小姑姑与姑丈在外劳碌一天，回到家来吃饭也不能从容，这成为奶奶每一天生活中唯一的加速剂。刚开始她还能帮上些忙，但随着两人日益忙碌，话语也变得稀少，一见奶奶开始用手撑着腰便催着她去休息，不再允许她到厨房来。餐桌上，沉默是最大的主题，奶奶想说些什么，二人却累得不愿开口。

奶奶终日难见人影，以往不喜带手机在身旁的习惯也改变了，每天盯着屏幕等一个电话。无论谁打来，只要见对方有时间，就拉着聊上半小时。

可那半小时过后，她又闲下来，在屋里屋外晃一圈，做完一整套早操，离傍晚也还有一大截，无聊地转着转着就上了体重秤，往上一站就仔细眯着眼去看数字，一天上秤好几次，成为她减肥遗留下来的习惯。为了保持体重，她偶尔还会吃代餐粉，对于美食的执念逐渐淡去，但她仍然想念富有成就感而又自由的生活，白天的无趣如同打仗般以摧枯拉朽之势破坏了她心目中的天平，做起事来风风火火的小姑姑在饭桌上的快节奏在她心中埋下了压力的种子。种子在无趣与突然的加速之间破土而出，逐渐生长为参天大树。她极力劝说自己适应，这里的床又大又舒服，女儿挑了最舒服的丝绵被盖在自己身上，生活闲适自在，的确是无可挑剔。

不久后，小姑姑打来电话投诉："你奶奶，我才接她回来多久啊，就开始吵着说要回去，就那么不想跟我们住在一起吗？"

奶奶说："不是，你不要误会嘛，我是觉得我在这里给你们添堵啊，你们那么忙，我在这又帮不上忙，白白让你们养多我一个人。"

"说什么养多一个人，你是我老妈啊！"小姑姑怒气冲天，留下手机离开了。

奶奶的愿望被压抑下来，一如当时带孩子那般，她不敢再说什么，但那里每一个角落散发出来的冷清无时无刻不在吞噬她。她在不知觉间变得柔和，不善辩驳，谁也不知道是因为什么。

小姑姑从来都是个善于观察的人，几个月后无法忍受奶奶忧心忡忡的模样，终于松口，让我在暑假时回一趟老家，顺便把奶奶接走。

奶奶见到我，双眼笑成了弯月，只等我休息了一晚，就悄悄贴在我耳边说："你打算在这里住多久？我是这么想的，我们十五号就回去好不好？到时候也不用你姑姑送，你直接带我去搭大巴就好。"

她任性地在几个儿女之间来回，令大家都心力交瘁，小姑姑无奈道："她可能是在你们那儿住久了，把那里当成故乡了。"

在奶奶的心里究竟哪里是故乡，她的根落在哪里，全家人都没有问起。如此反复了几次，一家人的脾气竟也随着奶奶年龄的增长而被磨平了。

我在不同的时间段问奶奶“为什么要搬来搬去？”她每次都会给出不同的回答。

一次是在将她从小姑姑家中接回来的第二天晚上，我们躺在一张床上，吹着空调看着电视，奶奶正因为我说的话捧腹大笑。我突然抛出问题，她毫不慌张，狡黠一笑：“哪里住得舒服我就去哪里呗，谁烦我了我就跑到另一家去，儿子让我受气我就跑去女儿家，女儿厌烦我了我就回儿子家。”她语气柔软下来，“所以嘞，如果你嫌我啰唆了，你就早点告诉我，我好快点走人。”我以为奶奶是狡猾，实际上是她在等待我的答案。

还有一次，父亲的车玻璃被人恶意砸坏，奶奶有意关心，父亲却觉得是在向他施压，顿时暴跳如雷，奶奶被父亲突如其来的暴躁吓得犯了心脏病，吃了救心丸后一人躲在房间里不敢出门，给我打电话时，她故作轻松地说：“你小姑姑这周末来接我回去噢。”我问：“为什么？”她却回以长久的沉默：“住久了换个地方住住呗。”直至后来小姑姑义愤填膺地来找我，我才知道事情的原委。我想这次必须找父亲好好谈谈，但真正见到他的那一刻，我又一如既往地躲得很远了。

这一次奶奶回老家去，就被疫情挡住，在老家一住就是大半年。疫情期间，奶奶异常乖巧，也不吵闹着要回来，拿着小本子记录着老家和我们这边每日的病例数量，隐约向我透露她一月份就计划着要回来，无奈被搁浅了。

维持亲情之间的耐心，似乎就是要隔着千里，隔着永不能触碰到对方的电话屏幕，奶奶一回去，父亲的脾气也随之消除，两天一个电话，任由奶奶说什么都好言相对，时刻关注着她的饮食和体重，在时空之外营造着一个温馨关怀的家庭氛围。但对于奶奶来说，多子女的家庭就像流沙，陷进去要及时脱逃，耐心都是稍纵即逝的，一旦消耗完就要面对每况愈下的冷脸，甚至经历旁观者将她弃之不顾的痛楚。

时间挤压在一起，回顾兴许会令她忆起许多委屈，可将时间拆分成一天天、一分一秒，她又能过得安然自得。现实中她每日都乐乐呵呵的，所经历过的所有斥责与冷漠都被隔断在围墙之外，她要克服头晕目眩、扔掉拐杖，她要被小姑姑的几句话逗得开怀大笑，她要被挽起手站在夕阳下拍下神采奕奕的照片。夕阳之下，她如水，如佛，如花，一如几十年前那般年轻美丽。

她跟随父亲信奉基督教，认为拥有这世上最完满的家庭是一种好运，又将一切好运都归之于主耶稣，却从未察觉她已对自己的家人有着近于神性的宽容。起初她因为疾病东奔西走，后来又忍受疾病来回奔波，忙乱中却将三个家庭联结在一起，将仅有的缺口一点点缝补起来。

当我在闲暇时问及她对这些事的看法时，她从不抱怨，从不主动提起她经受的冷眼，也未曾说过往返于他们之间的路途有多么辛苦，反而源源不断地回忆起他们的好来。“你小姑姑和大姑姑刚出去工作那阵子啊，工资都是上交给我的，自己一分都不留，直到后来搬出去住了，还每个月坚持给我打钱，一直到现在也是啊。你小姑姑，整天水果啊、海鲜啊买个不停，我在她这儿住都减不下肥的，而且一有空就带我去旅游，路上紧紧攥着我的手，旅游团的人都羡慕我有个这么好的女儿噢。”奶奶最不喜当面夸人，背地里却将三个子女捧上了天。

奶奶年轻时在小学里当老师，便是出了名的好脾气，任何纷争到她这里都能被化解。到耄耋之年她还是只能记一夜的仇，虽然总在三个子女间盘桓，但竟从不去深究原因。“我现在就很幸福啊，”她说道，“子女孝顺，儿孙满堂，命运对我很好咯，我也没想过再有什么要求，现在生活的状态就是我最喜欢的状态了。”

不知不觉间，她已经是个生活在时间之外的人了。

远隔千里，她却永远是家族群里大家永恒的话题。

母亲节前夕，小姑姑买了一大束玫瑰提前庆祝，照例找个好角度拍照上传。夜里刚跨过十二点，大姑姑、父亲和我的祝福同时发送在群里。当天狂风大作，小姑丈冒雨出门买菜，将晚餐布置成满汉全席，奶奶坐在桌前，抬手将蛋糕切成三份，将减肥的毅力抛诸脑后，甚至斟了小半杯红酒。群里“叮”的一声，是几条语音信息，已经上小学的小表妹抢过大姑姑的手机，甜美地说着“祝婆婆母亲节快乐”，又是“叮”的一声，上传一张图片，是小家伙为奶奶做的一枚戒指，上面镶嵌着红纸桃花。

那天因为暴雨，整日未见太阳，我给奶奶打电话时，她像是吃撑了，肚子饱胀得连说话都断断续续。她“嘿嘿”笑着告诉我那榴莲蛋糕多好吃，问我是否有看见群里小家伙发的那个礼物照片，还向我夸赞小姑丈冒雨买菜十分孝顺。

我看着窗外的阴霾迷蒙，想到老家也是一样的天气，一样的光景，奶奶也站在窗前，看雨点噼里啪啦。

“没事，明天放晴啦。”她说，“我看了天气预报，雨下到今晚就停了，明天多云转晴。”

“是吧。”

明天晨星照常闪耀，指引着时间流逝，日复一日，唯有属于你的太阳，不论多少次西沉，仍会升起。

黄天慧

广东财经大学中文系 2018 级创意写作专业方向本科生。

乐业往事

/　叶明岑

一

我能追溯最久远的记忆，是一座高大、昏暗、潮湿的木头房子。房子的门槛与胸口齐高，门外一条泥泞路，路的那边是水稻田，再远一点是雄伟的山岭。大雨刚过，山上云雾缭绕，一幅浑然天成的山水画。

我尚十分幼小，思维初开，对世间一切充满好奇。于是撅起屁股，努力要爬过门槛。每每快要成功，总会被一双大手从背后揪住，将我拖拽回去。

我曾以为是看过某部鬼怪电影后，才幻想出了木头房子。在我成长的地方，老房子都是黄泥墙、黑瓦顶。直到从父亲口中得知，我在乐业生活过两年，才发觉那个场景可能真实存在。

二〇一九年国庆节假期，我坐上四舅的车，从乐业县城出发，在弯弯曲曲的盘山公路上摇晃。壮美的喀斯特岩溶地貌沿途可见，山顶与云层相连。山与山之间生出村落，村边是分割成一块块的田地。

外公家藏在一座不起眼的村子中，有些荒凉，只剩下十几户人家。老房子背靠一座大山，是记忆中的那座，却不高大。它长得十分沧桑，摇摇欲坠，墙面爬满青苔，门前有口蓄水用的石缸。房子的门槛有我膝盖高，中间缺了一块，冒出几朵灰色的菌。

我推开木门，抬高脚迈进去，霉味扑鼻而来，皮肤传来湿漉漉的触感。从屋内看出去，门外的泥泞小路变成了水泥路。路的那边是一栋矮矮的楼房，楼房挡住了村外的水稻田，挡不住高高的山岭。

确实是一栋里里外外完全由木头搭建起来的房子，连脚下踩的也是木板。大门进去是厅堂，高大的神台背靠墙壁，正对大门。很多年不住人了，家具胡乱摆放，有木制的打谷机、桌椅，竹编的簸箕、箩筐，以及一些我叫不出名字的器具。蜘蛛网四通八达，头顶挂着几个拳头大的蜂窝，有蜜蜂盘旋，要低着头行走才不惹恼它们。厅堂四个角开有四个门，连着四间狭窄的卧室。每间卧室都分成两层，上层是用来储物的小阁楼，下层用来住人，人多时上层也可以住。我钻进其中一间，霉味夹杂各种味道，冲得人难以呼吸。床上的蚊帐还挂着，床前的桌椅上堆满了旧衣物、旧棉被。房子里的物件充满年代感，存留着时间浸透过的痕迹。遥远的过去，幼小的我在这里生活过；更遥远的过去，外公和外婆在这里养育了五个舅舅和母亲。

时隔十八年我才回到这里……坐在门槛上，思绪不禁恍惚，涌出一种神奇的错觉：二十岁的我仿佛突然得到了某种打破时间界限的力量，与两岁时的我产生了某种连结。我再一次回到那具幼小的身体，从木头房子里窥探着外面的世界，感受生命最初的好奇、纯真和懵懂。

二

外公葬在村子边的菜园里，时隔三年，我只能在墓碑前与另一个世界的他对视。他的墓早已不是新墓，墓堆上长满了草，小动物跑来跑去。他的墓和周边很多墓一样，成为大地上不起眼的凸起。

我烧着黄表纸，呆呆地凝望着眼前萦绕的烟雾，思绪回到了二〇一五年。

那年我读高二。冬天特别冷，寒风侵袭，南方很多地方下了雪。雪花米粒大小，落在手心，来不及观赏就化成水。乐业县城海拔九百多米，隔三两年下一次大雪，这次自然也下，下得很大。母亲给我发了一张照片，道路、树木、屋顶、山岭白白一片，颇有北国雪的风姿。外公正病重，大家都说他只要撑过了这个冬天，铁定可以多活几年。我给他打过几次电话，他听力不好，有些话要重复几遍才听得明白。他用沙哑的声音与我交谈，不断嘱咐我要好好读书。

冬天离去，大家以为外公撑过来了。可是他熬过了漫长的寒冬，却在万物复苏的季节里与世长辞。

我曾觉得要动笔写外公的离世，必定要写得如伟人离世那样天地同悲，才能烘托出他在我心中的位置。可真要动笔时，却不由得极力压住文字的闹腾，唯恐惊扰长眠的灵魂。

外公是个安静的人，去世的时候应该也是安安静静地闭上眼睛吧？我甚至还想着，那时的他眼前站满前来送别的亲人，他不孤独。渐渐的，亲人们的样貌模糊，他的神情安然，不属于肉体的那一部分飘去另一个世界，外婆会在那里接他。

祭拜过后，我们去村边的树上摘果子。有柿子、柑橘、沙田柚，有些熟到烂透。我们只摘了一些柿子，然后去田里的水池边散步。水池不大，底下是一口井，井底有泉，常年有水。四舅看着周围的景象，叹了口气，脸上泛起一阵惆怅。四舅说起过去，那时家里没有打井，更没有自来水，都来这个水池挑水喝。水池边生有三棵大树，树上附生着一种药材，舅舅们年轻的时候常爬上去采摘，摔下来也不怕，有水池接住。现在还有药材，却没人摘，年轻人都离开村子，奔向外面的世界，老了才会想到落叶归根。还说到我小时候，很大胆，偷偷从家里跑出来，跳下这个池塘，被救上来后也不哭。我却不记得自己跑出来过，在遥远的记忆中，我一直被保护在那座木头建造的房子里。

三

我出生后，母亲带着我和姐姐去到乐业生活。

我在两岁时离开乐业，到十五岁才得到父亲同意前去度假。

乐业坐落在广西西北部的山区中，从贵港过去要一整夜的车程。这是我自有记忆以来第一次独自出远门，满怀期待。清晨醒来，已在乐业境内，从车窗望出去，几座山被云雾覆盖了一半。这场景在我记忆中没有过，却感到熟悉，有了一种久别重逢的喜悦。

舅舅们早年在县城买了房，把外公从村庄接了出来。外公进入暮年，生活难以自理，住在三舅家。三舅有一栋房，临近乐业广场，六层高楼，视野开阔。外公住在顶层，有一个宽敞的阳台，放着一把竹编摇椅，角落有一些盆栽，几株三角梅开得艳丽。

吃了晚饭，外公喜欢去阳台发呆，我会出去和他站一起，有时默不作声，有时会说上许多话。我们看着小城被夜色浸染，再被逐渐亮起的霓虹灯装饰，楼下的广场传来各种音乐，传来欢声笑语。大叔大婶们组织起了浩浩荡荡的广场舞队伍，足足有四五百人，载歌载舞，占满大半个广场，有人跳交际舞、拉丁舞，也有跳街舞的年轻人，偶尔还会有对山歌的队伍。广场周围摆满各式各样的摊子，卖小孩的玩具，卖饮料或者特色小吃，还有卖治疗疾病的偏方药。

乐业城区四面环山，外公告诉我，因为最高的那座山有一面巨大的绝壁，像电视机的屏幕，所以叫电视山，又告诉我周围许多山的称呼。我最喜欢的是小城中央那座被楼房围绕的山，山体不大，只有百米高，入夜后被灯光渲染成灿青色。外公告诉我，那是龙角山，因为像龙的角。他怕我听不懂，弯着食指在头顶比画。我点头表示听懂了，他开心地笑，眼中泛着光。外公还说，很多年前，龙角山上有一盏明亮的灯，射进幽暗的山路中，照亮晚归人回家的夜路。

外公有大片的空闲时光，看书，唱山歌，练毛笔字，修族谱，也常望着楼下的广场发呆、思考。他的褶皱、色斑一年比一年多，眼睛却越发水润，像孩子般明亮。在性格上，外公偶尔也像个孩子，喜欢争一些问题，比如问我贵港和乐业哪里好，我说都好。他不太服气，屡屡问我，我确实分辨不出，只能回答都挺好。

一次下雨后，我们又在阳台看风景，城中的楼房不高，凸凸凹凹延绵到四周的山脚，再绕着山脚延伸出去。外公指着远处的青山，执拗地说："乐业比贵港好。"

我顺着他的目光望去，刚下过雨的天，像水洗过的蔚蓝色布幔，干净极了。远处黛青色的群山重重叠叠，山谷的树林中冒出白色雾气。山腰上有一些房子，笼罩在迷雾中，像远离喧闹尘世的隐士居所。

我明白他的心思，点点头。

"乐业山多，林多，环境好，空气好，不用风扇，不用空调。"他怕我不服，又补充说，"是长寿之乡，是避暑胜地。"

我笑着说："还有电视山，还有罗妹洞。"

"还有大石围天坑群，世界第一。"外公有点骄傲，给我点名，"布柳河、仙人桥、五台山、凤山、茶山、百朗峡谷……"

那些在阳台观望的日子里，外公告诉了我很多过去的事情。说起他年轻的时候，村里还有许多人，男男女女喜欢对歌，用歌声寻找所爱。他的喉咙好，唱出的歌诱人，所以得到外婆的倾心，与她喜结连理，后来又当上村里的音乐老师。说起五个舅舅和母亲小时候的调皮事情，舅舅们把锅碗瓢盆带去学校，在教室后架起简陋的灶头烧火做饭，母亲仗着有五个哥哥，做什么事都有点横行霸道。说起两岁前的我，被舅舅们引诱爬进灶头，不知死活地跳进水池，还去抱刚生蛋的母鸡。

外公说起我的时候最有兴致，用手比画一个圈圈，说我小时候有这么胖，特别白，可爱极了。他会用各种词形容我：肥糯糯，闹腾腾，小调皮，不哭鼻子，有灵性，喜欢爬，招人喜欢。他还说我很快就学会了走路，一天到晚想跑出门，幸好老家的门槛高。

外公还会问很多问题，我慢慢回答。以前生活苦不苦？挺苦的。奶奶的身体好不好？大病一场后不太好了，眼睛看不见，需要人照顾。被父亲打吗？小时候会打。和别人打架吗？小时候打，上中学就不打了。小时候为什么打架？父母离婚了，他们笑我，欺负我，迫不得已才打……聊着聊着，外公忽然有点感伤，又比着手说："你离开乐业的时候那么小一只，再见到你，长那么大了，不适应。"我不知怎么回答。外公远眺城外的山，自言自语道："你们长大了，我也老咯。"

四

高一的暑假，我又去了乐业。这时和外公的谈话内容发生了些变化，我读高中了，他把更多话题都放在了学习上。读书缺钱吗？不用很多钱，缺了去借。学习怎么样？物理化学偶尔第一，英语稳稳第一，不过是倒数第一。和老师同学们相处得好吧？挺好的，男同学喜欢我，女同学应该也有喜欢我的……

外公看过很多书，国学经典、世界名著、历史哲学，因此他不是个死板的人。说到女同学，他拍拍我肩膀，两眼放光地问："有没有喜欢的女孩子？"我憋着笑，摇摇头。外公说："我和你外婆在你这个年纪时都快结婚了。"然后竖着小拇指，再说："你真差劲。"

外公还会问，为了避免他再说我差劲，我一本正经地胡言乱语，我有喜欢的女孩子，但我不想谈恋爱，我要实现理想。那之后，外公把注意力放到我所谓的理想上来，问我在瞎想什么。开始我不愿说，很多人都觉得我异想天开，甚至不可理喻。

外公追问了很多次，我告诉他："想当作家。"

"怪不得你整天发呆，原来是想这个。"外公嘀咕，竖着大拇指说，"作家很厉害！"

我小心翼翼地问："外公，你不觉得当作家不切实际吗？"

外公似乎知道我为什么这样问，讨厌地挥挥手，像打苍蝇，说："你别管别人怎么说，你想干吗就去干吗，你还年轻。"

"他们都没有你聪明。"过了一会儿，他继续说，"你从小就聪明。"

此外，外公经常和我说，要努力考大学。我点点头。他一次次强调，一定要读大学。哪怕我心不在焉，他也要叨叨自语："你要读大学，读大学出来才能有出路，才能出息，才能受人尊重。"为了让他放心，我一次次向他保证。

假期结束，离开乐业前一天，我和姐姐、表姐表弟们一起去三舅家看外公。外公又和我们分享过去的事情，关于他们那时候的艰苦往事，还有刘三姐的动人山歌。我拿出手机播放刘三姐的歌，外公跟着哼唱起来，越唱越大声，大家没想到，年迈的他还能有如此活力。

那将是值得在脑海中存留一生的温馨场景：午后温暖的阳光穿过纱窗，落在外公和我们身上。他苍老的躯体迸射出强劲的生命力，用沙哑的声音高唱刘三姐的山歌，我们跟着击掌合拍。歌声嘹亮，填满整个房间，跳出阳台之外，溢满小城，又爬过电视山，飘去山外的一座又一座青山。

沉溺在歌声中，我想起了刘三姐的传奇故事，想起老照片中那个叫作外婆的慈祥老人，想起了外公说起的很多过去。身为音乐老师的外公，在群山中的乡村小学坚守大半生，把六个子女送去城里，是他一生最骄傲的事。我还想起那间木头房子，想起小小的我撅着屁股趴在高高的门槛上，对外面的世界充满好奇和向往。直到如今，那种向往依旧根植于内心，激励我通过读书找到出路，坚持成为作家的理想。我还想到很多事情，幻想两年后拿着大学录取通知书回来找外公，他会又一次给我竖起大拇指。

五

母亲怕影响我学习，没有把外公病情加重的事告诉我。没过几天，姐姐发来信息告诉我，外公去世了。我逃了晚自习，独自在操场昏暗的角落里坐了很久。那晚失眠之后，我并未表现出过多的悲伤，依旧正常睡觉吃饭学习，在教室里埋头苦读，奋笔疾书，黄昏时辰去操场狂奔，挥洒汗水。

听说下葬的那天，很多人到来，上百辆车汇成长龙，行驶在弯弯曲曲的山路上，将外公从乐业城区护送回逻沙乡的老家，六个子女为他结束了一个安详体面的晚年。他以前常跟我说，乐业是最好的地方，最适合生活的地方，他终于如愿以偿，埋进这片土地，成为土地的一部分。

高三后，进入持续高压的备考状态。因为沉迷写小说，成绩一落千丈，学校领导在动员会上把我作为反面例子，拍桌大骂。我猛然惊醒，想起外公曾经说过的话，重新发愤图强。凌晨五点半在教学楼下吹着寒风背公式时，晚上十一点在宿舍厕所提灯解题时，老人又开始在我的耳边轻语。拿到通知书后，看着镜子中消瘦的脸，如释重负，睡了很多天。

高考后的假期在乐业度过。县城的夜晚依旧繁华喧闹，路边摆满桌椅，人们享受着慢节奏的生活。舅舅们还是爱喝酒，表哥表姐们大多结婚生子，生活中琐事不断，也有不少欢乐。只是较之过去，没有了关于外公的种种，我没再频繁地去三舅家吃饭，没再在那个长有三角梅的阳台观望过小城，甚至没有勇气回乡下为他扫墓。

那段时间，我试着去熟悉这片外公最爱的土地，独自去爬了城区周围的山，从不同的角度俯瞰小城。看清晨的霞光弥漫、云雾飘荡，看正午的烈日当空、阳光普照。我尤其喜欢看日落，在绚烂的晚霞中等待，红日完全坠下后，世界尽头的群山只剩一幅黑色剪影。无聊的时候，我喜欢独自在城中游走。乐业县人口不足二十万，却有十一个民族，常常能看到老人孩子穿着奇特的服装，举办一些有意思的活动。我跟着人群走街串巷，漫无目的，在陌生的地方迷路，又借着立在城区中心的龙角山找到方向。上大学后，我将这座小城作为原型写进一部奇幻小说。小说中的城也是四面环山，城中立着一座白色巨塔，每座塔上都有一盏长明灯，灯光会照亮人们回家的夜路。很多年前，当那个撅着屁股的小男孩趴在门槛上远望时，他对这片土地生出的情感已深深烙在心中，外公便是那盏长明灯。

又过两年，再来到乐业，我才提出去祭拜外公。

每一次来到这里，我总会长大一些，从步入青春到长大成人，故乡带给过我许多伤害，外面的世界也常常不善待人，山中小城成了最好的避风港，是我的第二故乡。那天祭拜完外公，回到县城，已经快要入夜。我又一次跑上电视山，在山腰的观景台上眺望。夜色覆盖小城，又被霓虹灯装饰，喧闹声密集起来。静坐了许久，想到很多，情感不由得溢出，沸腾，眼眶阵阵发热。

我忽然懂得了四舅在水池边的惆怅，关于时光荏苒，关于物是人非，关于不可重现的回忆。时间催促生命往前延伸，孩童长大，大人变老，老人离去，这是每个人都要面对的哀愁。世世代代如此。

叶明岑

本名岑叶明，1998 年生，毕业于玉林师范学院文学与传媒学院中文卓越写作班。

北亭疫事

/　陈晶

一

十一月十三日，周六，21:05，夜，在通往北亭大街与云程大街的岔口上，烟雾缭绕，灯火通明，人声嘈杂。

小食流动摊支棱起来，外卖车穿梭在络绎不绝的人群。

这里，是北亭村的餐饮街，小谷围街的餐饮巨头之一。在华师，每天至少百分之八十的外卖来自这里。

……

“阿叔，来个鸡肉卷！”

“诶，好。”

这是一家我从大一就光顾的专卖鸡肉卷的中年夫妻搭档流动摊。

阿叔娴熟地夹起一块大鸡排放入油锅炸，阿姨在旁边摊起一块圆圆的饼皮，放上几片生菜，准备迎接热辣鸡排的到来。

在等待的间隙，我问阿姨在这儿干多少年了。

“欸，那可有十几年啦。小孩子读书时就在这儿干，现在孩子都去打工了。”谈起年头，阿姨不自觉地洋溢起笑容，本就圆实的脸庞绽得更圆。

我诧异地重复一遍：十几年？

旁边正在炸鸡的阿叔也笑起来，眼角的皱纹愈加深邃。

“是啊，有个学生，读书的时候就在我们这儿吃，工作了也来我们这儿吃，后来他结婚了，也常来，前几天他还带着小孩过来呢。”

阿叔一边说，一边不忘盯着火候。

阿姨听了，哈哈哈地笑起来，在旁边附声道：“从读书吃到毕业，从毕业到工作，从工作到结婚生小孩，你说我们干得久不久？”

“久、久、久，这可太久了。”我不住地点头称是。

鸡排炸好了，阿叔从油锅捞出来时它已变得金黄灿灿，随着阿叔的手起刀落，鸡排发出酥脆咯吱的声音，随后一块一块的被放到了饼上，与刚挤上的秘制酱亲密接触，和饼皮一起被熟稔地一卷一曲一放。

就这样，鸡排与卷饼的相爱故事结束了，鼓鼓当当的鸡肉卷呈现在我面前。

“喏，拿好。”

夫妻俩脸上挂着温暖的笑意。

我笑着接过，道谢离开。

十几年，以流动摊为生，靠着熟客一波又一波的推广和十年如一日的品质，客人从未断过。

我不禁感慨他们生活的顽强，即便是经历过那场突如其来的可怕疫情，也仍然像野草般生长。

但，谁都能经历狂风暴雨后依旧安然无恙吗？

我缄默地站在岔口，目光悠悠地落在了前方。

二

北亭大街 95 号，皓鑫炸鸡。

我们仰头看了看黄底红字的招牌，随后目光往下移动，定格在门口的墙面，那里贴着一张白底黑字的“旺铺招租”。

店里似乎没有人影，但高高的柜台那边传出游戏直播的声音，旁边还露出一只晃悠悠的脚。

“你好，有人吗？”我们象征性地敲了敲门。

倏地，那只脚消失了，游戏直播声也没了，一个年轻的男人从柜台冒了出来，他看着我们，神色迷茫。

……

“疫情？的确，对我们的冲击很大。”

这位年轻的小伙叫阿皓，他把整个背靠在转椅上，双手搭着把手，左右来回地转着身体，显得漫不经心。

他的身后是一个很大的开放厨房，厨房上放着几桶油，过油网上是炸过的鸡块，粉色的纸包装盒叠在一旁。

“那段时间，我们没有开业，房东也没减租金，还得照交。”阿皓苦笑了一下，“你们回来之后，我们才开始营业。”

自一月寒假起，至暑期八月，广州大学城的十所高校均未正式开学。学生离开岛后，以大学生为消费主力的小谷围岛恍然变成了一座空城，冷冷清清，萧条颓丧。

谁也没有想到，自寒假一别，再见居然已是暑假后。

“虽然后面开了学，生意上去了，但是对比疫情之前，至少亏损了……”阿皓冥想了一会儿说道，“百分之六七十吧。”

各大高校开学后，理想的春天并没有很快到来，仍有不少学校实施封校管理政策，于是外卖送不进宿舍，学生难以出来，学生订购外卖的欲望大大降低。

“尤其是广大那边，封得比较厉害，最近还修路，送餐得绕远。我们以前有很多广大订单，现在都很少了。”

“现在做外卖是真的难，迟到了客人就会给差评。”

“我们商家一般十几分钟就能出餐，但从你们下单到送到指定地点却要很久。”

“特别是中午高峰期，你们有没有发现在这个时间，送餐都特别慢？”阿皓突然问我们。

我们相互望望，无比赞同地点点头。

上午十一点的餐，如果预定送达时间是十一点五十，就要做好十二点办收到餐的准备，这已是见怪不怪的事情。

“就是因为这个点订单多，外卖员要去多个店拿餐。这个时间点，又多学生放学，加上有些学校还规定进入教学楼的时间，外卖员运餐的路上就有点慢。外卖员送到学校站点后，还得有专门兼职的人做区域分餐，有些人不想跑多趟，就等送到同一个区域的餐到齐后再送过去。”

我们恍然大悟，原来是这么回事。

“你们总是催我们商家，哎呀怎么还没到啊，其实我们早就出餐了。你问我们，我们也不知道哇，结果最后落得差评的还是我们。”

“当然，我们最怕的还是偷外卖。补餐还是我们补，钱却半点没捞着，还倒贴，哎哟这。”阿皓拍了下大腿，“其实我们每单赚不了几个钱，光是配送费就能高达五六块，学生消费水平也不高，这扣扣那扣扣，基本上就没啥利润了。”

“而且啊……”阿皓靠椅背靠累了，转而坐直腰板和我们说话，“我们还得在美团上充钱。”

充钱？我们很惊讶。

“嗯，就跟在游戏氪金一样，充钱才能把你的店推广在页面前排，这样客户点进页面就能看到你家店。”

“客户每点进去浏览一次，不管有没有下单，后台都会扣商家钱。”

“我之前试过好几天不充钱，结果就是外卖页面上划很久都看不到我的店，所以那个星期的销量……哈哈哈。”

听到这，我们都有些哑然，空气也沉默了。

“不过，”阿皓再一次将身体陷进这张软靠椅里，看着天花板，眼神清亮，露出一丝笑容，“我已经打算转行了。”

“我要改做卖宠物粮了。”

二十七岁的阿皓，在这场疫情的肆虐之下，决定再次创业，另辟蹊径，重新追逐自己想要的生活。

……

“叮！你有新的美团订单！”

机械甜美的人声提示打破了静默，与此同时，白色的单刚从打单机冒出，阿皓就“咻”地从座位起身，抽出单子利落地撕下，迅速扫了一眼，便笑着抬头对我们说：“我要干活了，就不送你们啦！”

那神情语气场景，现在想想，颇为动人。

三

北亭大街 128 号，麻辣爱上烫。

“你们的麻辣烫来咯。”

那是一碗热气腾腾的砂锅麻辣烫，泰式颜色的汤底咕噜咕噜地冒着小泡，连带着丸子蔬菜豆类一起抖动，翠绿的香菜段码在上面，喷香无比，秀色可餐。

我们不禁食欲大开，先尝了一口汤。那汤入口浓郁，带着麻酱的香与辣酱的辣，味道与普通麻辣烫都不同，一口便抓住了人的胃。

“芬姨，你家的麻辣烫真好吃。”我们回头，对着正在擦拭菜盘的芬姨说。

这是芬姨每晚的例行工作，她要将荤素自选区的菜盘擦干净，以保证第二天的食材摆放能有干净的容器。刚刚来了两个订单，她的丈夫张叔正在厨房备餐。

芬姨边干着活边笑着说：“是吧？来我们家的客人都这么说。”

“以前，有很多人来我们店里吃。现在，呵……”

现在是晚上九点半，店门口经过熙熙攘攘的人，而宽敞的店里，只有我们三个客人。

“那时不管是堂食还是外卖，我们的生意都很火爆咧，”回忆起疫情前的情景，芬姨笑了，“常常都忙不过来，还得请人来帮忙。”

五年前，芬姨和她的丈夫张叔从河北来到这里，做起了麻辣烫生意。那时每天的堂食收入稳定在四百到五百，每日外卖单量可高达一百五十单，两夫妻做得红红火火，风生水起。

本以为日子会过得越来越好，却不料……

“我真是……恨死疫情了。”芬姨轻轻叹了一口气。

那一年，他们没有回家，而是在小店里过的年。

三月，疫情形势仍然严峻，政府禁止堂食，芬姨便做起了外卖。

“我们以前只配送到华师星海广大广美，但后来我们扩大到整个大学城，还有小洲那边。”

“不然，都快支撑不下去了。”

从那时起，芬姨和张叔辞退了员工，店里只剩下夫妻两人。有订单，就自己做自己配送。订单少得可怜，而且分布在大学城各个区，常常是跑个两三公里，却仅仅只是送一单。

和阿皓一样，芬姨同样表示，相比疫情前，自家店也亏损了百分之六七十，订单大大减少。

“现在啊，我们每天的外卖单量也就四五十，堂食收入也就一百左右，基本都是靠熟客的推荐。”芬姨仔细地擦拭着最后一个菜盘。

“我们也很少在美团上充钱，很少搞宣传这一套。我俩偏不信这个邪。”

怪不得，我们都对这家店没有什么印象。打开外卖页面，往下划，有雨后春笋般的新店，也有继续砸钱的老店，而“麻辣爱上烫”却不知被遗忘在哪个角落。

“不过说起来，”芬姨顿了一下，“房东很好，那时给我们优惠了三个月的房租。”

“你们知道提香坊吗？”芬姨转头问我们。

我们点点头。

提香坊，印象中是附近一家规模挺大的面包店。

“她家之前有两个门面，每个月租金要一万五，疫情时实在顶不住了，就卖了一家门面，现在就只剩一个了。”芬姨唏嘘道。

我们不禁失神，像提香坊这样的面包店尚且如此，那些以堂食为主的大型餐饮店又会是怎样呢？

芬姨将最后一个菜盘放回原处，此时，张叔也从厨房出来，提着几个打包好的外卖，对我们笑笑。

“去送餐啊？”芬姨问。

“诶，是，送到星海的。”张叔回答。

外面有些冷，张叔便把撸起的袖子放了下来，拿起柜上的外套。我注意到张叔那双厚实的手有些发白生茧，许是常年冷水洗菜的缘故。

“疫情时，那个菜价也噌噌噌地往上涨哟。这不快到冬天了，菜价又涨了，前几天去买香菜，都要二十元一斤了。”张叔在厨房听了我们的谈话，也插了几句话。

芬姨张叔每天晚上十二点才歇业，休息一晚后，张叔会早上七点起床，去附近的菜市场买菜进货。

“我嘛，就会在床上赖一会儿，赖到八点才起床。”芬姨不好意思地笑了。

张叔穿好了外套，提着外卖盒，对着他的妻子露出笑容。

“我很快就回来。”他轻轻地说。

“去吧，路上小心。”

芬姨笑着拍了拍他的肩，温柔地目送着他离开。

而我们目睹这温柔的一切。

四

北亭大街一巷1号101，文小姐三明治。

提到东北，我们不禁想起东北铁锅炖、东北大拉皮、锅包肉、小鸡炖蘑菇等一系列“分量之大，一盘装不下”的食物，还会想到热情豪爽的东北人。

文小姐就是东北人，有着东北姑娘大方的美貌和爽朗的性格。端正的五官，大眼睛、高鼻梁、薄嘴唇、鹅蛋脸、高马尾，这就是文小姐。

我们去时，文小姐和她的男友刚吃完晚饭，桌上的残羹还未来得及撤下。

她坐在原处，招手示意我们坐下。

“坐啊，客气啥。”文小姐开嗓便带着东北碴子味。

这样的文小姐，怎么也令人想不到会与“三明治”有关联。

东北人卖三明治，是粗犷随性与小巧精致的组合，是高热量和低卡减脂的碰撞，这样的搭配令人觉得很是有趣新奇。

文小姐三年前和福建男友来到了广州，在大学城北亭开起了主打三明治外卖的轻食餐饮店。

“冲击？其实，疫情对我们这种店来说还好。”文小姐撩了撩耳边的一缕头发。

“那段时间我们还是营业的。当时岛上营业的店不多，所以我们的销量也还好，但是当时房东没减房租，交完房租我们也基本没几个钱儿。”

文小姐双手拖着腮，边思考边说着话，声音无比敞亮。

“疫情期间物价上涨是一个问题，像我们需要的生菜啊，番茄啊，都涨了，最近也在涨，不过我们也还能接受。”

“让人头痛的一个问题就是当时有毕业生回来了，有订单了，但学校对外卖还是管得严，也不准放栏杆外面，所以还得和学生偷偷‘密谋’在哪里接头。”

“不论是疫情前疫情后，很严重的问题就是，”文小姐正了正神色说，“偷、外、卖。”

我们不置可否地重重地点头。确实，偷外卖在大学是一个很常见且严重的现象，小偷难抓是一回事，抓到小偷又是另一回事，毕竟之前曾曝出过“某高校一位大一女生屡次偷外卖被抓，结果坠楼自杀身亡”耸人听闻的新闻。

文小姐笑着改单手撑着下巴，继续接着说。

“偷外卖的无非就是你们内部学生，或者别的社会人士。”

“不过你们知道吗，”文小姐话锋一转，“有一次，外卖员给我打电话。他说，‘你好，你们家外卖让狗叼走了’。”文小姐一本正经地模拟当时外卖员严肃的语气。

我们一下都笑欢了。

“当时就给我整无语了，这年头，不仅有‘狗’偷外卖，还有真狗偷外卖。”

“我总不能跟一只狗计较吧，于是又补餐，马不停蹄地送了过去。”

文小姐这边刚说完偷外卖，又开始吐槽外卖员。

“这边的外卖员，真的是，送餐总是出问题。要么就太慢，要么就太早，要么就是运送暴力。总之在商家和顾客两边都不讨好。”

“我已经多次在美团上投诉了，还是没结果。”文小姐语气中不无抱怨。

大学城的美团外卖属于校园专送，是众包的。和美团专门骑手不同的是，众包属于兼职类型，是很多上班族以及不喜欢受到管制的外卖小哥的首选平台，收入由美团直接发放，但美团为了节省人力会将这个业务外包出去。这也就给外卖配送增加了许多不确定性，投诉往往无济于事。

“说起来，当时疫情严重时，我还搬出了我的镇店之宝。”文小姐挑挑眉，一双大眼睛透着亮光。

我们面面相觑：啥镇店之宝?

“就是肉松。”文小姐坦然回答。

“可别小瞧这肉松，这肉松可不是一般的肉松，我男朋友福建那边的肉松很出名，我就让他过完年带一些回来。”

“我用这个肉松调了一个秘制酱，刷在三明治上，真的一绝。”

文小姐的神情神秘兮兮，又透着得意。

“不过现在已经不卖啦，毕竟成本太高。”

“我们的生意现在比疫情前好了很多，也稳定下来了，所以还能拓展别的业务。”

谈起生意之道，文小姐滔滔不绝。

“我们和熟客建了个微信群，那些客人都是从我们开店就光顾的，所以他们可以每天在微信群上点餐，我们平时也会给他们送些福利。这不，十二月的平安节快到了，我准备搞个老顾客福利回馈活动。”

我们不禁佩服文小姐的头脑，能够在美团和微信群上双管齐下。利用微信群，一方面可以留住老顾客，另一方面可以免去美团平台中介费。

“总而言之，现在生活就是还过得去。”

文小姐往后一靠，单臂搭在椅背后，跷起二郎腿，白皙的手指在腿上有节奏地敲着，嘴边噙着笑，神色自若。

“人嘛，就得向前看。”

已过花样年华的文小姐，身上似乎天生就带着祖辈传下的东北劲头，在她身上，我们看到了年轻的无畏和生活的态度。

“话说回来——”

“你们有什么业务推荐推荐吗？”

文小姐的一双大眼睛，扑闪扑闪地看着我们。

五

十一月十三日，周六，二十三点五十五，夜。在通往北亭大街与云程大街的岔口上，烟雾缥缈，灯火通明。

这会儿人已经少了，卖老北京鸡肉卷的夫妇还站在那儿营业，阿叔阿姨无聊地看看天，看看地，看看四周，默契地一起张开大嘴打个无比长的哈欠，然后相视一笑。

我缄默地站在岔口，目光悠悠地落在了前方。

狂风暴雨后，这里无一店能幸免。

有的早早地夭折，换上了新的招牌；有的元气大伤，重整旗鼓；有的淡然自若，负重前行；更有许多如雨后春笋般冒出，暗暗庆幸自己未被剑雨所伤，有势如破竹之势。

北亭疫事，就讲到这儿。

北亭逸事，还在继续。

陈晶

2001 年生，现为华南师范大学文学院 2019 级本科生。

最后的盐民

/ 王闷闷

一、这些即将一无所有的人

每次填写表格，都因父母职业这栏犯难纠结，原先为了简便，稀里糊涂地写上务农或打工，其实这两个都不符合实际，严格意义上说应该填盐民，但盐民又没几个人知道。近来这次填写表格我较起真来，一心想着实事求是，以前没有按实际填写大概是有各种各样的缘由，其中虚荣、省事、觉得不重要等这些因素肯定有。挨着往下填写，再次到父母职业这栏，手中笔停顿下，接着认认真真工工整整写下“盐民”二字。工作人员收起表格拿走，随后按照顺序叫名字，叫到谁谁进去，轮到我，我进去，对面坐着的人问过系列常规问题，随即惊奇又不紧不慢地说：“你父母是盐民？”我说：“是的。”坐着的人说：“是那种海盐的晾晒？”我说：“不是，是传统的手工艺制盐。坐着的人端起茶杯喝口，说：“你说的这个我还是第一次听说，意思你也是盐民？”我说：“是吧。”另一个坐着的人说：“你们这种盐价格怎么样？怎么售卖？”我说：“现在一斤五块钱，售卖多数是顾客上门来买，不过我说这些的前提条件是目前只有个别人还在坚持从事。”坐着的人说：“哦，意思现在没人做了？这应该算是非物质文化遗产吧，可惜了。”我说：“各方面原因，十二三年前就停产了，我想应该是非物质文化遗产。”后面有人还等着进来，谈话到此处戛然而止。

回到北郊的住处天已黑下来，跑了一天腿脚疼得厉害，肚子有些饥饿，最要紧的是想找人说说话，首选之人是老李。电话拨过去，不多会儿老李接起，说：“有什么事？老王。”我说：“在小区不？”老李说：“在呢。”我说：“那出来在外面这吃个饭。”老李说：“好，稍微等下。”老李出来，简单商量，选定家黄焖鸡，一致决定带回去吃。服务员喊叫我们饭已打包好，我们过去提上出来。粗略算下和老李有四个多月没见面了，我那会儿家里有事忙得晕头转向，等到九月份又赶上开学，提着行李箱背着书包去了学校，这次回来是天凉起，取些衣服带过去。吃饭中老李说："学校里过得怎么样？"我说："慌乱焦虑如影随形，毕竟年纪不小了。"老李将一块骨头夹给卧在脚边仰头叫唤的猫咪，说："这是前段时间捡来的，估计是哪家搬家扔下的，成天在楼道转悠，不时有人开门伸手出来撒下一两把猫粮，有天我回来开门，它趁机进来，我想着这也算是缘分就收留下来。"我说："它和我们差不离，皆飘荡在这个城市或这个世上。"老李说："慌乱焦虑正常，与年纪对等的是相应的身份，你的年纪滞后于现在所在从事的事情（读研究生），学生的身份像是空无，导致引发系列的不适。"我说："生活中简单粗暴的比较最是残忍，大众以同龄人这个条件为基础看似公正合理的比较，其实是挑起事端祸害的导火线，没考上想着何时才能考得上，考上了现在想着如何尽早毕业，工作婚姻这两样迫在眉睫的事项成为家人亲戚朋友最常说起的话题。你现在在做什么工作？老李。"

老李拿过书架上放着的茶叶，打开捏两簇分别放在玻璃杯里，接好水给端过来，收拾掉桌子上吃过的饭盒筷子，说："我在失业，找工作等过完年正月来了再说，工作不好找，我们也无一技之长，就看书写东西，最好还是干些体力活为好。"我说："在这个城市我们生活得确实艰难，无依无靠全凭自己，父母作为依靠劳动为生的人根本没有人家所谓的人脉。"老李点根烟说："我们绝大多数的努力是为获得某个身份，体面虚荣的身份最好，但是要用二三十年时间改变数百年祖辈身上根深蒂固的农民身份是何其难啊，我们的时间太多也太少，多的是几代积累的几乎无法改变却想要改变的现状，少的是改变现状是需要几代人的成长蜕变。"我说："你家还好，就算回去种地也有地可种，我家是一无所有，只有住着的几孔窑洞，七月份还为我爸妈要出去打工的事情争执，唉，最后还是去了，着实无奈，我爸头上做过手术，我妈有高血压，他们说自己才五十多岁，可以出去打拼，待在家里也是无所事事。我说，人家的钱不是那么容易挣的，咱们是靠体力，万一你们干活晕倒啥的，我到时候可怎么办？本来就缺人少手，自己连自己都顾不过来，到头来生活只能一团糟。他们只是说，放心吧，没事的。他们曾多次说过，作为父母没尽到应有的责任义务，还有就是能给我挣的添补多一点是一点，看着我成家了，他们也就安心了，你说说，这都是什么啊。”老李递根烟给我。

烟抽吸几口，老李笑着说：“我们整个的生活结构不完整，就不要奢望结构中的枝杈完整，包括我们自己，每个人在这个社会中所处的位置，让我说从我这里来看，一目了然。现今拼命读大学（三本），毕业后面对现实时的幻想形态不应该过于丰富，丰富只会害了我们，我们所拥有的本领和报酬基本成正比，压垮人的不是一根稻草，应该是千疮百孔难以为继应接不暇千百年来制定好正常人所要完成的任务和担负的责任。”我说：“说来说去好像只能得出一个结论，无法说也说不得，但我想弄清楚父母的身份，至少在他们那里，身份一词是实在牢固，如今的空白只是被人为的因素抹擦模糊了。”老李说：“记得你说过是盐民，但现在好像能证明盐民身份的所有坚固的东西都在消散，是这样不？”我说：“是的，做盐的场地只剩两三处，还残破不堪，即将坍塌，做盐人的年纪应该平均在七十岁，代代更替，如果有一天这些都不复存在，最可怕的是这些从事过的人且存有清晰记忆的人的离世，那将是一种完全彻底的泯灭。”老李说：“这不仅仅是工艺，更是一批人存在于世的证据。”我在烟灰缸压灭烟头，说：“这是个大的话题，这些人目前生活得怎么样？拥有四不像的身份，农民不农民，市民不市民，盐民不盐民，光秃秃就是个人。总言之，不管怎么样，要把他们以及祖辈们的生命痕迹梳理出，实际上，也就是种呈现和看见。”老李说：“你想做就去做，谁让你爱思考爱写呢？还有就是你是他们（盐民）的后代。”我点点头。

聊到两点多，我回到房子，却毫无睡意，坐在沙发上泡茶喝，为老李提议写出这些人的生活现状和他们做盐的历史而兴奋，如果能写出来，暂且不论写得怎么样，仅写出来这一点，它就是好的。写的话肯定要去采访，既然打闹起，那就一次把能做的事情都做了，比如采访中有人将其拍摄下来，还有收集熬盐做盐滩用的马勺、红苕、筛子、火剪等这些东西。想着就不错，但出发前先得有个大概的计划，看有新闻说疫情又严重，不知家乡那边回去需要什么条件，回去联系谁，谁能帮忙联络这些人……不想不要紧，一想吓一跳，好多问题悬在眼前。回去爸妈肯定会知道，他们在外面打工又要分心牵挂，担心我吃不好喝不好住不好，所以要想办法不让他们知道。算下还有将近一个月时间过年，他们打工的单位过年不放假，前天打电话妈妈说：“过年允许一个人回去，要不我回来？”我说：“还是算了，你走了我爸一个人怕是不行，说不定要受人欺负。”出门在外打工，刚去受人欺负很正常，他们从原先干活的地方（电厂）离开的原因就是被那里同样是打工且熟悉的人欺负，当时叫他们去的也是这些人，和我家关系还不错，各家有红白事情相互密切来往着。妈妈说，第一个月发工资时就觉得他们变了，说话阴阳怪气，后来组长班长老挑工作上的毛病。我能理解，部分人就是有这种“见不得人过得好”的心理，很普遍，这应该不单为嫉妒，其中包含着很是简单又很是复杂的东西。于是我给妈妈说：“咱惹不起还躲不起？一边工作一边看有没有其他的工作，只要有合适的，你们就去。”两三月后打问到了这里的工作（在大棚种植）。唉，去了还是受人欺负，有两个不讲理的刺头，给其他两个干活的人说，如果新来这两个问你们关于种植的事情你们不要说，这样他们不会种植，就做不好工作，到时候自然就得离开。不想这话传到了妈妈耳中，妈妈哪里受得住这个，说是受不住，实则是想不通，都是出来打工，为何一个要欺负一个？这算什么？人性本恶还是人的劣根性？

我犹豫不决，第二天晌午，房子里待得烦躁，整个人处在时间紧张、时间不等人和自己不管是因为懒惰胆怯还是懦弱的原因止步不前的思想斗争中，被两种强大的力量挤压来挤压去，出了小区，走在附近正在因为要开全运会加紧拆迁重建的废墟旁，不禁想起存在与记忆、时间的关系，时间永恒地流逝，存在的实物在时间流逝中坍塌、重建，不断更迭，记忆呈现出更迭应有的曲折跌宕，那么记忆到底是什么？世间的存在到底因何而存在，消失是不是万物的终极宿命？这里原来是建材市场，现在只有被机器敲打、铲挖、破碎的建筑垃圾，之后不久，这里便会出现崭新的建筑，这种类同的景观记忆会不会与旧的景观记忆重叠？相信或多或少会有重叠，重叠就是混淆，混淆又是遗忘。

走两圈，腿脚有些疼，踏上回小区的路。暗暗告诉自己要狠一点，生命在于运动，这句看似俗不可耐的话，实则有着深奥的道理，此时有个疑惑出现，一些话是否在时间里浸泡久了就会被人们轻视不屑，比如这句话，众所周知，小孩子都能快速说出。真诚来讲，在自从知道这句话意思后，一天比一天蔑视这句话及其所包含的意思，想着这样简单的道理谁能不懂，直至前两年，我才意识到自己的无知和偏狭，“生命在于运动”的深层表达根本不是我所理解的那个层面，我自以为自己的肤浅认知就是根本，滑稽至极，不禁脸红。我们的存在方式是运动是漂移，有个诗人写过诗句，移动使我的存在更加完整。相信他们对此的认知更接近深渊处的本质。

问询家乡县城最新的疫情防御政策措施，从西安回来的人该如何对待，在县医院上班的同学说，坐班车回来，在县城高速公路的出站口登记扫码，做核酸检测。知晓了这个，在网上订购了后天回去的汽车票，明天收拾整理要带回去的东西。计算时间，后天回去是下午，要投入采访工作最快也得是大后天。好多事情要逼迫自己，不然总是觉得可以往后推，推着推着，时间错过了就可以不做了。第二天硬着头皮联系县上与此相关且熟悉的朋友、老师，再次说了将要实施的计划，他们人很好，很是欣喜，直言有什么困难只要他们能提供的尽管开口。我说了需要拍摄需要的机器和去采访类似于通行证的介绍信。他们满口应承，回来直接到办公室，全部给解决，还提到，如果需要购买什么书籍资料，费用花销可以找他们报销。有县上相关朋友、老师的支持，我心里就有底气。第三天五点半起床洗漱，为赶八点从汽车站出发的班车，我六点拉上箱子，背上书包，提上布袋子出了门，踏上了回家之路。

二、这是要给我们发钱吗？

采访通行证（介绍信）顺利开出，骑着摩托车回村上，晚上吃过饭拿出厚厚的笔记本计划明天的行程，听说现在是将三个盐民委员会（薛家崖盐民委员会、三皇峁盐民委员会、马蹄沟盐民委员会）合并为两个盐民委员会（三皇峁盐民委员会、马蹄沟盐民委员会），简单地说，就是薛家崖盐民委员会和三皇峁盐民委员会合并为三皇峁盐民委员会（这里特别说明，当地人一般称盐民委员会为盐业队，后面所有出现盐业队的地方全代表盐民委员会），我家在薛家崖村，薛家崖村我肯定特别熟悉，但其他村子相对来说不那么熟悉，采访的对象就确定不下来，这可怎么办？明天先去找盐业队负责人，能当队里的负责人，说明对队里的人事不能说了如指掌，起码是掌握个八九不离十。

在本子上列出两个盐业队所包含的村子。

三皇峁盐业队：薛家崖村（原来的薛家崖盐业队）、李家洼（坬）村、三皇峁村、柴圪崂村。

马蹄沟盐业队：红庄村、姜崖村、马蹄沟村、水浇湾村、张圪台村、王家沟村、闫家沟村。

看着本子上写下的村庄名字，再看县上相关部门出具的介绍信，心里打起鼓，队上负责的人会因为这张纸积极配合吗？介绍信对我这代人来说已经很遥远，用到的地方大概就是找工作等一些很重要的事情。因此我才会有这样的担忧。不管怎么样，要试一试，不试怎么知道行不行。人在做事情前总是胡思乱想，明知这些是在做无用功却还要想，无法控制。为保险起见，拿出从来没有用过的中国作家协会会员证，加上我是西北大学的研究生，应该能让这些人信服。

第二天上午九点半，背了书包，骑上摩托去三皇峁盐业队办事处，不到十五分钟就到了，太阳暖洋洋的，晒着眼前的两层平房，路边站着戴口罩的中年男人，旁边停着的轿车里坐着女人孩子。我见一楼的平房门窗紧闭，二楼窗户关着，看不到里面，也不知道从哪里上去。准备问旁边站着的人，那人转身顺着平房侧面两人宽的巷道跑上去，我紧跟上，进到一扇门开着的院子里，走几步进到房子。房子里冷冷清清，靠墙放着排陈旧的沙发，窗前摆放张桌子，一个五十岁左右的人站在那里和先于我上来的人说话，我走近看，原来是在填写疫情防控的登记表，填写中有几个字不会写，我帮着写下。五十岁左右的人终于问道："你是从哪里回来？"我说："我是有这么个事情。"书包放在沙发，掏出能起辅助作用的介绍信和中国作家协会会员证，那人接过去翻看。我说："现在市上县上要对咱们的十里盐湾进行摸底采访，将来会形成一本书和一个纪录片。"那人说："这是好事情啊，能有人关注我们不容易。"我说："您是三皇峁盐业队负责人吧？"那人说："我暂且是，算是吧，最近在选举，还没有完成。"我说："您既然是队里负责人，那肯定熟悉队里每个村子的情况，尤其是哪些人曾经以做盐为生，我准备在每个村挑选两三个年龄段的人进行采访。"那人说："今天我正在打扫家，窗子糊了一半，你明天一早来，我带你每个村挨着转。"我记了他的手机号，骑着摩托去马蹄沟盐业队。

马蹄沟盐业队大，管理着七个村子，原来每个村子都有村委领导班子，自从村子合并后，几个村子的管理权立即集中起来。有人会说就这么点权力有什么值得说道的，我想说的是，我自小是在农村长大，见到过太多人为权力争斗，还有就是权力不在于大小，只要是权力，被某个人拥有，就有可能被滥用被谋私。其中的内里结构和属性，需要好好探究。到达马蹄沟盐业队，摩托车放在路边，进到广场，依台阶而上，来到办事处二楼。一间写着会议室的房子里坐满了人，且有人在记录，像是在开会。我从楼上下来，在院子里等待。有人在打乒乓球，旁边站着人观看，我掏出烟给递过去，那人说不抽，我给自己点着，说："楼上在开选举会？"那人说："是了，这段时间一直在忙这个事情。"我说："不知需要多长时间？"那人看眼楼上，说："快着呢，最多一两个小时，已经开始一阵了。"我看他们打乒乓球，不由得胡思乱想。

站会儿无趣，我在院子里闲走，走到宣传栏的宣传牌前，上面有红色马蹄沟和十里盐湾的专栏，主要内容是毛泽东主席转战陕北中在马蹄沟停留的故事。一九四七年六月，林伯渠主持了边区政府工作会，对政府机关进行大规模精简整编，机关总人数精简为三千七百四十六人。七月十五日创办了《边区政报》。七月二十九日，西北野战兵团在马蹄沟镇马蹄沟村新民寨的三道城召开了旅级以上的干部会议，彭德怀就落实"小河会议"精神，如何进攻榆林，吸引胡宗南主力北上，配合陈赓、谢富治兵团南下作了部署，彭德怀、习仲勋、王震、张文舟等出席了会议。同时，六月二日，边区群众报社在这里先出版了三期油印《边区群众报》，六月六日恢复为石印版，十三日正式改为对开四版铅印版，林伯渠在《边区群众报》发表了"为前线立功"的动员令。陕甘宁边区被服厂当时也随边区政府机关转移到马蹄沟镇吴家沟村，驻扎在农民钟明雄家，十几名工人和二十台缝纫机昼夜不停连班生产，缝制好的被服由骆驼运输。

毛泽东曾动情地说"宁丢延安，不丢十里盐湾"。这句话确实在我很小的时候就听老人们说起过不知多少次。十里盐湾宣传栏上详细地写着毛主席动情说此话的缘由根据。十里盐湾位于子洲县马蹄沟镇，明《延绥镇志》有"马湖峪、三眼泉、周田寨盐，即碎金驿盐也。汉桑弘羊大农部丞隶上郡之独乐盐官，宋改独立为永乐……”“隶之绥德者，为三眼泉”。清《绥德州志》有“三眼泉在州西九十里……” 明万历年间，“三皇峁上下川十里尽成盐滩，旺而且美”的记载。当地人“刮土煎盐”，所产小盐晶莹洁白、味正易融，极负盛名。清末时，十里盐湾十分兴旺。至民国年间，盐滩面积、产量时盛时衰。国民党封锁陕甘宁边区，边区展开了大生产自救运动，边区政府号召盐工多打井多产盐，使盐井由原来的几十口发展到近一百二十口，盐工由两百多名增至七八百名，为子洲县食盐生产史上的鼎盛时期。王震将军的部队进驻盐湾，在周欣团长的率领下打井采盐。山道上响铃叮当，驮盐的驴队浩浩荡荡，将盐湾产的食盐运往延安。这只是目前能追溯到的历史，还有很多资料需要我们整理发掘，比如前两年在宋代的史料文献里也发现了与此相关的记载。

一个多小时后，楼上有人下来，我看下来的人多起来，借着空隙上去。会议室只坐了一两个人，我走到旁边的办公室，朝窗户里看。门里出来人，说：“你是有什么事？”我把书包转到前面，从里面掏出介绍信和中国作家协会会员证递过去。对面站着的人接住，翻看几眼，让我跟着进到办公室。办公室里坐着四五个人，那人将介绍信和会员证拿到办公桌后面坐的人跟前，说：“看看这个。”我站在办公桌前，说：“这是介绍信和证件，现在市上县上要对咱们十里盐湾的盐民生活和盐滩历史进行采访挖掘、拍摄记录，需要咱们队上配合。”那人指着办公桌后面的人说：“这是我们的主任，你有什么和他说，我们肯定积极配合。”主任将介绍信和会员证放在桌子上说：“你这个事是县上主导还是市上主导？”我说：“都有，共同主导的。”主任叹气，说：“咱们盐民现在什么都没有了，采访拍摄是好事，我们这边肯定积极配合。”一个老头儿说：“我们这些人被忘却了，当年毛主席都说过‘宁丢延安，不丢十里盐湾’，我们是做过贡献的。”另一个老头儿说：“是了，现在我们有什么，什么都没有，土地没土地，盐滩地没盐滩地，就吃个低保，还是修铁路盐滩地被占用去上访得来的，我们这些人真的是不容易。”一个老头儿说：“我直接问你，娃，你写这个能给咱弄点钱和福利啥不？如果不能，写这些又有什么用处。不怕你嫌弃，这些年来过不少类似你这样的人，问这问那，有拍摄的有记录的，到最后还不是都石沉大海，屁用没有。”我说：“我写这个拍摄这个也不一定就有用，但可以说的是，肯定没有坏处，因为我父母就是盐民，我肯定是客观公正地记录做盐历史和咱们盐民生活的真实状况。”主任说：“不管怎样，写总比不写强，需要队上做什么，你尽管说。”我说：“现在就是咱们马蹄沟盐业队管理的七个村子，我要在每个村子里确定两三个采访对象，我不熟悉这些人，你们想办法给筛选确定下，最好是不同年龄段的。”门里进来个老人，主任赶忙接住话，介绍说：“这是我们的老书记，他对各个村上熟悉，让他带你去。”进来的人问清情况，慷慨地说：“这是好事，我带你去。”

赶上中午饭点，我找个饭馆吃了碗面。一点半，我和老书记会合，决定先去阳川的村子（水浇湾、马蹄沟、红庄、姜崖），张圪台属于背川，但做盐的人现在在阳川这边租地方住着，今天能去也去，先就近的地方去，首选姜崖。老书记问我：“开车着？”我说：“骑摩托，你老敢坐不？”老书记说：“有啥不敢坐的。”我也是胆子大，载上老书记去向姜崖村，几分钟就到。找到采访对象姜凤育、姜丕贵，到家里说定近两天要进行采访拍摄，记下可以联系的手机号码，方便联系。就这样，在接下来的两天里，确定下了每个村要采访拍摄的对象。

到每家首先被问到的问题是，这是要给钱吗？

我重复回答着：“这是要给咱盐民盐滩写本书拍个纪录片，给钱不给钱我不知道，但总是没害处。”这样直白赤裸的提问在后面正式采访拍摄中肯定会遇到更多，我无意说好坏，只想分析原因。在这个物欲时代，金钱可以置换物，物可以置换金钱，衡量光宗耀祖的标准无非就是当官获得权力和做生意发了大财，如果这两样都无的话，只能是在生活中搜索寻觅小的财富，比如现在经常被问到的这些问题。不可否认的是，这群人的生存现状确实不容乐观，生活一直在继续，活着要消费要购买，经济基础是大问题，如何获得这些基础成了至关重要的事情，但在现实中又无可奈何，无数个悖论矛盾交织在一起，就形成了苟且之下可悲的挣扎。

三、我这人就是太爱活

我们采访拍摄首选之地是李家坬村，拍摄机器和人员是县上朋友、老师帮助提供安排的，一行四个人，问我先去谁家，我随口便说出艾克强家。他们没去过，就听我的安排，司机按照我说的路线走，我也说不上来为什么会这么坚定地去艾克强家，大概是那天队里负责人带我去确定采访拍摄对象时感觉到老人有故事。车进到沟里，来到艾克强家坡底，无法再开上去，我们下车。我背着书包拿着笔记本，其他的人扛着拍摄机器，来到院子前，映入眼帘的是个圈养鸡的铁笼子。见有人来，卧着的鸡慌忙站起，站着的开始走动，走动的反而停住脚步，对着我们叽叽咕咕地叫唤。

院子里停着熟悉的摩托车，上次来就有，是村上卫生室医生的，说明老人的儿子还在打吊瓶，我们揭起门帘推门进去。人在另一孔窑里住着，听到这边有声音，老婆婆说："这边来，那边冷得坐不住，这边暖和。"我在应承中进到边窑。医生果然在给床上坐着的老人的儿子配药打吊瓶，见到我们，说："来采访拍摄了？"我笑着说："是了。"掏出烟递过去。拍摄人员找好机位，我坐在一边，翻开笔记本，看着提前列好的问题，忽然觉得似乎有些不合适，说不上来哪里不对，就是觉得怪怪的，那就随机应变地问，换句话说，就是聊天。

采访没开始，老人就开始说："我前些年脑出血，现在说话想问题很迟缓，有时你问什么我可能一时半会儿想不起和说不上来。"老婆婆说："全靠药物维持着，能活着就很好了。"我说："没事的，咱又不着急，一下说不上来慢慢说，一下想不起慢慢想，不要紧。"老婆婆说："他说不成我来说，经历过的我都记得清清楚楚。"我说："能行，你们两个都说，互相补充。"老人说："我八十五岁了，叫艾克强。"老婆婆说："我七十六岁，叫徐竹兰。"我在笔记本上写下，说："不管你们谁说，给咱说下从什么时候开始做上盐滩、什么时候结的婚、什么时候有了孩子这些事情。"老人说："我十六岁开始做上盐滩，二十六还是二十七上结的婚，记不清楚了。"老婆婆说："好像是二十六岁，咱们这年龄有个虚岁的说法，总就是二十六七岁。我这人命苦，妈妈把我抚养到一岁半上就去世，十一二岁开始在锅灶上洗刷揩擦，十六七岁上来这家里，他们家那会儿也穷，结婚在这窑上面的那两孔土窑里。结婚前土窑口子还塌了，家具东西全部埋在里面，得把窑口子塌下来的土倒掉，那会儿他白日在干活，不能回来倒土，只能雇人，晚上回来他也倒，那时的土车车，你们没见过，独轮轮是木头的，两根木棍架在轮轮上，木棍上绑个红苕编的筛子，就那么装上土推着倒出去。所以你说，唉，一直穷，穷上个没住气，我没到这里就开始欠账了。结过婚开始还账，穷得真是叮当响，真是不想说，说起就是石人眼里也下泪了。”情绪涌上，老婆婆眼眶里涌出灼热的泪水。

为缓解悲伤的气氛，我说：“那时候估计普遍日子过得不行。”老人说：“都不行啊，吃没吃，喝没喝，穿没穿。”老婆婆掏出方块手巾揩抹了眼泪，叹气说：“你们没受过那罪，那可不是人过的生活，全是为了活着，就是为了活着，光是口吃喝就把人难住了，你们想想，连口给小娃娃吃的口面糊糊都没有，一年做盐滩熬盐的收入，根本不够家里吃喝，我们家里那会儿人就多，婆婆公公都由我们管着，他是老大，还有兄弟，干活做营生的只有他一个人，你想，一个人干活要维持一家几口子人的吃喝，哪里够吃。我们就是先借人家粗粮，然后用卖盐卖卤冰的钱买的粮食再还给人家，基本上一年赶不上一年吃。借的粮食熬了米汤，还要先紧着他吃，他到底是受苦的，吃不好吃不饱，身体怎么能支撑得住，我们那会儿就是这样，真是不能多说，说多了自己都难受痛苦得厉害。”老人身子依靠在被子上，说：“我那会儿实在没办法，还去青海当过三年工人，当时青海招工，我就去了，那时是流动单位，属于中央交通部，修公路搞建设，哪里有工程就去哪里。三年期满，招工方提出要将其中年纪大的和患有疾病身体残疾的人清退，我们县上不同意，提出要收就都收，不都收就都清退，在这种强势的回应下，招工方只好将我们全部退回来。”老婆婆说：“如果不回来，现在好赖是个工人，不说有多少退休金，最起码生活能维持，孩子们也不用吃那么多苦。”我说：“听说哪年省上还是县上，反正就是有那么一次政策，一次交够三万三还是多少钱，然后到年龄了就可以领钱，我叔是工人，应该有资格交吧。”

老婆婆摇摇头，说：“唉，我们这些老实人、受苦人真是做什么都艰难不顺，不过这个也是怨我们自己，当时是有这么个政策，他想交，去找县上，县上说没资格交。他联合几个人，拿着青海当工人时的工作证，跑了三四趟西安，才争取到交钱的资格。然而世事弄人，钱我都给凑齐了，准备去交的两三天前，他去哪里做什么，路上碰到个算命的，说他是七十六岁的阳寿。他回来就不交了，说：‘七十六岁的阳寿，再能活五六年，交上也不定能领回来，胡折腾那做什么’，就没交。”我说：“后悔了吧，现在多少岁，八十五岁啊，少领了多少钱。”老人说：“后悔有什么用，怨自己没有主见，傻乎乎地听信那么些话。”老婆婆说：“后悔，肠子后悔断都不顶事，不然现在生活肯定能好很多，也是命，一辈子就这么个受苦的命，一养下那会儿就注定了，好容易出现个逃离受苦的机会，还白白丢掉。青海当工人回来，村上公社都不给安排盐滩地，没走之前的盐滩地早被人家农业家拿走种地了，当时，哪里敢说地是你自己的，都是公家的。你不做，哪里还能闲置着，所以当时安排着让他下放，去农村种地。他执拗不去，持续三四个月，家里一粒粮食都没有，盐工人的供应粮吃不上，不是农民，不种地也没粮食，饿肚子是常有的事情。最后村上给了现在的盐滩地，又开始做盐滩，还是吃不上啊！村里人笑话说，娃娃都三四岁了，连结婚前结婚时的账都没还清，真是欠账欠得千疮百孔，你不晓得当时的难啊！娃娃生病了，不好好吃饭，我借钱给娃娃买两根麻花吃，众人还说，艾克强家不给人家还钱，还给娃娃买麻花吃，你说这话是人话？听得人难受不，活人活得有意思没？”

“那会儿真是难了，那时的困难说不成，太多太多了。”

老婆婆说：“娃娃们就一条裤子，有条新裤子也是见人赶事情才穿，几个娃娃轮流穿，每次刮起西风，我就愁上了，天冷起了，一条裤子洗了干不了。我提前就谋划上，晚上娃娃早早上炕钻被窝里，我把裤子洗了拧得干干的，炕在锅窝子，老汉子的裤子也一样，天不明就要去盐滩挖淋干的淋泥，裤子没有干，潮塌塌也只能硬着头皮穿上，硬是拿身体往干捂了。”我说：“这种情况下娃娃们咋念书？”老婆婆说：“念什么书了，一天肚子饿得都不行，哪里有心思念书，我四个娃娃，全是男娃，没有女子，我就把他们当女子使唤。我这四个娃娃谁都没闲着，能担筐筐的把筐筐担上，到盐滩地担盐土，担不起一担就担上两半只，为有吃喝，种点蔬菜地，夏上热得浇不上水，娃娃们就担上桶，到沟底的河里去担水，有时我忙得顾不上做饭，娃娃们帮忙做饭。咱家这男人不当强，没本事，好多事情都要我来做，受苦我也要挑重头，后晌给他帮完忙，还要给家里喂的奶羊割草，他干活全靠那几个奶羊的奶。我这人就是太爱活了，小着受人家挤压欺负，比咱大的咱打不过，比咱小的咱不敢还手，因为人家背后有大人撑腰，你说人活成什么了。在这家里我连一天都不敢歇息，临天黑帮忙做完活，背上拾乱的草回家，回去做饭热羊奶。有时他顾不上回来，我还要去送饭，一直到十一二点灶火里的火压住才回来，躺下睡会儿，四点多五点就起来，去挖淋泥担盐水；先前还有看火的给看火挖熬好的盐，后来人家嫌挣得少，咱也开不起高劳酬，就全部自己做，真是好我的娃娃哩，活人活得连牲牲灵灵都不如，睡得比狗晚，起得比鸡早。我家四娃经常说，‘妈，你不要说了，我不想听’，我说，‘你不想听妈也不想说，说多了也是难受。’”

我说：“这么难还是要看得给四个娃娃成家了，这怕是最大的难题。”

老婆婆说：“肯定的，不给娃娃成家能行了？众人耻笑得就撑不住，众人的嘴，长上千只手也按不住。给娃娃成家，没钱啊，拿什么成家。”床上坐着打吊瓶的儿子说：“我当时装新（结婚）就是在上面的土窑里装的，我家这日月确实全靠我妈了，没我妈，我们这日月就烂包了。”老婆婆说：“咱在村里落下个厉害名，但没做下厉害事，威信不坏，我当时没钱给娃娃成家，这是被人家戳脊梁骨的地方，背地里被人骂断后小子了。老汉面嫩，舍不下面子。有人在我跟前说，娃娃成家没钱就想方设法借啊，我说跟谁借啊，这把人难的。那人说跟他借。然后我就跟人家借了钱，给娃娃们一个一个成了家。杜成盛当时说，‘盐井里什么也有了’。说话结巴的钟保严说，‘这……这……这……这盐井里什么都有了，苹果有了粮食有了，双辫辫也有了。’我大儿媳妇当时候留个双辫头发。说得对着了，我四个儿媳妇就是靠做盐滩熬盐娶进门的，两个兄弟媳妇也是靠做盐滩熬盐，砌这几孔窑洞也是靠做盐滩熬盐，你看我们把那罪受了没？做盐滩天越炎热越好，人家是夏上春上做，秋上雨水多，冬上太阳不好，都不是做盐滩的时间，遇上雨雪，一月做不起一茬盐土，我家里就这个情况，一下不敢停，满年四季全部做着盐土，能多做一茬盐土就多做一茬盐土，也能多熬几锅盐几块卤冰，卖了钱能糊补家用。几个娃娃成家的账都是我们老两口挣钱给还的，没让他们还一分钱。现在他们过得不好，我们也没办法，老了，年轻时受苦受得太厉害，在我手上可是把钱花出去了，等上老汉子不行行，可是把罪受了，相当于是自己娶的自己。四个儿媳妇、两个兄弟媳妇，砌几孔窑，都是我们受罪给办理的。现在是浑身病，纯粹不能动弹，站着疼痛坐着疼痛，走路还可以，就在你们摄像机后面的柜子里放着六大包子药，现在就全凭政府给吃这个低保着了，不然真是把人困死了。”

我说：“改革开放开始以及后来做盐滩熬盐的收入是不是就好了很多？”老婆婆说：“哦，后来成了水泵洒水，苦就能轻很多，先前是靠井子辘辘一缠一缠绞水，总共就能做十几堆堆土，人累得要死不活，汗巾拧得淌水水，娃娃们最后嫌受罪，不给帮忙。我们盐窑后面有个做豆腐的说，‘你们准备往死了受呀？往井子里放上个水泵，管子把盐水抽上来洒多好，不用一担担挑，管子另一头接上个喷头，不用一马勺一马勺洒水’。我给老汉说，‘老汉还不安，说，安上了别人怎么洒水？’我说，‘咱们洒过，谁要是不嫌弃谁就去洒。’这才借钱安上水泵，从此一道川做盐滩的人才兴起个水泵洒水。我说：“经过这么一阵子说话，看您做事说话都很麻利，是个有本事的人。”老婆婆说：“没本事，好我的年轻人哩，这是形势逼人。我是发音重，村里落下个厉害名，就是这么个发音重，说话声高，做生活利索，家里门外，随便哪个都能做成了。就算是现在，出去到哪里，人家也老抬举，没人小视咱。我难活得不行，来了个扎针的，我还在脚地下做生活着，做完生活躺在炕上扎针，扎针医生说，‘按你这脉动，睡的炕上还需要个人伺候；按你这做生活，你没病’。”

我问：“当时候废除盐滩修铁路占地整地是个什么情况？”

老婆婆说：“唉，咱这平头百姓能说什么，人家整地来，当时有几个人拿张白纸就来整地，我这个儿子还在和人家争论。”

床上打吊瓶的儿子说：“他们什么文件都不拿，红头文件不说，拿的纸连个公章都不盖着，这不是纯粹糊弄人吗？”

老婆婆说：“这边正在争论着，下面的盐滩地已经量开了，我看这情况，说，‘我的儿啊，你不要争论了，争论没用’。当时整这盐滩地说给我们安置费，不管是安置人还是钱，结果两样什么都没有。好像当时按文件上是有这些指标。最后一亩地就按一万九给赔偿的，改革开放之前做盐滩的，年轻的有本事的都不做，就剩下我们这些没本事老实疙瘩做着，纯粹撂下的盐滩全部被人家农业家占走了。现在分钱了，做盐滩不做盐滩的包括村上的市民都要分，我们呢不给分，县上就把钱扣下，扣了三年，随后又在镇上扣了两年，总共五年。

我们闹腾了很多次，有次还被全部扣留在宾馆，夜里检查看有没有身体不好的，准备往起关了，就是这样赔偿款才拨到镇上。火车通了我们去挡火车，被公家人连扯带拽地拉开。终是硬不过人家，最后都分了，按人分，每个人分了三千八。”

我问：“那咱现在什么都没有，靠什么维持生活？”

老婆婆说：“现在就是什么都没有了，盐滩地没有耕地没有，靠什么生活？就是打工，打工能挣得钱你花，挣不得你不要花，然后就是上面给吃个低保，低保是给生活填风补雨凑合呢。遇上今年这种疫情，想打工哪里来的生活了，就算没疫情，揽工也挣不了几个钱。我经常焦急地说，我们老了，是将死之人，娃娃们日子还长着，以后的生活可怎么过啊。唉，没办法说，年轻时受的罪，好骡子好马也担负不起，谁能想到还能活到今天，还能吃上现在这么个饭。儿子们没生活，都是受苦揽工，现在念书又费钱，人家娃娃吃喝穿戴了，咱的娃娃现眉入眼走不到人前，也是急躁。”

打吊瓶的儿子说：“我是供不起娃娃们念书，三个娃娃基本都没念，我一九九一年就被生活逼迫而出门。”

老婆婆说：“现在好像就二小子的娃娃供了个大学生（三本），其他的基本高中也没毕业，老四家的算是个大学生，念了个专科。”

打吊瓶的儿子说：“咱这就是一步慢步步慢，踏不上生活的脚步。”

老婆婆说：“自己的生活赶不上娃娃们的吃穿用度，娃娃们念书回来还要帮忙，老二给别人装那种桶装的矿泉水，给回来的娃娃们说，现在有好多桶没有装，娃娃们饭吃了就帮忙，然后又去念书，就和那个谁家婆姨说的，顾得了做生活，就顾不得做作业学习。生活赶不上，家里一直就困难。家里儿子们的低保也是我慢慢想办法才给吃上，咱这没前门没后门，硬靠自己厚脸皮软磨硬泡了。现在给盐民基本都吃上了，低保是不能再被撤销了。如果撤销了，那就真的没有活法了，川里没一头蔬菜地，山里没有一撅头瓜地，什么都没有，一无所有，全靠买，就那么点钱。当时盐滩地没整完就把盐井填了，这算是先斩后奏的做法。众人好像成圣人了，不吃不喝都能行，低保的钱填风补雨凑合生活够，家里遇上正儿八经生活上的事情，娃娃念书啥的，根本不够。再说低保，娃娃们如果不念书，到十八周岁就不给吃了，念书的大概是吃到大学毕业。”

打吊瓶的儿子说：“现在这时代越复杂了，我的大儿子三十岁了还没成家，没房没车，人家女方基本连话都不说，根本成不了家，我们当时候成家的钱现在连个羊羔都买不回来。”

聊到最后，我问在床上打吊瓶的儿子：“你觉得我们盐民以后该怎么办？有没有什么期望？”

他说：“不存在有什么期望，现实情况就是现实情况，我这代人生活压力很大，上有老人下有小人，问题还没有个营生可做，现在这个年龄出去揽工也没人要，就是给人家照看大门也嫌岁数大，现在是没有一点收入，纯粹没办法，赶上这么个情况，只能面对，一切的一切只能眼睁睁地看着，没有办法，只能顺其自然。”

四、我最多一天从盐井往上绞过一百二十多担盐水

第一次见张玉喜是在正式采访的两天前，我当时为确定采访对象，去三皇峁盐业队找负责人帮忙，负责人很爽快地答应下来，带我走了李家坬村、柴圪崂村，薛家崖村我自己去的，剩下三皇峁村，负责人说：“三皇峁村我给你找个人，让他带上你去，他本来就是老做盐人。”我们快到盐业队办事处时，见到马路边站着个穿着一身黑蓝土布衣裳的老人。负责人笑着给我说：“就是这个老汉。”我过去给递烟，老人推让但耐不住我硬给，便接住。负责人说：“情况我电话里给你说了，就是这个娃。”老人笑着说：“这个没问题。”我们从一条有暗冰的小路上去，他走在前面，我走在后面，生怕他摔倒，时刻准备扶住抱住。来到马路上，那会儿就看他戴着眼镜，心中疑惑，说：“感觉您老是有文化人。”他说：“念到初中毕业，遇上‘文革’，跟上胡乱走串，自此学习就撂开了。”

那天他给我指了其他两个做盐人的住处，路过一处坐着很多老人晒阳阳的地方，有人问：“张玉喜，你引的是哪里来的人？”他说：“人家是县上来的，要采访咱这做盐人。”有人自告奋勇，说：“做盐我们都可熟了，自小就看这川里做啊。”我看大家很是热情，说：“后面些过来采访你们。”

脱开身继续往前走，去到他家里，院子宽敞干净，将近过年，一孔窑门前放着洗衣机，背有些驼的女子正在洗衣服。我们进到窑里，不一会儿，一个个子不高的男人进来，说："这是做什么？"他说："县上来人采访咱做盐滩的人了。"男人说："这有什么采访的，什么都没有，什么用都没有。"我说："有用没用都要做，反正总是没有坏处。"他说："那是肯定的，没事，坐下说。"坐着聊了十几分钟，约定采访时间后离开，从坡道下来，边走边等公交车回去。

正式去采访这天，我提前两个小时打了电话，他说："我在庙上清扫揩擦，你们到了给我打电话，我很快就能回来。"我们到了他家院子外面，打了电话，十分钟左右他就出现，引着我们到窑里，他妻子正在擀杂面。对的，今天是腊月二十三，过小年，按我们这里的习俗要吃杂面（杂面是由豌豆磨成粉末，兑上面麭和成面，用擀杖擀，可以擀得特别薄，能照见人形），他拿了笤帚出去扫身上的土，妻子喊："老二，给你爸把背上的尘土扫扫。"外面有人答应："知道。"他要给我们倒水喝，我们说自己带着，不用麻烦。我让他坐在靠窑窗台的沙发上，开始采访。

我说："你介绍下自己，然后就是从什么时候开始做盐这些。"他整理下窝住的布衫角，说："我叫张玉喜，今年七十一岁，哎呀，做盐滩这个时间就长了，我们是老辈手里就做盐滩，我老老老爷爷就做着，大概有五六辈人了，我可早就做上，十几岁上给我爸帮忙。家里娃娃太多，我们姊妹兄弟八个，三个小子，小子大，五个女子，你想想，这么多人要吃饭，怎么能不受罪？我爸那会儿做一份盐滩，根本维持不住，那阵我和我爸都出去乞讨过，不然吃不上，待在家里就是往死饿。把人饿的啊，从山西过来的那些陈糠，走得迟了还买不到，尽吃些糠。"擀杂面的妻子说："那阵可受罪了，饿得一顿赶不上一顿。他接住话说，确实受了，能吃的都吃过，瓜蔓你晓得不，就这些瓜蔓熬煮成糊糊吃，还有槐花、苜蓿、各种庄稼叶子各种草，都挖得吃过，可受了。"妻子说："我到这家里可受罪了，肚子饿得一抽一抽的，瘪成个坑。"

我们的摄像师想让他们夫妻站一起拍张照片，妻子说："我不照，烦死了，一辈子不爱照相。"他说："照上张，照个相能怎么样，想照你那个擀杂面的式子。"妻子说："我就是不爱照相，不想照。"为避免两人产生不必要的争执，我说：“不想照就不照，没有什么。”摄影师跟着圆场，说：“就刚才那样照也行，一个坐着一个擀杂面，挺好的。”他重新坐回原来的位置，我说：“你是什么时候成的家？是介绍的还是？”他点着根烟，说：“我是二十四岁上成的家，当时那基本上都是介绍的，不像现在自己谈，我这老婆是咱县城的。”我说：“那你能行了，县城的怎么愿意嫁到这里。”他不好意思地说：“当时她家里兄弟姊妹也多，十一个娃娃，五个小子六个女子，这么多娃娃肯定吃不上，能嫁出去一个是一个，让出去逃个活命，说不准还能过得好些。结婚什么都没有的，根本不像现在和那会儿人家有钱的，买柜子、冰箱、自行车、缝纫机这些，没有的，什么都没有，就裁缝店给婆姨做了个大袄，其他线衣、线裤、半裤啥的什么都没有，缝了两床花被子。结婚是在原先的老窑洞里结的，想砌窑没钱，你是不晓得，后来也是一下砌不好，就蚂蚁搬家样，一点点一点点垒砌，现在这窑，头一个垒砌了个窑腿腿，第二年春夏上天旱，做了几茬好盐土，父子三个挣上命做盐土熬盐，挣的钱把石头材料工匠钱开付了，第三四年头上把三个窑垒砌好，后面就不敢再一次砌这么多，一次砌一孔，才有了现在这一线七孔窑洞。”

我说：“自己手里能垒砌七个窑洞是能行人、本事人。”

他笑起来，说：“哈呀呀，那会儿也是天不怕地不怕，其实是让生活逼迫得没办法了。我二爸是老牌高中生，当时分配到单位上，骑自行车不晓得去哪里来着，摔倒把腿把子摔坏，从此就学了个算命。我闲着没事跟上学，学个半吊子就出去跑动着算命。遇上六七月雨水多，盐土做不成，我跟上庙会戏场算命，有一回一天挣得八十块钱，算一个是两三毛钱，你想想我算了多少个。”我惊讶地说：“这么算，我的天，将近四百个人。”他说：“唉，说白了就是哄人了么，清早去了半夜才回，那时村上人多，庙会遇集，人可是多，黑压压的，现在日月生活能将就了，村里空落落的，没人了。”说话中，手指着川道方向，说：“我们的盐滩地在那川里，现在你们在马路上走，看川道里，还有那烂窑洞，就在那里做着，以前这一道川全是盐滩，不然怎么叫十里盐湾。做盐工序我给你说，开春了把头一年做过的盐土，叫淋泥，铺滩成两指头这么高的厚度，拿耙子耙好，然后一马勺一马勺均匀地往上面洒盐水。盐水是从盐井里用木头轱辘辘绑上绳子，绳子头头上挽系个水牙子

（铁钩子）绞上来，水多的时候，不用分水，盐井里积攒下水多要洒完，我最多一天洒过一百二十多担盐水，你看看那时的人，饿是饿了，人受苦也厉害，苦可大。分水，一份盐滩能分二十多担水，后来我爸老了做不行，我一个人做两份，一天平平常常也是四五十担水。夏上天好，晒得厉害，七八天能做一茬盐土。盐土做好，就怕遇上夏上的暴雨雷阵雨，看见天气不对就吆呜呐喊着，叫上家里的娃娃婆姨来盐滩帮忙刮土，不然让雨水一浇，盐土里经过一遍遍洒盐水蒸发过淡水留下的盐分就跟着雨水跑了，前面的忙活算是白费了。秋冬上也做盐土，太阳不行，如果没有雨雪打搅，一月做一茬盐土还能行。盐土做起，堆成个大堆，用铁锨铲倒在淋里，淋是个什么东西？淋就是用泥土盘垒，专门过滤盐土里盐成分的，直径一米五左右，泥土围聚成个圆形，底上铺一层大的青石块一层小些的青石块、一层大石子一层小石子、一层沙子一层石灰，一层一层往上铺，最底伸出去根塑料管或留个圆孔。盐土倒进去，做盐人站上去，双脚在盐土上面转圈圈踩，踩好倒上盐水或淡水。过滤好的盐水会顺着管管或圆孔流到跟前安着的瓮里。淋上踩盐土是技术活，踩不好盐水就渗漏了，从那个管管或圆孔上流不出来。盐水担到熬盐的盐窑里，一孔盐窑里一排是十几个灶火上上坐十几面锅，锅是比较厚的顽铁锅，一排是水瓮，有的放盐水，有的放卤水。卤水是什么？就是盐锅里盐熬好，没有熬干的那些水。马勺捞出盐倒在卤水瓮木叉子上放着的红苕编织的盐筛子里，盐里带的卤水会流到下面的瓮里。这时，锅里再续上担回来倒在盐水瓮里的盐水，灶火里炭火加上继续熬。一天一夜能熬三锅，我们当时为多挣点钱，就让看火的火看得紧凑，多熬一锅出来，把盐藏起来，等盐站人在盐库的盐堆上盖过章走后，几个人分掉，夜里偷偷拿回家，然后找机会卖掉。不然生活过不下去。因为当时是国家统购统销，我是正式工人，我和我爸都有工人证，一月吃三十四斤供应粮。盐捞出，盐站的人来了在盐堆上拓章，印章是一个木片片上钉了个木把把，木片片上抠出个盐站二字，拓印子是防止我们这做盐人偷盐，我们这做盐人要弄点吃的盐还要给他们说。十几天后，盐积攒得差不多，盐站派车来收盐，分上盐中盐下盐，上盐六分五，中盐六分二，下盐好像是六分还是五分九，记不太清楚了，他们拿出去卖一毛、一毛二、一毛五。”

我说：“盐滩在河那边，家在河这边，一天跑的，婆姨娃娃大概也要使劲帮忙了？”

他说：“帮忙了，没办法，河上连个木板板桥都没有，夏上穿着鞋走，秋冬冷起，要穿雨鞋，有时水大，雨鞋不够长，弄不对就被淹没，雨鞋里钻进去水，那可是冰，冰得入骨刺骨了。遇上问题就要想办法解决，有人说拿车轮胎的内胎剪下粘在雨鞋筒上，果然管用。有时忙得顾不上回来，婆姨来送饭，婆姨来不了就娃娃们来。最受罪的是冬上半夜就要起来，到光秃秃的盐滩里挖淋泥，冻得要命，双手双脚变裂了，裂口深的都能看到里面的血肉。在盐窑歇息的空隙，手上抹上凡士林，放在灶火上烤。后来包产到户，生活相对来说能过得去了，做好的盐拿到集市上卖，一斤能卖一毛钱，加上两个娃娃能帮忙，吃喝上好坏不说，起码能吃饱了。娃娃们念书没怎么念，老大念到小学毕业，老二没怎么念，供不起，娃娃们也没心思，就咱家里这条件，没有给娃娃们创造下个学习的环境氛围。娃娃们成家，唉，你昨天见的那个是老大，今年四十四岁了，我这大人和家庭不行，娃娃们自己也没个手艺本事，一直娶不到，你昨天看到的那女的就是老大媳妇，就那么个背锅锅（驼背），去年才娶的。老二这辈子是娶不下了，智力残疾，一生下就是。我们这家里三个残疾，我是眼睛上，一只眼睛看不见，你看我这眼睛和眼镜。”说着话，他摘下眼镜，给我展示，说：“这个眼镜是前几天在网上买的，两千九百多度，旧的眼镜什么都看不到，这个眼睛是十八九岁上发烧烧坏的，唉，我这样的人能活着就很不错了。”

我说：“你们现在靠什么收入？”他说：“靠什么收入？一个是吃低保，再就是在盐滩地上种点地，你看我那架玉米，是去年收成的。老大在县上信合（农村商业银行）当保安，一月挣一千九百多。盐滩废除，别人不做了，我还做着，因为我那盐滩没有被占到，直至那次咱这里发大洪水（子洲县7·26洪水），水淹没了盐滩地盐窑，我做好的盐土和盐都被淹了冲了，这才不做了，之后就是刚才说的，在上面种地。唉，活人就是这么个，能说什么，一天一天就这么胡乱活着了。你就是想争论，你能和谁争论？还有就是吃个残疾补助，有次审核不知什么原因无缘无故给我下了，说我没资格吃，你说这是不是扯淡了，我没资格吃？我去镇上找管理这个的部门和相关负责人，那人说：‘别着急，我想办法给你往上报，看答复’。我等不住啊，耽误一个月就是耽误一个月的钱啊，就这么点钱还不给，算什么事？我直接去县上残联，找主管领导，找到我当面说清情况，我这种人不配吃，那些健全的人吃着就配了？仅就我知道，好多健全正常的人就享受着，不行咱就拉开了说，那领导说，‘工作上的失误，我让下面人给你恢复’。我说，‘尽快，如果不按说的来，我会没完没了，你们走哪里我跟到哪里，反正我这把年纪了’。纯粹是逼迫得人要无赖，实际上咱又不是那种人，一辈子不争不抢的人，临了临了被欺负的。”

我说：“盐滩将来可怎么办啊？

他说：怎么办？有什么办法？没办法。将来就没有人记得了，我们这代人死了，剩下六十多岁、五十多岁的人过二三十年也会不在，当事人不在了，盐滩就彻底消失了。留下的文字记载，偶尔会被人看到提起，再说，谁会成天没事看这个。”

摄影师想拍摄做盐滩的家具和他家里存着的一瓮盐，老二将空窑里放着的耙子、刮子、火钳、火锵、盐筛子、马勺等做盐熬盐家具放在院子里的石床上，并且拿白瓷碗舀出一碗，摄影师拍摄，老人配合介绍，逐个拿上演示。我们拍摄结束，摄影师买了十斤小盐，为拍摄更多素材，老人带着我们到川里那几孔曾经熬盐、现在坍塌不堪的盐窑处。

▎王闷闷

本名王震。1993年生，陕西子洲县人。中国作协会员，西北大学文学院创意写作硕士（二年级），陕西文学院签约作家，入选陕西百优计划。作品见于《延河》《雨花》《作品》《草原》《广西文学》等刊物，出版发表长篇小说《咸的人》《日月》、中短篇小说集《零度风景》。曾获陕西青年文学奖。现居西安。

中轴线：时间的宫殿

/ 侯磊

一

不论在地图上还是从空中看北京，你面前都是一座能够从中间对折的城市。这条折印便是中轴线——一条南北向把建筑串起来的线。从南到北分别是：永定门、先农坛、天坛、正阳门城楼及箭楼、毛主席纪念堂、人民英雄纪念碑、天安门广场、天安门、社稷坛、太庙、故宫、景山、万宁桥、鼓楼及钟楼。它包括了几乎所有的重要机构和主要职能：城楼、祭坛、宫苑、朝堂、宫殿、政治机构、报时台，是祭祀天地、政令发布、战事征伐，以及赐爵封号的地方。

如何能快速认知北京？沿着中轴线走一遍最奏效了。

梁思成说：“一根长达八公里，全世界最长，也最伟大的南北中轴线穿过全城。北京独有的壮美秩序就由这条中轴的建立而产生……”在这条线上，你能感知到时间的汹涌脉搏和空间的规范美学，能走进时间的宫殿。你要想的不是每一处建筑多么伟大，而是想他们连成的这条线和北京的关系，要思考北京城的营建与定位，要去想什么是宫殿，什么是时间。

因为中轴线，北京和别处不一样。

二

元代、清代内外蒙古皆属于中国时，北京是中心；明代北京是边塞，都城离长城不过数十里。北京城西北高东南低，西面北面是山，东面南面是水，它有自己的水性和土性。蒙古大漠的风沙刮来，西伯利亚的冷空气混合着胡地牛羊的腥膻席卷来，好一派塞北的衰草斜阳之美。北京又是一座寻水而建的水乡，从西苑三海（南海、中海、北海）到颐和园圆明园，都有江南杨柳依依的秀色。全世界独有一种属于北京的美感，叫作塞外的、放大版的江南。古人没有中轴线这个词，但却实现了这组烫样：全世界没有一座古城，最中间有一片宫殿、一座山并环绕着一片湖，宫殿、山、湖几成一线。

元代是三都制：元上都、元大都和后修建的元中都。元大都是模糊的大都，我们始终在猜想它的宏大，但无法清楚它每个细节（部分巷坊的位置至今无考）。元大都没有模拟照搬历史上的任何城市，它设计最特殊的地方，在于它首先如砸钉子一般确立了城市的几何中心——中心阁与中心台，首创了城市中报时的钟鼓楼；又将辽金时的宫廷别苑——西苑三海定为太液池，根据太液池的位置建造了皇宫：东面是皇宫，西面是隆福宫、兴圣宫、太子宫等。皇宫被称“斡耳朵”，也称为“金帐”，有“中间”的意思。并以中心阁和往南的皇宫两点成一线，确定为中轴线。

中心阁建于元至元四年，元大德元年改成大天寿万宁寺，建有万宁殿以祭祀忽必烈的孙子元成宗孛儿只斤·铁穆耳。中心台紧挨着中心阁。《析津志》记载：“中心台在中心阁西十五步。”这两座建筑可算一个整体，在中心阁西边大约几百米是元代的鼓楼，又名齐政楼，鼓楼的正北是钟楼。钟鼓楼是在一条南北向的线上，但与元大都中轴线并不在一条直线上。也可把钟鼓楼算北中轴线，中心阁、皇宫算南中轴线，中轴线从南而来，在中心阁往西拐了几百米的弯儿再向北。中心阁的正北面是不通的。

元皇宫以内的主要建筑，南面是大明殿，北面以延春阁为主（如今景山的位置），合为前殿后庭。北海公园里的琼华岛是座从辽金时期开始修葺的、半天然半人工的岛，恰恰位于太液池中，元代叫万寿山（或万岁山），由一位来自花刺子模的建筑师亦黑迭儿丁组织修建。岛上的太湖石是金人掳来的宋徽宗的艮岳。万寿山南面有个更小的小岛，是现在的北海团城。明代团城东部才被填为陆地，西侧建起了金鳌玉蝀大石桥，环岛砌起了城墙。

《礼记·中庸》说：“致中和，天地位焉，万物育焉。”之所以造这中心阁、中心台和琼华岛，是古人在模拟天宫和海上仙山。天上众星拱卫着北极星，地上群臣簇拥着皇帝；天帝住在紫微宫，皇帝住紫禁城。琼华岛是蓬莱，犀山台（中南海里）是方丈，团城是瀛洲，一池三仙山，一切都是奉天承运。

皇宫往南建造通天大道，以供外国朝拜，万民敬仰。

公元一三六八年，明军攻占元大都，元顺帝带着后妃出健德门逃往应昌路（位于今内蒙古自治区赤峰市克什腾旗），并死在了那里。如今北京的东土城、西土城以及北土城围绕起来的夯土边界，是元大都北面的城墙，南城墙是在长安街的位置，早已无存了。

三

始建于元的中轴线是北京的脊梁，故宫是它的心脏，太和殿便是故宫的心脏。一般认为明中轴线是刘伯温和姚广孝造的，还有这样的传说：什刹海还有个读法叫“十窖海”。刘伯温造北京时，曾命活财神沈万三捐银子，沈万三不捐，便拖出去打，打得受不了才捐的。他由官兵架到地安门，在今天地安门外大街的位置，指了指脚下说：“挖。”官兵在此挖出了十处窖藏的银子四百八十万两，挖出的十窖积水成湖，便叫十窖海。银子则修了中轴线。这里藏着古代的风水观：背山面水为大吉，没水就挖个湖引水，挖出的土正好堆成山。

历史上，明中轴线形成要从永乐皇帝迁都开始。

朱棣，一位在文艺作品中反复转换正反派身份的皇帝。在《千忠戮》中他杀害了方孝孺等江南士大夫，是反派，而在《燕王扫北》中又开疆扩土，是正面。他将征战、营造与篡位、杀戮融为一体。大明洪武三十一年，废除了宰相制和三公制度的太祖爷朱元璋驾崩，建文帝朱允炆即位。第二年，朱棣从就藩的北平起兵“靖难”并成功，又上演了如辽、金、元南下从北打南的战争案例，同时，他又是少有的主动出击马革裹尸还的皇帝，在第五次出征蒙古班师回朝的途中，病逝于锡林郭勒盟多伦县境内的榆木川。朱棣坚信是北方玄武大帝在保佑着他。比起夺权，更重要的是他下令迁都。他先后将北平升为行在，建立了六部，又将北平府改为顺天府，将北平改为北京，将直接隶属于北京地区的京津二市、河北的大部分以及河南山东的小部分划归为北直隶。随后，他要在北京建社稷坛，将祭祀礼仪搬来，遭到了大臣的反对。此时北京常住人口不过是数万驻军，便使河北、江南、山西的富户移民。《明实录》载：“明永乐二年九月，迁徙太原、平阳、泽潞、辽、沁万户以充实北京……”接下来永乐三年、四年、五年、十四年、十五年，都有大量移民的记载。京郊不少地方由各处移民的罪犯来垦荒。大略地名叫“某辛(新)庄”“某辛（新）村”“某家铺”的地方，便是整个村庄移民而来形成的。

他想做的，是集大权于一身，重用翰林院的学士组成以自己为中心的内阁，做元大都中轴线的继承者，将中轴线延伸到他能统治的地方。

从一四〇五年至一四二〇年，世界上最大的工程，便是在这十五年里修北京。一四二〇年，北京被确立为首都。这期间京城四处走满了数以十万计从南京、浙江等地聘用来的工匠，征用了上百万的民夫，北京及周边各留守司、各卫都选派军士赴北京服役。山东临清负责烧砖，苏州负责烧太和殿里的金砖，到湖广云贵地区深山中采伐天柱般的木材，并存放于崇文门外的神木厂和朝阳门外的大木厂，修整疏通京杭大运河。陶然亭地区的前身黑窑厂在烧城砖，琉璃厂在造琉璃，房山大石窝的汉白玉源源不断，冬季在地上泼水成冰，沿着冰路运来石料。大臣、太监会担任监工，负责检测建筑材料和监督工期。对苏州造太和殿金砖的要求，是“敲之有声，断之无孔”。真正主持修建中轴线的工匠多是名不见经传的。如故宫的总工程师和天安门的设计者蒯祥，都是家族化的、世袭且不考科举的，也难以做大官。蒯祥做到正三品工部左侍郎，已经很高了。另有太监阮安（一名阿留），是交趾人，非常善于谋划，北京的古建他也多有参与。

在元大都的基础上，明代北京内城的东西两端没动，北墙往南压缩五里，从北土城挪到北二环路；南墙向南拓展出两里，从长安街挪到前三门大街，夯实起层层的土墙，并在外面包上城砖。最“暴力”的，是朱棣猛拆元代建筑，将元代的皇宫连带中心阁、中心台、钟楼、鼓楼一并拆除。负责拆元宫的是至今生卒年不详的工部侍郎萧洵，他写了本笔记《故宫遗录》，记载了元代故宫魔幻般的辉煌，直至一百八十七年后的万历三十六年，才被人从地摊上发现。

在元代后宫延春阁的基址上，明朝用拆元宫的渣土堆成了煤山，力图镇压退回草原的元朝政权尚存的一息王气。煤山是明朝人心中的镇山，是今天的景山，与西苑三海一起作为皇家的休闲宫苑。站在景山上，正好近观故宫全景，远眺中轴线。

北京修造故宫，造九坛八庙，在中轴线上规划了皇城、宫城，修建了奉天殿、华盖殿、谨身殿（即清太和殿、中和殿、保和殿）和乾清宫、坤宁宫，划分为前朝后寝，左祖右社。前三殿是办公区，后两宫是生活区，与元代大不相同：元代帝王、后妃和太子分开住在太液池两侧，朱棣把他们捏在一起放入紫禁城内，放在太液池的东边，由此中海、南海、北海才叫西苑。元皇宫外朝和内廷是一体的，朱棣把二者区别开来。元大都的各个官署、宗庙比较分散，太庙建于齐化门（朝阳门）内，社稷坛则建于平则门（阜成门）内，朱棣把它们都集中在中轴线两侧，更在元代原中心阁一线上，建成新的钟鼓楼，用晨钟暮鼓来提醒内城人民新生活开始了。紫禁城修建了筒子河，琼华岛上修整了艮岳石，这便是将宋徽宗宫苑之物回收了。南郊修建天坛和先农坛，种满了大量的松柏，以苍碧礼天，好似北京城的两片肺叶。从前门往南也造好一条笔直的大道跨过天桥，穿过天坛和先农坛之间，直通永定门，人人可从前门看到永定门。京郊尚有大量的原始森林，权贵开始在城外修建私家园林。至此，全城有这么一条从永定门到钟楼，穿过紫禁城，纵贯北京城的中轴线，中心明显，左右对称。“凡庙社、宫殿、门阙，规制悉如南京，而高敞壮丽过之。”（《明太宗实录》卷 232）

因为战争，明代初始政治中心在南京，而军事中心在北京，迁都北京是将政治与军事合二为一。南京有太多的“建文遗老”，远不如北京的根基深厚。迁都是很多人都反对的，南京的金陵水乡多好，来这塞北酷寒之地，那不成充军发配了吗？不足百日，一个雷劈了下来，故宫三大殿奉天、华盖、谨身被一场大火烧为焦土，直至二十年后的一四四一年才复建，朱棣之后的明仁宗、明宣宗、明英宗，都没能在奉天殿里举行登基大典。有位叫萧仪的大臣上疏提出迁回南京并得到群臣附和，朱棣将其下狱并诛杀，开明代因言获罪杀大臣之先河。朱棣宁可没地方办公也不回去，不仅把自己的坟地，十三陵开端的长陵在修北京城期间建在昌平，还把死后葬在南京的皇后挖出来运过来，重新埋在北京。

朱棣的任务，是来捋直中轴线的，中间是帝王之家，两端是平民生活，它们时刻穿插在一起。京城百姓和皇帝做了街坊，或远或近地为皇家服务，仿佛自己便是皇上那三家穷亲戚了。

后世，明英宗、明世宗继续修建北京，世宗嘉靖皇帝建造了外城，将北京建成今天的“凸”字形。

四

中轴线几乎是明清以来北京所有重大历史事件的发生地，比如午门是每年十月初一皇帝颁布来年历法（后因避讳乾隆爷名弘历而改叫“颁朔”），战争凯旋后向皇帝献俘，以及明代廷杖大臣的地方。嘉靖一次廷杖上百人，打死若干大臣，以至民间衍生出推出午门斩首的戏词。天安门是皇城的南门，也是举办开国大典的地方，太和殿是中国抗日战争胜利后日军受降的地方。

前门楼子是皇帝为出征的大臣饯行之处。明末李建泰自散家财组织军队抵抗李自成，崇祯皇帝赐给他兵部尚书一职，并在前门下赐给他三杯御酒，尚方宝剑，披挂红色战袍。李建泰刚出征没多久，自己队伍就溃散了；崇祯又在此饯行洪承畴出征，不久传来洪承畴阵亡的消息，崇祯亲来前门瓮城内的关帝庙祭祀，还在庙对面修一座祠堂，祠堂对联为：“君恩深似海，臣节重如山。”然后得知，洪承畴没死，他投降了。

相传，崇祯爷吃完饭去鼓楼下遛弯儿。他一身便装出了神武门，沿着中轴线一路向北来到鼓楼下，见一位摆摊的测字先生道骨仙风，便请先生测字。先生请他写下一字，崇祯提笔写：“友”。

先生说：“这是反字出头，有人要造反。”

崇祯说：“字错了，是‘有’。”

先生说：“这是一个‘ナ’，一个‘月’，‘大明’去了一半。”

崇祯说：“字错了，是‘酉’。”

先生说：“这是‘尊’字去头去脚，当今圣上没希望……”

先生和崇祯说完，两个人扭头都走了，都是吓的。

崇祯爷的命，自始至终在中轴线里圈定了。他在1644年的那个夜晚，没能逃出北京城内城的新几何中心——祖先下令堆成的煤山。他只得“急速速把煤山上”，在“煤山以上看分明”。（京剧《煤山恨》）

李自成烧了三大殿，清朝维修中轴线。

一直往后，八国联军进城、两宫回銮、日本人侵华进北京、北平和平解放、解放军进城……哪一次不是走的中轴线呢？特别是慈禧太后从西安回来后，在马家堡火车站下车，坐轿从永定门沿着中轴线到了前门。老照片中前门楼子炸毁了，箭楼的顶被掀了，只好在城楼上扎了个彩牌楼（这门手艺早已失传了）。

中轴线不完整，北京的脸面就没了。

五

清王朝倒台，皇宫成了故宫博物院，皇家园林成了公园，百姓们终于踩踏上了帝王的足迹，来到了当年奏折与朱批流动的地方。

每个时代对文物的观念是不一样的，民国时的人不一定把清朝的东西当文物，二十世纪五十年代的人也不会把民国时的东西当文物。新文化运动以来搞“庙产办学”：菩萨打碎，神像一推，挖坑一埋，墙上的壁画用锅底灰一抹，招三五十个学生立刻开识字班，哪天办不下去再换个庙。至于那塑像是明是清，是哪里的风格，壁画上是三国故事、水月观音还是佛祖成道图，都顾不得了。

北京城一直有重大的拆改。光绪三十二年，汉白玉的天桥被改成一座低的石板桥。一九二七年，除了少部分保留外，北京皇城东墙、西墙和大部分北墙都被拆完了。国民革命军北伐成功后，于一九二八年六月中抵定北平，接收了故宫博物院。作为国民政府委员的经亨颐交了个提案：取消故宫博物院，将故宫作为“逆产”处理，宫中物品可以拍卖或移置，一时舆论哗然。这并非身为教育家、书画家，并曾担任过多所名校校长的经亨颐不知文物金贵，而是战乱之际，文物为军阀觊觎，政府无力保护，学者无力伸张，不得不出此留下千古骂名的下下策。当然是被拦住了。国家无力保护国宝，则为民之不幸，国之大悲。

一九四九年一月三十一日，北平和平解放，傅作义的部队全部出城到指定地点接受改编，这座绝世古城远离了炮火的威胁，几近完整地保存下来。

一九四八年底，在海淀清华园刚刚解放，北平还未解放时，学者张奚若带着几位解放军干部，来到住在清华园的梁思成家，请他绘制北平文物地图，标上不能炮击的地方，以备被迫武力攻城时保护文物之需。梁思成立刻主编了《全国重要建筑文物简目》，从一九四八年十二月开始，到一九四九年三月编成，首项为“北平城全部”，列为最高等级，传达到解放军部队首长，明确哪些地方可以打，哪些绝不能打。毛泽东也曾多次起草电报，要求保护北平工业区及文化古迹。他在一九四九年一月十六日的电报中写道：“此次攻城，必须做出精密计划，力求避免破坏故宫、大学及其他著名而有重大价值的文化古迹。”

六

中轴线上一块琉璃瓦，它有多大价值。

第一，是它作为“物”本身的价值，即这块瓦的价值；第二，是这块瓦所展现出的“性状”的价值，比如它有多少年历史，多大多重，有怎样的纹饰，是哪朝的风格等；第三，是它上面的文字、图案所展现的文献价值；第四，是它文字、图案所展现出的书法、美学的价值；第五，是它所处位置见证历史的价值，太和殿的一块瓦肯定比其他寺庙的瓦更重要。

如果还有，那是我们尚未发现的价值。文物可以有市场价值，但只按钱算，那是贱卖。保护文物就是保护文化，没有保护就没有研究，没有研究就没有应用。保护文化是维护国家记忆——是它们见证我们曾经怎样存在过。

新中国成立后，政务院先后颁布了一系列如禁止珍贵文物出口、古文化遗址及古墓葬的调查发掘办法、保护古文物建筑一类的法令条文。郑振铎在一九五七年第一届全国人民代表大会第四次会议上做了《党和政府是怎样保护文物的？》的发言，特别提出：中央成立了文化部（今文化和旅游部）下属的文物局，各省、市成立了文物委员会、研究所、工作队等，培养了大批的干部和文物工作者，保护了大量古建筑和革命纪念建筑，组织了文物收购、普查等工作。从二十世纪五十年代开始，在我国还不是很富裕的情况下，文物部门派人到香港重金收购了《伯远帖》《中秋帖》《五牛图》《韩熙载夜宴图》等千古神作。郑振铎、陆定一、王冶秋、梁思成、朱偰等大批学者、干部，都为保护文物做了大量实事，习仲勋还特意指示保护西安城墙。

一九六一年，我国公布了《文物保护管理暂行条例》和第一批全国重点文物保护单位名单。文物采用了分级保护的方式：国家级、省级、市级、县级，都会挂牌明确，没挂牌子但有记载的叫记点，准备以后申报挂牌，并要求做到“有物可看，有事可讲”。即便是“文革”期间，中央还不断下文件，要求加强文物保护和考古工作，以至中山靖王墓的金缕玉衣和长信宫灯、马王堆汉墓里的“老太太”、秦始皇兵马俑，从银雀山帛书到睡虎地秦简，都得到了保护。

文物不可再生，它只能重新形成，每个年代形成的文物都不一样。有价值的文物会升级，国家级再升一级，便是世界文化遗产。文物不仅是一国的，更是全世界的。同样，文护工作也要升级。习近平总书记在对做好考古工作和历史研究工作时提出，要继续“探索未知、揭示本源”，中轴线的地图是一幅藏宝图，它藏着世界上最大的宝藏。

七

北京是农耕文明与游牧文明的分界线，它和罗马一样都不是一天造成的。它有什么，没有什么，既有先天而来，又是伴随着水利工程、移山填海般营造的。用“营造”是为了区别建造。中轴线整体态势，无不是“营”出来，它见证着建城史和百姓生活史，也让你明了北京城的设计思路。——活在皇权之畔，山水之间；入则朝堂，退则江湖；皇权与市井，不过是一条前三门大街罢了。十年造园，千年养园，古人用山水把北京造成一座千年古园。别处有的东西北京可能没有，但北京有的，别处肯定没有。

当你去过欧洲很多街道狭小的古城，才明白为什么林语堂写北京的书，叫 *Imperial Peking:seven centuries of China*（《大城北京：七个世纪的中国》或《辉煌的北京：七个世纪的中国》）。当你站在曾用以上过体育课的天安门广场上，站在新中国成立前一天奠基、你入共青团时曾为它站过岗的人民英雄纪念碑前，面向着毛主席纪念堂，左手一片是当年的宗人府、吏部、户部、礼部，礼部，负责审阅会试的试卷，春季各省的举子在此集合，进太和殿殿试后得中进士及第；后面是刑部、兵部、工部、鸿胪寺、太医院、翰林院、理藩院；右手一片是当年的銮仪卫、太常寺、都察院、刑部、大理寺，都是办公和存放档案的地方，秋季刑部会同大理寺在此审核死刑犯的卷宗，并由皇帝终审。如今放眼东西，是分列太庙、社稷坛对面的中国国家博物馆和人民大会堂。

北京文物保护的故事举不胜举。在一九五四年夏季的一天，下午三点多钟，周恩来总理亲自登上北海团城。当时团城是文物局的办公地，局长郑振铎、副局长王冶秋都不在，周恩来总理不让人去找他们，而是自己游览了两个小时，并指示保留团城。二十世纪六十年代，北京修建地铁一号线，要拆掉建国门的古观象台，即便提出了如何保护古代天文仪器，但时任文物局的干部谢辰生、罗哲文等人还是执意给周总理上书，说仪器保留，古观象台更要保留，那里记录了几百年的观测结果，拆了就再也没有了。周恩来总理特批地铁绕行，还批了经费。也说明文物知识、文物保护的理念等，一定要普及到每个人，“异地保护”是万般无奈的下下策。

二十世纪八十年代以来，北京市加强了文物保护；二十一世纪以来，北京城的保护有了很大起色，并很见成效：王府井商业区东方广场的古人类文化遗址、房山的金代帝王陵墓、海淀区地铁四号线圆明园站的正觉寺乃至北京西面一施工总能挖出的太监坟……都得到了妥善保护，并共划分了三十三片历史文化保护区，进而为各项“申遗”打下了基础。

大约从二〇一二年开始，中轴线开始全面保护和重建。现如今，中轴线上的文物古迹，太庙、景山、皇史宬已大批量腾退，社稷坛、先农坛、天坛、贤良祠在推进腾退，东、西二城区共腾退近百处文物。北海医院和天意商城拆除降层，永定门城楼、天桥已经复建，永定门瓮城和地安门的复建都一直在讨论，沿线的违建已基本拆除，并定义了中轴线保护的缓冲区，基本上保存了明清以来的格局，令人感受到国家和对中轴线总体规划的用心对历史文化的尊重。二〇一三年，我国正式向联合国教科文组织递交了中轴线进入世界文化遗产名录的申请。“申遗”原则上每年每个国家只批准一项，近年来我国几乎每年都有文化遗产申报成功。中轴线整体申遗是一种“一加一大于二”

的申遗方式，表明中轴线始终在不断营造、添加、修建，这条线数百年来始终未变，沿线文物更会得到加强保护，修旧如旧，扩大开放。比如天坛古代的用途是皇家祭坛，用于冬至祭天、孟春祈谷、孟夏求雨，现在作为文物还是祭坛，作为城市功能是公园，八国联军在天坛做过总部，搞过抢劫文物的拍卖，天坛还充当过侵华日军细菌部队的旧址。鼓楼曾在一九二四年叫明耻楼，鼓曾被八国联军拿刀捅漏了，那个漏鼓至今还展在旁边。上述这些历史信息都会永久保存，永世不忘。

中轴线是北京这座城的轴心，是国之轴、城之轴，也是民之轴。它可以在空间上延长，北达奥林匹克公园，南至团河行宫与德寿寺，甚至更远的地方。它水深土厚，养活了无数的人。一座大殿是文物，那么活化它最好的方法就是改为博物馆，而整座老城是文物，最好的方法是保护古城，安居乐业。

八

中轴线给北京人头脑里种下“东福西贵”的概念。东西二城区以中轴线为界，明代北京归顺天府，下辖东大兴、西宛平二县，至今东城人有东城的购物习惯，西城人有西城的上学地点。东西城不仅口音有区别，在清代唱子弟书的曲调也不一样，东城调（东韵）如高腔（弋阳腔），古朴高亢；西城调（西韵）近似于昆曲，婉转低回。（明代四大声腔为余姚、海盐、弋阳、昆山，有两种都流传于北京，如古歌遗响。）连通婚都在自家门口的几条胡同里来回串，跨东西城的都不多。直至现在，上中学还不能跨区统考。东城的父母给孩子买白球鞋，百货大楼下班了，利生关门了，就明天再说，想不到去西边的“天意”“动批”看看。

不越界，皆因为中轴线。

中轴线是北京南北正中的、百姓不能行走的长条，像一条隔离带或一堵高墙，将东西二城分开。明代天安门广场是“T”字形，长安街只限于长安左门和长安右门两端之间的“一横”，“一竖”是千步廊，“竖”的尽头是大明门，“横”“竖”都不能通行。故宫与景山之间的景山前街、中南海与北海之间，两端各有一座“金鳌”“玉蝀”牌坊的金鳌玉蝀桥，都是古代皇帝走的地方；北海也不能进，只能走北面什刹海景色秀丽的沿岸，能看到日落紫禁城时的反光。这里首先是出行的道路，再是游玩之处。古代从东城到西城串门要走一整天：南走前门大街，北绕地安门外和鼓楼前面，所以这两片才形成了大规模的商业街。走前门外更方便，人更多，因此前门外的大栅栏商业街才更发达。

钟鼓楼中间曾是有北京小吃摊的菜市场，地安门外大街上，从古玩铺、书店到炸鸡店应有尽有。马凯餐厅的京味儿湖南菜，对面望德楼的羊肉泡馍，特别是把角地安门小吃店的炒疙瘩，对面峨眉酒家里的晾肉（就是《报菜名》里“松花小肚、晾肉香肠”的晾肉，其位置再早是一家齁难吃的狗不理包子），都是中轴线给我的最初印象。前门大街的全聚德总店的火燎鸭心，都一处里塞满虾仁儿蟹肉的烧卖，一条龙羊肉馆里的红烧牛尾和闪着红光的油焖大虾，泰丰楼里单为了耍手艺的油爆双脆和明晃晃的糟溜三白，还有天桥附近各个不上台面儿的小店里的炸糕和豆面丸子汤……那是多少北京孩子的南北两极，向北最远去过钟鼓楼，向南最远去过永定门。白天在中轴线上连吃带玩，晚上躺床上都盯着墙上的北京地图，琢磨着这世界之大，不过是钟鼓楼与永定门之间。

在中轴线的左右徘徊，你会把北京这座城当作一个人来看待，北京城是美的、活的。它庄重威严，灵巧俏皮，能哭会笑。

侯磊

1983年生，北京人，青年作家，诗人，昆曲曲友。毕业于中国人民大学文学院创造性写作专业，文学硕士。著有长篇小说《还阳》，小说集《冰下的人》《觉岸》，诗集《白鹅的羽毛》，北京非虚构文学三部曲《声色野记》《北京烟树》《燕都怪谈》等。现就职于《北京文学》月刊社，从事编辑工作。

流寓的异乡人

/ 徐蕾

一九五六年四月四日，一个中年男人裹挟沉重的行李，拉扯着两个少年穿过嘈杂的人群，从普陀区交通西路平江新村 132 号赶往黄浦江大桥。码头上人头攒动，锣鼓喧天，正举行着热闹的欢送仪式，戴着大红花的人们脸上洋溢着自豪的笑容，他们在“志愿垦荒队”的锦旗笼罩间踏上渡船，汽笛声响，甲板上的人们与前来迎送的亲友挥手告别。这是琮华、琮明两兄弟第一次离开上海，然而他们没想到，这一挥手便是与上海的永别。

“就像是一场梦，那个时候也多希望这仅是一场梦。”六十五年后，年逾耄耋的琮华回忆起离开上海的情形，往事仍旧历历在目，这一路而来的坎坷就像电影录像带般断续播放，有时顺畅，有时卡盘，跌跌撞撞到了现在。

据《市委关于加强本市户口管理与逐步紧缩人口的指示（草稿）》记载，一九五五年七月初，上海市委关于“紧缩上海”的指标中提出“根据可能的条件，有计划地移送本市原来从事农业生产的或可能专业的劳动力至外省进行垦荒”，并指示相关部门派专人到江西、安徽、江苏、浙江等地调查了解荒地及移民的可能性和条件。最终“地多人少”的江西成为上海大规模移民垦荒的首选之地。八月底上海市委决定向五个专区移民九万户，约三十万人参与开荒生产。

“哥儿，你有机会去江西共青城吗？”这句话在人力车夫们的饭后闲余被问起时，是充满了羡慕与骄傲的。“有的有的。你们家呢？”琮华仍记得那段时间寡言的父亲开始爱和旁人说道，旁人看他们的眼神也不比寻常。

父亲告诉琮华，这是政府出台的一项关于农业生产的政策，鼓励青壮年响应国家的号召，前赴江西垦荒，组织起来的队伍就是“志愿垦荒队”。由于街道办多次以南昌共青城为模板进行宣传动员，因而在琮华的心目中，他们即将去支援江西农业建设，而且将来住的地方“楼上楼下电灯电话”，既光荣又有生活保障。

过层层审批，琮华一家的申请终于得到了批准。其实与琮华一家同往江西的大多是由苏北逃荒到上海的贫民，他们拖家带口在上海的底层社会谋生，一辆三轮车或是榻拖车即是他们的全部身家。

就在父亲将“志愿垦荒队”的证书和荣誉批条拿回家炫耀，琮华与弟弟琮明以为他们即将要摆脱层层平瓦的天空和满屋交杂的汗液和尘土味时，命运却悄然陡转。

一九五六年三月至四月，第一批上海垦民在上海市交通局先后动员下赴赣移民垦荒，共计三轮车工一千八百四十户、连同家属九千一百二十九人，他们分别被安插到江西奉新县、宜丰县等四县的农业生产合作社劳动。上海市运输公司同时期动员了二百七十九户榻拖车工人、码仓工人以及新组织的流散车工到江西武宁和九江两县垦荒。

从上海乘船出发，他们的最后一站是九江码头。在九江停歇的一天时间里，有些机灵的人感到周围的环境不大对劲，就在九江偷偷地坐船回去了。

在江西，这个十六岁的上海少年第一次看到嵯峨连绵的山林，立于群山之间，他没有心情去欣赏异地景致，只觉得树林阴翳要将他吞噬。他埋怨父亲不知变通，这山沟沟怎么能和上海相比？然而，琮华所不知道的是，那些看出了端倪、私以为半道折回上海就能挽回一切的同行者们，并没有得到预想的结果。

当上海面对返回的垦荒群众时，也是束手无策，只能“加强思想政治工作”，随时解决一些实际困难。他们只能选择回原籍即再次返回江西。

梦里不知身是客

据琮华回忆，这一年分配至江西省宜丰县的上海垦民大概有五百户，每户平均四至八人。他们一家最终落户于宜丰县芳溪镇辛田村。

如今的芳溪镇辛田村后村处仍坐落着一排土墙瓦面的土坯房，灰瓦上遍布着绿茵茵的青苔，见证了时间的积淀。琮华带我们来到其中一间经过翻修的土坯房，悬梁的蛛丝和充斥的木板霉味宣示着老屋早已荒废，屋内堆积着屋主曾经耕地用的犁耙、石碾子、风车等农具。可是，刚走进堂内，琮华便踱步不前，仅是凝视着颓败的土墙，小心翼翼地弹去墙上的杂碎，尽管这样收效甚微。良久，他才回喃喃道："老房子太久不住人，都没了生气。当年父亲带着我们兄弟俩，推着板车从镇上走到辛田村里，也不知道走了多久。出发时天刚亮，到这儿已经日落了。"

那时的辛田村尚是四下荒凉，方圆几里的人家屈指可数，当地政府给垦民们分配的居住房是一排低矮的土坯房，一家三代人蜷缩在四十平方米不到的空间是极为普遍的现象。拥挤、闷热、压抑，是琮明对新家的第一感受，但他并未如兄长般埋怨丧气。其实琮明并非琮华的亲弟弟，他本生于南京市高淳县的一个官宦之家，也曾是不折不扣的小少爷，只是一九四八年的寒秋，随着祖父、父亲相继病逝、时局变化，偌大的一个家如树倒猢狲散，母亲又是二房太太，无奈之下带着他改嫁上海，只不过三年，母亲再度因病离世……也许是从小经历了颠沛流离，他对生活的波澜起伏有着超出同龄人的淡然，平日里除了沉于念书，其余的事情几乎一窍不通。"哐当……砰……"隔间再度传来继父收工后怒砸农具的声响，伴随着邻里的咒骂抱怨，琮明不免失望地扫视这屋，环堵萧然，推开灰土沉积的木门，拂了拂发白的衣袖，藏掖着课本躲到后山竹林背书去了。继父应允了母亲遗愿，无论生活如何艰苦都会供他念书，因而对他干活偷溜大多睁一只眼闭一只眼，兄长对他也多是怜爱，所以，在那些温饱不定的日子里，琮明愣是不曾下地种田、披蓑带笠，只一人一书一笔念完了高中。

相比于琮明有机会专心念书，重返学堂是十三岁的朱峰念念不忘却又不敢言说的心愿。

一九六〇年，是朱峰来到芳溪塘头村的第四年，也是他离开学堂的第二个年头，作为家中的长子，他从小就主动替父母分担抚养弟弟妹妹们的重担，刚到塘头村时，父亲面对分配的田地毫无头绪，几番斟酌，还是选择了去县城的煤矿挖煤以谋生，父亲每个月往家里寄回的三元生活费，都要被母亲精打细算到极致方能让他们三兄妹勉强度日。还在小学期间，他就因交不出学费而离开了学堂，辍学、干活儿、带弟弟妹妹，丝毫没有商量的余地。懂事的他没有哭闹，只是趁着四下无人时将一摞习字本埋在屋后的老樟树下，算是与自己的读书生涯告别，即日起便拿起锄头、扁担，开始了一天的耕作。朱峰坦言，其实一家人在上海的生活也较为困难，人力车夫作为上海底层的劳动力，并没有机会跻身于大上海的繁华世界，大多数人只能在一江之隔的草棚屋里眺望着对岸的璀璨霓虹。十岁前，他住在中山北路南王家宅甲弄 191 号的改造棚户区，每天放学后和小伙伴穿梭在弄堂里捉迷藏，直到天黑被母亲训斥着回家吃饭；十岁后，他每天晚上都早早地把弟弟妹妹喊回屋，拴紧门，以防他们听到“鬼夜哭”而害怕惊恐。哪里会有这些怪力乱神？不过是城里人未曾听过的乡间夜晚里猫头鹰的啼叫罢了。

年底，凭借着吃苦耐劳的干劲，父亲由宜丰湖坑煤矿厂调往棠浦煤矿，这是一家几度辉煌的国营企业，从二十世纪六十年代开始，棠浦煤矿厂聚集了来自全国各地的知青、民工，他们为国家建设和当地经济发展做出了不凡的贡献。父亲在棠浦煤矿稳定后，一家随之迁往棠浦生活，生活总算有了着落，只是朱峰再也回不到当年的那方课桌了。

不同于琮华、朱峰因生活环境的变迁而产生的极大心理落差，从小在芳溪镇简家村长大的吴鹏并没有从繁华城市流落至偏僻乡村的失落感。

吴鹏一九五七年生于上海，来江西时还是被祖母抱在怀中的婴孩，祖母原有两个儿子，但为了照顾年幼的他，最终选择和小儿子即吴鹏的父亲来到江西，大儿子仍居于上海。也许在年幼的吴鹏看来，一家人为什么总是吃不饱穿不暖以及当地的孩子为什么不愿意带他玩才是最苦恼的事情。随着年龄渐长，上学需要填户口籍贯时，他才知道自己原是出生于上海市普陀区光复西路 2277 弄 18 号的小平房，也是到了这时，他才意识到自己上海垦民的身份。

“小时候印象最深刻的，无非就是吃了上顿没下顿，一家人一天（四个人）只有三两米，大人都是留给我吃，我就耍小性子，看到他们不吃，我也就不吃，谁知道大人就是做个样子假装吃。”至今，吴鹏还能在琐碎记忆中拼凑出长辈们的身影。

其实大多数垦民们所面对的饥寒、被孤立都是在所难免的。农村里皆是靠种田、干农活来挣得工分换取粮食，但是生活于上海的垦民们平日连农田、山林都不常见，更无须提水稻种植。再者，有些部门和地区为了动员垦荒而过分美化江西的农业生产环境，宣称赴赣垦荒是大机器生产，安置方式是自建合作社或国有农场，可江西的地貌是以丘陵为主的山地，贫瘠的红土地上只有为数不多的合适耕地，根本看不到机械化的可能性。

饥荒、水土不服、不务农桑是威胁上海垦民生存的致命困难。再加之“三年困难时期”全国性的粮食短缺危机，让垦民们原本就贫困的生活雪上加霜。吴鹏的祖母就是因为连续数日和着淘米水吃糠饼，导致肠胃不消化，在一九六〇年的一天夜里胀气身亡。此后，吴鹏的父母硬着头皮开始学习种粗粮、摘野菜，积累了不计其数的失败经验后，渐渐地，他们在分配的田地里种出了红薯、青菜，虽然水稻种植还是无从下手，但有了粗粮和蔬菜，吴鹏家的生活逐步有了改善。

而邻村的王道国一家就没有这么幸运了，他们本是一家六口（夫妻俩带着两儿两女）住在乡里，两个年长的孩子在县里念中学，夫妻俩带着两个小儿女在农村生活，全家仅靠他一人干工匠活儿糊口，妻子只能缝缝补补以贴补家用。有一天他在外头干活没及时回家，妻子就学山里人带着孩子去山上挖野菜蘑菇，可他们哪里识得这些野菜蘑菇是有毒还是无毒的，一股脑全煮着吃了。等王道国回到家，妻子和两个孩子就这样没了。更可怜的是，他连棺材本都掏不出，东拼西凑只得一副棺材，就这样一副棺材埋了三人。

谁悲失路之人

自一九五六年迁至江西的上海垦荒群众，除了一部分返沪及外迁他省，其他也大多借助农村合作化运动的高潮，加入了江西当地农业生产合作社，其农民的身份才正式得以确立。虽然在客观上他们的身份实现了转化与重建，但置身于“素未谋面”的山林、荒地之间时，并非所有的垦民都能应付自如。至此，这群常年习惯以三轮车、榻拖车谋生的人力车夫们踏上了各自的人生道路。

“知识改变命运”是父亲常用来教育黄怡的一句话。而在她看来，这句话也是对父亲一生的最好诠释。一九五六年，还是婴儿的黄怡第一次踏上宜丰这片土地。半年前，不过而立之年的父亲卖了在上海的房子，下定决心带上妻子和三个孩子离开故土。落户后不久，政府就派年轻有为的父亲去县城学会计，父亲也不负众望，结业时以优异的成绩排名全县第二。诚然，知识改变命运是在任何一个时代环境下都是通用的。从县城返乡后，父亲先后在生产大队、乡镇府担任会计，不薄的薪酬让身为外乡人的他们对生活的前景充满了期待，过了不久，家里还添了一个可爱的妹妹。

回想起当年的谋生之路，分配于黄冈潮溪大队南康小队的卢凤仪总是感慨，幸好父亲还有一技傍身，否则，屋内是体弱多病的母亲，屋外是仅有的几亩荒地，他们的生活将不堪设想。谈到童年，卢凤仪最常做的一件事就是搬个小马扎，看父亲拿着推剪剃刀，佝偻着腰背，给过往的顾客剃须理发。在20世纪六七十年代，每村通常只有一至两个剃头匠，因此剃头匠在乡里还是很“吃得开”的，尤其是逢年过节，找上门的主顾更是应接不暇。但在平日，卢父还是需要走村串巷地讨生活，囿于特殊的地形地貌，蜿蜒纵横的群山将县内的村镇相阻隔，于是挑着担子走数里的山路到各个农村成了卢父的日常。每到一个村子，他就安下挑子，先吆喝几声，等到顾客来了，即在盆里兑好热水，给顾客围上围布，开始剃头。也正是凭借着父亲剃头的手艺，卢凤仪一家在劳动力缺乏的情况下，过上了相对平稳的日子。

然而，除却少数有手艺或者有知识的垦民能够凭借一技之长另谋出路外，大多数的垦民为了生计只能选择最廉价的挣钱方式——出卖劳动力。

宜丰，地处亚热带季风气候区，每年充盈的降水量及温和的气候环境孕育了大量天然的森林、竹林。据官方统计，宜丰的森林覆盖率为百分之七十一点九，林地面积达到二百零三点八万亩，竹林面积更是达到八十四万亩，是中国的竹子之乡、南方红豆杉之乡。当年，芳溪搬运队就是在这样的环境中组建兴起，成为接纳廉价劳动力的大本营。佝偻着瘦弱的腰背，天刚蒙蒙亮就推着生产队的破旧自行车和同伴搬运竹、木的背影，是吴鹏为数不多的关于父亲劳作的记忆。在芳溪搬运队穿梭的百分之七八十的都是上海垦民，其余的则是湖南逃荒而来的游民。他们顶着炎炎夏日、狂风暴雨，徒手将沉重的木材、竹片托运至烧木炭的车上。这种活跃于民国、抗战时期，作为主要交通运输工具的汽车，曾完成了抗日战争时期繁重危险的运输任务，为保障战时的公路交通运输做出了不可磨灭的贡献。但由于这种汽车速度缓慢，动力不足且容易抛锚，具有极大的安全隐患，因而，在二十世纪五十年代后的中国大地上，烧木炭的汽车基本淘汰殆尽。可是在二十世纪六十年代后的偏远乡村，人们明知不安全却因资金拮据，仍然不得不依赖于这类运输工具。也就是这种木炭汽车，让吴鹏一家对重启新生活的期盼再度跌入谷底。一九六四年十二月的一个周日，父亲照例一大早就收拾干净匆匆出门，和五个工友一同前往芭蕉村装竹片。为了节约时间和运输成本，早已破旧残损的木炭汽车在副驾驶位坐满两人后，又有六个搬运工挤进了后车厢，当司机锁上后车厢的两片铁门时，六个搬运工生命中最后一抹不甚明朗的微光就此湮灭。当车行至半路，意外发生了，寒冬侵袭下的乡间小路崎岖湿滑，木炭车发生了严重的侧翻，伤亡惨重。由于时间的久远，我们无法得知当年的具体情况，知道的仅是几个冷冰冰的数字——九人同车，两人生还……

吴鹏启时才进入小学不到三个月，正当他活蹦乱跳地回到家想和父母分享当日的喜悦时，听到的却是母亲泣不成声的哀号。那一日，他暗暗发誓，哪怕是每天独自上山砍柴、挑水，也要凭自己的双手养活母亲，撑起这个家。

一九六九年，芳溪搬运队就地解散，搬运工们只有各自回村，另谋出路。失去工作的第三天，老解已然按捺不住了，虽然以往在搬运队拿到的薪酬也难以养家糊口，但好歹有个盼头，可眼下搬运队也解散了，家中还有嗷嗷待哺的小儿和正在长身体的大儿，内外交加的困境让老解一筹莫展。

“那个时候父亲什么都去做，早先在生产队劳动时，没有一年拿到了应有的酬劳，年年是‘债主’；后来他想做小本生意，但‘文革’闹得人心惶惶，谁还敢做生意？最后，父亲只能辗转各地贩卖小商品来补给家用。”据二儿子解华回忆，“失业”后的父亲常年奔走在外，难得回来，也不见笑颜，言语间无外乎是吃穿用度。

作为土生土长的芳溪炎岭人，垦民二代解华在儿时很难体会到父亲绵长哀叹中的落寞。不同于从苏北或是安徽逃荒至上海的异乡人，老解当年在上海的生活也算是车夫中让人羡慕的，至少他在上海市中山北路 2737 号，有着将近八十平方米的一层平房，自己又是家中的独子，原本赡养父亲，照顾妻儿，对他而言并没有太大的压力。但是为了来江西，他以百余元的低价卖掉了自己的住宅，带着父亲、妻儿落户于芳溪炎岭。看着每天入不敷出的薪酬他只有哀叹，政府每个月给的两三元的补助远远不够孩子们吃饱，从上海带来的家产也一点点见底。“父亲总是念叨，当年幻想着来到江西，不仅能够支持国家的农业生产，还能解决生活困难，如今倒好，连基本的生活都难以维持。”解华这样形容父亲当时的状态，“父亲的脾气就是那个时候开始变得愈加烦躁，身体也每况愈下。”

据《移民垦荒工作总结（草稿）》统计，当时上海三轮车工人每人每月收入在二十元至四十元，榻拖车工人每月收入五六十元，即便是流散车工，每月收入也能达到三四十元。而同时期的江西省农业劳动报酬全省平均每个劳动力只有八角，全年不足一百六十元，远不比在上海从事“落后”行业劳动的收入水平。即使是安置条件最好的青年志愿垦荒队在德安建立的共青社，一九五六年，五十四个单身劳动力中，全年收入二百元以上的只有三人，一百五十元以上的二十人，一百元以上的十七人，五十元以上的十三人，五十元以下的还有三人。

如果说那段动荡的特殊时期给老解带来的是失业的忧愁，那么，对于琮明来说，却是一段充满遗憾的青春，这当中还承载着难以言传的苦痛。

一九六〇年，坐在高三教室认真备考的琮明遭到了匿名举报，举报中声称琮明的继父当年在上海属于地主阶级。在那个风雨飘摇的年代里，地主、富农的帽子就相当于一张判决书，将人的前程、梦想判处极刑。

琮明是知道的，继父平日里总是不忘上海人的做派，即便是务农也要将头发梳得油光发亮，衣帽不整不出房门，这副模样自然与乡间披星戴月的农人格格不入，惹人怀疑。

但这不能成为被怀疑和“定罪”的理由吧，即便祖上是地主又如何，难道地主的后人就不能读书了吗？那时的琮明还是一派书生意气，隔日他就和几位同样因“成分问题”而将无缘大学梦的同学四处奔走，找老师询问，没用；找学校理论，无果；找政府解决，谁管你们几个毛头孩子？一连串的奔波，不过是从期待到绝望的一程歧路，少年们无力地瘫在操场上，羡慕地听着教室里朗朗的读书声，他们只好背过身，悄然抹去这滴被时代挤压出的泪水，也许明天，也许后天，他们就要离开校园，为了生计而将梦想踏为尘泥。

渴望着能靠读书出人头地，谁知兜兜转转又回到了原点。虽然心有不甘，但已经成年的琮明只能向生活妥协，这些年为了让他安心读书，继父和兄长明里暗里背负了太多。即便名列前茅的他每个学年都能拿到助学金，未曾向家里要过学杂费，可“浪费”一个成年男子的劳动力在农村并非小事。

最终，琮明服从分配来到农村的一所中学做代课老师，教授语文。他在这儿一待就是八年，在这里他收获了自己的爱情，组建了家庭，原本以为日子也将这般平淡地延续下去，孰料，“十年浩劫”再次打破了这份平淡。

一九六九年秋，正是“造反分子”势力明显渗入学校的一年。琮明无法忍受这种乌烟瘴气侵染学生们读书的净地，于是他愤而起之，告发了“造反分子”私自挪用学校资金的罪行，也由此成为被攻击的对象。接下来的五年中，他每天都在为这次选择而付出惨痛的“代价”——被污蔑棒打、被抄家，甚至眼睁睁地看着自己珍藏的书籍在熊熊烈火中瞬间化作灰烬、随风飘散……他仍记得自己每次挨批斗时，身高仅一米五多的妻子总是站在自己身边，高喊“不要武斗，不要打他”，替自己遮挡着无数的拳脚。

关于这段记忆，琮明至今也不太愿意提及，即便是儿孙们问起时，他也只以一句“苦日子都过去了，都过去了”寥寥收场。

一九七八年十二月十八日至二十二日，党的十一届三中全会在北京举行。全会正式平反了一批重大的冤假错案。在一九七九年底，琮明的名誉最终也得到了平反，这对他而言是莫大的欣慰。由于非正式编制教师的身份，讲台他是回不去了，最终政策落实后，组织上将他安排至县城的一家木器厂工作，琮明和妻子收拾好行囊离开乡村，从此，一家人就在县城安定下来。

此心安处是吾乡

经过四十余年的跌打滚爬，上海垦民们大多已经习惯了宜丰的地域风俗，并在这个小县城有了立足之地，他们的子孙后代们更是全然融入了这里的小城生活。然而，迈入二十一世纪，就在人们以为“上海垦民”这四个字仿佛要消逝于历史的年轮当中时，大多数第一代、二代上海垦民在半个世纪的沉默后发出了哀鸣。

《宜丰年鉴 2001—2003》简略地记载了这一事件：自“上海垦民”二〇〇三年三月十八日首次赴沪上访，“垦民”要求解决返沪户口，一个子女的财政编工作、解决其最低生活保障或每人由上海市给予五万元的经济补偿。对此宜丰县高度重视，以县委、县政府文件形式向市委、市政府报告情况，请示解决办法，先后七次召开会议进行研究部署，制定了《关于预防和处置“上海垦民”越级越域上访工作预案》，召开了“垦民”代表会议。由县委政法委牵头，做好调查摸底工作，摸清“上海垦民”的人数、活动规律和“垦民”本人的具体情况、家庭情况，先后两次由县委政法委派人带领有关“垦民”代表到上海咨询情况，至二〇〇三年底，上海市没有实质性的解决措施，上级要求做好“垦民”稳定工作，宜丰县多方面做“垦民”思想工作，争取了“上海垦民”的支持和理解，确保人心稳定，各级组织切实关心“垦民”，帮助解决“垦民”生产生活中的实际困难。

亲身参与了本次信访的琮华表示，这一次的信访并非平生事端，是当年还有亲友在上海的垦民们被告知，一九六四年和他们一样被动员下放到安徽的垦民近年来在上海争取到了相应的权益，并得到政府的妥善安置。确认实情后，他们也希望当年来到江西的上海垦民们能得到国家的重视，并能获得应有的补偿，这才集体去了上海。

“最后的结果就是拿农村户口的、没有事业单位和退休金补助的垦民，每个月拿一百元补助，每年都会加，到今年是每个月八百五十元。”对于这样的结果，琮华表示自己能够理解与接受，“毕竟到了我们这个岁数，还能生活自理，又儿孙满堂，觉得一辈子也满足了。前些年儿子带我去了一趟上海，到处都是高楼大厦，哪里还联系得到曾经的亲友，找得到曾经的家？老伴儿、孩子们都在江西，他们在哪儿，哪儿就是我的家。”的确，无论生活条件如何，只要人在、家在，就是最幸福的。

和琮华一样已经将宜丰视作自己家乡的还有朱峰，自一九六〇年全家随父亲工作的调任而定居棠浦后，他就在棠浦务农、组建家庭、养育子女，如今已然是一个地地道道的宜丰人了。其实千禧年后，国家出台了退耕还林的政策，垦民办告诉他，可以选择迁户口回祖籍上海。他没有过多的犹豫便拒绝了，父母葬于斯，自己长于斯，儿女生于斯，无他，只因，心安之处是故乡。

在大半辈子历经坎坷的垦民看来，能够获得相应权益、与家人安度余生是他们的毕生夙愿。关于此，在乡政府任职多年的吴鹏还有补充，人民公仆的身份以及从小经历的那些艰苦岁月，让他能够俯身倾听百姓们的心声，更为深切地了解他们的感受。“我是从来都不主张去信访去闹事的，我认为最重要的一点，就是大家要多换位思考，为官者要为垦民谋福利，替他们争取应得的政策，给他们带来生活上的帮助；垦民也要遵守组织纪律，能够有序地传递集体的想法。”

吴鹏认为，相比于经济上的帮扶，垦民们同样需要来自整个社会的关怀。

蓦然回首，半个世纪前，上海垦民响应国家的号召，从繁荣的都市来到偏远的荒山野岭安家落户，开拓垦荒。他们凭借着战胜困难的顽强意志在江西这片红土地上坚持了一辈子，这一路而来的波澜和曲折，亦是他们生活的顽强和勇敢体现。“五十年代初创，六十年代徘徊，七十年代起步，八十年代开始大发展”是他们走过的不同阶段，更是他们一生的成就。

尾声

在每一次交流的最后，大家都不约而同地谈到了“故乡”这个话题。想来，中国应是世界上最厚土重迁的民族，我们千百年来酿成的别离愁苦能将生活在这片土地上的任何一个人醉倒，但我们又无时无刻不经历着迁徙、告别、远离故土。

在琮明心里，“故乡”是在梧桐叶落下的季节，霞光染红了天空，石臼湖的螃蟹爬上了湖岸，祖母在院里弹唱着江苏小调，等着他的归来；

在吴翔心里，“故乡”是上海伯父临终前的遗嘱，在生命的最后一刻，仍念念不忘要将骨灰葬于江西，要与自己的母亲、兄弟永远在一起；

在朱峰心里，“故乡”是妻子、儿孙的相伴不离，只要家人在一起，历经再多的苦难都将化作温馨的回忆……

六十五年前，上海曾是他们的故乡，而今走过了六十五年，他们再次回到自己的故乡，只因，此心安处是吾乡……

徐蕾

2000年生，现为宜春学院文学与新闻传播学院汉语言文学专业2018级本科生。

香港的冬天

/ 吕照君

我两岁时随父母迁移到中国最东北的边境小镇，一条乌苏里江分割中俄两国。那里四季分明，人稀地广。尤其让人难忘的是冬天，滴水成冰，昼短夜长。早晨经常需要邻居彼此帮忙铲开一夜寒风堆积在门口的大雪才能推开门。

所以在我的意念里，冬天不应是个节令，而是漫无边际的银白和林海雪原的静谧。

长大后离开那个小镇，坐着绿皮火车一路向南，旅途中多了一个又一个的“家乡”，但再也没有见过我印象里的冬天。偶尔看到朋友在微信中发出的信息，知道那里十月就开始供暖，十一月份大雪纷飞，江面也开始结冰。孙君经常嗔怪我这个“假东北人”：你多少年没回来了？你那里有冬天吗？

我不禁开始打量起这个闲居了几年还仍感陌生的城市。这里，也有冬天吧？

我的住所位于港岛和鸭脷洲之间一条水道南端的岸边，有两条防浪堤，堤外是更广阔的海，堤内则是本地有名的深湾，密密麻麻泊了一排又一排的游艇，去年还可以看到游艇经常进出防浪堤口。 今年，坐在阳台上看好久，也少见游艇出动。偶尔有几艘本地那种机动木船驶过，后面只留下有气无力的涟漪。

大概也是冬天的缘故吧。

窗外树木虽未凋零，紫荆花开得也刚好，但总能感到氛围中的那种萧瑟。建在深湾当中的“海鲜珍宝舫”在今年三月份停业了，据报上说：营运了四十四年，是赌王的产业，周星驰的《食神》也在上面拍摄过。几百个员工失去了工作。

除了每年有几天是十五摄氏度上下的气温，勉强可以推断出冬天来了的，是岸对面山上绿色的变化。冬季里，山上的树木不像其他季节那样绿得明快、葱嫩，而是凝重和深邃，仔细品味，还有些许慵懒。

山上有地铁南港岛线通过，施工者在那里挖了一个大洞，山坳里和山坡上盖了一些房子。这里的地皮金贵，被地产商垄断之后，房子越盖越高，价格越来越贵，普通平民很难负担得起。对岸防浪堤紧连着山，山脚有几百平方米的平地，也正在盖一座大厦。只不过这两年的工程进展很慢。

山是几亿年的山。只不过百余年里，往来的过客像忙碌的蝼蚁，给它填上很多颇不协调的装饰。在冬天的浓绿里，更显露出山眉眼间的睥睨和无奈。

山的背后，是著名的海洋公园。从窗口望出去，可以看到探出山尖的“跳楼机”和“过山车”。在没有停止运营之前，总是可以看到跳楼机上上下下，过山车循环翻滚，仿佛还能听到那些兴奋和尖叫。以前，我办了家庭年卡，周末经常领着女儿去看那些被关在笼子里和大水罐里的陆地和海洋动物，里面还有个大熊猫馆，可能因为大熊猫太懒，去了几次也没有见到它的真容，只是看看照片和介绍文字。

每次去那里，总是经不住女儿的央求，一起去坐过山车。坐上去的时候，有如慷慨赴义，闭着双眼，紧握着把手，体会着心跳逐渐高过血压的刺激。这两年，海洋公园开开关关，我心里反而松口气。只是看着高耸孤独的跳楼机塔，更像一座纪念丰碑。寂寞在冬季更寂寞，悲凉在冬天更悲凉。

女儿总是担心那些动物会被饿死，重新开门之后海豚不会表演。我更关注今天这里裁员、明天那里减岗的消息。

香港真的进入冬天了，近期一直降温，阴云笼罩天空久久不散，没有阳光，也没有蓝天，清晨不见朝霞灿烂，傍晚不见夕照如画。一眼望去，防浪堤外的大海也不像春夏的时候那样通透明净，在雾霭的笼罩下昏暗寡淡，就连晴日里远处清晰的海岛，也朦胧遮掩，分不清是它的轮廓，还是更浓密的冬云。冬天的云总是撕扯不断，就像十几年被子里的旧棉絮，粘连不断，倒人胃口。

香港属于亚热带气候，即便气象预报总是骇人听闻的报道：破历史记录，史上少见的低温……这里也极少落雪，一九六七年以来仅有四次降雪记录。一九六七年二月和十二月分别在歌连臣角和大帽山降了两次雪，那一年香港发生了著名的“六七暴动”。最近一次落雪记录是一九七五年在新界，那一年，麦当劳在铜锣湾开了首家香港分店。

麦当劳的二十四小时营业，给很多流离失所的人提供了深夜栖身之地。去年由于动乱，麦当劳一些店面提前截止上班时间，这使很多“麦难民”连这个庇护所也没有了。据统计，二〇一八年底，有近四百五十个“麦难民”在里面过夜，全港露宿者大概有一千二百七十人，相比二〇一三年增加了百分之六十二点八。估计现在露宿在外面的人会更多一些吧。

虽然我对雪有着情人般的思念和挚爱，但从不期望这里的冬天会寒风凄凄，雪花飞舞。晶莹飘洒，碎琼乱玉之类的美景，是文学家的抒发，是诗人的调调。那些饱食终日的老爷们可能还会裹着貂皮大衣，结队成群，宝马香车，去欣赏雪景，赞叹着万物造化，吟诵着《湖心亭看雪》，仿照曲水流觞，温一壶酒也说不定。但对那些流离失所的人则是莫大的灾难。新闻记者也许会在第二天亢奋的报道“冻死了几个人”，民众继续批判政府的无能。那些消失的生命，连姓名也会很快被人忘记，甚至没有姓名。

香港的冬天，总是冰冷得有些让人沮丧。

我更加思念乌苏里江畔的寒冷，千里冰封，万里雪飘，冷得清冽而干脆，边疆人语言简练，性格爽快，一如那里的气候。不下雪的日子，天空高远湛蓝，阳光冷艳刺眼，躲在厚厚的棉袄棉裤后面，让人感觉无比的安全和温暖，甚至可以在零下几十度的街上啃一支冰糕。那些传说到屋外上厕所要拿个棍子敲一下，是恶搞传闻，但小时候听说某某在森林中冻掉了耳朵或者鼻子，好像还真有。每次回去，看到江面上凿开几十厘米的冰面钓鱼的，或者干脆去冬泳的人，打心眼里佩服。

如果北方的冬天是干冷，香港短暂的冬天就是湿寒，扭扭捏捏地沁入骨髓般，颇为不适。所以适应四季煲不同的汤是这里每个主妇必备的技能，也是祖祖辈辈摸索出来抵御季节变化的生存之道。用淮山、芡实、莲子、茯苓，加入猪肚或者猪小肠，煮成的“四臣汤”就非常适合这里冬季服用，还可加入米酒提香。我也入乡随俗，装模作样地买了好多食材，给妻子和女儿煲汤，但总坚持不了几次，更多时候是拿到朋友圈来显摆我的“贤惠”。

即便这里的冬天短暂得都算不上冬天，我也总是早早地穿上羽绒服，家里的电暖器开到最大。朋友都笑我丢北方人的脸。淮南而橘，淮北而枳，我这个北方的胖子，到了这里就变成了瑟瑟发抖的鹌鹑，一方水土养一方人，适应这里的气候，可能还需要一些年头。看着街上那些还光着腿若无其事行走的美女，想起冬天在哈尔滨街上也有很多穿着裙子的人，感慨在美丽面前，勇敢的指数都一样。

这里冬天的黑夜倒是很让人安心，不像其他季节那样吵闹。窗外的黑夜掩盖了白日的阴沉，对岸灯光昏暗，海上黑漆一片，只有远处停泊的几艘货轮，灯光闪烁，有如浮起在半空。静静地端起一杯茶，可以臆想远处的沧海横流，可以揣测那边更加遥远的海。

冬天来了，这个冬天注定更加难熬。去年的冬天，大家都在大声喧哗，声嘶力竭。蓝的，黄的，白色，黑色。激情，愤怒，咒骂，闪躲。就连家旁边的女子学校，也经常可以听到那些中学生在楼顶高喊着口号。沸腾的情绪，杂乱的新闻，使人无暇去关注冬天的样子。大家或站在一边看戏，或跟着一起激愤，都或多或少对未来怀揣着变化的希望。

人类即便可以去月球遨游，可以试图钻透地球，在自然面前仍显渺小。瘟疫在全世界乱窜，很多人犹如软禁一般过了一年。上一年的鞭炮声还在耳边回响，不觉又到了冬天。很多人都说这一年被偷走了，但对那些破产、失业、生活没有着落的人群来说，每一天都像在忍受沮丧的冬天。

很多港漂和外派到这里来工作的内地人，年初仓促回归工作岗位，怎么也没有想到这竟是长久的分别。他（她）们与亲人，只有一个病毒的距离，但还是那么遥不可及。每当有一些希望时，失望就再一次席卷扑来。一次、两次、三次，而到这个冬天，已然第四次了。后面还有几次？谁心里面也没有底，只是觉得越来越沉寂，越来越焦虑，越来越无望。政府限制了食肆的人数和时间，过了夜晚八点，就是昔日繁华的铜锣湾，也几乎了无人迹。晚风吹起几张纸片和落叶，显得分外凄凉。

齐秦的歌声仍在那里吟唱：你问我何时归故里，我也轻声地问自己，不知在此时，不知在何时，我想大约会是在冬季。

仍然有去不到的远方，回不去的故乡。这个冬季，注定短暂，而又漫长。

之所以会有冬天的感伤，是因为始终有春天的希望。冬天来了，春天想必不会太远吧。

吕照君

1975年生，现为香港都会大学人文社会科学院创意写作专业学生。

遍地鸟毛

/　王珊珊

一

一月下旬的乌蒙山区比往常寂静许多，由于新型冠状病毒性肺炎的影响。每天下午两点左右，一声鸡鸣被风拉长，引起无数鸡鸣附和，也有狗吠声和山林里的鸟叫声相呼应。

我们村在山谷里，一条小河悠闲地流过，两侧群山起伏。人们大多居住于山脚的一小块平地，但从山脚到山顶都零零散散地住着人家。村里的人受教育程度不高，习惯了农耕和务工，所以不少父母不重视教育。在我二十四年的见闻里，村里很多未成年人读完初中甚至小学就外出务工了。长辈给他们灌输的思想是，读不读书都有饭吃，早几年出去打工就能多挣几年的钱。好在对于从村里唯一的那所小学辍学的学生，学校的老师会亲自去到学生家里，挨家挨户地“劝返”——劝说学生的监护人，给学生做思想工作并且帮助他们克服各种困难返校读书。

我第一次见到那个十六岁的女学生时很吃惊，也深感无奈、痛心。我没有想到智力正常、四肢健全的她居然十六岁了还在读一年级。她父母在外地务工，几年才回一次家，她与年迈的奶奶一起生活。

“你几岁开始读书的？怎么现在才读一年级？”我问她。

她很不好意思地低下头，“我前年读学前班，读了一年就没读了。幸亏学校的老师来我家跟我奶奶说，喊我去学校继续读书，不用交学费，还供一顿饭，我去年下半年才去读一年级的。”

“七八岁的时候怎么不去读书呢？”

“我七八岁的时候，我弟弟还小，我妈喊我在家带我弟弟。”

“那你弟弟现在开始读书了吗？”

“我弟弟现在读二年级了。前年我弟弟去读学前班，路太远了，我妈叫我接送我弟弟上下学。我送我弟弟去报名的时候，学校的老师建议我也读学前班。”

“你后来怎么不继续读呢？”

“我爸爸妈妈把我弟弟接去外省读书了，喊我回来割猪草喂猪。”

“那等你读完一年级就继续读二年级、三年级，不要再辍学了。好不好？”

“我倒是想读书，但我都十六岁了，是个大人了，不好意思去读书。”她笑着说。

“哟，有啥不好意思的？你看我现在二十四岁了，还不是照样在读书。你不是喜欢读故事书吗？下次我来的时候多送你几本。”

女孩家所在的这座山的另一侧，住着另外一个六岁、读一年级的小男孩。我去给他送新衣物和食用油。“这个阿姨是读过大学的哦！”男孩的母亲对男孩说。

“读大学，么学习肯定好得很，像我们老师一样，啥问题都会。”男孩说完，转身跑进漆黑的屋子，然后拿着一支铅笔和一个汉语拼音本跑到我面前，“我认不得这个字咋个写，老师说我写的笔画不对，你会不会？”他把铅笔和本子递给我，两只眼睛像小溪一样清澈。

我蹲下，把本子摊开垫在膝头，一笔一画地写了两遍“强”。我第一次这么认真地写字，我从小男孩身上看到了童年的自己。男孩学着我的笔画写好了“强”字，然后又跑到屋里拿出了算术本，让我教他两位数的加减法。

两只母鸡在院子里找虫，风一吹，一层灰从地面飞起来。我离开时，男孩问我：“你语文数学都会，太厉害了。你啥时候还来我家？我不会的就问你。”

“你有不会的问题就问你们学校的老师，他们比我还厉害呢！”

那天，我为教会一个六岁的小男孩写“强”字而感到自豪，却为没有早几年遇到那个十六岁女孩而感到遗憾。

二

二月，山谷里的气温仍然不高。一场冷风扫过山村，半山腰的杏花陆续开了，惹得几只蜜蜂来村里做客。一、二、三、四、五、六朵花最早散发出甜香，其余还未绽放的花苞在等新的一阵春风。

山谷里的花开仿佛也具备了新冠肺炎的特性，容易传染，渐渐地，白樱桃花、白李子花、粉桃花都开了。它们开它们的，村子里的人各自过着各自的生活。二〇二〇年的第一抹春色映入大多数人眼里与看见家门口的绿色蔬菜一样，并不觉得稀奇，只偶尔有几个因寒假在家的年轻人会举着手机拍一拍这朵花，拍一拍那朵花，试图把故乡的香与色都装进手机。

山谷在沉寂很多天以后，终于有了回响，来自高音喇叭。那是新冠肺炎暴发多天以后的一个下午，一辆白色面包车载着一个大喇叭来到山谷，沿着缠绕于山腰的一圈圈柏油路行驶。“新型冠状病毒性肺炎很严重”这一消息终于抵达山谷深处。由于风太大，隔壁邻居家的母鸡一直在叫，我并未完全听清喇叭里传出的内容。但大致猜测到，这是在提醒村民们：疫情当前，要勤洗手，出门要戴口罩，不要串门。自那天开始，几乎每天下午都有来自喇叭的播报提醒。

村里的老人并未意识到新冠肺炎的严重性，依旧在晚饭后出门散步、串门。直到有一天，那个从外地打工回来的小伙子告诉他的父母：“肺炎已经导致两千人死亡，最小确诊病例出生仅三十小时。”老人们口口相传，大家才减少了外出聚集的次数。

元宵节下午，张婆婆拄着拐棍去到村里的百货超市，打算请百货超市的老板娘帮她交话费。这位老人将近七十岁，老伴儿已经病逝四年，三个儿子全都在外打工，两个女儿早就嫁到了别村。从张婆婆家走路到山脚的百货超市单程需要四十分钟左右。

看见张婆婆，超市老板娘小萍很热情地与她打招呼，并从屋里拿出一个板凳请她坐着歇息，又从厨房里拿出四个橘子递给张婆婆。小萍的热心、大方在村里是出了名的。张婆婆左手接过两个橘子，把右手握着的烟纸递给小萍。“小萍，麻烦你帮我交一百块钱的话费。我今早打电话给我小儿子，打不通，我想着应该是我手机没话费了。这张烟纸上写着的是我的电话号码，我不识字，上个月赶集的时候，我请卖手机的赵小五帮我写的。”

小萍听后，打开手机上的话费充值软件，按照提示步骤输入烟纸上的一串数字，然后对比着检查了一遍，问：“张婆婆，你确定这上面的号码都是对的吗？

一个数字都不能错，不然就把话费交在别人的电话卡里面了。你看一遍。”

“小萍呀，我认不得这些字嘛！赵小五帮我写的么，应该不会错，你按照上面的号码交话费就可以了。”

小萍点击了话费充值软件上的“确认交费”。“张婆婆,你先剥两个橘子吃着,交完话费要等两三分钟才会到账。”

十分钟过去了，张婆婆拿出手机，高兴地翻开通讯录，拨出里面的第一个电话号码。“您好，您的电话已欠费……”熟悉的内容从电话里传出来。

小萍刚卖完一瓶酱油，转头看向张婆婆。“咦，怪了，咋个还是欠费呢？”小萍接过张婆婆的老年手机，输入自己的电话号码，然后拨出，“您好，您的电话已欠费……”小萍心想，会不会是号码错了？“张婆婆，怕是号码错了。我手机里有赵小五的电话号码，我打电话问问他。”小萍一边说，一边从手机通讯录里找到赵小五的电话并拨通。

一旁的张婆婆攥着双手，额头上直冒汗，因为她卖了两个月的小菜才存得这一百块钱。小萍一边与电话那头的赵小五对话，一边记下了赵小五查到的张婆婆的电话号码。通话结束后，小萍给新的电话号码交了十块钱话费。不到两分钟，张婆婆的电话收到一条短信提示，小萍凑过头去看，显示交费十元成功。

“张婆婆，这十块钱话费交上了，你拿给我的烟纸上的号码是错的。”小萍说。

张婆婆眼睛里没了笑容：“哟，么怕是我拿错烟纸了。”

“刚才那一百块钱交在别人的电话卡里面了，不过不怕得，我打电话给这个号码，跟人家说清楚，人家可能会还你话费。”小萍拨出烟纸上的电话，“对不起，你所拨打的电话已关机，请稍后再拨。”

“关机了,怕是没得电了,张婆婆,我过几分钟再拨打了看看。”几经折腾后,已是下午五点半，烟纸上的电话号码依然关机。

“张婆婆，今天过节，你今晚就在我家煮汤圆吃了，不要回去了，我家有住处。”

“小萍，汤圆不吃了，电话打不通就算了。天要黑了，我就回家了。你后面帮我交的十块钱么，我下次赶集的时候再拿给你，可以吗？”

“哎呀，张婆婆，十块钱话费就不要你的喽！你硬是要回家的话，我就不留你了，等会儿天黑了路难走。我明天再拨打烟纸上的电话，万一能打通。”

张婆婆拄着拐棍，佝偻着背，顺着柏油路，缓缓地消失在了夕阳里。

第二天，小萍再次拨打烟纸上的号码。终于拨通。

“喂，你是哪个？”

“你好，我昨天帮有个老人交了一百块钱话费，填成你的号码所以交在你电话卡上了，能不能麻烦你……”

“不好意思，我在忙。”对方挂断了电话。

下午，小萍在不同时间拨打了两次电话，电话里传来的提示内容都一样：“您好，您所拨打的电话正在通话中……”

小萍心想，对方铁定是不想还话费，张婆婆的话费交错了，也怪自己没有提前打电话向赵小五核实一下号码。她当即打开话费充值软件，给张婆婆的正确号码交了一百块钱话费。

又到赶集的日子，张婆婆用竹背篓背着小菜从百货超市门前经过。“张婆婆，我后面又打烟纸上那个号码，打通了，人家说重新给你交一百块钱的话费，你给收到了？”

“哟，小萍，还真的有这种好心人啊！太谢谢了。你帮我看一下，一百块钱话费给交上了？”张婆婆一边说着，一边从衣服兜里掏出手机递给小萍。

小萍查询了话费充值记录，里面有一百块钱的交费记录。

张婆婆的笑容在脸上散开了，她如往常一样，咧着嘴往集市走去。

三

三月初，尽管疫情仍然很严重，村里的大部分青年人、壮年人还是纷纷外出打工了。他们背上牛仔包，顺着水流的方向去到经过村子的唯一一条高速公路，搭乘面包车去到县城，再去到指定站点搭乘首趟“务工专列”。务工专列载着上千人的新年目标前往浙江海宁，报纸说我们市日均输出劳动力两万五千人。

还不到一个月，不少务工人员又回到了村子。“工厂都关闭着，找不到工作，还不如回村跟着修新高速公路。”在新高速公路的施工地上，男人挑沙灰、泥浆，女人煮饭，两个人一整天可以挣至少两百块钱。他们加入到高速公路的“建设队伍”中，开始起早贪黑地在山脚挑砖、挖土。新高速公路才开始动工时，挖掘机、混凝土搅拌机等机械的轰隆声总让人们误以为是打雷或地震，引得村子里一阵阵狗吠声，即使深夜也不得安静。有一天下午，村里停电了，在高速公路施工地上的人们等了许久，电还没来，工人们才在包工头的打发下回了家。

从三月开始，村子里还在读书的中学生、极少数大学生开始在家上网课。由于地处偏远山区，网络并不稳定，位置比较偏僻的山坳里通常没有信号，而且并不是每个学生都有属于自己的房间或书桌。学生们通常用抹布擦一把饭桌或者拿一张废报纸垫在饭桌上，饭桌在非饭点时就变成了“书桌”。几乎每家都存有一些年份已久的老报纸，这些报纸大有用处，比如用来包挂面。

祖母邻居家的女孩经常坐在门外，用手机听网课，并且回答屏幕里的问题。离她不远处有一个水塘，她的母亲正往水塘里舀水泼菜。女孩对面是山谷的另一侧——一片起伏的群山，隐约能看见冒出不久的绿影。几朵杏花被风吹落，飘到女孩头上，贫瘠的山川变得温柔。

村里的大多数学生没有自己的手机，一些中学生为了说服父母费了不少心思，只为借父母的手机来上网课。由于村里的大多数父亲都外出打工了，只有母亲在家带孩子和照顾老人，而家里又有不止一个孩子在上学，所以一个手机被几个学生轮流使用，他们时常因抢手机而争吵。这些中学生大多在镇上的中学读书，少数在县城读书，他们见过山村以外的生活，知道读书的重要性，坚信知识能改变命运，比没有去过镇上、县城的学生的觉悟高很多，更渴望去市区甚至省会城市看一看。

四

四月，山谷里的樱桃熟了，远远望去像一串串红宝石点缀在枝头，十分诱人。我家灶房外有两棵樱桃树，所以天还不亮就能听到各种叽叽喳喳的鸟叫声。樱桃熟的时候，“早起的人儿有樱桃吃”是我们常说的一句话，因为一旦哪天起床晚了，饱满的熟樱桃一定已经被小鸟偷食了。

至今，在我故乡，我们习惯把厨房说成灶房。每户人家的门前屋后没有一块荒废的土地，全都种上了蔬果。我家灶房外面是一块菜地，生长着不高的枇杷树、桂花树、樱桃树。那棵大约一米高的枇杷树离灶房最近，只隔着半米。我家没有养鸡，所以每天听到最早的声音来自谷雀、布谷鸟、斑鸠、喜鹊以及一些我不知名的鸟儿。这些鸟不怕人，经常飞来屋檐下、果树上筑巢。

有一天傍晚，我在灶房里准备晚饭，忽然听到外墙脚传来“吱吱吱”的叫声，“不是经常有野猫从纱窗溜进咱家灶房偷吃东西吗？居然还有耗子。”我心想，也许正是因为我们不在家时，野猫习惯了用爪子“推开”纱窗，溜进屋里偷吃，而且母亲常常把一碗饭菜放到墙脚，赠给那些没家的野猫。野猫有了足够填饱肚子的食物，也就摒弃从祖先那里传承下来的技能，而不愿意再去捉耗子了。

某个上午，我做午饭时又听到灶房外传来“吱吱吱”的声音。“难不成耗子还在墙脚打洞筑窝了？”我推门出去看了一眼，并没有发现耗子洞。我猜测是几只小谷雀飞来屋檐下嬉戏，也就没有在意。

第二天，当我正在做午饭的时候，“吱吱吱”的声音又从相同的方位传来，而且音量似乎比前一天大了一些。我放下手中正在切土豆的菜刀，洗了洗手，推开灶房门，循着叫声走近枇杷树。“吱吱，吱吱”，声音越来越大。枇杷树由于太矮太小，一目了然。哦！原来枇杷树正对着的墙脚处有一个拳头般大小的洞，叫声就出自这个洞。我蹲下来，凑近看，由于光线不太好，并不能完全看清，但我听清楚了并且可以确定，这不是耗子。我想回屋拿电筒来照亮，转念一想，这小东西应该还没出生多久，用电筒光照到它们身上可能会对它们造成不好的干扰。所以打算等着下午光线好的时候，再来观察。

午饭时，我们又听到“吱吱，吱吱”的声音。

“爸妈，你们听，这是耗子叫还是鸟叫啊？”

“小谷雀叫，叽叽，叽叽，这你都听不出来吗？”父亲说，“上个月才有谷雀来这个洞里孵小鸟，这还没过多久，没想到又来了。”

饭后，父亲背着手在屋檐下站了一会儿，“你看，差不多每隔一分钟就有一只老谷雀叼着虫子飞进洞里喂小谷雀，几秒钟又飞出来了。你仔细观察，能不能发现什么？”

“我看了五六分钟，也没发现什么不同的。”

“你仔细看，现在飞进洞里的这只谷雀与刚才那一只是否一样？”

哦，原来父亲指的是老谷雀，此前我没有注意到这一点，自然没有发现它们的不同。又观察十分钟后，我发现总共有两只谷雀衔虫子来喂雏鸟。

自那之后，我每天都会远远地观望，看谷雀爸爸和谷雀妈妈轮流给小谷雀们喂食。

大概一周后，“叽叽叽”的声音比我第一次听到时大得多，父亲说：“小谷雀应该快出巢了。”我开始等待小谷雀从鸟巢飞出，飞向枝头和山林。

第二天上午准备午饭时，我没有听到鸟叫声。“难道这些小谷雀真的出巢了？我爸说得真准，佩服。”吃午饭的整个时间段里，我们都没听到那个熟悉的方位传来幼鸟的“叽叽”声，只能听见远处山林里断断续续的鸟鸣。饭后，我走近枇杷树，还离得很远就看见一根鸟毛的一半在墙洞外随风摇摆。待我走近，只见枇杷树下遍地鸟毛：老谷雀的羽毛、小谷雀的羽毛上，零落的血迹已经被风干，鸟窝也被撕扯成蓬松的钢丝球，一只残破的小鸟爪子躺在地上，一个小鸟头，那个洞里还有一些杂乱的枯草……

谷雀一家遭遇不测，我深感痛苦，假如我没有站在屋檐下观望它们，那它们是否已经顺利出巢？无论是谁毁了它们，它们丧生于我家的灶房外，我都有责任。可是事已至此，我只能把谷雀全家的残体认真埋了，防止别的野猫野狗来啃食。出于责任和愧疚，我把地上的所有羽毛、小鸟爪子、鸟头连同鸟巢全部捡起来，捧到桃树下，拿锄头挖一个深坑，再把这些残骸安顿好，然后盖上一层层黄土。后来的几天时间里，我每天都去核桃树下看一眼它们，确保它们已经安息。

又到村里赶集的日子。杨大婶从我家门口的小路经过。“杨大婶来我家坐着歇口气、喝口水再回去嘛！现在太阳这么辣。”母亲热情地邀请她。

“不歇气了。我今天又买了五个小鸡，要赶紧回去了，怕它们被太阳晒死。”

“上次赶集的时候，你不是买了五个小鸡吗？咋个又要买了？”

“哟！你认不得，上场街子我买的五个鸡，昨天早上只剩四个了。刘大哥说他看见有只黑猫叼着一只鸡从我家樱桃树旁边跑过去。肯定就是我的鸡，可怜那个鸡还这么小。”

“呀！你说的那只猫怕是经常来我家灶房偷吃饭菜的那只猫哟！那只猫太讨人恨了，即使纱窗关紧，它都有本事把纱窗抓一大个洞，钻进去。明明我天天都给它端了一碗饭菜在灶房外头，它又不吃，偏要进灶房。”母亲说。

“你们说的是那只大黑猫吗？”张大嫂从这里经过。

“说的就是那只讨嫌的黑猫。”

“哎哟，你们认不得，上个月我家那只小白兔就被它拖着去了，我家现在只剩一只兔子了。”张大嫂一脸愤怒。

“这只猫怎么会有这么厉害？不是拖这家的鸡，就是拖那家的兔子。”

“这几年条件好了，也没有谁会来家里偷东西了，大家不防人，就是防这只猫。捉到它真想把它打死掉，又想着它也可怜，下不去手。”

很多天以后的一个夜晚，我看见一只小花猫蹲在番茄地里，我刚开灯，它就一溜烟跑了。我每天会在番茄地里放一些饭菜。我想，只要它吃饱了，就不会再为了生存而去咬村子里的鸡或兔子。

五

今年的五月二十日这天，正好是小满。

恋爱中的人对“五二〇”这三个数字极为敏感，赋予它们许多特殊的寓意，但庄稼人只关心小满。按照往年的惯例，小满这天有雨，所以大家都不约而同地希望一场雨降临。小满前几天，老人们饭后闲聊时就说起，“马上就是小满节气了，等小满就会下雨了”。年初至今，还没下过大雨，地里的蔬菜都被烈日晒蔫了。假如再不下雨，养活每家每户的花椒树产量就会减少，大家还指望着用卖花椒的钱来供学生的生活费和补贴家用呢！

小满这天的傍晚，我与父亲去了郭爷爷家。三十多个人坐在郭爷爷家门前的大榆树下，却不见郭爷爷的身影。

春节前的某一天，我赶集回家的路上遇到六十六岁的郭爷爷，他当时正慢吞吞地往集市方向走。“郭爷爷您也去赶集呀！您的身体恢复得怎么样了？”“是了么！出院三个月了，天天吃着药么，感觉比以前好些了。”我听父亲说，郭爷爷去年到县医院检查出肺癌已经是晚期了。他的两个儿子想带他去省会城市的大医院做手术，他开始不愿意去，怕花钱又治不好。后来拗不过亲人，不得不跟着大儿子去到省会城市，在医院附近的宾馆住了半个月还没有轮到他做手术，医院总说没有床位，还要再等等。有一天上午，他趁儿子出去买午饭，自己到客运站买了车票，等客车已经出发了，他才打电话告诉儿子："这个医院喊我等等等，等了半个月了还没得床位，我不看病了。我要回家了，现在已经坐上回老家的客车了。"他儿子无可奈何，收拾行李后也于当天坐客车回了老家。自那之后，郭爷爷会定期去县医院检查，按照医生的嘱咐吃药。

后来，我再听到郭爷爷的消息已经是四月。村里的人都说郭爷爷的病又严重了，连饭都吃不下去了。有一天饭后，我与父亲去看望郭爷爷。他家门前的大榆树下坐着八个人，有四个中年人正在抽烟。不用想都知道，大家是来陪郭爷爷聊天的，怕他孤单。郭爷爷坐在一个软椅子上，依旧戴着一顶褐色毛线帽，跷着二郎腿，像往常一样与大家聊东聊西。只不过说一句话要咳嗽一两声，往事先准备好的垃圾桶里困难地咳出一口痰。他尽力保持平常的谈笑风生，两只手却已经瘦到皮包骨头。

夕阳的橘黄色光线撒落在郭爷爷家的瓦房上，像极了冬日坠在树枝上的柑子。

"我跟你们说，你们年轻人能不抽烟就一定不要抽烟了，真的不是开玩笑。我这个肺癌就是怪烟抽多了，咳咳咳，如果我早点戒烟，也就不会得肺癌了。所以你们最好早点戒烟，不要像我一样等检查出来的时候已经是晚期了，咳咳咳，已经来不及了。"郭爷爷说。

"嗯，你老人家说的是对的。你们三个不要抽烟了。"李三一只手拿着烟，一只手指着另外三个正在抽烟的男人。

"你说得轻巧。个个都认得抽烟不好，烟包装壳上也写得有'吸烟有害健康'，问题是没得几个人戒得掉烟嘛！"

"你还好意思说我们，你自己现在还不是在砸烟嘛！"

"你们这些娃娃咋个不听劝呀！你们看我现在，身上的肉都是疼的，饭也吃不下去。有烟瘾的人没有几个有好下场的，等你们老了就认得有多难过了。"郭爷爷一脸无奈地说。

四月到五月初，听村里人说，郭爷爷断断续续地能喝粥，还能吃汤圆。

五月中旬，不少其他村的人来我们村看望郭爷爷，听说他已经三天没吃饭了，连水都喝不进去。我与父亲再次去到郭爷爷家，很远就听到大家闲聊的声音。郭爷爷家门前坐着大约二十个人，年龄最大的七十五岁，最小的只有两岁。

男的大多数嘴里叼着一根点燃的烟，女的都在嗑瓜子，小孩在吃刚从郭爷爷家桑树上摘下来的桑葚或者从桃树上摘下来的毛桃。遍地瓜子壳、烟头、烟灰、果皮、果核，俨然一副村里办红白事的现场。大家三三两两地聊着天，说笑着，一片嘈杂，我只觉得凄凉。院子中间有一张单人床，郭爷爷躺在上面，看着眼前的热闹景象。隔一会儿就有一个人来到这里，打招呼、慰问郭爷爷的情况，然后抽烟、嗑瓜子、拉家常。好在随时都有人去坐在郭爷爷床边的小凳子上，与郭爷爷说几句话。父亲红着眼睛对我说："大家都是来向你郭爷爷告别的。"

天黑之前，伴着残霞刮来的风很凉爽。吊在屋檐上的那个梨形灯泡在暗黄色的光影下显得孤单，它左晃一下，右晃一下，显得岌岌可危。郭爷爷的侄女抱着自己刚会走路的孩子来了。她走到郭爷爷家门前，把孩子放下来，拉着他的手走到郭爷爷身边。"宝宝，跟二爷爷握个手。"她握着郭爷爷的手，"二叔，你今天吃饭没有？""哪点吃呀！今天连水都喝不下去了，现在连一句话都没有力气说了。"旁边的郭奶奶一边抹眼泪一边说。小孩子看见自己的母亲握着眼前老人的手，也主动抬起自己的小手去握住郭爷爷的两个手指头，晃了晃。他看着郭爷爷笑了笑，郭爷爷也扬起嘴角，然后伸手摸了摸小孩的头。小孩看向自己的母亲，像是在炫耀自己得到的赞赏——被郭爷爷摸头。

看见这场景，我再也没忍住，转身用纸巾擦眼泪。

再去看望郭爷爷，已经是小满节气。榆树下不见郭爷爷的身影，原来他正躺在屋里，他的子女们在伺候他吸氧。据说当天下午一点左右，郭爷爷突然倒下，呼吸不畅，他大儿子立马去三十公里以外的县医院取来一个吸氧机，他的生命才得以维持到傍晚。

第二天下午一点左右，山谷里回荡着高音喇叭传来的社长的声音，而后每个人都往郭爷爷家的方向走。我家这个地理位置听不清喇叭里的具体内容，但听到社长的声音后，我立马出了屋，邻居正拿着装米饭的大簸箕从我家门前经过。"二婶，你去哪儿？社长刚才在通知啥？我没听清楚。"

"社长说，郭二叔不在了，我们大家去帮忙。"

傍晚，大家都在郭爷爷家帮忙。郭爷爷三岁的小孙女跟着父母从外地回来了，她拽着大勇——郭爷爷十六岁的孙子——的手，问："哥哥，你怎么哭了？"

"爷爷不在了。"

"不在了，那爷爷去哪儿了？"

大勇已经哭成泪人。小女孩的母亲赶紧抱起三岁的女儿。"妈妈带你去摘桑泡儿，爷爷家那棵桑泡儿最甜了。"

"好，妈妈，我们去摘桑泡儿来分爷爷吃。"

果然，十多分钟后，她们回来了。小女孩看见七岁的堂姐后，挣脱母亲的怀抱，跑向堂姐，递给她桑葚，然后问："姐姐，哥哥说爷爷在屋头睡着了，我怎么没看见爷爷？"

"爷爷在板子里面。"

"爷爷在板子里面么，你们把爷爷放出来嘛！我要拿这两颗最黑的桑泡儿给爷爷吃。"她一边说着，一边用右手的食指和中指捏起左手掌心里那两颗最黑最大的桑葚。

"憨包，爷爷死掉了，要睡在板子里面才可以。"

在我们地方，板子是棺材的意思，大家从来都说板子，而不说棺材。

六

郭爷爷入土后，村子又恢复了往常的宁静。

有一天，我们坐在屋檐下乘凉，年过半百的父亲非常认真地说："人啊！这一辈子都不好过。亲眼见证了你郭爷爷生命的最后一个月，我才知道他小时候、年轻时遭遇的一切苦难都不算苦难。他一辈子老实，年轻时被人家欺负、处处忍让，老了又查出肺癌晚期。实在是疼得受不了了，才悄悄地去街上买了农药，偷偷地藏在厕所旁边，想着假如哪天实在受不了疼痛就喝农药自己结束生命，没想到被你郭奶奶发现后，把农药拿走并藏起来了。他也没有力气走去街上买农药了……你看他最后这一个月，坐着躺着都疼，饭也吃不进去，水也喝不进去。他跟他儿子说，'你去买瓶敌敌畏来给我吃下去，我疼不起了，还不如死掉算了'。他儿子又不忍心。我觉得真的是太可怜了。"父亲说着，居然哭了，"更可怜的是他去世前几天，去看他的那些人，明明看见你郭爷爷就是因为烟吸多了才像这样生不如死，他们居然还继续抽烟，不吸取教训。唉！太可怜了！"

暮春时节，各座城市解封，陆续恢复了正常秩序。夕阳西下，天黑之前，人们沿着河边的堤坝散步，然后等群鸟飞入山林时各自回家。偶尔有面包车载着喇叭经过村子：“买洋芋，新洋芋。”也有摩托车的声响驶入山村：“换狗，给有哪家换狗？狗换大盆、水桶。”山谷里回荡着外地口音。换狗的人来我们村几乎每次都空手而归。村里的人见惯了这样的场景：

住在山上的小学生一个人走路去山脚的学校上学，他身上背着一个书包，手里提着煮熟的洋芋、玉米。一只土狗跟在他身旁，一会儿往前跑，一会儿慢慢地走着，一直跟着小主人走一个小时的山路到学校。小主人上课的时候，土狗就趴在学校大门外的某个墙脚睡觉，等下课铃一响，它立马站起来，在门口张望。如果只是课间休息的响铃，它又继续趴在阴凉处，太阳转到西边，土狗也跟着阴影换了位置。等校门打开的那一刻，它已经等在校门口了，然后第一时间蹿到小主人身旁，护送小主人回家。

等月亮出来，家家户户的电灯也亮起来，如镶嵌于山峦的星星。那一条经过我们村的新高速公路还在施工。这半年的时间，人们已经习惯来自施工地的“轰隆轰隆”声，再也没人把它误当作是雷声或地震前的预兆。

黑夜里，山谷里的流水声、蛙声、屋檐下的蚊虫声与老人的咳嗽声毫不突兀。

夏天更近了。

王珊珊

1996年生，现为澳门大学科技学院计算机科学专业2019级硕士生。

草可以吃吗

/　陈子林

“爸爸，你吃草？草也可以吃吗？”

这话像春花一样，开在我生命的道上，使我流连，时时回顾，无论走多远，我都会想起幸逢它盛开的那一天——

天气好得实在不能再好，万里无云，惠风和畅，坐在家里，简直就是对春天的犯罪，于是，叫上九岁的女儿，到村外走走。

漫步在水渠上，四顾无人，天苍苍，野茫茫，整个村子，不，整个世界，好像都睡着了，只剩下我们父女俩，去捕捉春风。“狗吠深巷中，鸡鸣桑树颠”，这十分熟悉的诗句，从脑库中翻出来晒晒，闻闻，竟有一股梦呓的味道。

走过水渠，见田坎边有一蓬刺，刺枝上有一些新生的很嫩的酸花刺苔，炒起来很好吃的，我们就去摘。摘完了，就往前去找。走不远，就是以前放牛放猪的草地。小时候的草地，跟城里公园里的草地差不多，茂密的小草似地毯一般铺在地上，可坐，可卧，可在地上打滚，翻筋斗，或两腿跪在地上爬，玩两人骑马的游戏，猪牛慢悠悠地吃草，似在为地剃头。现在这草地，矮草至膝盖，高草齐人腰了。去年的老草与今年的新草错杂丛生，黄绿相间，你挤我压，互争春光。女儿走进草里，只见头部不见身，出来后，冒出许多汗，就帮她把外衣脱了。

突然，我眼睛一亮，好像华歆与管宁一起锄地，发现地里有片金，那杂草丛中，不是插着一枝矮小的打毛线衣的针吗？不，不是毛线针，毛线针没有这般绿，这般风致，这般有生气，那分明是一枝茅茅针啊。我上前去，弯下腰，像在图书馆从书架上取书一样地把它抽出来。这小小的茅茅针，该不会老了吧，看它胀鼓鼓的将军肚，我猜疑着，缓缓剥开它的外衣，就像在剥着我那被岁月紧紧裹着的童年。衣不多，一剥就开，毫不费力。只见里面是一个浑圆、光滑、白嫩，比手指稍长的嫩穗，绵软无骨，散发出一股清气。我拈出它，细看它，就像在打量一位久别重逢的老友。我把它放在嘴上拂了几拂，痒酥酥的，然后毫不客气地放进了嘴里。

“爸爸，你吃草？草也可以吃吗？”

我一怔，好像被电了一下，全身麻麻的。我吃草了吗？我成了猪，成了牛？我没吃草呀，我吃的是茅茅针，是草苞，是草身上的肉，是草心。女儿这一问，宛如她是“伦敦雾的创造者”莫奈，把伦敦空中的雾画成了紫红色，而人们却犯了因常识而导致的错误，认为伦敦雾应是灰白色的。难道我吃错了？我们都吃错了？非也。我不是神农，没尝过百草，但这草心，这当地人所叫的茅茅针，是可以吃的呀。我是吃着它走过童年进入青年的，问问村里四十岁以上的人，谁没吃过茅茅针？至于谁先尝过，谁先吃过，那就不知道了。

我给她解释，茅茅针虽长在草上，但与草不是一回事，就好像树和果实一样，人可以吃果实，不会去吃树的。这“针”，实际上就是黄茅草的花苞，苞中有尚未长出的花穗，很嫩很嫩，是可以吃的，小时候我们都吃过。兴致一来，就越发犯起了老师的职业病，给她讲“菜”字，说我们吃的菜，实际上吃的就是草，因为“菜”是草字头，最初的“菜”字就指的是蔬菜。蔬菜是什么？记得《说文解字》上就说，“菜，草之可食者”，不过这话没有对她说。

见女儿将信将疑，我在草丛里寻找，又找到根茅茅针，兴奋地为她剥开，把白白的柔柔的包穗给她吃，让她品尝一下我的童年。女儿将那纤维有点粗糙的包穗送进嘴里，含着，轻轻地嚼着，好像吃药一样，发现不是苦的，就用力咂吧起来，嚼了几嚼，想咽咽不下，到底是吐了出来。我不怪她，只怪那根茅针老了，只怪自己没找到一根鲜嫩的茅茅针给她吃。吃任何东西，第一次的口感很重要，就像给新生第一次上课一样。我决定找一根嫩的茅茅针给她。

这里的茅草很高，扎人，看到的几根茅茅针显然也老了。我很后悔出来迟了，春光不等人，说不定几天前，茅茅针还是嫩的呢，哪怕是昨天，都会比今天的嫩。

我回想起童年的春天来。吃过早饭，二三伙伴去上学，走到半路上，就往山上赶了。此时已过了“草色遥看近却无”的早春，爬到山上，但见山草青油油的，一展平，浅草才能没小腿，踩在草上，如走在婉约派所开掘出的词路上。遍地是茅草，遍地是茅茅针。抽呀，赶快抽，要不上学就要迟到了；抽呀，赶紧抽，不抽茅茅针很快就要老了，它只有这么十来天的命，过后就抽穗，开花了，不比上学，还有长长的一个学期才放假呢。小手摘着茅茅针尾部柔嫩的草尖儿，轻轻一抽，茅茅针应手而出，一抽一个欢，一抽一个爽。

“黑萝卜，你抽了多少？”

“三把，你呢？”

“四把，我书包装不下了。”

“快上课了吧，我们走吧。反正满山都是，抽也抽不完，放学再来抽吧。”

“好吧。”

下山后，边走边吃，还没到校，已吃了一半。到校，没有抽到茅茅针的，就向有茅茅针的人讨要，有茅茅针的同学一边给，一边念着茅茅针经：

茅茅针，分钱根，冇有钱，打手板。

没等到放学，大家中午就上山去抽了。茅茅针老了，过季了，三月三，满山的茶苞又等着人来摘了。

“早早，快来，这里好多茅茅针！”我简直像淘金者发现了金矿似的，大声对女儿叫道。这里的草被人割过，茅茅针是新长出来的，很嫩。一根根茎秆乌紫的茅茅针，泛着阳光般的笑脸，仿佛在对我说：久违了，老伙计！为不辜负你的殷勤，你对孩子的爱，我们是特意长出来给你抽的；抽吧，抽吧，让你家大城市里出生的孩子，也来好好尝一尝我们甘甜的滋味吧。

女儿在那边追蝴蝶，我恨不得把她抓过来。没人割的旧茅草很高，她在草丛里若隐若现。蝴蝶飞走了，穿着粉红色羽绒服的女儿像蝴蝶一样地飞过来。见她头上是草叶，脸上是汗，赶紧为她脱了外衣。她这时才觉得热，觉得痒，不听劝，自己把毛线衣也脱了。

真奇怪，茅茅针一眼可认出，女儿来了，既不能认，也不会抽，只是帮着我拿。这好像小孩子初学识字写字，扁担大的一个“一”，既不能识，也不会写，写也老是写不好，要老师手把手地教。我给女儿讲了怎样识茅茅针，怎样抽茅茅针。这并不难，可她学起来是那样吃力，眼皮下的茅茅针好像在跟她玩捉迷藏似的。显见，她对抽茅茅针并没有多少兴味，抽了几下，就不抽了，只帮我拿着。我真觉得奇怪，为什么女儿对抽茅茅针无兴趣？我边抽边想，想不明白。这床被一般大的草地，不知是谁割的草？为什么割？茅茅针很快就被我抽光了。

我选了选，剥了一根最嫩的茅茅针给女儿吃。问她好吃不，她说一般。我不信，剥了一根，把手指一搓简直就能出水的嫩穗放入嘴中，一嚼，面条一样的柔滑，满口的清香，像吃棉花糖，几乎进口即溶。我又剥了几根，递给女儿吃，她好像是领情似的接了，吃了，再给，就不要了。我只好自剥自吃，一会儿拉长如面条，一会儿团成小饼。女儿看我吃，并不羡慕，很快就被“瑰瑰红——”“瑰瑰红——”的阳雀叫声吸引过去了。女儿问我，鸟在哪叫。我也不知道，就告诉她，阳雀叫的“瑰瑰红”，地上是有的，也是可以吃的。女儿很惊异，问：“鸟的叫声怎么会变成东西了呢？”这……我怎么一下子说得清呢？正好路边有一丛野玫瑰，我分开茅草走过去，在刺蓬里摘了两根最嫩的枝芽给女儿，说：“这就是‘瑰瑰红’，可以吃。”女儿看到上面有小刺，不敢吃，我就吃给她看。女儿也尝试着吃了一根，味道还不错，就问：“爸爸，老家怎么什么东西都可以吃呀？草也吃，刺也吃。”

我笑笑，不知怎么回答。我剥着一根茅茅针，对她讲，茅茅针是黄茅草身上长出来的，我们吃的是黄茅草的花苞，再长几天就会开花了。女儿更奇怪了，问：“草也会开花吗？草开的花是什么样子？”正不知如何说，天助我也，前面有几根茅茅针吐过穗了，开出一线白色的花来了，我引女儿去看。女儿看了看，很失望，这也能叫花吗？是的，所有的花里面，草花可能最不像花了。“似花还似非花，也无人惜从教坠”，花开无人赏，花落无人惜，千百年来，都是这样，可是，草花还是照样年年开落，因为，这大地少不了它，这世界离不开它。我说：“草不但能开花，还能结籽呢，它的籽和花随着风吹，落在哪里，哪里就生根了，前天我们在庭院里拔草，那些草就是花籽飞过去长出来的。”还告诉她：“黄茅草的根像折耳根一样，挖出来也是可以吃的，我们小时候都吃过。”女儿不吃折耳根，闻不惯那味，听说跟折耳根差不多，就对茅草根生不起一点儿兴趣来。

回家时，路过本家水生哥家，他刚从山上砍树回来，叫我们坐坐。嫂子见有“客”来，拿了许多水果来招待我们，其中有女儿最“恨”的芒果，见了就恨不得一口把它吃掉。茅茅针还有一大把，我一边闲聊，一边剥着吃。吃着吃着，一把吃完了，还是吃不出童年的味道。看着那洁白柔嫩的草穗，就想起《诗经》上的两句诗，“手如柔荑”，“自牧归荑”，一般书上都是把“荑”解释为茅草的嫩芽，多用来比喻女子柔嫩洁白的手，显然是不太恰当的。茅草的嫩芽是草尖，柔软是柔软，却是绿色的，不白，多长些时日，有锯齿，会伤人的，故不宜用来修饰女性之手和赠人。在手机上查了一下，东汉应劭在《风俗通》里把“荑”解释为“茅始熟中穰也，既白且滑”，这最恰当不过，说明应劭也是吃过“草”的。

但凡乡里人，没有不吃过“草”的吧？吃过，幸甚！不吃过，也幸甚！

陈子林

1968年生，湖南女子学院文学院创意写作专业教师。

辑Ⅲ

新诗编

李骏飞的诗

2002年生于温州，现为上海大学文学院汉语言文学专业2020级本科生。有作品见于《诗林》。

烹大国

脚手架上种菜，铁锈如藤蔓蔓延。工人顶着农夫的草帽，别着灯笼和火，是天赋使鸟播种，使水泥堆成钝重的谷堆，使洞穴风化且脆，孕育金黄色的太阳般的卵来自人间的巢，于潮湿的苔藓上的羽毛与羽毛中被产下，于淋了热油的煎锅之上膨胀，早餐的馒头一色的白，并且吱吱作响

诸子及更多子

孔道密布于粗糙战壕。骑士的许多种头颅，在机枪下依旧保持
庄重。铁丝网绽放如爬地菊，灰尘在巨大的鼓乐声中窥探天国
老死的人庆幸自己的一生，早夭的人在陈旧的车厢之下怀想起
孟春时节。干净的军服在博物馆里展出，遥远的旗帜上被喷满
荀令香，而好奇的人们前来问询，这古怪之物是否来自于中国

马车的轱辘滚动如日轮翻转，烧热的龟甲上嫌隙陡生，穹庐上
恩星照命，人骨堆起苍白积木。爝火烘熟瘠地之壤，灯下万国
列陈，举以普天，按以率土，辩驳者折断自己的手臂，并感念
斯人？出关去，浮于海，葫芦舟上放牧青牛和水草，濡沫而作
毛诗，并大小序。而其中古野的植物要往不识字的地界去生存

黄昏的几何学

黄昏只存在于不被测量之时

水面暴涨，平静的鱼群翔集于
破损的屋瓦之巢，即产下
密密麻麻的灰烬之卵
第二天的太阳就
将从中诞生

有无数个圆
包裹着庞大钝角
从内部迸溅出的闪电
撕裂试图捕捉的解析之笼
月亮作为原点，在拟合中上升

暮色总是比诗更迅速地降临

观鸟记

鸟的阳台在第七层，铁栏杆仍空心
只是更细，不曾刷漆的金属苔藓
以野生锈迹的形式更红，伪饰为疤癞样的铜

被念作水的吻痕。干，燥，但
鸟的爪子以止停姿态，附着潮湿之体，上色，死皮
在唇上开绽，磨损用于飞翔的皮革
旧的鸟无法飞远，上紧发条的

鸟在释放的挣脱中——
崭崭如新

承受滴状坠落
此三条围困的边
勾股隐蔽，斜顶只显示不平的近似的
弦，使雨在前往幕的途中
更遥长，且反复触及不纯的短暂的天空。而鸟
非雨，因其不溶于水中，因其不涸于日下，因其
从不平等地降临于每一弧红瓦

这上苍所允的衔草工程

王海峰的诗

现为上海大学文学院创意写作专业博士研究生。黑龙江省作协会员，中国写作学会理事，有十余年出版及相关行业从业经验，主要从事小说、诗歌创作，以及创意写作研究。

望向窗

阳光在房子的心中变得安静。
这些高耸的土壤在蓝色里接近树木。
荷花木兰集会在自己的梦境。
这里的时间是遥远的传说。
文字浸在水里，如一杯闪光的茶，
被自由包裹，又挣脱。

周而复始的星辰，在夜晚燃烧，
似一群明亮眼睛里的孩子，
手提五彩灯笼，寻找雪夜里的
城堡。城堡在盛开，漂浮，
飘向斑斓的梦境、童话的脸庞。
微风捻成的绳索，柔软的麦芒，
到处都是想象的模样。

白蝴蝶

一只白蝴蝶在银行的玻璃门里沸腾

沸腾或安静，都曾是迷失的终点

玻璃门里也有彩色花树，与大地隔绝
这些花树时刻准备飞翔，羡慕白蝴蝶的翅膀

白蝴蝶只朝向玻璃门外冲撞，不在意花树
来来往往的人没有蝴蝶向导，没有这个职业

保安安静地看，他认为这不是最后一只蝴蝶
白蝴蝶筋疲力尽死于门内，如落叶

这是最震撼的影片，最无助的影片
蝴蝶效应被一次次关闭在玻璃门内

花树也安静地看，他不知道自己为何不曾落叶
不理解白蝴蝶为何不爱这个储蓄世界

午后

坐在一群老人里，读一本诗集。
把落日放在左侧的包裹里，
看着柳树叶、榆树叶在空中荡漾。
等它们降落的时候，还是很久以前。

老人们遵循这种时空里的秩序，
他们按顺序打牌、下棋，聊牛棚的蚊子。
每一次都是结局，每一句都是生命。

午后的结局，异常冷静而脆弱。
需要找到一个词语融化它们，
和路边的车鸣一起远去，
到有故乡的地方。

街道

一个人走在冬日里的街道
看不见你的往事
只能想象，遥远如繁星的思念

在拐角处的楼宇间
冷风吹落许多虚度光阴的雪片
期望看见一艘船和蓝色的海面

把衣物都装进心里
在飘雪的街道上盘旋，又盘旋
所有的雪都朝着你走过的方向
昙花一般绽放

陶易然的诗

本名胡威，上海大学文学院中国现当代文学专业2020级博士生。从事中国现当代文学研究及诗歌批评，写诗。

拼贴游戏

把杨树拼贴在枯萎的路边
把汽车的尾气拼贴在玻璃窗的岔路口
城市里最遥远的定居是海浪
拼贴出蛰伏在沙土下的地毯
没有玩具，没有流着泪的书夹子
想获得拥抱，像狗熊的窝
像毛衣粗糙的眼睛
贴在婴儿的失去羽毛的脊柱
基因工程、火箭弹、新法典
群居的路人阅读日出的公告
每天都可以换一个棋盘
贴近叮当作响的黑色煤堆

拆解

开始拆解一只玩具
一个太阳需要一把钥匙
在好的年成里，所有的收获

都被月亮盯着。放一把火
在岁月的腰上烧
看疯狂的孩子像春天跑向盛夏
一杯甜蜜的脂肪肝想要拆解
想要从零开始，从破壳的故乡开始
拆解不是成年人的手和脚
不是堵在河沟里的红色皮手套
也不是幸运彩票的白马王子
只是路边缺少花瓣的露水
缺少爱情的蛙鸣和丰满的可组装的
寂静

洞

树叶给天空挖一个洞
挖出一个精致的墨点
手枪的管道发射阳光
雪山倒地，流出蓝色的河流
一条排骨横跨其上，蚂蚁疾驰而过
老鼠需要一个洞
像风在油灯中点亮
觅食，吃掉的白骨慢慢堆积到天边
往洞里灌水，纸张变满变绿
倒掉熬煮的文字，在月亮之上
烫出一个洞
乌云一来，梅花就开

手

手拉手，搭着肩膀
手扶着腰，整理一下头发
蒲公英的手，柔软又轻盈
手是一面旗帜，把拉它上升的人
抱在流水的身体里

手推着车，拿口罩
手在寻找。另一只不洁的手
在嘴巴里。年轻的爱人
日与夜清澈的双手，吹响
天上的木孔

在风中祈祷的绿手
无法合上。树叶捧住阳光
亲吻孩子的手，也亲吻云朵
代替头羊成为铃铛的手
摇摇晃晃，拍醒流水

响

一个词
飞了起来，像小绿豆
落在碗里。是
没有开出黄花的月亮
是潮汐，纠正海岸线的发音
自行车的脐带运送甜蜜的锈迹

我们变成一个词
落在纸上。游出笔尖的大海
沙粒表层的图书馆
更多的词
小姑娘的白肚皮
轰隆隆响

胡维佳的诗

1995年生，上海大学文学院创意写作专业2018级硕士研究生。曾有小说、书评发表于《作家周刊》《文艺报》等报刊。

告别

我们不期而遇
在夏天的尾巴里
我们告别
当夏天的蝉鸣伊始

很多张脸
将永远以年轻的模样
在你脑海里飘荡
也有些脸
你会见证它的第一道沟壑
以及
沟壑里流过的几股溪流

我们热爱生活
因为它无穷的未知
我们厌恶生活
也因它无尽的未知
你难以预料
哪一次转身便是永别

生活从不让人提前知晓结局

怀念和遗憾都是最好的滤镜
修饰干瘪的色彩
过滤不愉快的斑点
酒越朦胧越酿得美好
让人念念不忘的
从来都不在身边

长大

小孩爱吹泡泡
然后追逐
直到破灭
循环往复
乐此不疲
大人只会制造
然后站在原地
看泡泡远去
爆裂
再复制下一个

温婉沁的诗

1999 年生，现为上海大学文学院汉语言文学专业
2019 级本科生。

重影

轰响　掠过荒山　云的
侧面　凉风抚动
拾起一片虚惶　或空空荡荡
寸寸突兀的枝丫
本也是丰润的组成

回忆的形状

利用一枚变蓝的吻痕
沿街哭了半晌
无人理会我渐渐走远　制造
一段虚弱的不在场
为了忘却　一名死者
你频频回头

都灵，瘦马

都灵老人卷翘的胡子上沾满
马鬃气味与泪水　来自
白色国度的少年梦魇里
伤痕累累的瘦马被救下来了吗　他死了吗
锤子之言：
浓稠的雾偏袒
黄昏时候的干草市场
——恒星的衰落！

忽略

有时　我们用两根弧线
合成括号
将对方悬置在爱情的　火车
像忽然隐去了车轮　或者车轨
却也只顾埋头奔游
哪怕奔往相反的人流
哪怕腾空

卜书典的诗

1999年生，现为上海大学文学院创意写作专业2021级硕士研究生。曾获第八届烟台地区高校征文大赛第一名、全国大学生第七届“野草文学奖”邀请赛小说组优秀奖、“西研杯”全国征文大赛第七赛区二等奖等。

烟火札记

一颈白瓷瓶　她竖在那里　细细长长如水草
但僵硬　不浮游　也不摇曳
瓶沿锋利　期待轻轻划破谁的手　或被谁划破
但只湿淋淋　插满冷清的花

低浅的水露流注瓶内　容纳雨起伏的呼吸
在每个寒夜　欲哭无泪
徒劳地艳羡瓦罐　矮墩墩
粗粝 然而在温柔热气里　盛满浓郁的咸汤

哭

喉结滚动　将词句反复熨烫
他的声带间飞起一片扬沙
声音后调　是沙尘暴的粗粝
在听众湿漉漉的耳畔　种下一排稠密而又紧紧的苦桃

昙花

像蓄力许久的圆滚滚的果实　她爆裂
流淌出气息奄奄的溪流　来不及洇湿裸露的河床　就要干涸

突然有一尾细细的银鱼　浮上浅滩
翕动猩红的鳃　吐纳些破碎呓语
她等待着枯萎　然后赠予我一些受伤的鳞片

萧然的诗

本名肖雯，1998 年生，现为复旦大学中文系创意写作专业 2020 级硕士研究生。

伽梨遗憾

黑格尔割出中介作为黄昏。我醒来，清明，轻盈，
肉身是我收藏于暗室的一样古董。
（与其他古董一样）年份模糊，真假性存疑。
我能形容这现有的卧室
收留我如同迦梨的龋齿。循环且暗改的交替
只发生在温暖体腔外部。风扇与
母亲开饭的催促声，幸福得如双螺旋，那已是
以前，崩裂于河岳兼
世事的阻拦，坠落在我躲避的胸膛。我想到黄昏。
黄昏时坐在轩乘中
要以什么感觉来提喻？平生著破的木屐
阻塞相关的找寻。
伽梨长大的节奏黄昏一样音程不定。黄昏打听
我现有的卧室，
在那里我的肉身直立到光亮中反复敲门。伽梨闭紧
二十三年之广阔的嘴巴。
她上一次发言时我的故乡与文字还未发明，
（四点三二亿个地球年）
只是一些与家族群戚分离的土块。

（冈瓦纳超大陆为海洋输送蒸发岩）
伽梨是否
也躲避黄昏。然而她也不能回到从前。

海上小别

久钉马掌者，一旦洗净手，将拾走月球的乳齿。

人为对句二十副：捣作参差，
削出均齐。是工匠起死言寺。

或跳，或抱，或挪至右二。驾驭二百韵脚
研讨受、想、行、识，仿佛坐骑是毕达哥拉斯
为地球杜撰的孪生子。

拷问语词，反复受孕，剥那光洁的卵以逗、句。
“引”斜的锉刀：喜获处子般的词语。
周公的敝旧见骨棋盘将容纳任意
法理不容的落子方式。

满载而归了，从乌有之乡。以公元二〇二一年
称道的修辞术。当我尝试滑下比希摩斯的脊背
遭逢质问的人们，战栗如见光的胎儿。
“你给我们带回了什么？”
“万有的乌有。”

烂朽的语词裹着揭挪棺椁后的祖先
的脸。新的语词，由我们命名，但

不以我们为名。突围而出的荣誉属
每个：蓍草看守者，稷的采集官，
都乃：修辞危海中一座座
移动的小别山。

哨遍归去来

澄恐新草，蟹解旧爻，擅作拟态的
人欲里，同有燥与潮。
遁入大陆性气候，榫卯匠
看守颓垣败牖，从未黜废去刨技，
只因诠释者的无能而禅让
全部善意。倒便宜了翻山客，
嚼用毕生的牡丹。督促一个
农耕民族偕我复苏。
噫。我的著述，洗冤失利的返祖，
霰弹似逃亡至触升平大椽，
只怵动了猿。阅人多矣，
潦草不失为禀赋，以虚汗代米，
虚名代泥，供奉生前身后。
恐坠舟楫又恐遇坎，不料
费解隶属解脱。罪因皮，
已处邯郸，朝地底归去。

我愿意与阎王讲理，点检此生应得
诗句的下落，即使
似佞臣逮捕隐士。

梁永周的诗

同济大学2020届创意写作（MFA）研究生，中国作家协会会员，山东省作家协会会员。有作品发于《诗刊》《扬子江诗刊》《诗歌月刊》《中华辞赋》《诗选刊》《星星》《湖南文学》《时代文学》《山东文学》《边疆文学》《中国诗歌》《四川文学》等；参加2015年中国诗歌新发现夏令营学员、第二届长三角青年诗人改稿会。

那大片银杏

那大片银杏，都谢了，然后被好多辆车
一并拉走
我的秋天就那么单薄
旧小区始终停不下车
银杏的落叶也没有落脚之地
我从未跟那些陌生的老人探讨过
只偶尔下盘棋
因此，我买的菜都不新鲜
每过一段时间，我就得拼了命找借口

怀念救济不了自己的时候
就该上山砍柴
若是山谷的回声，修复
那灵魂就已消肿
必然换来一段太平日子

老家有一棵我从未见过的银杏树
这么多年
我们都相安无事

但，我每次都是被它宽恕

她说

她说我该明晓一株植物的悲欢
该从天气的口吻中知道
自己的病情
这颗梨在沸水中待了很久
所有的急促平稳下来
就把旧咳端出来欣赏
从土地中捡回来的石子
你总不喜欢
那海中掠带，给它更多鲜丽
比起游鱼我还是喜欢看耕牛吃草
看童年在往事里的长势
旁观着一切自然
让它们自言自语
我的揣测都言不符实
正如
阳光来袭
我们都出现在阳光之下
仅此而已

余声的诗

本名张奉强，1998年生，山东济宁人。上海外国语大学中国现当代文学专业2020级硕士研究生。作品见于《诗刊》《作品》《星星》《中国诗歌》《诗歌月刊》《延河》《青春》等。参加《中国诗歌》第十一届“新发现”诗歌营。

晚风晚风

门口，黑夜轻轻地围拢过来，街灯许久未去远足，自远足到这儿之后，静静地为脚下的地面施水。我的头发遇水就成河流，遇黑它就要溶化了，理发师的手掌捧着它们，就像捧着无数的劳累的灵魂。落叶正在扮成雨落下，大地的额顶、耳梢并堆满颈根，新叶正晃动着摇篮中的晚风，死神的细乳结着咖啡色的甜，风吹得很远雨落得很深。我搂着一只黑色的绵羊，黑色的羊群暖暖地搂着我，细软的绒毛舔湿我的左眼和下唇。头顶着天大的黑帽子，祖先们童声起伏荤语无邪，而神一再温柔地叮嘱他们，不要在夜晚说话了夜晚说话了。那时，我很听话，我只是雨花下茁壮的冬青和冬青旁边的草。

情事

雨天，下着雨，你告诉我而不是下着无色的火焰、嫩白的麦芒或一绺绺捆着闪光的短绳，这真是废话令人想要在花圃里打个滚儿然后疯掉。咖啡馆的午后座椅上，胡须长满河流的两岸、上下的山坡，这是你愿意被沾湿的水和扎痛的草，当你尚未、正在和已经踏到河面、爬上山坡。电影就要开始了，这么多错过和遇见抱成一团巨光，火焰啊麦芒啊，还有透明的绳子紧紧牵着而不是绑着我们，你抱着一堆下雨下雪的废话，就像抱着一簇满心满怀的花儿，早已忘记，雨会湿衣雪会白头。如果这首诗里我和你换换位置，我要疯掉了而你准备好了吗。

游园惊梦

樱花、桃花和海棠困我久矣，片片乌云黑的白的，瓣瓣如同棉花塞着雨水朵朵的细耳，舔着晚风温温的黑鼻尖。男人和女人之间，总空旷着一场隔岸的巨火和不知愁的小吵，自行车后座长满旧世纪的浪漫绿荫，巨树下秋千摆荡，很高很远都不会害怕，只因园子搂着一切而一切不疾不徐地翠绿着粉白着，不为人所目视时也爱着恨着。

孙洛的诗

本名孙秀芳，1980 年生，中国人民大学文学院创造性写作专业 2019 级研究生。

她

她说
他摸着她的头
很稀罕的样子

她忙着劳作
家务
看着孩子长大

她从未体会过恋爱
与被爱

已成了
奶奶
姥姥

父亲的身份证

我借了父亲的身份证

还让他手持身份证拍一张

他的脸是古铜色的
闪着微光
法令纹和眉间纹
格外清晰

身后有绿色的花
红色的心
是钉在墙上的塑料纸
农家屋子被认为的体面的装饰

盒子
袋子
可能是垫子
和其他什么
在多年前买的柜子上

衣服
炕
电视
杯子
在镜子里

头像艺术照
日历的边缘
不锈钢饭盒盖子
在镜前放着

我或者妹妹买的
红色小老虎
在镜子上挂着
调皮又安静

他又到户外
木架上晒着的黄色玉米
农具棚子和房边墙
被收了进去

我说
自拍更清楚

他说
怎么拍
怎么找到
怎么摁

我截图画圈发过去

在窗前
左后方有一朵艳丽开放的花
粉色的
很美
不知道是什么花

右上方房檐下
有个燕子窝
木盘拖着的精致建筑

和檐上木头搭配得很好
像一起散发着木香

他换了个横条纹的短袖
脸上的纹少了
红润了
像经过了美颜

他说
花盆在那儿
有一朵小花衬托
挺好

他拍了六张
很认真
像做了一次形象展示
也像帮我完成了重要的事

我使劲想着
他是从什么时候
变得这么老的

温馨的诗

1993年生，北京大学创意写作专业硕士，中山大学现当代文学专业博士研究生在读，兼任广州南方学院文学与传媒学院写作方向讲师。

珠江

夜风在下坠
而水面在上升
因此风和水向着同一点
挤压着飞翔
五颜六色的灯影
作为翅膀延展着夜空
江涛翻腾着歌声和哭喊
如十二只月亮一齐被吹散
余下的灿烂
久远的回荡在大江
那并不存在的正中心
随着水流和星辰
激荡唯一一次自由

止朽的诗

广东汕头人，00后，广州华商学院2019级汉语言文学专业，文学院创意写作教学与研究中心荔核诗社成员，作品曾入围哈哈诗歌奖。

花盆底

姐姐是唯一愿意为我讲童话的人，
纸上很多故事也几乎被她讲尽。

当她在床上唇色渐白、弓成虫形，
新的童话就这样适时地诞生了。

是的，姐姐的身体里又有一朵花谢了。
花要开满三十天，才能脱去人类的肉身。
艺术家眼中：一场红艳的流产关乎美学。

阿拉丁神灯，我能不能向你许愿？
让她的子宫不再供养一朵会死去的花。
一朵剥落时，还在刺痛她的花。

春的供品

春天是人类虚构的避难所。
我们熬过一切蛮荒，将火种藏在此处。

白羽衔着渐冻的死亡飞远，
纱窗后，五个新娘探头。
风笛把她们送到很远的山洞，
爱人在那里秘密地会合，只是倾诉。
而我，决意在废墟中沉沉睡去。
夜半飞至鸭川沿岸，
握我梦中的紫藤。

小枫的诗

本名钟玉龙，2000 年生，广州华商学院 2018 级汉语言文学专业学生，文学院创意写作教学与研究中心荔核诗社成员，有诗作发表于《佛山文艺》。

春日速写

餐巾纸应区别于叶子，
树区别于伞，
我的墨绿色上衣区别于春
雨区别于海

此刻区别于
昨日。我路过天桥
去快递站
后山的杜鹃晚开。
回南天衣物几日未干，
春日白昼烦闷且漫长，
区别于夏。
区别于傍晚。

人民公园每日六点
晚饭后，广场舞会准时开始
儿时奶奶曾带我去过，
灯光昏暗，
音乐嘈杂，我混入其中。

仿佛已经过去许多年，
仿佛我已近暮年

九月

去年九月
乘火车去青海湖
经过了渭水
北方从不缺少麦子和江河
草原的尽头是戈壁滩

我和朋友一起
看山也看羊

经过隧道
就闭起眼睛

刘磊的诗

1994 年生，现为西北大学文学院创意写作专业硕士研究生。

谎

我本以为我不会。
再等一等，天亮前我一定写下来
我对他说

天像一块旧抹布，越来越黑。
我在宽广之中睡去，坠落的悬崖
与梦中的我融为一体

——我跟在你的背后，捡拾松塔

松塔零落地躺在草坪的松针之上
几只秋鸟扑棱滑过上面的天空
我有那种清爽而落寞的感觉

你知道的，在梦中
总会有不可言说的事情发生
比如现在，我成为那只松塔

——被力的弧度抛起，然后以笔直的姿态

跌下来。如此反复。在你凝视的地面
再次成为松塔

天亮之前你
很难断定这不是对生活的戏仿
或者
是为你准备的谎言

宋子矜的诗

本名许明敏，2000 年生，现为河池学院数理学院 2020 级本科生。

孤独的老人

墙壁上有一幅画
是一个孤独的老人
她坐在火炉旁
一张小板凳
凸起的眼睛
缩水的皮肤
挂着
一张老脸

我想起了
想起了我的奶奶
那个被埋葬的人
我没忘记
绿色的铁门外留有一张凳子
是留给你的
木桌，小锅，小碗
也还没有扔

那年你躺在医院里

我感觉到了孤独
冰冷的地板上
睡着的你
很孤独吧

李晚的诗

本名李怀志，1998年生于湖南，现为西安交通大学中国书法系2020级硕士研究生。曾获南京大学“重唱诗歌奖”（2019）、复旦大学“光华诗歌奖”（2020）。

太白

我想念自己无形的佩剑，目光
在所触之物上锻打出狼群
孤独闪烁，恒灿若宇宙的金创
我固是冻伤的兽，身边亦融下一大片雪来

山水训

不说话。茶也空了，她看他
而反复不看他。瓷杯如他弹的琴
在上面敲一敲，就能概括任何事。

有关埃里克·侯麦的十四行观后感
——在考古队和F君看“人间四季”四部曲

他们踏浪的腕上没有表，卧室没有钟
惜时的矜持在涨落里玩湿了

戴表也不看，时间像一块咯咯作响的首饰
只每秒变幻着光泽。选择更自如，选择如

住店，豪赌的行李不会重于一张牌，奖励是
两个人的宽松、松于一个人。

有时候，地层里往返，我抬开墓志石
仿有压抑的性命哄散如爬虫

那供她翕张情理的折叠椅，有多少金花
在旁枝附和着唇语？亦或者

差额里跋涉了太久，我倒是
算计得最深的那一个——忘了眼前的

村镇，雾同样薄得人疼，树枝上切口
发青，我们的轻松在哪里……

挑灯

肉身在眼的背上忽大忽小
松动的一句

此间具象，听见秘语的跳烛
是摆向夜色深处的尾鳍

在时装周

现在摄像机行使它们的权力：

前进，并且裂解为局部
那些不肯的全身，摆动了很久
仍然徘徊在原地、画面的尽头。
以摘录、推移和重组，向屏幕外
解释其中发生了什么，运镜
也像特殊的翻译。

我们看见：从裁剪为流苏的泉水
和尾部那段修身的烟障里
洒下她们细劲、光洁的蹄子

设计师的修改一直持续到最后
细节，如大理石边走边崩落
走到头，才分别将一种美
固化成一个精确的姿势

采访里宣称：这一代最杰出的衣架
将化四洋为镜厅、看我们穿衣。

慢腾腾已有合同与稿件
在仪式的旁边蓄势待发了
她们身上的重叠与掩映
在另一些人那里，被浮想着脱去

但此刻，闪光灯像叶隙的碎晖

照见这片器材和观众
环绕出的林中空地——
只有寻觅、凝神，和悠长的
走动，她们像是真的鹿

卸妆后，一笔工资结算这一天。

养宠物 ——写给汤圆

其实它们都和它们的死亡一起来到我的身边
就像一个逗号后面紧跟着一个句号
但是有些页码翻得太快了，只给我留下落款
的日期，有些就相反，我们有足够的时间
去读到故事里的“？”“！”和“～”

两个多月前，一本写满鸡胸肉和海鲜罐头的
童话书，来到我家，不停蹭着我的手
发出“咕噜咕噜”的声音。我知道这个声音
它在我们之间写满了“……”
看来这次，句号将被挤到很远
好极了

张庆梅的诗

1996年生，现为东北师范大学文学院创意写作专业2019级研究生。

关于春天的旁白

春天从现在开始痛快下雨
才发现土地偷偷荒芜过
你问我　它们再见的时候说什么话呢
平原上唯一的树　零度以下的蝴蝶
有和没有碑的新坟
这片土地上
所有相遇和分别都不说话

我知道　但我想骗你一次
上一年蛰伏的金色
防风林 柔软的黑土地　人和他的牛
活着的时候见面　吃饭　交谈
死的时候哭也不丢人

许放的诗

本名熊春晓，2001 年生，现为武汉生物工程学院中国语言文学系 2020 级本科生。

每一个村庄都有神明

每一座村庄都在夕阳里
被风吹得摇来摇去

当乌鸦落在一棵树上的时候，一半的夏天
就过去了
另一半夏天在等待秋天

我在纸上，画了一张精致的脸
仿佛可以叫停时间
让我审视着自己和房间
一半的下午就过去了

是的，每一个村庄都有神明
我最初听到的词语
是乌鸦唱给太阳的歌

一首诗开始的部分

一首诗开始的部分，光明万顷
像是不能忽略的死亡
你看着我的脸，值得叙述的悲伤正直而温暖
生活进入过我们的身体
并且以寒冷，以雪大形式继续
即使没有悲伤，雪仍旧从高处落下
我们不再需要关怀
我们抚摸着灯光，但不孤独。路上的人
面孔里带着不堪回首
反光的墙。发光的鸟。黄色的草和
寄居在里面的人们
你说你想成为我，而我想成为你
我们互为正反的生命陷入一种奇特的循环
大雪弥盖我和镜面
必须借用诗歌的一小部分含义
锁住马克·斯特兰德描写的月亮，在两片分开
的云彩之间移动的月亮
过去式的月亮和理想的月亮

胡天意的诗

1999 年生，湖南长沙人，现为湖南师范大学文学院创意写作专业 2021 级硕士研究生。

约定

火车拐了个弯
离你的城市依旧很远
玻璃上溅起无数雨滴
窗外转瞬即逝的虹

第一次等你的夜里
影院关闭，门前堆满落叶
沾着水珠的石凳上
我和你隔着两层口罩的距离

插线缠结的灰墙下
我们小拇指勾在一起
小勺浸进灶上的汤锅里
沸腾的汤圆
实验

玻璃球里伫立
一个男孩
一个女孩

他们用显微镜去看
平日观察不到的自己

发火时的女孩
是一团火焰
胡冲乱撞
吐着火舌
把玻璃球里氧气全吸空

男孩
不回头地跳进
失去氧气的玻璃球
成为生病的灰色飞蛾

女孩不肯相信
实验是真的
男孩用手掌
一次次捕捉
他们之间闪烁的火焰

直到男孩和火焰一起
变成了深蓝色天空里
隐身的烟花
女孩说
我找不到你了

萧逸帆的诗

本名陈智鹏，1992 年生，现为湖南科技大学外国语学院 2020 级硕士研究生。

九点钟

敲响
在某时
空荡房间
振起旧物上的灰
指针颤动
声音渐趋微弱
已不知多少次
一天
有人从窗户旁经过
看了看手表
恰是九点

趁夜色迷茫

趁夜色迷茫
再多赶几里路
这时的风最是清爽
没有了白日的喧哗

脚步略显轻盈
醒着倾听呼吸
大胆而小心

趁天幕四合之前
看一盏盏灯火点亮
茫茫田野里
万物皆有归属
唯独我啊
还在路上独行

天总会慢慢变亮
就在这微明瞬间
去辨认自己
与天地之间的距离
朝霞即将升起
这谜底的揭晓
我的下一步履
安在何处

唐璇仪的诗

2001 年生，现为湖南涉外经济学院人文艺术学院 2019 级本科生。

被门板隔离

老张在读皇帝的新衣
故事里士兵封锁大街
所有人都变成了哑巴
就连哭鼻子的小孩也不会说话
老张的女儿不听安徒生讲的故事
城市里的人穿戴严实
他们挺直背 没有人在说话
或许他们在说话
只是我们听不到

王端的诗

本名王文龙，2000 年生，现为江西师范大学文学院本科生。

不会的

老师很认真的样子
不会的
我不会下水的

妈妈也很认真的样子
不会的
我不会玩水的

阿宽也是很认真的样子
不会的
我不会下水游泳的

游泳多么可怕呀
阿宽的哥哥刚从水里出来
就被警察带走了

奶奶生气了

屋子里太安静了
大家都不说话
木头在火里叫着
像是烧疼了

太阳已经升起来
外面的雪停了
想和奶奶踩雪玩
奶奶仍睡着

昨天没有叫她一起
她一定是生气了
所以现在
故意装作听不见

那天
大黄狗也是这样
怎么叫它
它也装作听不见

程泽龙的诗

1999年生，现为宜春学院2018级汉语言文学专业本科生。

在雨下的时候

鹧鸪被竹林惊飞，丹青
被泼在庐山悬挂的一张宣纸上
而密林中桃花的脸庞
就一定比岩上的青苔，更
富妖冶吗？
去年山中下满了小雨
而今夜我们又在雨声中的茅庐结伴
春山此时不空，因为我们的心
被溢满，僧人晚课的钟声
一路落在细雨漾过的江面
而你此刻念经的心
是否还正在渡往彼岸？
四月二十三我们在上山的途中适逢大雨
而谁说五月五日
立夏日天气才会转晴？
而更多时候的情形往往相反，比如
山上的夜晚
正在消逝黑暗
一片烛火映照的心

此刻正在生长烛火

杏花雨

杏花时节的落雨，又落在
停在杏花下的小舟
而四月拖住暮春
一只黑白相间的鸟
扑翅一飞，转眼就度过江上的一生
韶华总短，好比
楼上红窗，长长的素帘随风而招
好比，杏花落时
你正对镜，插上那只出嫁时的细簪
而一枚山月
仍安静地躺在江中

邓子康的诗

2000 生，现为井冈山大学人文学院 2018 级汉语言文学专业本科生。

把句子串成线条

情感，抽象的剥离物。
你的皱眉，低语；
眼神，空洞却拥有力量。
影子看着自己，随后独自哀伤。
人与人之间疏离的弹性是敏感小草，
看见它生长，又见它老去，
被死亡而后再一次新生。
它可以愈加繁茂成为湿地的一小部分，或者
永久离去，直至被遗忘而灭绝。
气息敏锐如某种气味，一瞬
眼前投映一幅由经验与眼前混合的画面。
想到什么了，守夜人
脑海里一年多季的花正要开。
错愕的表象，看见行人遗落的杂物，
囤积成了一座洲中小山。

行走的疲

夜里的桥，星河与水波
一同流淌而去。影子被暗色叶片
拼凑成斑驳图画，我们一起
坐在星星上，观望渔夫。
人群里，数不尽的褶皱皮肤
翻涌成山，一种温度持续热烈至交替夜晚。
对于酷暑中的劳作者，垂钓
是一根生命后续的竿，
等待与收获的理解像是饭后常态，
任意打发生活。云层吃下一颗种子，
于镜面上方吞吐瞬息，不眠不休，乐此不疲。
我看见远行者与雪相拥，
演算思想与阻力的抽象公式，
一场自然演绎。此时没有任何辞藻
可以掩饰思想的贫瘠，
进化的人类依旧拖着枷锁走着。
疲态衍生物，音乐与食物残骸疲惫地堆砌，
好像可以卷起所有行走的人类身上行走的疲，
只是用不了多久，液体化的它们，
当它们重新回归成小海浪的重量，
风吹一吹就能够将它们赶走，
到平静的海面去，到熟睡的梦中去，
到清晨的新生中去。

李霏宇的诗

1999 年生，现为井冈山大学文学院 2018 级汉语言文学专业本科生。

夏末

反复淘洗湖边的地肤草，
在异乡，远处的麦子同记忆里的稻谷
往同一个方向倾倒，轧在身上；
锁紧秋风，地面锃亮，
淋上去的脚印脱壳，露出干瘪的身子。
从没有一个日子，像夏末那样热烈。
昨夜悬挂的葡萄成了干果，
佝偻的妇人裹上头巾，皲裂手掌
摸索着遗落的麦穗。
高温天气，晾晒好扫帚苗、粮食、
一匹瘦马、一面初秋。
在这之前，把走完的路拉直，
标志语全部换成新的。

杨瑾的诗

2001 年生，现为井冈山大学人文学院 2019 级汉语言文学专业学生，露珠诗社成员。

漆黑的一半

一半在不停争吵着
或许我该出现在田野里　一处苦黄的草背后
无须镰刀和锄头　就把它们柔软地压折成最后的巢穴
空气嗡嗡直响　后来连我站着的地方
也开始响

成群的鸟聚集起来了　天黑得很快
让我觉察到一根隐藏的丝线
开始无声息地提拉和扭曲
不远处，空旷的地方成堆地消失

对于这个季节
如同早晨四五点出现的光谱　接近单一
你问什么是漆黑的鸟　偏执地冲撞一点点雾气
我只能躺在那里
从前一天开始准备你的答案
由最熟悉的做一个起点

慢慢地，另一半也震动起来
中间的空当那一群漆黑的鸟 放进来
听它们叫到发疯

泽灵的诗

本名陈必应，1994年生，现为贵州师范大学文学院2019级中国古代文学研究生。

生命之尺

日子继续以天为单位在账簿上记下一笔
那本账簿的材质　是用生活之躯压制而成的纸
粗糙刺手的毛坯　感受间气息仍有残余
合理想象之下　是一个个鲜活的岁月的尸体
在有限的生命之尺的打量下死神逐日靠近
在亘古岁月和生命悲伤的无限叹息中
作为人的生物　道路永远通向墓碑
生命之尺保持绝对的冷峻　铁青的面部
把一个个生或死分配给随机的人类
厄运或幸运　人世间都视之为无常命运
生命之尺的乐趣在于无差别袭击
乐于下一秒未知降临下的人间悲喜

雨幕之下

以等待的名义迎接黑暗　月色温暖
猫头鹰和乌鸦在树上的巢里鼓动鼻翼
风声摇摆着草木　草木柔细无声

未知的情绪以一封信的形式宣告来临
一场雨下又增添几处生或死的急促
坟墓掩埋这厚重黄土　高原贫瘠的皮肤
山脉下不朽的人体的脉络清白无辜
也许一些蚯蚓探索着隐秘　土层之下
无数双眼睛祈祷黎明　而温情的月亮含情脉脉
天空悲伤的眼睛瓢泼大雨夺眶而出

周承宇的诗

1997年生，现为江西师范大学文学院写作理论与实践专业2019级本科生。

找寻的人

你赤着脚站在原野上
找寻昨夜坠落的那颗星
所有人都听见它砸在地上的声响
但只有你，赤着脚
跑出家门，来到原野上
找寻昨夜坠落的那颗星

你该低下头看看
自己那被草割伤的双脚
你该低头看看
也许会有一颗星
从你的头顶，顺着你的头发
滚落到你伤痕累累的脚边

昨夜
所有人都听见一颗星坠落
但他们都不是星星
要找寻的人

一个闷热的夏夜

时针已经走了很久了
我们的影子也在墙上停了很久了
他抽着烟，继续讲他的生活
掉落的烟灰埋葬了一只小虫
我的背上，一阵灼热

钟庸的诗

本名钟宇，2001 年生于黑龙江。现为牡丹江师范学院本科生。

黄昏寺

青瓷在雨中净身，通过渐融的视觉，被打磨成
鸟鸣的镜片。穿透阴翳的围墙，瓦蓝
是可以窥见的：她完美的侧面藏匿于寺中水塘。

古樟树旁的井：一颗月亮。被精心设计在这
靠近天堂的位置。万物的中心，有只
寒蝉在灰烬中叠起无数要落的念经声。

篝火跪在河水边，我们围着取暖。雨方晴，
贫血的夕阳就要倒下，一如行刑队的枪决。
在这个蝙蝠翻飞的暮晚，我们彼此孤立无援……

九章

受唇语启发他明白应该要做什么，给一句
附身刺槐的百灵鸟打比方。

把皇帝比作响琴，把枯树比作断指，把屈原

比作高山流水的乐师。

他不满意，甚至厌恶句子里有罂粟的成分。
而他坚持屈原是用来哭的。

肖小娜的诗

本名萧小娜，1990 年生，现为香港都会大学人文社会学系创意写作专业 2021 级硕士研究生。

闺房

以紧张的姿态走过你闺房的窗外
听说你的名字叫女人
黑色的夜　向日葵集体暴毙
你开始痛哭
无力的土地炮制不出诚实的阴谋
天一亮
星就出走　乌鸦开始四溢
你却收藏起在黑夜里创作的罂粟花
放置在你的床笫
我们上当了　你的窗前怎样的明媚
烟花　爆竹　礼花
在微笑里绽放
素未谋面
我听说你的名字叫女人

谭旭东的诗

上海大学文学院中文系创意写作学科教授，博士生导师。

四季：拜访蜜蜂和花朵（组诗）

樱花开时

樱花开时
鼹鼠爬出了地洞
黄鹂鸟嘲笑它长相愚笨
鼹鼠又恼又羞
只好躲进了旁边的草丛
金翅鸟看到了
它飞到黄鹂鸟身边
咋咋呼呼地说：
这家伙看起来真的好蠢好蠢

春风里没有谎言

阳光照着我
花朵咧嘴对我笑
春风里没有谎言
蓓蕾都守着自己的秘密

我该为雨滴们写一首诗

雨淅沥淅沥下了
春天的脸变得真快
昨日的明媚阳光又化作了片片乌云
我倒适应这种自然的变化

小花朵需要雨露的滋润
蚯蚓最喜欢松软的泥土
蚂蚁正在一棵小树上寻找家
打量每一个小生命都收获一份惊喜

我该为雨滴们写一首诗
告诉它们大地上的成长都与爱有关

拜访蜜蜂和花朵

昨晚下了大雨
我要去拜访蜜蜂
问问它雨水是否淋湿了翅膀
我遇见了一只小甲虫
它爬在酢浆草上
我低头问它早上好
它摇摇头对我送来了微笑
我遇见了几朵牵牛花
它们爬在篱笆上
抬头看着太阳
还把绿色的小手招呀招

我问它们可看见了蜜蜂
牵牛花扭头，笑了——
蜜蜂呀，你得去那片花丛中找
好，好，谢谢，谢谢你们
我到草地那头去拜访蜜蜂和花朵
我要告诉它们初夏的秘密
我还要提醒它们注意雷雨和冰雹

椋鸟在唱歌

一只椋鸟在唱歌
另一只遥相呼应
好像暮春的早晨是它们的舞台
麻雀们也想加入合鸣
可它们七嘴八舌节奏跟不上来
好在椋鸟非常淡定
歌要慢慢地唱才能表达快乐的心情
莫辜负晨光唤来初夏的一片温馨

雨又落下来

雨又落下来
秋已彻底告别
寒气打在屋檐下
冬天的脚步有些阴冷
幸亏还有菊花
它们把阳光留在花瓣上

红、橙、黄、绿、青、蓝、紫
让人看着眼花缭乱
当然，白色的花蕾和鲜绿的叶子
更让人惊喜
而安静的天鹅
让早晨的校园多了一层神秘

雨又落下来
我踩着湿漉漉的小路
小鸟的喳喳从树林里传过来
我不时抬头望天
乌云的缝隙　漏出时光流转

小熊，一起写诗吧

小熊，一起写诗吧
雪花快飞来了
再不写，就没机会了

小熊，一起写诗吧
春天的花朵
和秋天的果实
是一个个意象
夏天的绿叶
是顿号、逗号和句号
我们把它们贴在树干上
或者把它们发表在原野里

小熊，一起写诗吧
写完一组诗我们就去睡觉
你在树洞里度过冬天
我飞到南方躲过寒冷

浆草又开花了

冷雨过后
路边的酢浆草又开花了
我有些惊奇，也有些惊喜
我害怕江南的冬天
酢浆草好像不觉得寒意
也许是今早的阳光
唤醒了它们的生机
也许是树林里的鸟鸣
解除了它们对冬天的戒备

冷雨过后
路边的酢浆草又开花了
我俯下身子凝视
这些小小的生命呀
让我油然而生一份敬畏

冷雨来了

冷雨来了
冬天真的来了

早上的枝头
椋鸟和雀儿变得稀少
也许它们躲在温暖的窝巢

树叶黄了，红了
然后打几个旋
回到了泥土
大地是宽厚的母亲
所有的生命都离不开它的怀抱

草儿枯了
花儿谢了
雪的消息从北方传来
有一阵寒风从林中穿过
松鼠收起尾巴
在树洞里写一个梦的童话

许道军的诗

现为上海大学文学院中国创意写作中心副教授。

发现

是太阳照亮万物
让他们各自
找到自己的位置
安居于名实
并呈现于世人面前
而不是你的眼睛

甚至不是你的眼睛
首先发现了太阳
没有光
你的眼睛
发现不了光

思想不能没有
思想的种子
想象也要依靠
语言的翅膀
不爱一万个人
怎会爱你一个

怜悯

妈妈出去捕猎不久
野牛袭击了
孩子们的藏身之地
三只幼崽被踩成了肉泥
一只
躲在草丛里
瑟瑟发抖
它无助的大眼睛
清澈，无辜
惊魂未定
这劫后余生
让人心生怜悯

小狮子你若是天选之物
就像是
这部纪录片的主人公
你就一定要勇敢，坚强
度过重重劫
杀死成百上千的猎物
然后成为
草原之王

这成百上千的猎物中
有的是父亲
有的是母亲
还有像你此时此刻
一样的幼崽

临死的时候
眼睛无助
清澈，无辜
让人怜悯

开心的人字拖

有一只拖鞋
它好好的
忽然成了垃圾
主人的手指
穿过鞋眼
倒提着它
像抠住鱼的鳃

它感到疼
去垃圾桶的路上
它一直在喊
但没有人知道
一只人字拖会疼
还会说话

那大大的鞋眼
像咧嘴大笑
不知道的人还以为
它比别的拖鞋
更开心

断桥

河岸生气了吗
握紧的手
突然松开

决绝的一方
弃水而去
伤心的对岸
手一直举着
像是在送别
又像是在
等她回来

落日的街道

落日向下
行道树向上
飞鸟返林
车流滚滚
落单的蚂蚁
不慌不忙

所不同的是
走得快的
未必先到家

肖水的诗

本名黄潇，1980年生于郴州。复旦大学文学博士，现任教于上海大学文学院中国创意写作中心。出版有诗集《艾草》《渤海故事集》《两日晴，郁达夫》等。

泥噪过乌崧

她将录音笔从床底取出来，刚按下回放键，就听到了外面
开锁的声音。她侧身佯睡，用意念在自己周围勾画了一个
大大的卵。姐夫的脚步和他的脚一样幽亮：让怀里的快递
滚落沙发，再如往常，将衔在嘴里的钥匙，吐进鞋柜上那盆
看起来长得骄纵的文竹底下。然后浴室的玻璃门被推动，
水珠在地漏的缝隙里，分开又被缝合。再后来就悄无声息了，
她也借着困倦睡了一觉。手机忽然在被窝里震动，像一条
披着金属鳞片的白浪，而窗外霞光渐渐变成了一团带着果肉
的红色涡流。她到阳台，撩开自己那些花花绿绿，甚至还
阴湿的衣裙。她的手有点涩，有些黏稠。她听到灶上煲的汤
把盖顶得咚咚响，正想转身，看见阳台另一侧，他只穿内裤，
高高的，倚着栏杆。霞色调大了窗口的光圈，那些烟灰
在他指缝间，像故意从楼顶施放而下细细密密的水雾。

睡目照影饱

在山顶，就已阴云沉沉。从出租车上，回望刚通过的
悬索大桥：像两把橘红色雨伞，汇接在汽笛悠长的江心。

他找了家理发店，洗头，又就近买了衬衣，换下湿 T 恤。
对方就在商场儿童乐园的彩球堆边，等他。她的目光落向
他的那两三秒，他左脚在黑色大理石上，稍稍划动了一下。
火锅店前等满了人，他们隔一个柱子，坐着，翻动手机。
上一次他来武汉，已是十年前了，黄鹤楼上看到的江面
似乎比今天的宽阔些，小渡轮太像一条漂浮水面的苹果皮。
这顿饭吃得有点快，但出来的时候，天还是已经黑透了。
同来出差的同事们，还在武昌等着他喝酒。手机屏幕不时
照亮他的脸。他垂下两道手臂，拍拍身体两侧。汽车带来
的薄雾，像一件软家具。广场上，人们随音乐，摆动着
长长短短的身躯。快到地铁，她轻轻地，在路边摊坐下。
一瓶哈啤，两碗热干面，她又要了个打火机和一包楚风。

暗哺晚落水

他几乎每天深夜才结束工作，回到家，我都已睡着。
有时，会听到他洗澡的声音。那些水流不紧不慢，
要在他身上辗转很久，才旋进地漏。他的脚终于
从门缝漏出来，热气腾腾的，地毯的一角翘起来。
他往往会斜在沙发上抽会儿烟。那时他在地下赌场
做司机兼采购员，时刻他都准备成为发令枪冒出的
一缕青烟。他习惯利索地启动车子，倒车，单手
轻松扭转方向盘。沙砾滚烫着，花花绿绿的人们
像被鸡油爆炒过的饭粒。后来他掀开被子，从身后
来抱我，紧紧地磕碰我。金鱼缸发出硫磺色的幽光，
水草丛升降，仿佛也一并晃动着蝉羽一般的尾巴。
他停了下来，暗中摸索台灯的开关，烟再次点燃。
我就伏在他胸口的龙形刺青上，听我母亲发来的

一条长长的语音。

当昼有人客

跟他分手大约两年后的暑假，我从广州回到家。
我母亲有个小百货，每天来买东西的，多是游客。
那天在里间看电视。天很热，有两个男人撩开
风扇吹起的门帘进来，其中一个开口，询问檐帽的
价格。那把声音，沙沙的，跟他几乎一模一样。
我松开在指间翻卷着的电话线，迅速走出来，
落在柜台一边，看着那个男人与母亲砍价、聊天。
有意思，他甚至，带有他那样的口音。客家人
说话，嘴巴里像有荡开的地火。当然，他们长得
丝毫不像。我全程听他说话，看他耳梁上的香烟
摇摇欲坠。后来他们走向了海滩，我只是攀住门
看着他们远去的背影：烈日将他们化成了一长条
粘在礁石上的五彩斑斓的鱼油。

高翔的诗

1989年生，上海大学创意写作博士，现为上海政法学院汉语言文学专业讲师，创意写作导师。诗作散见于《诗刊》《散文诗》等。

苹果的吃法

像啃掉一口苹果
没有经验的那种吃法
还没有嚼完
人生已被吃光四成
余下的留给疾病、妻儿、父母
当然还有口袋的香烟
面子和谎言

噩梦与失眠
也会分走大半

把最小的琐碎时光
留给写诗
那是属于苹果核的部分
是一颗苹果区别于洋葱的
主要特点
这灵魂的小小重量
正是不能被岁月蚕食的唯一

领导、撒旦、骗子都动不了
谁也不想吃
谁也咬不动
哦对了，是湿垃圾
当然也会被麻雀衔上
高高的天空
在暮年时
阅读最后干瘪却依然有水分的果核
瘦小的自己
也并非太丑

幸运时，还会跟随候鸟
享受短暂飞翔
在恰当或偶然的时刻
坠入任何一片泥土

还会有点营养
特别是雨后
长一颗狗尿苔也是
很好的

在一首无名伴奏里吃草莓

在一首无名伴奏里吃草莓
水将草莓洗了一遍
音乐又洗了一遍
天光很好，阳光再洗一遍
在舌尖，红气球飘升进云朵的高空

在高一万米处的味蕾突然爆破
无数秘密的飞鱼撞进夕阳的瀑布
雨季草原，黑色灌木只是跳跃的
钢琴键，只是梅花鹿遗落的斑点
只是草莓黑夜般的眼睛闪烁
这手中的团焰，一颗颗坠入水下的
柔软陨石，每个春天里，它们在宇宙的大棚
结满星空——发育中的太阳
还没有那么烫手，它烧着遗落的秋霜
和冬雪，化为泪腺里天真的绿洲

因此吃草莓时
总感到荒芜的日子里开始有雨
落在发锈的留声机上，刻出
尘埃的轨迹——
事情太多了，人是被生活牵引的
一根针，沿着疲于奔命的圆形轨道
旋转，雕刻自己

在这个留白的短暂清晨
我开始吃春天的草莓
它们像坠入无序生活的一双
钢琴家的手，弹奏
以至于吃草莓本身成为一种音乐
以至于在草莓的献歌里，日子开始
有了节奏，像安慰自己似的
突然，快乐起来

洛盏的诗

本名郭新超，1987年生于山东临沂。复旦大学文学博士，为复旦大学中文系创意写作专业(MFA)开设“新诗写作实践”课程。曾任复旦诗社社长，获未名诗歌奖、安康诗歌奖、光华诗歌奖、台湾诗学创作奖等。出版有诗集《沐浴在县城》。

默契

在抵达最初的默契之前，
我与言辞，经历过笨拙而残酷的对峙。

好比老电影里的线列步兵，
衣着鲜艳，肩并肩，迎着子弹
互相射击；腾起又散去的烟雾中，
装填弹药的动作漫长而滑稽，
捣实、压紧、开火，有人倒下
立刻又有人填满他的空隙

而在远离战场的地方，
有一座生产铅弹的，安静的
高塔；铅水从高处滴下，
在空中自然形成圆形，
淬火、冷却，偶尔闪烁的火花。

最神秘的事情

他曾经让我们嫉妒：
那时我们年轻、矫情，
诗句像过于紧张而划断的火柴；
而他早早学会让文字呼吸，
他的作品，像一座理想的小城，
每座房子都有慵懒的窗台摆放盆栽，
他表达、完成，然后悠闲地修剪枝杈。

后来他停笔，变胖
我们遗憾，但也有庆幸。
在聚会的餐桌上，偶尔还能听到他
让人惊叹的表达，
像一闪而过的镁光，
或者沉船后，漂浮在水面上的皮箱。

拾音器

当我学会第五种和弦，
父亲笑着对我说：“是时候了，
你需要一枚拾音器。”
说完递给我那件白色的盘状物，
但我当时并没有在意。

昼夜不停地弹奏。
那时候，我年轻的音符，就像
第一缕阳光，戳在原野上，里面

有一座燃烧的托斯卡纳式立柱
和一百罐泅开的蜂蜜。
——我不需要拾音器。

但有一天，我的声音抽搐，
仿佛笨重的破冰船犁动幽暗的冰层，
（也许我确实触及了冰层）
我找出了那枚拾音器，
但说明书不见了。
当我终于找到说明书，
一根滑稽的导线又不见了，
也许还有一个转接头、精致的按钮。

当我终于把它安装到位，
期待着甜蜜湿润的音符，
小心地拨动琴弦——一片空白、
些许微弱而杂乱的装饰音
仿佛父亲的摩托在雨天点火的声音。

后来我终于调试完成，
但父亲已经离开了我，
被抛掷到更陌生更漫长的调试中；
只有他的头盔还挂在墙上，
试图恢复粗重的喘息。

于是我剪断导线，让一切重新开始。

厨房里的瑟隆尼斯·蒙克

公寓里的大部分空间都被那架钢琴占据了，它挤在烹饪区中，仿佛一件厨具，它弹琴时背后离炉子那么近，看上去就像随时会着火……在他因私藏毒品被捕，丢掉演出执照之后，那个房间几乎就是他唯一弹琴的地方。

——杰夫·戴尔《然而，很美》

手指碰触琴键，
仿佛栗树的叶子旋转着落下，
茎脉先着地。在厨房中，
他像野鸭梳理着自己的羽毛。

只用片刻，他就成为
自己的篝火。蜷坐在琴前，
像靠近火苗的丝绒，
又仿佛杯子在自己的水渍中。

琴声是一枚跳针的唱片
他用身体填满其中的空隙。
他是一个执拗的火盆，
掖藏在虚空的被褥之下。

劳作如此具体而刺眼，
每一戳击触都有实在的窸窣；
他感到自己正被熨烫，
但没有被灼伤；

如同望远镜被倒转使用，
晦暗的景深涌到表面，成为表面：

一座仅由装饰部分造成的桥；
然后安然于均匀分布的黑白的宁静。

然而必须面对巡警的手电，
面对金属汤匙敲打在
玻璃杯的边缘，以及梦里涌来的
带刺的藤蔓；然后再次返回这里，

一把甘甜的椅子上紫色的落座声。
“他的声音像微风在寻找风。
沉默像灰尘一样落在他身上，
他走进自己的深处，再也没有出来。”

杨东篱的诗

山东大学历史文化学院文化产业管理学系副教授。

缠

树叶漏下的光斑
在我们之前
进入大地

把春天藏起
就接住了过去

下午的植物
比孤独长得茂盛

我们
是没有翅膀的天使

被自己的影子绊倒
缠在了一起。

沉

很轻的方言
沉到土里

不断撩拨着
下降的冬天

明亮的时间
无处不在

气又沉重

把山河拉扯得
像大地一样宽阔。

冯现冬的诗

1972年生，现为山东青年政治学院文化传播学院创意写作专业教师。

香烟

多年前，我们曾一起体会过
宇宙苍茫。那时——
你站在车厢连接处，点燃
一根香烟。

你的眼睛里，关着
两团火。黑夜被烧得发疼。
就像一个洞，在胸口漫延。

窗外，还有一种烟
编织一面湿漉漉的墙，被火车
慢慢拉长。

我听见夜的叹息，猛然嗅到
一种植物的奇异香气，但不归
它们曾在你唇齿间流连。

一半融进你的呼吸，犹如
灵魂。一半飘落

在夜半的火车上，像灰烬。

影子

我的影子，行走
在黑夜的桥上。一只箱子
背负在它肩上。里面空空如也。

过了桥，是一座无名的山。
山上没有花树，也没有鸟鸣。
它在黑夜里浮现，在太阳升起
之前，消失。

影子沿着台阶上山，就像
一个真正的攀登者。太阳升起之前，
它再返回桥上，桥的另一头
是一片喧腾的无涯之海。

我的影子走完这座桥，一头
扎进海底。它面条似的形体
在海水中变得透明，没有人知道
它在这里。

影子孑然一身，只有一口
箱子，背负在它肩上。
在一些特殊的时刻，会有
另一个影子，来给它压箱底。

李慧的诗

笔名木子彗心，1981年生，山东济宁人，《泰山学院学报》编辑部编辑，泰安市作家协会会员，泰安市诗歌学会会员。在《泰山诗人》、《泰山晚报》、中诗网等刊物、网站发表诗歌多首，出版诗集一部。

在笔的中心坐禅（组诗）

一、在笔的中心坐禅

万物向我走来
影子被晃醒
并说出……

二、人影

褪去了厚重的外壳
在水中呈现，一派虚无之相。

色与无色交融，波纹涤荡
扩散着皱纹。

那无声的世界是否也封印着
你，我以及众生？

当从颠倒的世界转身
请喝下这里的泪。

三、树影

被光逼出体内的
一个替身
大地上的无证居住者

身世是你唯一的牢笼与救赎

当被无情践踏，拖着远离
又被押回

近了，近了，那翡翠的王冠
树啊，求你抱抱我！

四、光影

太阳的大军集结。在无风的
水面上吹响
金色的号角。在被绿色镇压的
水底，奇迹般地……

提取我们的声音和记忆

你要放弃爱，以及不爱
才能抵达。并返回
你想要的
——人间

五、云影

游鱼般潜回自身
像一朵花见证雨水
雨水见证天空
天空， 收获一枚
喑哑的种子。
在池塘的底部播种，并
收获了整个夏天。

六、风影

暴风雨过后，一片片树叶
离开了他的兄弟。
骑着风，拜访天空。

天空
——蓄满乌鸦的眼睛。

在飞翔与堕落之间
寻找诗的义冢。

七、落影

这里的果实已经成熟
花朵将身体埋葬
树下，金色的叶子
　　　聚集

城市的心脏
大地将季节的秘密收藏

——返回自己
一个盛大的谜
愿我们安然而不知晓

八、梦影

一只手在纸上爬行，像一只蜗牛
拖拽着自身的迷宫。

像一只乌龟，洄游至大海的卵巢
一盏灯，怀揣闪电、煤炭、火把……
光和热的种子。

在纸的中心
选址，并用石头般的语言
建造诗样的王宫。

九、在笔的中心醒来

在笔的中心坐禅
万物醒来，并
穿上自己的
影子……

张立勇的诗

1976年生，现为广东舞蹈戏剧职业学院写作教师。

立冬是我哥

立冬除白菜
立东除白菜
从认识白菜那天起
立冬就是我哥了
妈说立冬除白菜
爸说立东除白菜
我说立冬除白菜
然后坐在地里啃萝卜
立东说立东除白菜
头上很快冒出热气来
白菜很大头，立东
两只胳膊抱起来
叉开腿挪到车上
我说，萝卜很脆
第二年，立东
一手一棵白菜
拖到车子旁
我说，萝卜真甜
第三年，立东

胳膊夹着两颗白菜
大步走到车子旁
我说，萝卜没了
我离开家好多年
立东每年除白菜
这些年在外地，立冬
我吃了很多种萝卜
只有立东除白菜的地里
萝卜脆，萝卜甜
今天，立东开着车去除白菜了

崔修建的诗

文学博士，哈尔滨师范大学文学院写作教研室主任、创意写作教师，中国写作学会理事，中国作家协会会员。已出版诗集《只想明媚地遇见》、学术专著《1978—2008：中国先锋诗歌批评研究》、散文集《爱那么短，爱那么长》《慢读宋词·人生自是有情痴》等30余部作品。

凝视

一条河流是如何消失的
一个村庄是如何遥远的
老树斜倚夕阳，岩上青苔暗生
哪里的凝视都是沧桑尽染
临水的野鹤，在秋风中独自起舞
慵懒的猫与墙上的鱼相看两不厌

一条泅渡孤独的栈道
比一朵无家可归的云更寂寞
倒在草丛里的石碑
沉默的发言，有青山的庄严
像黑白照片里的老爱情
尘埃又在，越来越深的凝视
是旧绸缎上的暖，闪着逼人的凉
如一件刚

刚出土的青瓷

像草木对光阴那样钟情

能够把握的日子屈指可数
那么宽的河床一下子就干瘪了
那么多树一夜之间便落光了叶子

找不到家的炊烟随处可见
被埋没，注定比被发现更容易
就像藏在石头底下的苔痕

一座山比一朵云走得更远
一句诗比一千把刀还锋利
一声叹息能够遮住满天星光

那是通往幸福的唯一道路
像草木对光阴那样钟情
生长或者凋零

曾纪虎的诗

1972年生，现为江西省井冈山大学人文学院教师，教授《写作》《创意写作》等课程。出版个人诗集《风在安隐》。

跳舞的人

有段时间——
梦见少年时的玩伴们在广大的空间跳舞
在河流上，而不是在河面上
在不可见的月色下，黑色的群山还原了故园地貌
他们的年岁参差而变化
如果梦中那唯一的观看之眼必须是我的
它亦有多般变化，多么疲劳呀——
亡人们再现了稀薄形态
故尔无拥抱，缺乏交流
我的父母行走到某个点上，甚至是屋脊上——
我成了他们的陌生人？变化始于何时？
或许，生者始终认为故去的人是他的一个不变部分
而亡者反之

鹅的妙姿

银盘里暂见鹅的妙姿
众山沉醉，一粒孤痕如在普遍的消失中浮出

戴鬼面具的人似曾游荡乡间
而今过早睡去，多么疲倦啊

苦役犯、游泳术，戏剧人的修辞恶习
你是在今日的水面上
你的妙姿如轻轨裂变
一人一鬼已在隐幽的传递上了

唐永的诗

1990 年生，现为内江师范学院文学院创意写作教师。出版长篇非虚构小说《骑迹》。获第二届“巴山夜雨诗歌奖”（重庆·2021）三等奖、第五届网络文学征文大赛一等奖（济南·2020）、首届全国大学生创意写作大赛金奖（广州·2018）等。

老房子

老房子，我的新娘不喜欢你。
爸爸为她买的木家具，
等待老鼠先生偷情的钥匙。
妈妈衣柜里的《经》，
有岁月的霉，挂在墙上交付雨水。
床板下晾晒的情书，
十四岁的哥哥忘记带到工厂。
婆的小脚依然摇摇晃晃，
在相框里勤奋地抵达锅碗瓢盆。
我撕碎一张张病历，
把顶楼的天花板布置成星空，
我拆除四壁，空山呼喊。
我闭上眼，打开肉的集市。
我积攒美梦，温暖另半边的剩余。

肉体的房子

她搬到郊外，废弃的制衣工厂，

打扫铁锈、青苔。通一通烟囱，
让人间烟火飘起云朵。
朋友请进客厅，她们摆弄沙发
慵懒的朝向，腹腔歌唱。
卧室假设有两间，一间安放鱼缸，
用气泡让整个海洋游动起来。
另一间预备有访客
躲避警察。窗是眼洞惺忪
等待黎明的暴力。阳台是鼻孔，
绿植软软的，清洗肺，
呼出梦呓。厨房是嘴巴挂着油腻，
打开煤气灶的火舌，总有善良的残渣
留给下水管道，夜生活的歌颂者。
还应该有点别的什么，
比如两个皇帝，会跳舞的拖鞋，
木吉他、保险柜、梳妆台设置路障。
让喜欢漂流的人们足够巡视一天，
在新房子里富足地舒展起来。

范庆奇的诗

1997年生于云南，现任教于重庆移通学院创意写作学院。云南省作家协会会员，作品见《诗刊》《星星诗刊》《江南诗》《诗歌月刊》《美文》《四川文学》《诗潮》《中国校园文学》《飞天》《延河》《儿童文学》《青年作家》等。参加第十三届“星星大学生诗歌夏令营”、第十届《中国诗歌》“新发现”诗歌营。获过首届“特写杯”非虚构大赛一等奖，第四届“求是杯”诗歌奖，曲靖市政府文艺扶持·新人新作奖等。

大象山

在大象山用一粒尘埃焚香
升起的青烟虚幻人世沧桑
山间有人低语
侧耳是身旁晃动的树叶
它似在告诉我这里的清幽惬意
往上攀爬的石阶磨损厉害
助人登顶的铁链也磨出了光亮
这是尘世人为寻寄托的见证
古朴破落的山门前种着崖柏
它的生长负着修行的渴望
在另一端世界为苦难的人沉吟
进出的香客演绎着人间相逢
我眼前的大钟锈迹斑驳
敲钟的老僧耗尽一生也无法立地成佛

晨钟已经远去
风吹沙粒落入我的怀中
老僧敲响了钟，暮鼓在云端盘旋

从月亮回来

我在江边守着一轮落日
它庞大的身体一点点沉入江中
落下清脆的声音
如同两颗鹅卵石相撞

激起的朵朵水花
惊到山坡上野栖的麻雀
它们四散而逃，摇晃着树尖的微光
暮色将临，村庄日渐消靡
我是放牛晚归的少年
沿着田埂用镰刀收割滋生的月光

编后记

这本书的编选机缘首先与一段友情相关。整整十九年前的盛夏，我与邀我来玩的诗人蒋峰、陈错坐在绍兴文理学院图书馆的回廊里，谈到了一个改变我此后写作走向的问题：为什么几乎我们所有青年诗人都要在诗里将自己打扮成一个西方人？我们如何处理中国传统资源？这样的自问引发了我们各自以写作来自答，并彻底改变了我们的写作走向。这些年我们各自在自己的现实岗位上腾挪，但精神上却颇为相通，也保持着联络、相聚的固定频率。后来，蒋峰从诗歌转战网络玄幻小说，陈错则从纸媒走到了直播平台，皆颇有所成，对诗歌活动素有支持。我任教于上海大学文学院之后，陈错依旧愿意来出资支持上海大学创意写作学科做些有意义的事情。

上海大学创意写作学科由葛红兵教授创建于 2009 年，并于 2012 年建成中国第一个创意写作本科教育教学系统，获批全国唯一学术硕士点、学术博士点，建成中国第一个创意写作硕士、博士教育教学系统。十余年来，上海大学创意写作学科在创意写作理论研究、作家的养成与培育、创意产业管理和运作研究等方面积累了丰富的经验。更重要的是，它作为领头羊之一，与各高校同道一起，逐渐使“创意写作”作为一个学科在中文系找到了自己的位置，并使创意写作成为创意产业发展的重要推动力。

陈错表达了有意出资支持上海大学创意写作学科后，葛红兵教授建议我们在继续做好“中国创意写作（研究辑刊）”（即目前已经出版多期的《中国创意写作研究》）的基础上，联合各高校的创意写作学科，将“中国创意写作（创作辑刊）”办起来，为广大创意写作专业师生和社会爱好者提供一个作品出版交流的平台，于是就有了这本《万物的叶尖——中国创意写作 2022》。

本年选命名为“万物的叶尖”，是希望我们创意写作专业师生创作出来的作品能“走在‘历史之前’，成为崭新的，也就是说，是‘最初的’，而不是‘最近的’”（威廉·卡洛斯·威廉斯语），能以创造性不断占据第一次或奇观的审美位置。

本年选的虚构部分由谢尚发老师编选，非虚构部分由汪雨萌老师编选，诗歌部分由我编选，并由我来整体统稿。本学科的其他老师也多有提供宝贵的建议。

最后，感谢各高校创意写作学科师生的参与，期待大家一起来把这本年选做得更好。

肖水

2022 年 9 月